A DIVINA COMÉDIA

Conheça os títulos da coleção SÉRIE OURO:

1984
A ARTE DA GUERRA
A DIVINA COMÉDIA - INFERNO
A DIVINA COMÉDIA - PURGATÓRIO
A DIVINA COMÉDIA - PARAÍSO
A IMITAÇÃO DE CRISTO
A INTERPRETAÇÃO DOS SONHOS
A METAMORFOSE
A MORTE DE IVAN ILITCH
A ORIGEM DAS ESPÉCIES
A REVOLUÇÃO DOS BICHOS
ALICE NO PAÍS DAS MARAVILHAS
ALICE ATRAVÉS DO ESPELHO
CARTAS A MILENA
CONFISSÕES DE SANTO AGOSTINHO
CONTOS DE FADAS ANDERSEN
CRIME E CASTIGO
DOM CASMURRO
DOM QUIXOTE
FAUSTO
MEDITAÇÕES
MEMÓRIAS PÓSTUMAS DE BRÁS CUBAS
MITOLOGIA GREGA E ROMANA
O DIÁRIO DE ANNE FRANK
O IDIOTA
O JARDIM SECRETO
O LIVRO DOS CINCO ANÉIS
O MORRO DOS VENTOS UIVANTES
O PEQUENO PRÍNCIPE
O PEREGRINO
O PRÍNCIPE
O PROCESSO
ORGULHO E PRECONCEITO
OS IRMÃOS KARAMÁZOV
PERSUASÃO
RAZÃO E SENSIBILIDADE
SOBRE A BREVIDADE DA VIDA
SOBRE A VIDA FELIZ & TRANQUILIDADE DA ALMA
VIDAS SECAS

Conheça os títulos da coleção SÉRIE LUXO:

JANE EYRE
O MORRO DOS VENTOS UIVANTES

GARNIER
DESDE 1844

Fundador: **Baptiste-Louis Garnier**

Copyright desta tradução © IBC - Instituto Brasileiro De Cultura, 1980

Título original: La Divina Commedia
Reservados todos os direitos desta tradução e produção, pela lei 9.610 de 19.2.1998.

1ª Impressão 2025

Presidente: Paulo Roberto Houch
MTB 0083982/SP

Coordenação Editorial: Priscilla Sipans
Coordenação de Arte: Rubens Martim (capa)
Precedida da biografia do poeta: Cristiano Martins
Ilustração: Paul Gustave Doré
Produção Editorial: Eliana Nogueira
Revisão: Mirella Moreno
Apoio de revisão: Gabriel Hernandez, Lilian Rozati e Renan Kenzo

Vendas: Tel.: (11) 3393-7727 (comercial2@editoraonline.com.br)

Foi feito o depósito legal.
Impresso na China

Dados Internacionais de Catalogação na Publicação (CIP)
de acordo com ISBD

A411d Alighieri, Dante

A Divina Comédia - Série Ouro: (Parte 1 Inferno) / Dante Alighieri. –
Barueri : Editora Garnier, 2024.
344 p. ; 15,1cm x 23cm.

ISBN: 978-65-84956-86-5

1. Literatura italiana. 2. Poesia. I. Título.

2024-3590   CDD 851
                                    CDU 821.131.1-1

Elaborado por Elaborado por Vagner Rodolfo da Silva - CRB-8/9410

IBC — Instituto Brasileiro de Cultura LTDA
CNPJ 04.207.648/0001-94
Avenida Juruá, 762 — Alphaville Industrial
CEP. 06455-010 — Barueri/SP
www.editoraonline.com.br

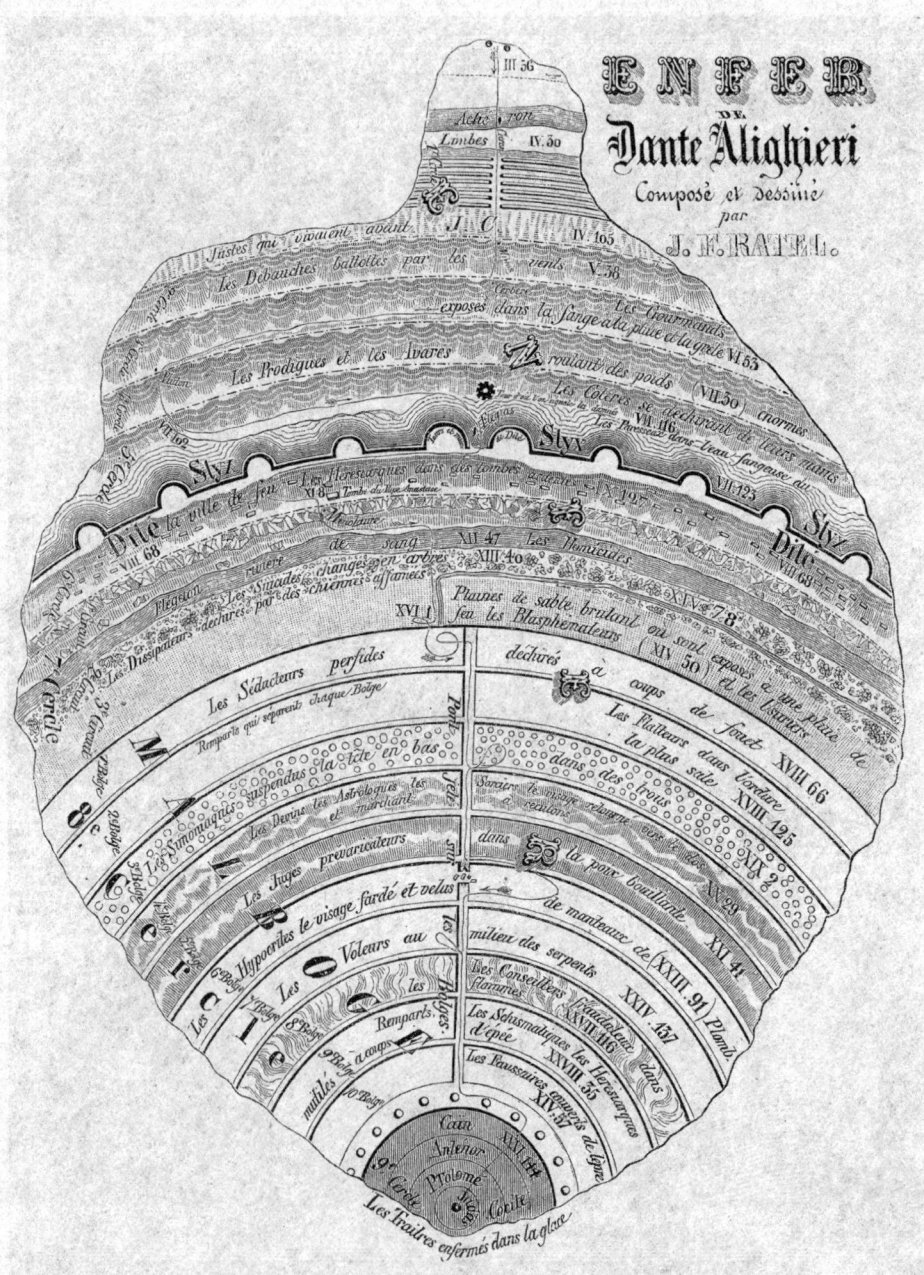

Mapa do Inferno de Dante, Magasin Pittoresque, Paris, 1850

SUMÁRIO

NOTA DOS EDITORES 09
BREVE REPERTÓRIO DAS PERSONALIDADES DA DIVINA COMÉDIA 11

A VIDA ATRIBULADA DE DANTE ALIGHIERI
I – O TEMPO, A TERRA. NASCIMENTO E INFÂNCIA. PRIMEIROS
ESTUDOS. A VISÃO DE BEATRIZ 15
II – A ADOLESCÊNCIA. A PAIXÃO JUVENIL.
A COMPOSIÇÃO DA VIDA NOVA. A MORTE DE BEATRIZ 26
III – NOVAS EXPERIÊNCIAS E ESTUDOS. DÚVIDA E INQUIETUDE. A LUTA
ENTRE BRANCOS E NEGROS. A INICIAÇÃO POLÍTICA 34
IV – O EXÍLIO. O INÍCIO DA COMPOSIÇÃO DA COMÉDIA.
O REFÚGIO DE VERONA 46
V – A EMPRESA DE HENRIQUE VII. O SONHO DA RESTAURAÇÃO
IMPERIAL. O MITO DO VELTRO 58
VI – ÚLTIMA FASE. VERONA, LUCCA E RAVENA. A CONCLUSÃO DA
COMÉDIA. A MISSÃO EM VENEZA. A MORTE DO POETA 66

PRIMEIRA PARTE: INFERNO
CANTO I 76
CANTO II 86
CANTO III 94
CANTO IV 102
CANTO V 110
CANTO VI 122
CANTO VII 128
CANTO VIII 135
CANTO IX 143
CANTO X 151
CANTO XI 158
CANTO XII 164
CANTO XIII 172
CANTO XIV 181
CANTO XV..188
CANTO XVI 194

CANTO XVII	200
CANTO XVIII	208
CANTO XIX	216
CANTO XX	223
CANTO XXI	229
CANTO XXII	236
CANTO XXIII	244
CANTO XXIV	253
CANTO XXV	260
CANTO XXVI	268
CANTO XXVII	275
CANTO XXVIII	281
CANTO XXIX	290
CANTO XXX	299
CANTO XXXI	307
CANTO XXXII	316
CANTO XXXIII	325
CANTO XXXIV	335

NOTA DOS EDITORES

O TRADUTOR DA DIVINA COMÉDIA

Cristiano Martins nasceu em Montes Claros, Minas Gerais, em 11 de setembro de 1912, filho de Olinto Martins da Silva e Aurora de Sena Martins, tendo passado a infância na cidade norte-mineira de Jequitinhonha, à margem do rio do mesmo nome. Iniciava ali o estudo das primeiras letras, quando o pai foi eleito deputado ao Congresso Mineiro e a família se transferiu para Belo Horizonte. Na Capital, concluiu seu curso primário no grupo Barão do Rio Branco, fez o secundário no Colégio Arnaldo, e o superior na Universidade de Minas Gerais, diplomando-se em 1936 pela Faculdade de Direito. Iniciou, ainda estudante, atividade literária, como um dos fundadores, ao lado do poeta Dantas Mota, da revista Surto, que congregava jovens universitários, ansiosos por se inserir nos movimentos de renovação cultural. Ao mesmo tempo, começou a colaborar nos jornais e revistas de Belo Horizonte, com ensaios e artigos sobre nomes e temas da literatura brasileira e universal.

Nas diversas funções que exerceu e postos que ocupou, em sua carreira profissional e na administração pública – advogado, consultor jurídico, jornalista, professor universitário, secretário do Presidente da República (presidência Juscelino Kubitschek), Procurador Geral do Tribunal de Contas da União, cargo em que finalmente se aposentou – Cristiano Martins jamais se afastou de sua verdadeira e essencial vocação, que era a literatura, publicando vários livros que lhe firmaram a reputação como poeta e como prosador.

Estreou na vida literária com um livro de poemas, *Elegia de Abril* (1939), com tiragem de apenas duzentos exemplares, e sob o pseudônimo de Marcelo de Sena. O crítico Tristão de Ataíde, que dedicou a esse livro excelente estudo, assim se refere ao autor: "Pertence à categoria dos poetas noturnos. E sua poesia, sempre em surdina, despiu-se de toda exterioridade sonora, de todo ritmo visível, para ondular livremente como pura expressão de um movimento interior longo, sinuoso e contínuo, de admirável efeito sugestivo. E a sugestão é como uma angelização da realidade".

Também no domínio do ensaio, Cristiano Martins se impôs como um de seus mais brilhantes cultores, através de várias obras, duas das quais se tornaram amplamente conhecidas, pela profundidade do pensamento, a força do estilo, e a elegância e precisão da forma, convertendo-se em obras fundamentais no tocante aos assuntos que focalizaram. Trata-se de *Camões, Temas e Motivos da Obra Lírica*, publicada pela Améric-Edit, Rio de Janeiro, em 1944, e *Rilke, o Poeta e a Poesia*, publicada pelo Movimento Editorial Panorama, Belo Horizonte, em 1949, ambas recebidas pela crítica brasileira com o maior entusiasmo.

DANTE ALIGHIERI

Sobre o *Camões*, assim se manifestou Mário de Andrade: "Pode ser que haja outros mais eruditos e descobridores... Mas foi o que me fez sentir Camões, não sei exatamente se mais humano, porém mais próximo de mim, de nós, que já li. Um Camões de quem eu senti o suspiro e o respiro em minha sala..." E dele disse o crítico Oscar Mendes: "Cristiano Martins escreve com uma harmonia, um senso de equilíbrio, um amor e um conhecimento afetivo das palavras pouco encontradiços em críticos e eruditos... Não é apenas um crítico de rara acuidade, mas também um artista, que sabe modelar seus pensamentos em forma definitiva, não achando que haja desdouro em unir, como todo escritor que se preza, as belas ideias a uma forma limpa, harmoniosa, clara e pura".

Quanto ao livro *Rilke, o Poeta e a Poesia*, observou o crítico Sérgio Milliet: "Cristiano Martins nos deu com esta obra um ensaio denso e inteligente, humano e construído, que se recomenda por todos os títulos aos que conhecem Rilke tanto quanto aos que ainda não o conhecem". E de Carlos Burlamaqui Kopke são estas palavras: "Estamos diante de um autor, soma de artista e de crítico, que tem grande poder seletivo em relação aos dados da literatura e da arte, que domina a matéria para que se volta sua atenção com recursos de uma simpatia que não se apassiva ao objeto ou ao tema, mas o esclarece e o intensifica. De Minas, das alturas, deveria ter vindo mesmo este livro!"

Tal atividade literária exercida com discrição e constância, o culto permanente aos valores da arte e do pensamento intitulavam decerto o poeta e escritor mineiro a uma realização de mais vastas dimensões e maior ressonância. Foi o que se verificou, na linha dessa fundada expectativa, com a versão integral, para a língua portuguesa, da Divina Comédia, o imortal poema de Dante Alighieri, que tivemos o privilégio de publicar, com a colaboração da Editora da Universidade de São Paulo. O sucesso que coroou o nosso empreendimento, as manifestações de aplauso e estímulo que nos chegaram de toda parte, especialmente de altas expressões da cultura nacional, e o fato de encontrar-se totalmente esgotada a primeira edição de cinco mil exemplares, levam-nos a organizar agora esta segunda edição, revista e melhorada pelo próprio tradutor, e em apresentação gráfica ainda mais aprimorada, enriquecida com belas reproduções de 136 desenhos de Gustave Doré.

Estamos seguros de que a Divina Comédia, esse poema extraordinário, obra fundamental da cultura do Ocidente e continuamente admirada no correr dos séculos, encontrou afinal o seu grande interprete em língua portuguesa, através de uma tradução fiel e harmoniosa, que lhe soube preservar a integridade artística e a beleza poética natural.

Com orgulho nós a entregamos ao culto público ledor do Brasil e dos demais povos de língua portuguesa.

BREVE REPERTÓRIO DAS PERSONALIDADES DA DIVINA COMÉDIA

(Restrito, exclusivamente, às personalidades reais, mitológicas ou fictícias, as quais foram dados papéis preponderantes na expressão e desenvolvimento do Poema.)

ADÃO – Apresenta-se ao poeta e lhe fala sobre sua vida e sua desobediência – *Paraíso*, XXVI, 103 a 142.

ADRIANO V, Papa – Sua tardia conversão – *Purgatório*, XIX, 97 a 145.

ARNALDO DANIEL, poeta – Declara a razão de seu castigo – *Purgatório*, XXVI, 115 a 148.

BEATRIZ – Pede, no Limbo, a Virgílio que proteja Dante – *Inferno*, II, 49 a 127.

- Apresenta-se, finalmente, ao poeta – *Purgatório*, XXX, 22 a 56.
- Exprobra os transvios e a infidelidade do poeta – *Purgatório*, XXXI, 1 a 69.
- Descobre o rosto e sorri ao poeta – *Purgatório*, XXXI, 91 a 105.
- Profetiza a restauração do Império e da Igreja – *Purgatório*, XXXIII, 37 a 78.
- Discorre sobre a comutação ou substituição do voto religioso – *Paraíso*, V, 25 a 84.
- Refere-se ao processo adotado pela Providência para a redenção dos homens – *Paraíso*, VII, 58 a 148.
- Profliga a decadência da Humanidade – *Paraíso*, XXVII, 121 a 148.
- Indica as Inteligências motrizes que acionam os nove céus – *Paraíso*, XXVIII, 97 a 139.
- Fala sobre a criação e a natureza dos Anjos – *Paraíso*, XXIX, 10 a 90.
- Investe contra os falsos pregadores – *Paraíso*, XXIX, 88 a 145.
- Deixa a companhia do poeta, retornando ao seu lugar no Empíreo – *Paraíso*, XXXI, 55 a 93.

BELACQUA, um indolente – Fala ao poeta, no Ante-Purgatório – *Purgatório*, IV, 106 a 139.

BERTRAM DE BORN, trovador – Apresenta-se a Dante, levando à mão a própria cabeça, decepada – *Inferno*, XXVIII, 112 a 142.

BONCONTE DE MONTEFELTRO – Desaparecimento de seu corpo, em Campaldino – *Purgatório*, V, 88 a 129.

BONIFÁCIO VIII, Papa – Recorre ao conselho de Guido de Montefeltro para uma iníqua empreitada – *Inferno*, XXVII, 85 a 105.

- O atentado de que foi vítima em Alagna – *Purgatório*, XX, 85 a 96.

BRUNETO LATINO – Vaticina a Dante seu futuro sucesso e suas iminentes provações – *Inferno*, XV, 55 a 78.

CACCIAGUIDA, trisavô de Dante – Evoca a Florença antiga – *Paraíso*, XV, 88 a 148; e XVI, 85 a 154.

- Desvenda o destino do poeta – *Paraíso*, XVII, 37 a 99.

CANGRANDE DELLA SCALA – Previsão de seu brilhante futuro – *Paraíso*, XVII, 70 a 90.

CARLOS MARTEL – Apresenta-se ao poeta e lhe fala sobre o problema da hereditariedade – *Paraíso*, VIII, 49 a 148.

CARONTE – Chega, para transportar, na barca, os poetas ao Círculo primeiro – *Inferno*, III, 82 a 96.

CASELA, músico – Desembarca, à vista do poeta, na ilha do Purgatório – *Purgatório*, III, 76 a 118.

CATÃO, de Útica – Surpreende-se ao ver Dante e Virgílio chegando ao Purgatório – *Purgatório*, I, 31 a 48, e 85 a 108.

CIACCO, um glutão – Refere-se aos lances futuros da luta entre Brancos e Negros – *Inferno*, VI, 49 a 75.

CLEMENTE V, Papa – Anúncio de sua próxima morte – *Paraíso*, XXX, 142 a 148.

CONRADO MALASPINA – Vaticina o exílio de Dante – *Purgatório*, VIII, 65 e 109 a 139.

CUNIZZA DE ROMANO – Previsão de funestos acontecimentos para a Marca Trevisana – *Paraíso*, IX, 25 a 63.

CÚRIO, tribuno – Induziu Júlio César a fazer-se ditador de Roma – *Inferno*, XXVIII, 94 a 103.

ESTÁCIO, poeta – Esclarece a causa do abalo da montanha – *Purgatório*, XXI, 40 a 102.
- Sua conversão ao Cristianismo – *Purgatório*, XXII, 61 a 93.
- Discorre sobre a geração do homem e a infusão da alma no corpo – *Purgatório*, XXV, 31 a 108.

FARINATA, herético – Prevê o próximo exílio de Dante – *Inferno*, X, 32 a 46, e 76 a 90.

FLÉGIAS – Conduz, na barca, os poetas através do lago Estige – *Inferno*, VIII, 13 a 30.

FOLCO DE MARSELHA, trovador – Evocação de seu berço – *Paraíso*, IX, 67 a 142.

FORESE DONATI, glutão – Fala ao poeta sobre Florença – *Purgatório*, XXIII, 85 a 114.
- Prevê a morte de seu irmão, Corso Donati – *Purgatório*, XXIV, 82 a 90.

FRANCISCA DE RÍMINI – Narra a história de seus amores – *Inferno*, V, 97 a 138.

GENTUCCA – Um futuro amor de Dante – *Purgatório*, XXIV, 37 a 48.

GUIDO DE MONTEFELTRO – Seu pérfido conselho ao Papa Bonifácio VIII – *Inferno*, XXVII, 70 a 120.

GUIDO DEL DUCA, um invejoso – A corrupção na Toscana e na Romanha – *Purgatório*, XIV, 29 a 126.

GUIDO GUINIZELLI, poeta – Apresenta-se a Dante, no terraço dos lascivos – *Purgatório*, XXVI, 73 a 93.

HENRIQUE VII, Imperador – Seu lugar estava reservado no Empíreo – *Paraíso*, XXX, 133 a 148.

HUGO CAPETO – Os crimes da dinastia dos Capetos – *Purgatório*, XX, 40 a 96.

HUMBERTO ALDOBRANDESCO – Fala sobre o seu orgulho e sua morte – *Purgatório*, XI, 49 a 72.

A DIVINA COMÉDIA

JACÓ DE CASSERO – Narra ao poeta a história de seu assassínio – *Purgatório*, V, 67 a 84.

JUSTINIANO, Imperador –Rememora as glórias do Império Romano – *Paraíso*, VI, 34 a 108.

LÚCIFER – Promove, no fundo do Inferno, o castigo dos traidores – *Inferno*, XXXIV, 28 a 69.

MAOMÉ – Fala ao poeta, na vala dos cismáticos – *Inferno*, XXVIII, 30 a 60.

MANFREDO, rei – A história da trasladação de seus restos mortais – *Purgatório*, III, 112 a 145.

MARCO LOMBARDO – A corrupção dos homens e os transvios da Igreja – *Purgatório*, XVI, 46 a 48, e 65 a 129.

MARIA (Nossa Senhora) – Apieda-se dos sofrimentos do poeta na selva escura – *Inferno*, II, 94 a 99.

– É coroada pelo Anjo Gabriel – *Paraíso*, XXIII, 73 a 75, e 88 a 129.

– O poeta a divisa, no alto da rosa paradisíaca – *Paraíso*, XXXI, 115 a 142.

MATELDA – Discorre sobre a natureza da água e do vento no Éden – *Purgatório*, XXVIII, 37 a 148.

– Imerge o poeta no Letes – *Purgatório*, XXXI, 91 a 105.

– Imerge o poeta no Eunóe – *Purgatório*, XXXIII, 127 a 138.

MESTRE ADAMO, de Bréscia – A falsificação dos florins de ouro – *Inferno*, XXX, 58 a 90.

NICOLAU III, Papa – Dentifica-se a Dante, na vala dos simoníacos – *Inferno*, XIX, 67 a 87.

NINO VISCONTI, juiz – Seu encontro com o poeta, na vala florida – *Purgatório*, VIII, 46 a 84.

ODERÍSIO DE GÚBIO, pintor – Relembra ao poeta a precariedade da glória – *Purgatório*, XI, 79 a 118.

– Vaticina o exílio de Dante – *Purgatório*, XI, 139 a 141.

PIA DE SENA – Assassinada por seu marido – *Purgatório*, V, 130 a 136.

PICARDA DONATI, freira – Rompimento do voto religioso – *Paraíso*, III, 43 a 120.

PIER DE MEDICINA – Fala a Dante, na vala dos semeadores de discórdia – *Inferno*, XXVIII, 70 a 90.

PIER DELLA VIGNA, suicida – Narra suas provações e sua morte – *Inferno*, XII, 58 a 78.

PROVENZANO SALVANI – Gesto de humildade de um soberbo – *Purgatório*, XI, 109 a 142.

QUINHENTOS, DEZ E CINCO – O prometido restaurador do Império e da Igreja – *Purgatório*, XXXIII, 43 a 78.

RIFEU, o Troiano – O mistério da predestinação – *Paraíso*, XX, 67 a 72, e 118 a 148.

SALOMÃO – Protótipo do rei sábio – *Paraíso*, XIII, 46 a 108.

SANTA LÚCIA – Conduz o poeta à porta do Purgatório – *Purgatório*, IX, 55 a 64.

SÃO BENEDITO DE NÓRCIA – Início de sua missão apostólica – *Paraíso*, XXII, 37 a 97.

DANTE ALIGHIERI

SÃO BERNARDO – Apresenta-se, como último guia do poeta, em lugar de Beatriz – *Paraíso*, XXXI, 55 a 56, e 94 a 102.

– Sua prece à Virgem, para que possibilite a Dante a visão final de Deus – *Paraíso*, XXXIII, 1 a 39.

SÃO BOA VENTURA – Apresenta-se ao poeta, narrando-lhe a vida de São Domingos – *Paraíso*, XII, 28 a 129.

SÃO DOMINGOS – Sua vida, narrada por São Boaventura – *Paraíso*, XII, 46 a 105.

SÃO FRANCISCO DE ASSIS – Sua vida, narrada por Tomás de Aquino – *Paraíso*, XI, 43 a 117.

SÃO JOÃO EVANGELISTA – Interroga o poeta sobre a Caridade – *Paraíso*, XXVI, 22 a 66.

SÃO PEDRO – Interroga o poeta sobre a Fé – *Paraíso*, XXIV, 52 a 147.

– Lamenta a decadência da Igreja do tempo – *Paraíso*, XXVII, 40 a 67.

SÃO PEDRO DAMIÃO – Exalta a vida contemplativa – *Paraíso*, XXI, 106 a 147.

SÃO TIAGO – Interroga o poeta sobre a Esperança – *Paraíso*, XXV, 28 a 94.

SÃO TOMAS AQUINO – Apresenta-se ao poeta e nomeia os seus companheiros – *Paraíso*, X, 82 a 148.

SAPIA DE SIENA, uma invejosa – Narra ao poeta os seus pecados – *Purgatório*, XIII, 100 a 154.

SORDELO DE MÂNTUA, trovador – Seu encontro com Virgílio – *Purgatório*, VI, 58 a 76; e VII, 1 a 21.

UGOLINO, conde – Seu martírio e de seu filhos – *Inferno*, XXXIII, 4 a 75.

ULISSES – Recorda sua última navegação – *Inferno*, XXVI, 90 a 142.

VANNI FUCCI, um ladrão – Anuncia a Dante a próxima derrota dos Brancos – *Inferno*, XXIV, 124 a 151.

VELTRO – O enigma do Veltro – *Inferno*, I, 101 a 111.

VIRGÍLIO – Apresenta-se a Dante, na selva escura, para guiá-lo – *Inferno*, I, 67 a 90.

– Expõe as razões que o levaram a socorrer Dante – *Inferno*, II, 49 a 127.

– Discorre sobre a natural tendência ao bem e seus desvios – *Purgatório*, XVIII, 16 a 75.

– Desaparece, ao surgir Beatriz – *Purgatório*, XXX, 43 a 57.

A VIDA ATRIBULADA DE DANTE ALIGHIERI

Por CRISTIANO MARTINS

I
O TEMPO, A TERRA. NASCIMENTO E INFÂNCIA. PRIMEIROS ESTUDOS. A VISÃO DE BEATRIZ

Voltemo-nos em pensamento para a Itália, ao iniciar-se o ano de 1265[1]. Uma onda de violência e desordem se estendia sobre a Península, desde a barreira alcantilada dos Alpes, que a separa da Europa continental, até à Sicília, seu apêndice insular, no extremo sul.

Nas áreas setentrionais da Toscana, Lombardia e Romanha, as rivalidades, algumas de caráter cíclico, outras de natureza quase permanente, mantinham em armas os habitantes dos minúsculos Estados ou Repúblicas, que se moviam uns aos outros, continuamente, em acerbas e desapiedadas guerras. Tiranos de toda espécie e senhores feudais de maior poderio ou mais afortunada estrela, disputavam-se sem cessar a hegemonia da força e do poder nas respectivas regiões e até no próprio recinto das cidades e das vilas.

À falta de unidade no âmbito dispersa e conturbado da Península, o Pontificado de Roma vira-se na contingência de paralelamente à sua missão espiritual dedicar-se cada vez mais à ação política e até militar. A óbvia necessidade de opor um dique à desordem avassaladora justificava esta iniciativa, que se podia ter como fundada em princípio análogo ao da lei física em razão da qual os recipientes vazios e comunicantes devem ser preenchidos com o líquido em um deles derramado. Era a forma circunstancial de suprir a ausência do poder de coordenação e comando, desaparecido desde o ocaso do Império Romano, sobre as partes isoladas e desunidas do que, social, histórica e geograficamente, representava um todo.

Havia já alguns decênios que se trasladara à Itália o chamado "conflito entre guelfos e gibelinos". Estas facções políticas originaram-se do dissídio entre dois grupos germânicos, liderados a princípio e respectivamente pelas casas nobiliárquicas Wolf e Wibling. Daí os nomes com que foram designados os partidos peninsulares. A divergência girava em torno dos poderes imperiais, que os primeiros desejavam limitados e em

---

[1] Esta Vida Atribulada de Dante Alighieri se constitui do texto das conferências que o autor, convidado a falar sobre o tema, proferiu no Círculo de Estudos dos Universitários de Filosofia e Letras do Distrito Federal, no Rio de Janeiro, a 17 e 21 de maio de 1957. (N. do T.)

certo sentido sujeitos a uma tutela confederativa, num esforço por ressalvar algumas prerrogativas dos pequenos Estados feudais. Os segundos, entretanto, pretendiam que os poderes imperiais fossem absolutos e incontrastáveis.

O Império alemão nutria, desde o início, o sonho de suceder ao antigo Império Romano na dominação do mundo conhecido. Até na legenda que se atribuiu já ressaltava este propósito: Sacro Império Romano. O ponto de vista da jurisdição germânica sobre a Lombardia, região italiana situada bem ao norte, ao pé dos Alpes, confinante com o Tirol, acabou por ser geralmente admitido e aceito. A tradição, zelosamente observada pelos interessados, era de que a investidura dos Imperadores tedescos se consagrava na cerimônia protocolar de sua coroação pelo Sumo Pontífice.

A estes fatos que de per si constituíam argumentos para os defensores do direito ao poder na Península, sob color do Sacro Império Romano, aditou-se um episódio da política regional, que foi por dizer assim a centelha a provocar na Itália – ainda que com nuanças próprias, em razão das condições locais e sobretudo da presença do Papa, que, sendo chefe do poder espiritual, se convertera em árbitro do poder temporal e, até, eventualmente, por ele responsável – a versão latina do conflito tedesco entre guelfos e gibelinos. O fato de que se trata foi o enlace de Constança, filha do falecido rei da Apúlia e da Sicília, Rogério, com Henrique, filho de Frederico I Barbarossa, de Suábia, Imperador da Alemanha. Do consórcio nasceu Frederico. Henrique, o marido de Constança, subiu ao trono na Alemanha como Henrique VI. Originou-se daí o direito da casa de Suábia ao reino da Apúlia e da Sicília, ao qual ascendeu Frederico em momento oportuno. E, no curso de seu reinado siciliano, foi pelo Papa Inocêncio III, de acordo com a tradição, sagrado Imperador, sob o nome de Frederico II.

Os guelfos italianos, imbuídos de espírito a um tempo nacionalista e conservador, opunham-se à ideia da soberania do Império sobre as Repúblicas e cidades provinciais, que deviam governar-se a si mesmas. Sua posição comportava, entretanto, alguma variedade de tendência, que ia da reivindicação da autonomia regional até à doutrina de que o poder, para o conjunto da Península, devia ser reservado totalmente ao Sumo Pontífice. Os gibelinos propugnavam naturalmente a sujeição de todo o país ao legítimo imperador, e passaram então a acusar o Papa de fingir reconhecer os direitos do Sacro Império Germânico-Romano, enquanto, na realidade, tudo fazia para criar dificuldades ao soberano, procurando substituir-se a este na gestão política do conglomerado dos Estados peninsulares.

Na Lombardia, bem ao norte, e na Sicília, no extremo sul, estavam assim fincados os marcos da dominação de fato e de direito da casa de Suábia. A origem divina do poder, segundo a ideia medieval, era impressionante argumento a consolidar esta posição. E acrescia ainda aquela circunstância extraordinária da sagração dos Imperadores por mãos do próprio sucessor de São Pedro. Entre os dois marcos desdobrava-se o espaço para a agitação política promovida pelos gibelinos, sob cuja bandeira logo se alistaram muitos senhores feudais, fidalgos e aventureiros ávidos de extraírem o máximo proveito do fato de ser a sua atuação respaldada pela aparência de serviço ao legítimo imperador.

* * *

Situada na parte norte-ocidental da Península, em seguimento à Ligúria e à Lombardia, e abrangendo os contrafortes meridionais dos Apeninos, que pelo seu aspecto faziam relembrar os Alpes, desdobra-se até às costas do mar Tirreno, a Toscana. Ao declinarem as encostas ásperas daquelas serras, cobertas de densas florestas de castanheiros, faias e pinhos, entremeadas pelas águas precípites dos regatos, vê-se fluir para oeste a caudalosa torrente do Arno. Esta, após vencer os desfiladeiros a montante, acomoda-se lenta no terreno e por vezes se espraia, formando, com seus afluentes, vários lagos. Ao sul do traço líquido, propaga-se uma sucessão de maciços que se suavizam, pouco a pouco, em vales aprazíveis e colinas arredondadas, até onde começam as rudes elevações da Úmbria.

O contraste entre o cenário alcantilado dos Apeninos e a quase planície, levemente ondulada pelos outeiros, entre a sombra dos bosques e o sol dos descampados, emprestava à região um elemento de mobilidade, surpresa e graça, que dificilmente poderia ser igualado. A beleza da paisagem se completava pela amenidade do clima estável e puro, pela abundância das águas e pela fertilidade do solo, de tudo isso resultando o habitat propício a florescer um povo alegre e simples, com acentuada tendência para os prazeres da vida e a contemplação da arte.

Somente no extremo sul, junto ao Tirreno, e frontal à ilha de Elba, encontrava-se uma área pantanosa e desértica, abundante em miasmas pestíferos, quase imprestável à cultura e imprópria à habitação, chamada Marema – a que se mandavam, por vezes, os proscritos da justiça, a cumprir a pena de prisão.

* * *

Já por esse tempo, era Florença a principal cidade da Toscana. Estendia-se, em desenvolvimento cada dia mais rápido, a ambas as margens do Arno, quase ao meio do respectivo curso, numa região em que se desdobravam amplas campinas. Estava a igual distância de Arezzo, no alto Arno, e de Pisa, localizada na sua foz. Uma população ativa e diligente, estimada em cerca de cinquenta mil almas, dedicava-se na maioria às atividades comerciais e ao artesanato, ao mesmo tempo em que suas elites propendiam com entusiasmo às letras e às artes, contribuindo para sua projeção no domínio cultural. A posição privilegiada lhe assegurava fácil intercâmbio com os grandes portos de Gênova e Nápoles, e com várias dentre as principais cidades italianas. Por outro lado, ela se erigia pouco a pouco no entreposto obrigatório do tráfico terrestre entre a Península e os países de além dos Alpes, especialmente a França e a Alemanha.

Nas ruas estreitas e quase sempre tortuosas, arrimavam-se umas às outras as típicas edificações urbanas medievais, com seu aspecto sóbrio, acinzentado e nu, em que o motivo universal de decoração eram as pesadas arcadas em pedra e os balcões guindados aos planos superiores. A área da cidade dividia-se em sextos, espécie de quadras imensas, bastante irregulares, delimitadas pelas vias principais, que eram as de maior extensão, mas elas próprias recortadas interiormente por ruas secundárias e muitos becos. Vez por outra ressaltava do conjunto uniforme a massa imponente e bela das igrejas, dos prédios públicos, dos conventos, ou das mansões senhoriais onde residiam as famílias mais abastadas. As pontes sobre o Arno, ligando as duas partes de Florença, emprestavam-lhe um toque especial e característico; tal se fora a sua marca registrada. Os estreitos limites em que se comprimia o burgo antigo – a Ponte Velha e o Batistério – já haviam sido de muito ultrapassados pelo crescimento urbano. Os numerosos bairros, a princípio quase dispersos e isolados, como a Porta do Duomo, São Pedro, Além-Arno, Gardingo e São Pedro Maior, amalgamavam-se agora num todo contínuo. Ao fundo da ponte de Rubaconte erguia-se a elevação de São Miniato, local preferido para o recreio dominical dos Florentinos.

As velhas muralhas da época romana já haviam sido demolidas, e em seu lugar edificadas outras, em círculo mais amplo, para defesa da cidade entregue às rudes lutas internas e à competição com os Estados vizinhos, e cada vez mais objeto da cobiça dos príncipes e aventureiros que, naqueles tempos bárbaros, costumavam irromper subitamente às suas portas, movidos pela ambição do poder ou por mero instinto predatório.

Nesta quadra da história, neste trato de terra em que a natureza se excedeu em força, encanto e graça, neste cenário simples e impressivo, nasceu Dante, na primavera de 1265, fluindo o mês de maio, numa modesta casa que o serventuário de justiça Alighieri e sua esposa dona Bela possuíam junto à porta de São Pedro.

*   *   *

O serventuário Alighieri se unira a dona Bela, a futura mãe de Dante, quando já era viúvo e tinha, do primeiro casamento, um filho de nome Francisco. Procedia de Belincione, cujo pai fora um primeiro Alighieri, o bisavô do poeta.

O primeiro Alighieri era filho de Cacciaguida, um florentino nascido no mesmo sexto da porta de São Pedro, em data incerta, na primeira metade do século XII. Na pessoa de seu trisavô extingue-se o conhecimento dos antepassados de Dante. Registram os antigos cronistas que Cacciaguida pertencia a uma família designada por Elísea, da qual se mencionam, além dele, seus irmãos Moronto e Eliseu. Cacciaguida desposou uma jovem do vale do Pó, mais precisamente de Ferrara, da família Alighieri, e daí o nome depois adotado por seus filhos, que foram numerosos. Ainda muito jovens eram estes quando o pai se alistou numa das cruzadas, e, feito cavaleiro, trasladou-se à Síria, de onde não veio a regressar, tendo morrido em ação.

Parece que Cacciaguida provinha de um ramo da antiga família romana dos Frangipanes. Algum membro desta linhagem havia-se fixado, em tempos remotos, em Florença. Mas sabe-se que o velho Cacciaguida não se lisonjeava de sua procedência, ou porque se tratasse de um tronco espúrio, ou porque se pudessem apontar ações maléficas a manchar-lhe a reputação. Do mesmo modo o próprio Dante, que, embora parecendo nutrir certo orgulho em derivar da "planta em que revive a santa semente daqueles Romanos"[2], fez declarar a seu trisavô, a propósito de seus antepassados, que "sobre quem haviam sido eles e de onde provieram mais importava calar do que dizer"[3].

Ao nascer Dante, em maio de 1265, seu pai o serventuário Alighieri atravessava um período adverso. Como servidor do Estado florentino, vira-se arrastado à voragem da paixão política, unido aos guelfos. E nisto cedera à natural tendência da família, pois guelfos tinha sido também seu pai, Belincione, e seu avô, o primeiro Alighieri. Ora, os guelfos haviam sido destituídos do poder em 1260, após a batalha de Montaperti, em que os gibelinos, comandados por Farinata de Uberti, e sob a inspiração de Manfredo, o filho bastardo do Imperador Frederico II, este último já então falecido, destroçaram completamente o exército florentino.

Como se verificou com a maioria de seus companheiros, é provável que o serventuário Alighieri se tivesse visto na contingência de deixar Florença, por algum tempo. Se assim foi, sua mulher, dona Bela, não o teria, entretanto, acompanhado ao exílio. A tradição, invariavelmente observada na República, não admitia o desterro das senhoras. Em qualquer hipótese, a vida da família se complicara, com o seu chefe alvo da animosidade do partido dominante, e certamente afastado de sua função pública.

O destino parecia, assim, desde o início, colocar sob estranho signo a vida do recém-nascido filho de Alighieri. Sobre o seu berço então se projetava uma sombra funesta – e esta sombra era a do exílio, a do ostracismo político.

* * *

O conflito entre os guelfos, partidários da autonomia da República e ao mesmo tempo da incolumidade do Papa, em que viam o fiador desta liberdade no âmbito da política geral da Península, e os gibelinos, adeptos do poder unitário imperial, lavrava aceso em Florença, como em todas as regiões da Itália.

O desentendimento entre duas importantes famílias florentinas acabou por se transformar na semente de que germinariam, mais tarde, as terríveis e irreconciliáveis parcialidades

---

[2] "...non tocchin la pianta, s'alcuna surge ancora in lor letame, in cui reviva la sementa santa di que' Romani..." (Inferno, XV, 74/77). (N. do T.)
[3] "Che ei si fosser e onde venner quivi, più è tacer che ragionare onesto." (Paradiso, XVI, 44/45). (N. do T.)

dos guelfos e gibelinos locais. Um rapaz dos Buondelmontes comprometera-se a desposar uma jovem Amidei, mas rompeu sua palavra, casando-se, sem qualquer explicação prévia, com outra moça, da linhagem dos Donatis. Os Amideis, cedendo ao conselho de seu amigo Mosca de Lamberti, deliberaram vingar-se daquele insuportável ultraje. Surpreendendo o cavaleiro Buondelmonte na Ponte Velha, num domingo da Ressurreição, ao pé da destroçada estátua de Marte – o antigo padroeiro da cidade – que ali se erguia, abateram-no barbaramente. Iniciou-se uma série de atentados e lutas entre os membros das duas famílias e seus respectivos amigos[4]. Os Lambertis e os Ubertis uniram-se aos Amideis, e os Donatis aos Buondelmontes. Eram famílias prestigiosas, não só pelo número de seus componentes, como pela fortuna que possuíam ou a posição que desfrutavam, e bem se pode perceber a extensão do tumulto que, como um vendaval, se desatou sobre todos os quadrantes da outrora tranquila cidade[5].

Pouco a pouco, foram-se engrossando as duas facções, trasladando-se naturalmente a razão da divergência ao plano político e ideológico do conflito entre guelfos e gibelinos, já instaurado por toda a parte. Os adeptos da autonomia florentina viram-se pela primeira vez expulsos de seus lares em 1248. Sustentados pelo Imperador Frederico II, da Sicília, que lhes enviara um esquadrão de mercenários sarracenos, os gibelinos suplantaram os guelfos, banindo-os da cidade. Farinata de Uberti já se distinguia entre os principais condutores do exército vitorioso. Alguns Alighieris, entre os quais o avô de Dante e provavelmente também seu pai, tiveram que deixar a pátria.

Mas não iria durar muito este primeiro exílio. Os guelfos desterrados mantiveram-se unidos e em armas, protegidos por alguns Estados vizinhos. Quando viram os gibelinos acossados por forças poderosas, juntaram-se a estas, as quais lograram a palma da vitória em Fligino, ao findar-se o ano de 1250. E assim puderam retornar a Florença logo em janeiro seguinte.

Às batalhas, naqueles tempos conturbados, costumavam seguir-se breves intervalos, não de paz propriamente dita, porque as hostilidades se mantinham sempre, ainda que em menor escala. As pausas eram utilizadas para a febril recomposição das fileiras e preparação para outras investidas. Por vezes, o oferecimento de uma aliança inesperada facilitava a rápida retomada da empresa militar. Ou então sucedia que, naquela recorrência interminável de agressões e combates, começasse nalguma das Repúblicas ou cidades próximas um novo choque armado entre as facções rivais, com o que os vencidos de ontem tinham mais uma oportunidade de se reengajarem na luta, ao lado de alguma das forças em confronto.

Assim aconteceu, mais uma vez. Os gibelinos das localidades vizinhas prepararam-se para enfrentar seus adversários, e, reunindo sob a liderança do florentino Farinata de

---

[4] "O Buondelmonte, quanto mal fuggisti le nozze sue per li altrui conforti! Molti sarebber lieti, che son tristi, se Dio t'avesse conceduto ad Ema la prima volta ch' a città venisti!" (Paradiso, XVI, 140/144). (N. do T.)
[5] "Fiorenza dentro de la cerchia antica, ond' ella toglie ancora e terza e nona, si stava in pace, sobria e pudica." (Paradiso, XV, 97/99). (N. do T.)

A DIVINA COMÉDIA

Uberti um contingente poderoso, dizimaram as formações guelfas em Montaperti, a 14 de setembro de 1260. Relatam as crônicas contemporâneas que um traidor, Bocca de Abati, quando mais acesa ia a luta, decepou num súbito golpe de espada a mão do porta-bandeira guelfo Jacopo de Pazzi. Arriado o estandarte, seguiram-se o pasmo e a confusão entre os soldados, que se puseram em fuga, deixando centenas de mortos às margens do rio Árbia, cujas águas se tingiram de sangue[6]. A tropa vitoriosa entrou em Florença, instituiu um governo gibelino e, pela segunda vez, baniu em massa os guelfos.

Esta situação persistia quando, em 1266, um novo elemento de perturbação se introduziu no cenário já tumultuado da Península. Deliberaram os Franceses disputar aos Tedescos a posse da Itália, percebendo que a incontrolável cizânia ali existente poderia ser útil aos seus desígnios. Carlos d'Anjou, da linhagem dos Capetos, reis da França, e ele próprio Conde da Provença, desceu à Apúlia a fim de enfrentar Manfredo, o filho bastardo de Frederico II, e ao qual coubera, com a morte do Imperador, o reino da Sicília e Nápoles. Utilizando, em larga escala, a corrupção, como era habitual naqueles tempos, d'Anjou conseguiu que os Apulienses lhe franqueassem, sem qualquer resistência, o passo em Cremona. Pouco depois feriu-se em Benevento grande batalha, em que foi vencedor d'Anjou, e que teve por epílogo a morte de Manfredo. O partido gibelino entrava, evidentemente, em colapso. Reorganizaram-se e mobilizaram-se os guelfos em todas as áreas, e, também, em Florença, onde reentraram logo após a derrota de Manfredo, com a permissão de um conselho moderado que se instituíra na República na emergência da crise.

* * *

Na vigília de Pentecostes — que era, juntamente com o sábado santo, a época própria para o batismo coletivo na igreja de São João — a família de Dante reuniu-se para a cerimônia que devia fazer do menino um cristão.

Era um momento de alegria, festa e confraternização no recinto do Batistério, literalmente tomado pela multidão que levava as crianças ao ofício lustral. A afluência tornava difícil o movimento no espaço exíguo, e as mães, tendo ao colo os filhos, deviam mover-se cuidadosamente devido à ampla bacia, ao centro, cavada no solo, onde se realizava o batismo por imersão, e às quatro cavidades bastante profundas que a circundavam, além daquela que desciam os sacerdotes para melhor se desincumbirem da árdua tarefa que lhes cabia em tais ocasiões.

O ano de 1266 trazia novas esperanças aos adeptos do partido guelfo, que haviam retomado, e encontravam agora ambiente mais propício. Com a derrota de Manfredo, em Benevento, Carlos d'Anjou tornara-se o senhor da Apúlia e da Sicília. Declinava também a estrela dos gibelinos locais. Numa tentativa para evitar o pior, o conselho

---

[6] "... Lo strazio e 'l grande scempio che fece l'Arbia colorata in rosso..." (Inferno, X, 85/86). (N. do T.)

dirigente da Comuna decidiu atribuir as responsabilidades do governo a dois estrangeiros, os frades gaudentes Catalano Malvolti e Loderingo Andalò, ambos bolonheses. O fato não era extraordinário. Sempre que as circunstâncias impunham a necessidade de conciliação das facções desavindas costumava-se recorrer, na Itália medieval, à prática de confiar a gestão pública a elementos desvinculados dos conflitos e paixões locais, no pressuposto de que estavam mais capacitados a agir com a indispensável isenção[7].

No caso, entretanto, não ocorreu assim. Os dois frades gaudentes, investidos como *podestà*[8], ou por julgarem perdidos os gibelinos, ou por nutrirem contra eles alguma secreta antipatia em razão de suas restrições ao poder da Igreja, ou ainda por outro motivo oculto, entraram a favorecer abertamente aos guelfos, que se sentiram fortes e estimulados à vindita. Recomeçaram as arruaças e correrias, com o entrechoque dos grupos, e, por fim, o assalto às residências dos principais líderes gibelinos, muitas das quais foram incendiadas, e, entre estas, as casas dos Ubertis, no bairro do Gardingo.

Pouco antes destes acontecimentos, mas ainda em 1266, ocorria um fato que se destinava a ter influência transcendente na vida e na obra de Dante: o nascimento de Beatriz, filha de Folco Portinari, um rico negociante de Florença, que residia em mansão contígua à dos Donatis e não distante da casa de Alighieri, com quem ambas as importantes famílias florentinas mantinham alguma relação de amizade.

Embora os guelfos estivessem praticamente instalados no poder – a princípio através da complacência interessada de Catalano e Loderingo, e logo em seguida ao afastamento destes, pelos dirigentes por eles mesmos escolhidos – persistia ainda alguma incerteza quanto ao desfecho da luta entre Carlos I d'Anjou e os gibelinos fiéis à política imperial, ou, mais propriamente, aos destinos da Casa de Suábia.

O jovem Conradino, sobrinho de Manfredo e último representante da família de Frederico II, proclamava seus direitos sobre o reino da Apúlia e preparava-se para disputá-los pela força das armas. Achando-se ele em 1268 em Tagliacozzo, na região dos Abruzzos, Carlos d'Anjou marchou ao seu encontro à frente das mesmas tropas que haviam derrotado a Manfredo. Um dos lugares-tenentes de d'Anjou, o velho francês Alardo de Valéry, no comando das vanguardas que atingiram Tagliacozzo, usando de um estratagema, conseguiu com relativa facilidade a vitória. Conradino foi feito prisioneiro e a seguir decapitado, extinguindo-se assim o poder de fato dos tedescos na Itália meridional.

Enquanto se desenvolviam as chamadas guerras angevinas, os guelfos de Florença procuravam consolidar definitivamente sua posição, organizando uma espécie de governo democrático e popular, do qual se excluía quase totalmente a participação dos nobres. Mas na vizinha Siena, os gibelinos conservavam-se fortes e deliberaram ir em socorro de seus correligionários florentinos, alvos agora de tenaz perseguição, e em sua maior parte exilados. Sob a liderança de Provenzano Salvani conseguiram forçar as

---

7   "Frati Godenti fummo, e bolognesi; io Catalano e questi Loderingo nomati, e da tua terra inseme presi, come suole esser tolto un uom solingo per conservar sua pace..." (Inferno, XXIII, 103/107). (N. do T.)
8   Antigo título italiano, derivado do latim *potestas*, que significa grande autoridade ou poder. (N. do R.)

tropas adversárias a bater em retirada, nas imediações de Montaperti, em 1269. Mas as mesmas, recuperadas e fortalecidas por um contingente enviado por Carlos I d'Anjou, sob o comando de Giambertoldo, continuaram a luta, e naquele ano ainda, em Valdés, infligiram aos Senêses pesada derrota, tendo Salvani perecido na batalha.

A partir daí, Florença desfrutou de um período de relativa tranquilidade interna, embora por toda a Toscana e a Romanha se reacendesse a luta entre as facções rivais. Naturalmente participou por vezes desses confrontos, enviando esquadrões em apoio de seus aliados guelfos, nalguma emergência, aqui e ali. Mas só o fato de tais contendas não ameaçarem, diretamente, a sua integridade, ferindo-se longe de seus muros, já era um extraordinário privilégio naqueles dias inquietos e turbulentos.

* * *

A infância de Dante transcorria, assim, serena e normalmente, no seio da família então recomposta, e no ambiente mais estável da cidade, em que a população retomara suas atividades ordinárias e se verificava então o renascimento da vida social.

Ao atingir ele a quadra em que era de uso começar o estudo das primeiras letras, levaram-no seus pais à escola dos Franciscanos, no convento de Santa Cruz, para que ali cuidassem de sua educação. As milícias de São Francisco e São Domingos, desde a fundação das respectivas ordens, achavam-se em Florença, sediadas a um e outro lado da cidade. Àquela altura já era importantíssimo o papel que ambas desempenhavam, difundindo a fé, assistindo aos necessitados e sobretudo tomando a seu cargo a iniciação intelectual e religiosa das crianças e a formação da juventude.

Muitos dentre os frades de Santa Cruz dedicavam-se às letras, às ciências e às artes, influenciados talvez pelo exemplo do fundador, o Poverello de Assis, cujo Cântico do Sol era por eles entoado, em conjunto, todas as manhãs, e ainda do dileto companheiro de Francisco, o irmão Jacomino de Verona, e do irmão Jacopone de Tode, ambos poetas populares largamente conhecidos e divulgados no tempo.

Aí sem dúvida o menino Dante Alighieri, iniciando-se no aprendizado da leitura, da escrita e dos rudimentos da aritmética, principiava a ter pouco a pouco seu fecundo espírito e sua poderosa inteligência despertados para as graças da poesia, os mistérios da ciência e os apelos da fé.

Com o correr do tempo, e à medida em que fazia progressos rápidos em sua classe, Dante se aproximava naturalmente de alguns dentre os frades do Convento, que, percebendo a força do talento a germinar nele, encarregaram-se espontaneamente de completar sua iniciação, em esfera mais ampla do que o comportava a estreiteza das lições ordinárias. Aprimorar isso não pairava dúvida de que ele estaria, dentro em muito pouco tempo, capacitado a fazer os cursos do Trívio, que compreendia o latim, a retórica e a dialética, e do Quadrívio, que abrangia a aritmética, a geometria, a música e a astronomia, segundo os currículos em que se distribuíam os estudos então franqueados à juventude.

No período das férias escolares e mais comumente aos domingos, seus pais levavam-no certamente a passear à colina de São Miniato, donde se descortinava o amplo panorama de Florença, ou a assistir a algumas das festividades populares que aconteciam na cidade. Entre estas, era a mais empolgante a da data do padroeiro, São João Batista, quando centenas de pessoas se reuniam no velho templo e, trajadas de branco, desfilavam lentamente pelas ruas, ao som das trombetas e das charamelas, erguendo os estandartes florentinos com o lírio ora branco ora vermelho, e conduzindo em triunfo a imagem do santo.

Também anualmente se disputavam os jogos do pálio, em que os cavaleiros, partindo do extremo da cidade, a jusante do Arno, corriam para o centro, em sentido inverso ao da torrente. Percorriam diversos sextos ao longo do rio, em demanda do da porta de São Pedro, que se encontrava ornamentado de flâmulas e insígnias, e onde a multidão permanecia concentrada, aguardando a chegada dos ginetes, para festejar com estrepitosos aplausos o vencedor.

E não era raro promover-se, em alguma das praças, à tarde, a representação improvisada dos mistérios, por artistas locais, ou grupos andejos de poetas e jograis, que também declamavam as canções de giesta e os romances de cavalaria em voga na Península, muitos deles recitados em seu próprio idioma de origem – o provençal.

*　*　*

O ano de 1274 pareceu restituir a Florença a antiga agitação, que, entretanto, perdurou apenas por algumas semanas. Organizava-se ali uma expedição militar, como também em Siena, num acordo entre os dois governos, para sustentar os guelfos de Pisa. Estes, sob a liderança do conde Ugolino della Gherardesca, haviam finalmente derrotado os gibelinos e ascendido ao poder.

Em maio, quando Dante completava nove anos, realizou-se na casa de Folco Portinari uma festa destinada à comemoração da primavera, sempre ruidosamente celebrada na cidade. Amigos e vizinhos foram convidados, e, entre estes, a família Alighieri. Dante acompanhou seu pai, e na bela mansão viveu experiência inesquecível. No lugar da casa onde naturalmente se congregavam os jovens de sua idade, aconteceu defrontar-se com Beatriz, apenas um ano mais moça do que ele. Via-a pela primeira vez. A menina se apresentava num traje de cor vermelha, com a clássica cinta de couro, à moda florentina, levando à cabeça singelo adorno de flores, como convinha à sua condição[9]. Um misto de inocência, graça e beleza aureolava-lhe a personalidade. Aquela visão subitânea fez

---

9 "Apparve vestita di nobilissimo colore, umile ed onesto, sanguigno, cinta e ornata a la guisa che a la sua giovanissima etade se convenia." (Vita Nuova, § II). (N. do T.)

pulsar aceleradamente o coração do jovem Dante e seus pensamentos levaram-no, ali mesmo, às regiões não pressentidas da transfiguração e do êxtase.

Sua imaginação acabava, na verdade, de encontrar uma fonte de inspiração e estímulo que haveria de persistir como o *leitmotiv* a determinar, por toda a vida, o futuro itinerário do homem e do poeta. Quaisquer que fossem as circunstâncias, quaisquer que fossem os rumos a que se veria impelido pelo destino, aquela distante visão infantil se renovava em seu espírito, e era como uma luz transcendente a guiar-lhe os passos na escuridão.

Enquanto se operavam no seu íntimo as profundas transformações decorrentes desta experiência, que, todavia, não se manifestavam ainda externamente em sua conduta, passava Dante os dias em Santa Cruz, divididos entre as exigências de seu aprendizado e os entretenimentos com seus condiscípulos e mestres. Não muito tempo depois chegava ao Convento a notícia da morte de Tomás de Aquino, o insigne doutor da Igreja, autor das duas *Sumas* e dos *Comentários à filosofia de Aristóteles*. Dizia-se que Carlos I d'Anjou fizera ministrar veneno a Tomás, por sabê-lo contrário a algumas das teses que se iam aprovar no Concílio de Leão, já convocado, e que revestiam grande importância política no tocante aos interesses gauleses na Península[10]. Dante ouvira muitas vezes, das palestras entre os frades, referências a Tomás de Aquino, bem como a São Boaventura, os mestres da escolástica e expositores da doutrina da Igreja no plano filosófico e dialético.

Daí até 1277, o jovem Alighieri, de volta do Convento à sua casa no sexto de São Pedro, procurava rever Beatriz. E postava-se, por longas horas, nas imediações da residência de Folco Portinari, na esperança de vê-la assomar ao balcão ou a uma das janelas, ou de surpreendê-la ao entrar ou sair, acompanhada por senhoras mais idosas, como acaso sucedia. Nos fugazes instantes em que lograva divisá-la sentia recrescer por ela o seu fervor, e já se acostumava a admirá-la à distância, não como se fosse uma criatura mortal, mas um anjo de Deus[11].

Não obstante manter-se Florença relativamente calma, persistiam os confrontos entre guelfos e gibelinos nas regiões vizinhas. A recente aliança com os guelfos pisanos determinou nova expedição militar para reconduzir ao poder o conde Ugolino della Gherardesca, que dele havia sido afastado. Mas na Romanha, especialmente em Forlí, os gibelinos, capitaneados por Guido de Montefeltro, cresciam em força e ousadia. Uma tropa florentina, enviada em socorro dos guelfos ali, foi em 1276 completamente destroçada. Montefeltro dirigiu-se à praça bolonhesa e, conquistando-a, consolidou seu domínio em vasta área.

Dois acontecimentos alcançaram, nesta fase, intensa repercussão no Convento de Santa Cruz. A morte, em Bolonha, em 1276, do poeta Guido Guinizelli, um dos mestres do

---

10 "Carlo venne in Italia e, per ammenda, vittima fé di Curradino; e poi ripinse al ciel Tommaso, per ammenda." (Purgatorio, XX, 67/69). (N. do T.)
11 "Elli (o amor) mi commandava molte volte che io cercasse per vedere questa angiola giovanissima, onde io ne la mia puerizia molte volte l'andai cercando, e vedeala di si nobili e laudibili portamenti, che certo di lei si potea dire quelle parole del poeta Omero: 'Ella non parea figlia d'uomo mortale, ma di Deo'." (Vita Nuova, § II). (N. do T.)

chamado *stil novo*, que se propagava então pelos meios cultos da Toscana e da Romanha, e cujo nome já era provavelmente do conhecimento do jovem Dante. O outro foi a ascensão do Cardeal Orsini, como Nicolau III, ao sólio pontifício, a 5 de dezembro de 1277.

II
A ADOLESCÊNCIA. A PAIXÃO JUVENIL. A COMPOSIÇÃO DA VIDA NOVA. A MORTE DE BEATRIZ

Florença beneficiava-se enormemente do período de segurança e paz em que ingressara. Sua população aumentava sem cessar, seu comércio se convertia num dos mais poderosos da Europa, e majestosas construções, erigidas com arte e beleza, tornavam-na ainda mais atraente.

A não ser o ligeiro conflito com Arezzo, de que participaram em razão da aliança com Siena, e que terminou com a batalha de Topo, limitavam-se agora os florentinos a comentar os fatos de interesse local, como o famoso derrame dos florins falsos, cunhados por Mestre Adamo, de Bréscia, supostamente por inspiração dos condes Guidos, do Casentino[12]. Ou, então, a acompanhar e discutir os eventos políticos em outras partes da Península, como o longo cerco que as tropas francesas enviadas da Apúlia e da Sicília puseram à gibelina Forlí. O papa Nicolau III, em negociações antes mantidas com o imperador Rodolfo, da Alemanha, lograra obter do mesmo a promessa de abster-se de qualquer intervenção na Romanha, para que ali fosse restaurado o poder da Igreja. Mas o conde Guido de Montefeltro, valoroso comandante das guarnições sitiadas, após suportar mais de um ano de assédio, conseguiu com habilidade e astúcia surpreender os franceses, e seus aliados guelfos, infligindo-lhes devastadora derrota.

A libertação de Forlí ocorreu em 1282. No mesmo ano, as populações de Palermo e do interior da Sicília sublevaram-se contra Carlos II d'Anjou, filho e sucessor de Carlos I, visto que se achavam submetidas a toda espécie de perseguições e vexames. A multidão amotinada armou-se e saiu às ruas, tomada por incontrolável fúria. Aos gritos de "morra" lançava-se sobre os franceses, onde quer que os encontrasse, acabando por expulsá-los da ilha. Eram as Vésperas Sicilianas, de que muito se falou então em toda a Itália.

Carlos II passou-se a Nápoles. Mas ali mesmo, nas águas de seu celebrado golfo, teve que defrontar-se com a esquadra espanhola, sob o comando de Ruggiero de Lauria, a serviço de Pedro de Aragão, que lhe disputava o poder. Desbaratada a frota que, às pressas, conseguiu reunir, o francês foi feito prisioneiro, enquanto Pedro de Aragão se assenhoreava da Sicília.

Parece que dois anos, mais ou menos, antes destes acontecimentos, Dante deixara

---
[12] "Io son per lor tra sì fatta famiglia: e' m'indussero a batter li fiorini che avean tre carati di mondiglia." (Inferno, XXX, 88/90). (N. do T.)

o Convento de Santa Cruz – e, já mortos seus progenitores, vivia na casa paterna, com seu irmão Francisco, em companhia de uma velha senhora, provavelmente sua tia, que de ambos cuidava. Seguiu-se um período de disponibilidade e incerteza sobre o rumo a tomar. Mas prevaleceram nele, finalmente, a vocação intelectual e o desejo de prosseguir em seus estudos, nos quais já alcançara algum renome e lhe abriam perspectivas de progresso rápido em nível mais elevado.

O jovem Alighieri começou a frequentar, então, a escola de Brunetto Latini, escritor e filósofo de grande reputação no tempo. O conhecido mestre, sendo guelfo, teve que deixar Florença após a derrota de Montaperti, em 1260, emigrando a Paris, onde permaneceu por alguns anos e onde escreveu em francês o seu *Tesouro*, espécie de repositório de conhecimentos de filosofia, ciências naturais, história e astrologia, deduzidos através da técnica das reflexões e como que demarcando o itinerário de uma experiência pessoal. Com a estabilização dos guelfos no poder, Brunetto regressou a Florença, reassumindo suas funções de notário e reabrindo a famosa escola, frequentada pela maioria dos jovens em que despontava o gosto das ciências, das letras e das artes.

Não há dúvida de que foi importantíssima a influência de Brunetto Latini na formação cultural e espiritual de Dante, segundo seu próprio testemunho[13]. Entre os condiscípulos de Alighieri nesta quadra podem-se apontar Giotto de Bondone, o futuro grande pintor, Forese Donati e Capócchio de Siena. E pelos mesmos bancos tinham passado, havia não muito tempo, Guido Cavalcanti, Cino de Pistoia e Dante de Maiano, àquela altura já consagrados entre os principais poetas de Florença.

* * *

Após as longas horas de estudo do latim, da história e das ciências, ouvindo as sábias e inspiradas lições de Brunetto, Dante costumava em companhia de alguns colegas e amigos deixar-se ficar pelas movimentadas praças do centro da cidade, a apreciar o vaivém dos florentinos e a falar, muitas vezes, de poesia, pois àquela altura se iniciava, com aplicação e fervor, na arte do verso.

Corria o ano de 1283, em que Dante completara seu décimo oitavo aniversário. Era um moço delgado, de estatura apenas mediana, nariz aquilino e cabelos negros, abundantes e um tanto revoltos. Trajava o típico *lucco* dos florentinos, isto é, uma túnica inteiriça, que cobria o peito e se fechava sob o queixo, e trazia à cabeça o *cappuccio*, espécie de barrete com abas laterais compridas a pender-lhe quase aos ombros. Num daqueles dias, quando se encontrava com alguns amigos, deparou-se, subitamente, a uma esquina, com Beatriz, que se aproximava ladeada por duas elegantes senhoras

---

[13] "Che 'n la mente m'è fitta, e or m'accora, la cara e buona imagine paterna di voi, quando nel mondo ad ora ad ora m'insegnavate come l'om s'eterna..." (*Inferno*, XV, 82/85). (N. do T.)

mais idosas. Ela ostentava um vestido estreito, inteiramente branco, e que, na sua sobriedade, lhe acentuava a radiosa beleza. Ao passar por perto, volveu seus verdes olhos a Dante, que se deixara ficar a contemplá-la, siderado ante a visão inesperada, e lhe sorriu, num aceno cortês e amigável[14]. O jovem Alighieri sentiu-se como que conduzido aos páramos do êxtase. Era a segunda vez que a via assim de tão perto, e a primeira que seus lábios se haviam entreaberto para lhe dirigir a palavra.

O próprio Dante nos revela que ingressou ali num estado de quase torpor e alheamento. Afastou-se, imediatamente, de seus companheiros e foi refugiar-se à solidão de seu quarto, onde, sem poder disciplinar a torrente dos pensamentos que lhe afluíam à mente, adormeceu, por fim. E viu, em sonho, numa aura ígnea que se estendia por todo o aposento, uma imagem que se assemelhava à representação costumeira do Amor, alguém que lhe apresentava nos braços a desmaiada figura de Beatriz, envolta num estofo encarnado como a vira nove anos antes, e ostentando nas mãos um coração em chamas.

Ao despertar, o jovem Alighieri refletiu sobre aquela estranha visão, e achou que deveria descrevê-la a outras pessoas, para que o ajudassem a interpretá-la devidamente. Começou a compor, então, um soneto, que abria com uma espécie de saudação aos poetas – li fedeli d'Amore –, a quem narrava seu sonho, omitindo o nome de Beatriz, e rogando-lhes que o explicassem. Era o ponto de partida na elaboração da Vida Nova. O soneto foi enviado ao mesmo tempo aos seus amigos, aos que como ele se iniciavam nos segredos da arte do verso na escola de Brunetto Latini, e também aos principais poetas de Florença, entre os quais os já referidos Guido Cavalcanti, Cino de Pistoia e Dante de Maiano.

Ao remeter-lhes o poema-enigma, o autor não se identificou senão perante seus colegas. Não o fez quando se dirigiu aos poetas mais velhos, nomes já consagrados na vida literária da cidade. Mas estes não tardaram a descobrir quem era o jovem confrade que a eles escrevia e os convocava ao debate poético. Responderam-lhe, cortesmente. E Dante revela, então, que a resposta de Guido Cavalcanti - que depois se tornou o primeiro de seus amigos – foi o início da afeição que a seguir se desenvolveu entre os dois, e que iria acabar, de modo inglório, e bruscamente, muitos anos mais tarde, às vésperas quase da morte de Guido, e um pouco antes, também, de seu próprio e definitivo exílio.

* * *

O poeta prosseguiu, dali por diante, na composição dos maravilhosos poemas da Vida Nova. Adotava, como era natural, o maneirismo das escolas em voga, profundamente influenciadas pelo estilo provençal. O lirismo contemporâneo refletia fielmente,

---

14 "...Avvenne che questa mirabile donna apparve a me vestita di colore bianchissimo, in mezzo di due gentili donne, le quali erano di più lunga etade; e passando per una via, volse li occhi verso quella parte ov' io era molto pauroso, [...] e mi salutò virtuosamente, tanto che mi parve allora vedere tutti li termini de la beatitudine." (Vita Nuova, § III). (N. do T.)

quando não exacerbava, aquela concepção medieval e cavalheiresca do culto à mulher, a qual era exaltada num plano de idealidade e sublimação, como se se tratasse não de uma criatura física, mas de uma abstração, um símbolo dos sentimentos e aspirações a que as regras da cortesia impunham uma expressão peculiar, de extrema delicadeza e reverência, expressão que não poderemos hoje bem compreender e interpretar sem a transposição repristinatória ao tempo e ao meio em que ela se praticava.

Não nos esqueçamos de que Dante e Beatriz eram quase da mesma idade, ambos ainda na adolescência. Os usos e costumes da época não podiam deixar qualquer dúvida ao apaixonado poeta de que aquele era um amor impossível de se realizar segundo os padrões da vida ordinária. Os casamentos se efetuavam, via de regra, não por escolha pessoal ou inclinação afetiva dos futuros esposos, mas por decisão das famílias, que no propósito de promover uma união conveniente e segura firmavam os compromissos, sem mesmo consultar as partes diretamente interessadas. Semelhante norma era por todos adotada e aceita, especialmente quanto às mulheres, que costumavam ser dadas por esposas aos preferidos de seus pais, quase sempre homens de situação já definida e, por isto mesmo, bem mais idosos do que elas.

A um jovem nas condições de Dante, de família modesta, e que sequer havia ensaiado os passos na vida prática, não poderia estar aberta a mínima possibilidade de qualquer sucesso futuro junto à herdeira dos Portinaris. Sua clara inteligência já lhe antecipara, certamente, o amargo reconhecimento desta verdade. Talvez por isso é que, dominado por aquele amor impossível, esforçava-se por de todos ocultá-lo, mesmo de seus mais íntimos amigos. Conta-nos ele que, achando-se certa vez numa igreja, onde também se encontrava Beatriz, observou que, a meio caminho, como a interceptar a imaginária linha reta entre ele e a dama de seus pensamentos, postava-se uma moça de aspecto muito atraente. Aconteceu que esta gentil senhora, surpreendendo os seus olhares, imaginou que os mesmos eram a ela dirigidos. E, por sua vez, procurou correspondê-los, fitando-o repetidas vezes, o que foi notado por muitas pessoas que se achavam nas proximidades[15].

Não era, pois, de admirar que se difundisse o rumor de que Dante se enamorara da referida jovem, e a ela cantava nos seus versos. Na verdade, como se declara na *Vida Nova*, surgiu daí uma espécie de romance *a latere*, que se prolongou por muitos meses. Mas o poeta, arrebatado nas asas da efusão lírica, apressava-se a proclamar algo estranhamente, que permanecia mais do que nunca fiel ao seu antigo sentimento, deixando-se prender à agradável companhia da bela senhora apenas para melhor poder guardar o seu segredo, isto é, para bem ocultar sua verdadeira paixão. A nova namorada representava a seus olhos – como textualmente o afirma – uma espécie de escudo, um *schermo della veritate*[16].

---

15 "...E nel mezzo di lei e di me, per la retta linea, sedea una gentile donna di molto piacevole aspetto, la quale mi mirava spesse volte, maravigliandosi del mio sguardare, che parea che sopra lei terminasse." (Vita Nuova, § V). (N. do T.)
16 Escudo ou tela da verdade; que mostra a verdade. (N. do R.)

DANTE ALIGHIERI

As infidelidades do jovem Dante não se restringiram a este episódio. A bela senhora de que se trata ausentou-se de Florença, em viagem prolongada. O poeta foi visitá-la na localidade a que ela se trasladara. Mas, ao regressar, e movido sempre, segundo suas próprias palavras, pelo propósito de não deixar transparecer a identidade de sua musa inspiradora, começou a ser visto frequentemente em companhia de outra *ragazza* florentina, fato que foi larga e por vezes maliciosamente comentado na cidade.

Estava o poeta longe de imaginar que as suas tentativas de despistamento lhe fossem custar tão caro. Os rumores sobre o seu novo idílio chegaram, certamente, até Beatriz, que, passando algum tempo depois por ele, na rua, recusou-lhe o esperado e desejado cumprimento[17]. Foi o bastante para suscitar-lhe no coração tremenda crise, que novamente o impeliu aos abismos da solidão, da perplexidade e da total ausência de objetivos. Deixou de frequentar a costumeira roda de seus amigos, e se algum o avistava, por vezes, casualmente, não podia esconder a impressão que lhe causava seu aspecto abatido e frágil, reflexo da tristeza e da amargura que lhe devastavam o íntimo. O ilimitado desespero do jovem poeta, para quem a simples saudação de sua amada constituía motivo de exaltação e beatitude, conferiu acentos ainda mais belos e profundos à sua lira, que se pôde alçar às culminâncias de poemas como *Tutti li miei pensier parlan d'amore*, ou *Tanto gentile e tanto onesta pare*, ou, ainda, *Vede perfettamente ogne salute...*

Nos quatro anos que se seguiram ao primeiro encontro, na rua, com Beatriz, do qual lhe veio a inspiração da *Vida Nova*, Dante trabalhou, pois, na composição dos respectivos sonetos e canções. Ao mesmo tempo encarregava-se de interpretar-lhes o verdadeiro sentido, efetuando a sua divisão, como ele dizia, e fazendo-os acompanhar de comentários em prosa. Explicava, igualmente, as visões que lhe surgiam em sonhos – e a que atribuía a origem de muitos poemas, como uma espécie de plano subjacente àquele em que se desenvolvia a grande crise sentimental.

Enquanto isto, prosseguia em seus estudos na escola de Brunetto Latini, e, nos intervalos das fases de solidão e alheamento em que costumava imergir, procurava integrar-se cada vez mais na vida literária e social de Florença, desfrutando, já agora, da prestigiosa amizade – entre outros – de Guido Cavalcanti e Cino de Pistoia, que lhe abriam novos horizontes. O seu sucesso começava a afirmar-se. O jovem poeta mostrava sensível inclinação para a companhia das senhoras e das moças, nunca perdendo a oportunidade de se deter para saudá-las e com elas conversar, quando encontrava as de seu conhecimento. Ultimamente, recomeçava a frequentar a velha Santa Cruz dos Franciscanos, bem como os conventos dos Dominicanos e dos Beneditinos, atraído por suas ricas bibliotecas, onde se dedicava à leitura das obras mais importantes que ali se reuniam, em vulgar e em latim.

---

[17] "E per questa cagione, cioè di questa soverchievole voce che parea che m'infamasse viziosamente, quella gentilissima, la quale fu distruggitrice di tutti li vizi e regina di le virtudi, passando per alcuna parte, mi negò lo suo dolcissimo salutare, ne lo quale stava tutta la mia beatitudine." (Vita Nuova, § X). (N. do T.)

A DIVINA COMÉDIA

Recrescia cada vez mais a importância de Florença como poderoso centro urbano e núcleo irradiador de arte e cultura, apresentando-se já como a grande rival de Roma. Os limites da cidade se ampliavam incessantemente e para ela se trasladavam em número crescente elementos das localidades próximas, desejosos de na mesma se estabelecer e trabalhar. Em 1284 era construído o Palácio da Senhoria, conhecido como o Palácio Velho, e que se tornaria famoso na fase áurea do grande burgo. Não muito depois chegava, procedente de Rímini, a notícia da morte de Paulo Malatesta e de sua cunhada Francisca, nobre senhora da estirpe dos Polentanos de Ravena, ambos assassinados por Gianciotto, marido de Francisca e irmão de Paulo. A tragédia repercutiu intensamente em Florença, onde Paulo Malatesta havia residido poucos anos antes, exercendo o importantíssimo cargo de capitão do povo.

Fluía o tempo e, em 1287, quando Dante completava vinte e dois anos, divulgou-se um fato subitâneo e inesperado. Beatriz Portinari ficara noiva e, quase imediatamente, desposou o cavaleiro e próspero homem de negócios Simão de Bardi, ligado à família dos Ubertis. O poeta recebeu com serenidade a notícia, parecendo estar convencido, desde muito, de que assim deveria suceder. O nome e a figura de Beatriz achavam-se, porém, associados indissoluvelmente ao seu destino humano e poético. Não se interrompeu nele o culto por sua musa inspiradora. Continuou a celebrá-la nos versos imortais da *Vida Nova* e em numerosos outros poemas e canções, como se nada houvesse acontecido.

* * *

Pouco a pouco, ia-se de novo conturbando a Toscana, que desfrutara de um período de relativa tranquilidade. Os guelfos, que em Pisa detinham o poder através de Nino Visconti, desentenderam-se, dando origem a duas facções adversas. Uma delas era dirigida pelo arcebispo Rogério de Ubaldini, que, aliando-se ao conde Ugolino della Gherardesca, conseguiu destituir a Visconti. Mas após a vitória, decidido a conservar toda a autoridade em suas mãos, o arcebispo voltou-se contra seu companheiro, e, sustentando-se nos remanescentes das hostes gibelinas, fez-lhe a grave acusação de haver cedido aos florentinos e luquenses alguns castelos da circunscrição de Pisa, necessários à sua defesa, como os de Bientina e Ribafrata. A multidão, insuflada por Rogério, invadiu a propriedade de Ugolino, retirando-o dali prisioneiro. Foi encerrado com dois filhos e dois netos que se achavam em sua companhia numa velha torre da herdade dos Gualandis, conhecida como a Torre da Muda, pois era utilizada para a criação e pouso dos falcões. Dizia-se que o Arcebispo, para gáudio da populaça amotinada contra seu ex-aliado, fez vedar a prego as portas da torre e mandou atirar as respectivas chaves ao Arno, demonstrando, publicamente, que os prisioneiros estavam condenados à morte pela fome. A Torre da Muda, a partir de então, tornou-se conhecida como a Torre da

Fome[18]. Iniciara-se o ano de 1289, e, simultaneamente com estes tristes acontecimentos, chegava a Pisa o conde Guido de Montefeltro, nomeado, em face da mudança política recém-operada pró-gibelinos, para exercer o cargo de capitão do povo naquela praça.

Logo a seguir, em maio, procedente da França, e rumando a Nápoles, passava por Florença o jovem Carlos Martel, filho de Carlos II d'Anjou, e a quem deveria suceder como herdeiro de seu domínio na Apúlia, se o destino não o arrebatasse à vida antes do pai, como na realidade veio a se verificar. Martel já havia por esse tempo desposado uma princesa da Casa reinante de Absburgo, que substituíra a de Suábia no Império germânico. Uma aliança ocasional aproximava assim as duas famílias reais que se haviam enfrentado longamente na Península, polarizando o dissídio entre guelfos e gibelinos. Dante conheceu, naquele ensejo, o filho de Carlos II, experimentando pelo brilhante príncipe uma grande admiração. Foi, talvez, o sinal mais remoto da futura mudança na posição política do poeta, que, guelfo por tradição de família, parecia demonstrar a primeira inclinação em favor da ideia da unificação italiana, sob a autoridade de um imperador. Mesmo sua eventual e violenta idiossincrasia contra a Casa de França não pôde abater a simpatia que sempre devotou a Martel e à sua memória[19].

Por esse tempo, viveu ele também a sua necessária experiência militar. Os jovens não desdenhavam de qualquer oportunidade para adestrar-se na arte da guerra, sem o que não era possível ter como acabada a formação de quem quer que fosse que aspirasse a algo acima da mediocridade da vida dos lavradores, dos peões, dos taberneiros e dos serviçais. Com os gibelinos no poder, em Arezzo, a montante do Arno, e agora também em Pisa, a jusante, a situação de Florença guelfa – a meia distância entre aquelas cidades — tornava-se delicada. Dante decidiu alistar-se na força armada da República, que se recompunha e ampliava, e participou quase imediatamente de uma expedição contra as formações aretinas. Integrava ele um esquadrão de cavalaria, preposto à vanguarda do contingente. As forças adversas defrontaram-se em Campaldino, a 11 de junho daquele ano, sendo que o jovem poeta se destacou, então, por seu valor e bravura. A seu lado, lutava Bernardino de Polenta, irmão de Francisca de Rímini. A vitória sorriu aos Florentinos, que foram recebidos, na volta triunfal, com grandes festas e honrarias.

Aproveitando o sucesso de Campaldino, deliberou o governo da Comuna secundar a ação dos Luquenses, que, por sua vez, se defrontavam com os Pisanos. Cerca de quatrocentos cavaleiros de Lucca e duzentos de Florença, entre os quais Dante, sitiaram em agosto o castelo de Caprona, estratégica posição acirradamente defendida pelos soldados de Pisa. Já extinta sua provisão de alimentos, a guarnição sitiada decidiu-se pela rendição, após negociações em que lhe foi ressalvado o retorno em segurança à sua base. Dante assistiu à evacuação da fortaleza, com a passagem dos vencidos por

---

18 "Breve pertugio dentro de la muda la qual per me ha 'l titol de la fame..." (Inferno, XXXIII, 22/23). (N. do T.)
19 "Il mondo m'ebbe giù poco tempo; e se più fosse stato, molto sarà di mal che non sarebbe. Chè s'io fosse giù stato, io ti mostrava di mio amor più oltre che le fronde..." (Paradiso, VIII, 49/51 – 56/57). (N. do T.)

entre alas dos vencedores, que vociferavam ensurdecedoramente, cobrindo-os de insultos e ameaças[20].

* * *

A experiência militar do poeta restringiu-se a estas pelejas de Campaldino e Caprona, não perdurando, assim, senão por poucos meses.

Ao iniciar-se o ano de 1290 ei-lo de novo integrado na vida civil de Florença, mas absteve-se de retornar à escola de Brunetto Latini. Na verdade já se habilitara no elenco das disciplinas que o velho mestre se propunha a explicar a seus alunos. Nutria o propósito de dirigir-se o mais breve possível a Bolonha – o grande centro universitário da Península – e a Paris – que já então ostentava a liderança europeia no domínio literário e no da investigação científica – para completar sua formação. Enquanto aguardava a oportunidade de fazê-lo, entregava-se à composição de seus poemas e à leitura dos códices existentes nas bibliotecas dos Conventos florentinos. Como era usual, mantinha intensa correspondência em verso com os poetas locais e das cidades próximas.

Alguns fatos ocorridos nesse período, no plano internacional, mas com reflexo na situação italiana, despertaram-lhe interesse, em razão das personalidades neles envolvidas. O primeiro foi a ascensão de Carlos Martel ao trono da Hungria, vago em decorrência da morte de Ladislau IV, que não deixara sucessor direto. O casamento de Martel o intitulara à herança da princesa Maria, irmã de Ladislau, e coube-lhe, na oportunidade, a investidura à frente dos destinos do vizinho reino[21]. O segundo foi a morte de Rodolfo de Absburgo, imperador da Alemanha, e sogro de Martel. Como titular do Sacro Império Germânico-Romano, Rodolfo negligenciara totalmente os problemas da Itália, absorvido pelas crises internas na Alemanha. Sua atuação política tendeu, na realidade, ao enfraquecimento dos direitos outrora ardentemente reivindicados. Um tratado com Carlos II d'Anjou, pai de seu futuro genro Carlos Martel, equivaleu praticamente à renúncia ao reino de Nápoles. Por sua vez, o Papa Nicolau III obtivera-lhe a concordância para subordinar a Romanha à tutela pontifícia.

Mas o acontecimento que no poeta repercutiu profunda e intensamente, como um impacto que lhe descerrasse, na fulguração instantânea – sem que ele a pudesse ainda discernir com suficiente clareza – a perspectiva de sua obra futura, foi a morte inesperada de Beatriz. A filha de Folco Portinari e esposa de Simão de Bardi deixou subitamente a vida, ao que parece sem a prévia ocorrência de alguma grave enfermidade, aos vinte e quatro anos de idade, precisamente no dia 9 de junho de 1290. Fácil é considerar o que para Dante representou este golpe terrível. O desespero em que imergiu foi de tal sorte que imaginou já se encaminhar também ele ao termo da vida. Mas a crise se

---
20 "Cósi vid' io già temer li fanti ch' uscivan pattegiati di Caprona, veggendo sè tra nemici cotanti." (Inferno, XXI, 94/96). (N. do T.)
21 "Fulgiemi già in fronte la corona di quella terra che 'l Danubio riga poi che le ripi tedesche abbandona." (Paradiso, VIII, 64/66). (N. do T.)

diluiu, aos poucos, como devia naturalmente acontecer. Dedicou-se, mais resignado, a ultimar a composição da Vida Nova, entoando a maravilhosa elegia da Canção III – *Li occhi dolenti per pietà del core* – na qual se antecipam aqueles acentos mágicos e transcendentes que iriam constituir a tônica da Comédia, especialmente no Paraíso:

> "Ita n'è Beatrice in l'alto cielo,
> nel reame ove li angeli hanno pace...
> No la ci tolse qualità di gelo
> nè di calore, come l'altre face,
> ma solo fue sua gran benignitate..."[22]

Encerrando, com outro notável poema, a coletânea em que registrara as emoções da paixão juvenil, passageira na transitoriedade das coisas contingentes, mas que logrou trasladar-se à permanência das categorias de arte e beleza, fruto da emoção e do pensamento *Oltre la sfera che più larga gira, / Passa il sospiro ch' esce del mio core*[23] – Dante teve ainda uma visão, à semelhança dos anteriores raptos alucinatórios que haviam pontilhado o início de sua experiência sentimental. E esta visão, segundo suas próprias palavras, levou-o ao propósito de não falar mais de Beatriz, até que dela pudesse tratar de maneira realmente condigna, isto é, exaltá-la com palavras que jamais houvessem sido proferidas a respeito de qualquer outra dama[24].

Aí se localiza, sem dúvida, o fulcro da inspiração da Comédia. A tal pensamento, que nunca mais o abandonou, ele se ateve com perseverança e unção. Mesmo sob o alheamento e a indiferença aparentes, naquelas longas fases de perturbação, de hesitação e transvio que então se seguiram, aquele pensamento, aquela promessa se conservavam latentes no mais recôndito de seu ser. Germinavam secretamente, rompendo despercebidos o seu caminho, como a semente que aguarda o instante propício para transmudar-se no milagre da flor, que por fim ostenta, à ponta do caule, radiantes e tensas, suas pétalas abertas.

III
NOVAS EXPERIÊNCIAS E ESTUDOS. DÚVIDA E INQUIETUDE. A LUTA ENTRE BRANCOS E NEGROS. A INICIAÇÃO POLÍTICA

O estágio de Dante em Paris e os estudos que ali haja realizado permanecem envoltos em denso mistério. Nenhuma informação válida se filtrou da pena dos antigos cronistas, nem da de seus primeiros biógrafos. Pode-se estimar, entretanto, que não

---

22 *Vita Nuova*, § XXI, Canzone III. — Assim Beatriz repousa no alto céu, no eterno reino angélico da paz... E não foi pelo gelo que ascendeu, nem pelo ardor, tal como os outros, mas tão só por sua grã benignidade... (N. do T.)
23 *Vita Nuova*, § XLI, Soneto XXV. (N. do T.)
24 "Sì che, se piacere sarà di colui a cui tutte le cose vivono, che la mia vita duri per alquanti anni, io spero di dicer di lei quello che mai non fue detto d'alcuna." (*Vita Nuova*, § XLII). (N. do T.)

se deteve na metrópole gaulesa por muito tempo, pois os limitados recursos de que então dispunha não lhe permitiriam fazê-lo.

Mas em Bolonha sabe-se que ficou durante vários meses, dedicando-se especialmente aos cursos de ciências naturais, escolástica e filosofia clássica. As ruas da velha urbe pululavam de estudantes, que, às centenas, provindos de todas as regiões da Península, ali tomavam as lições de jurisprudência, medicina e teologia. No bom estilo medieval, eram os períodos de aula entremeados por passeatas ruidosas, duelos incessantes, choques, às vezes sangrentos, com os guardas da ronda, e ceias homéricas regadas copiosamente a vinho, em meio de canções alegres, entoadas em coro.

Como estudante forâneo, à semelhança da maioria dos que frequentavam a velha e famosa Universidade, Dante há de ter participado um pouco dessa vida pitoresca e turbulenta. Não o teria feito, porém, intensamente, pois já não era tão jovem e seus propósitos de aperfeiçoamento cultural retinham-no por longo tempo junto aos livros. Algumas reminiscências desta fase aflorariam depois em sua obra, como aquela alusão aos Salses, o execrado lugar às imediações da porta de San Mammolo, onde se açoitavam publicamente os criminosos[25], e a evocação da figura de Pier de Medicina, homem de letras e professor na Universidade, notório intrigante político, que o poeta conheceu, então, pessoalmente[26].

Como quer que seja, entretanto, o autor da Vida Nova, ao regressar em 1293 a Florença, quase dois anos após sua partida, era um homem sensivelmente mudado. Seu temperamento adquirira certa acrimônia e aspereza, como se uma onda de pessimismo e quase intolerância o envolvessem. Parecia dominado por um patos de inquietação e de dúvida, não restrito já agora à esfera sentimental, mas projetando-se sobre a própria concepção da vida e do destino humano, vistos na sua essência, isto é, *sub specie aeternitatis*. As longas horas de estudo e meditação, a crescente intimidade com as obras representativas da cultura e do pensamento haviam abalado os valores em cuja segurança ele assentara, até então, todas as suas convicções na ordem moral, social, religiosa e filosófica. E aí se há de localizar talvez o início daquela confusão de caminhos, daquela perda de rumos, que o iriam conduzir dentro em poucos anos ao recesso da selva oscura, de que só emergiu trazendo nas mãos seu poema imortal[27], pois é evidente que a inquietação subjetiva não poderia deixar de se refletir em sua conduta pessoal, objetivamente falando.

Nesta fase, começou ele a frequentar mais assiduamente a roda de seus amigos. Quase sempre em companhia de Forese Donati[28], do pintor Giotto[29] e do músico e

---

[25] "Ma che ti mena a sì pungenti salse?" (Inferno, XVIII, 51). (N. do T.)
[26] "Rimembriti di Pier da Medicina, se mai tornai a veder lo dolce piano, che da Vercelli a Marcabò dichina." (Inferno, XXVIII, 115/117). (N. do T.)
[27] "Nel mezzo del cammin di nostra vita mi ritrovai per una selva oscura, che la diritta via era smarrita." (Inferno, I, 1/3). E volse i passi suoi per via non vera, imagini di ben seguendo false, che nulla promission rendono intera. (Purgatorio, XXX, 130/132). (N. do T.)
[28] "Se tu reduci a mente qual fosti meco e qual io teco fui, ancor fie grave il memorar presente." (Purgatorio, XXIII, 115/117). (N. do T.)
[29] "Credette Cimabue ne la pintura tener lo campo, e ora ha Giotto il grido, si che la fama di colui è scura." (Purgatorio, XI, 94/96). (N. do T.)

compositor Casella[30], entre outros, deixava-se arrastar a uma vida algo inconsequente e desregrada, em que se apontavam equívocas conquistas amorosas e frequentes discussões pelas tabernas florentinas, noite a dentro, nos recintos turvados pelo fumo das tochas suspensas às paredes. O referido grupo e, nele, o próprio Dante pessoalmente, tornaram-se, por vezes, alvo de maliciosos comentários na cidade, em razão desses fatos. E parece que a isto queria referir-se o insigne Boccáccio, o segundo, cronologicamente, dentre os seus biógrafos, quando afirmava, textualmente, que *"in questo mirifico poeta trovò amplissimo luogo la lussuria"*.

Entre os rumores que então se propalavam avultou o de que Dante, indo com seus companheiros ao Batistério de São João, ali, num estranho impulso de heresia e vandalismo, lançando mão de um instrumento contundente, havia rompido a pequena amurada circular de um daqueles receptáculos que se dispunham em torno da bacia central onde se realizavam as cerimônias do batismo. O fato em si era verdadeiro, mas a versão divulgada totalmente falsa. Uma criança resvalara ao poço e corria o risco de se afogar, se não fosse retirada imediatamente. O poeta, que a tudo assistia, não vacilou, agindo de acordo com a necessidade. Destruiu imediatamente parte da amurada, alargando a cavidade, e soerguendo a pequenina vítima. Durante muito tempo mostrou-se ressentido ante a caluniosa imputação, e tanto que não passou sem recordar na Comédia o episódio[31].

Alguns meses mais tarde, já no ano de 1294, ocorreram dois fatos que, afetando-o pessoalmente, o levaram a refletir sobre esse inelutável sentido de fugacidade da vida pelo qual tantas mutações se iam operando no quadro da convivência de sua infância e de sua juventude. O primeiro foi a morte, ao termo de grave enfermidade, de seu velho e estimado mestre Brunetto Latini. E o segundo, a notícia, procedente de Siena, de que seu condiscípulo nos primeiros anos da escola de Brunetto, Capócchio, fora levado à fogueira na vizinha cidade, sob a acusação de prática de alquimia e de falsificação de metais preciosos.

A Sede Pontifícia era vacante há longo tempo, em razão das dificuldades sobrevindas na indicação de um sucessor. Para obviar aos sérios inconvenientes que esta anomalia representava, assentiram os Cardeais, numa solução de emergência, senão protelatória, em eleger para a cátedra o venerando sacerdote Pedro de Morrone, alma simples e cândida, que a legenda popular já apontava como um verdadeiro santo, dedicado mais às práticas ascéticas e aos arroubos de sua ilimitada fé que aos problemas do mundo contingente. O velho eremita foi sagrado Papa, sob a denominação de Celestino V. Após a coroação, permaneceu alguns dias em Nápoles, a convite do rei Carlos II d'Anjou, o mesmo que havia sido feito prisioneiro por Ruggiero de Lauria, mas recuperara finalmente a liberdade, restaurando-se no reinado napolitano.

---

30 *"Soavemente disse ch'io posasse; allor conobbi chi era, e pregai che, per parlarmi, um poco s'arrestasse. Casella mio, per tornar altra volta là dove son, fo io questo viaggio..."* (Purgatorio, II, 85/87-91/92). (N. do T.)
31 *"... l'un de li quali, ancor non è molt' anni, rupp'io per un che dentro v' annegava: e questo sia suggel ch' ogn' uomo sganni."* (Inferno, XIX, 19/21). (N. do T.)

A DIVINA COMÉDIA

Ao iniciar-se aquele outono, exatamente, Dante dirigira-se a Nápoles, para o fim especial de levar seus cumprimentos a Carlos Martel, rei da Hungria, e que ali se encontrava em visita a seu pai, Carlos II. O poeta teve, então, a oportunidade de ver de perto o novo Sumo Pontífice. E estava bem longe de imaginar que, sendo a primeira, aquela seria também a última vez que o avistava, do mesmo modo como também não voltaria a se encontrar com Carlos Martel, a quem muito admirava por suas virtudes humanas e por seu valor intelectual. É que, apesar de muito jovem, Martel viria a falecer no ano seguinte.

O pontificado de Celestino V foi singularmente breve. Não durou mais de cinco meses, extinguindo-se por uma forma dramática, tida por inédita nos anais da Igreja, isto é, pela abdicação, ou renúncia[32]. O velho eremita não se sentiu com forças suficientes para desempenhar as imensas responsabilidades, que não havia pleiteado, nem sequer desejado. Convencera-se de que as privações e o silêncio de seu retiro eram mais adequados a compor o epílogo de uma longa vida dedicada à purificação pessoal e à glorificação anônima do Senhor. O desfecho inesperado e surpreendente prestou-se, entretanto, a toda sorte de explorações. Murmurava-se que Benedito Gaetani, líder de um grupo de cardeais conhecidos pelo cognome algo depreciativo de Fariseus, ambicionava a tiara e procurou induzir o venerando Papa à renúncia. Teria – segundo as versões que circulavam — usado, para isto, de todos os recursos imagináveis, inclusive fazendo chegar, através de uma tubulação, aos aposentos particulares do Pontífice vozes e rumores noturnos, que soavam como um chamamento do Alto para que ele retornasse imediatamente às preces e às flagelações de seu eremitério.

A verdade, porém, é que Celestino renunciou perante o Consistório, a 13 de dezembro de 1294, e para sucedê-lo foi eleito o Cardeal Gaetani, sob o nome de Bonifácio VIII. Comentava-se, à véspera da escolha, que, dada a divisão das opiniões no sacro colégio, Gaetani recorrera a Carlos II d'Anjou para que lhe obtivesse o voto de alguns cardeais a ele ligados, sob a promessa formal de que o prestigiaria totalmente e lhe daria firme apoio para solução dos problemas políticos e militares ainda pendentes, relativamente ao domínio da Sicília.

* * *

Enquanto tais acontecimentos, que indiretamente iriam repercutir em seu destino, se desenrolavam, mais e mais crescia a projeção de Dante como poeta. Em Florença já era apontado como o verdadeiro rival de Guido Cavalcanti – o grande lírico – e sua obra começava a difundir-se por outras partes da Itália. Foi por essa época que compôs a canção Amor che ne ta mente mi ragiona, a qual, musicada

---

[32] "Poscia ch'io v'ebbi alcun riconosciuto, vidi e conobbi l'ombra di colui che fece per viltà lo gran rifiuto." (Inferno, III, 58/60). (N. do T.)

pelo inspirado compositor florentino Casella[33], um de seus íntimos amigos, alcançou imenso sucesso.

Iniciava-se o ano de 1295, em que Dante completou seu trigésimo aniversário. Com o renome de que já desfrutava, entrou a pensar, seriamente, na possibilidade de participar da vida política local e, em consequência, intitular-se a um posto de relevo – compatível com seu talento e condição – na administração da República. Era, entretanto, requisito da lei florentina que os cargos e funções públicas só podiam ser exercidos pelos cidadãos inscritos no registro profissional das artes e ofícios mantido pelo Estado – as famosas Corporações. A democrática Florença ambicionava excluir de seus quadros dirigentes os fidalgos ociosos, isto é, que não pudessem apresentar outros títulos que não os da pura ascendência nobiliárquica. O propósito, em que se insistia ali desde muito tempo, era, senão extinguir, pelo menos limitar os antigos privilégios de berço, procurando fazê-los substituir, ainda que rudimentarmente, por um sistema competitivo baseado no exercício do trabalho e na aferição de valores.

Atendendo à exigência legal, inscreveu-se o poeta na sexta dentre as sete artes maiores, e vinha a ser a dos médicos ou físicos. Apresentou, naturalmente, os documentos que o habilitavam a tal registro – algum certificado, talvez, da Universidade de Bolonha, ou algum atestado de outros profissionais idôneos e em atividade. Não ocorre, todavia, qualquer esclarecimento seguro quanto a este ponto. Mas é fora de dúvida que em muitas passagens de sua obra – inclusive na produção poética – transparece que possuía amplos e profundos conhecimentos da medicina.

Mais ou menos por esta época – quando já eram decorridos cinco anos da morte de Beatriz – Dante decidiu casar. Tomou por esposa a jovem Gema, filha de Maneto Donati, e pois descendente de uma das mais antigas e importantes famílias da cidade. Conhecia-a desde sua extrema juventude, vizinho que fora, durante muitos anos, dos Donatis, de quem seus pais haviam sido amigos, e com vários dentre os quais ele próprio mantinha estreitas relações, como Forese, seu companheiro inseparável.

As bases para nova e profunda transformação em sua vida estavam, assim, lançadas. Via agora abrirem-se diante dele melhores perspectivas no domínio da atividade prática. Já no ano seguinte foi admitido ao Conselho dos Cem, espécie de assembleia em que se tomavam as deliberações ordinárias sobre a administração, a requerimento dos Priores. Seu extraordinário talento e a imensa cultura que demonstrava em todos os ramos do conhecimento, inclusive no da política pragmática, granjearam-lhe posição de relevo no Conselho, onde sua voz passou a ser ouvida com crescente atenção e acatamento.

Enquanto Dante inicia uma carreira pública, que prometia tornar-se rápida e brilhante, um sério dissídio ocorreu no seio da Igreja, em Roma. As circunstâncias da investidura de Bonifácio VIII, e o tratamento que havia dispensado ao seu santo e alquebrado antecessor,

---

[33] "Amor che ne la mente mi ragiona cominciò elli allor si dolcemente, che la dolcezza ancor dentro mi sona." (Purgatorio, II, 112/114). (N. do T.)

Celestino V, conservando-o praticamente sob custódia no castelo de Tumone, onde veio a morrer, deixaram um ressaibo de agitação e inconformidade, que permanecia latente. Em maio de 1297, dois cardeais, Jacó e Pedro, irmãos, pertencentes à nobre e poderosa família romana dos Colonas, tomaram a decisão de protestar publicamente contra a eleição do Pontífice reinante. O conflito envolveu vastas parcelas do clero, visto que o Papa havia estabelecido certas restrições à atividade de algumas ordens religiosas, especialmente a dos Franciscanos. O poeta frei Jacopone de Tode, apesar de sua idade avançada, insurgiu-se contra estas limitações, que considerou intoleráveis por desvirtuarem os próprios objetivos da velha e prestigiosa ordem fundada pelo santo de Assis. Escreveu e fez difundir tremendas catilinárias em verso contra Bonifácio.

A reação do Sumo Pontífice a estes desafios à sua autoridade foi drástica e imediata. Enviou uma expedição militar contra o reduto de Palestrina, onde os Colonas e seus partidários resistiam tenazmente. Dizia-se que Bonifácio VIII recorrera ao alvitre de Guido de Montefeltro, que já havia abandonado sua aventurosa vida de soldado e envergado o hábito monacal, sobre como proceder para quebrar a obstinada resistência. Montefeltro tê-lo-ia aconselhado a tudo prometer a seus adversários, inclusive o perdão e a imediata reposição na dignidade cardinalícia, mas – atingido o seu objetivo – nada lhes conceder, tratando-os duramente[34]. Assim se fez. Cedendo às promessas, os rebelados capitularam, entregando a fortaleza às forças de Bonifácio VIII, que ordenou sua completa destruição. O venerando Irmão Jacopone de Tode foi, por sua vez, excomungado, e remetido à prisão, em condições quase desumanas.

Ante a crise, e buscando reforçar seu poder político, Bonifácio VIII, que já recorrera antes a Carlos II d'Anjou, procurou aproximar-se ainda mais de Felipe o Belo, rei de França, concertando com o mesmo uma aliança que, não muito tempo depois, lhe iria ser funesta.

No ano seguinte, Alberto de Absburgo foi designado, na dieta de Frankfurt, para Imperador dos Romanos. Mas, como seu predecessor Rodolfo, também não se dispôs a se trasladar à Itália, onde tudo permaneceu como dantes. Relatam os velhos cronistas que Alberto enviou uma embaixada ao Papa para tratar do indispensável reconhecimento à investidura, como era de praxe. Bonifácio não se recusou a confirmar a eleição, dando-lhe o placet. Mas, ao mesmo tempo, procurou dissuadir o tedesco, através de seus próprios emissários, de qualquer propósito de vir a exercer o poder de fato na Península. Ostentando à cabeça a coroa, e tendo a seu lado, encostada ao trono, uma espada, afirmou-lhes, peremptoriamente, à despedida: "Aqui, eu sou o César, eu o Imperador!"

* * *

Na sucessão do tempo, que tudo extingue e modifica, inclusive as passageiras paixões e interesses humanos, com seus motivos determinantes, a querela entre guelfos

---

[34] "*Lunga promessa con l'attender corto ri farà triunfar ne l'alto seggio.*" (*Inferno*, XXVII, 110/111). (N. do T.)

e gibelinos acabou por perder na Itália suas características primitivas. Desde a morte do Imperador Frederico II, da Sicília, e o malogro dos que, como herdeiros, deveriam substituí-lo, esse fenômeno fora-se, pouco a pouco, e gradativamente, acentuando. Por efeito da força imanente às arraigadas tradições, os dois nomes ainda subsistiam, mas já não designavam exatamente as mesmas ideias e as mesmas aspirações. Parcialidades que se constituíam em torno só de problemas locais teimavam em adotar aquelas pomposas legendas, procurando, talvez, por este processo, ostentar relevo e prestígio que de fato não possuíam. Mas de há muito haviam deixado as mesmas de caracterizar posições políticas definidas, e com sentido de generalidade, como anteriormente.

Sucedeu que na vizinha Pistoia, cidade também da Toscana, eclodira um sangrento conflito entre membros da conhecida e numerosa família do notário Cancellieri. Narram as crônicas que o moço Focáccia, de temperamento violento e arrebatado, desentendeu-se com outro jovem, seu primo, por questões de nenhuma importância, ferindo-o gravemente. A grei, antes unida, dividiu-se em dois grupos inflamados pela ira. Iniciaram-se as costumeiras cenas de ódio e vingança, com agravos contínuos e atentados recíprocos. Os adeptos de uma das partes foram logo designados por Brancos, porque entre eles se contavam os filhos de Bianca Cancellieri, e os da outra parte, por esse sentido dos contrastes tão comum ao povo, por Negros. O dissídio inicial foi-se ampliando, e não tardou em que estas denominações passassem a indicar as duas facções políticas que, naquela cidade, se disputavam, uma à outra, o poder.

O conflito estendeu-se casualmente a Florença. No seio do partido guelfo ali havia-se originado desde algum tempo uma séria rivalidade entre importantes famílias, fundada em pruridos de autoridade e prestígio. Os Donatis, de progênie florentina muito antiga, não viam com bons olhos a preeminência cada vez maior dos Cercchis, que se devotavam com grande sucesso ao comércio e se tornaram muito abastados, e também populares. Designavam-nos, desdenhosamente, por selvagens, ou rústicos, porque se haviam trasladado à cidade só mais recentemente, provindos de modestas origens campesinas.

Com a guerra civil a lavrar em Pistoia, muitos dentre seus moradores transferiram-se a Florença, ou porque houvessem sido banidos, ou porque, achando-se em insegurança, deliberaram procurar refúgio ali. Os adventícios pistoianos começaram a se envolver nos dissídios entre os Cercchis e os Donatis, e por forma tal que os ânimos mais e mais se exacerbavam. As vandálicas cenas que haviam ensanguentado Pistoia reproduziram-se, então, em Florença. Os dois grupos adotaram as mesmas denominações de Negros e Brancos. Aos primeiros uniu-se parte considerável dos antigos guelfos, sob a liderança de Corso Donati; e aos segundos, chefiados por Vieri de Cercchi, filiaram-se, entre alguns guelfos mais ponderados, os remanescentes do gibelinismo já quase marginalizado da cena política.

Os entrechoques recresciam. As autoridades florentinas, temerosas de uma possível ascendência de Corso Donati, conhecido por seu temperamento violento e despótico, inclinavam-se a prestigiar os Brancos. Não logrando, entretanto, coibir as desordens – e tendo ainda na lembrança as funestas consequências das antigas guerras civis – decidiram enviar um emissário ao Papa Bonifácio VIII para solicitar a alta interferência de Sua Santidade no sentido de compor as divergências em curso. A atuação de Dante nos conselhos do Estado florentino tornava-se a cada dia mais intensa e brilhante – e foi ele o escolhido para esta grave e delicada missão.

* * *

Extinguira-se o ano de 1299 e começava o novo Século. Ao ensejo desta transição decidiu o Sumo Pontífice instituir o grande Jubileu, e fez anunciar a outorga de indulgências plenárias a quantos fossem orar nas Basílicas dos Apóstolos, em Roma. A notícia propagou-se célere por toda a cristandade, e à antiga metrópole dos Césares afluíram multidões sem conta de peregrinos, sequiosos de se valerem daquela graça excepcional.

A praça de São Pedro regurgitava de gente de todas as procedências, dia após dia, num conglomerado intenso e rumoroso, a que a excentricidade das indumentárias e a diversidade de línguas emprestavam um toque bizarro. A ponte sobre o Tibre, que dava acesso à desejada meta da imensa romaria, mal podia comportar o fluxo crescente e interminável. Para disciplinar melhor o trânsito, demarcaram-se nela duas alas, uma para os que se dirigiam a São Pedro, rumo ao castelo de Santo Ângelo, e a outra para os que dali retornavam, tendo à sua frente o perfil do monte Giordano[35].

A missão política de que Dante fora incumbido junto ao Papa coincidiu com a numerosa e ardente demonstração de fé. Iniciou ele a viagem a Roma juntamente com centenas de outros florentinos, que seguiam a participar do Jubileu. Entre os romeiros contava-se um jovem, apenas saído da adolescência, mas singularmente devotado ao estudo das letras e da história. O poeta o havia conhecido pouco antes em Florença. Ao acaso de alguma das paradas do percurso, ou talvez num encontro inesperado nas comemorações em Roma, avistaram-se, de novo, e puderam conversar mais demoradamente. Era Giovanni Villani, que já então se preparava para escrever a crônica de Florença, como fez, mais tarde, efetivamente. Nesse trabalho, que se tornou popularíssimo no tempo, Villani viria a dedicar um capítulo inteiro ao autor da Vida Nova, o que o intitulou a figurar na história literária como o primeiro biógrafo do genial poeta.

Pode-se ter como razoavelmente bem sucedida a missão de Dante, pois o Sumo Pontífice, acolhendo o apelo do governo florentino, prometera-lhe tomar providências para compor os desentendimentos, conciliando as partes adversas. Parece, entretanto, que o embaixador ocasional não nutriu grande simpatia por Bonifácio VIII, talvez porque já prevenido pelos maliciosos rumores que em torno de sua investidura haviam antes

---

[35] "Come i Roman per l'esercito molto, l'anno del Giubileo, su per lo ponte hanno a passar la gente modo colto, che da l'un lato tutti hanno la fronte verso 'l castello e vanno a San Petro; da l'altra sponda vanno verso il monte." (Inferno, XVII, 28/33). (N. do T.)

circulado, ou porque houvesse o Papa deixado transparecer algo de suas ambições políticas, bem como certa preocupação, no caso, com o problema, já superado pelos acontecimentos, do antigo conflito entre guelfos e gibelinos.

Enquanto cumpria a incumbência que o levara a Roma, o poeta experimentava, como um homem na multidão, as emoções daquela intensa e incomparável manifestação de fé, que era como um vasto estuário em que desaguavam os sentimentos e aspirações de séculos inteiros. Ali se podia avaliar, com nitidez, o que significavam para o ser humano os valores espirituais, em razão dos quais a passageira vida terrena transcende a um plano de imortalidade difuso num arbítrio superior que tanto exalta, consola e perdoa, como obscurece, degrada e pune, a cada um dando a justa retribuição de suas obras. As dezenas de milhares de peregrinos, reunidos em São Pedro, e provindos de todas as partes do mundo conhecido, pareciam representar ali o homem universal como um ser metafísico, para quem o sentido e a justificação da existência transitória podem ser encontrados através de seu prolongamento na eternidade.

Filósofos eminentes e renomados mestres da Igreja haviam explicado, à luz da razão e da fé, a natureza divina da aventura humana. A teologia mística se aprofundara até os últimos desvãos, onde se refugiavam as dúvidas mais renitentes. Havia, de um lado, aquela busca ansiosa de itinerário, visível nas multidões impelidas pela fé, e que se repetia, particularmente, sempre que um novo ser descerrava os olhos à vida – itinerário composto a um tempo de sucessos e fracassos, pontilhado de exaltações radiosas e quedas funestas. E, de outro lado, a Igreja, nas suas pompas e no seu simbolismo, como oferecendo a única ponte possível entre a vida temporal e a vida eterna, e construindo a maravilhosa doutrina que, fundada na revelação divina, na intangibilidade dos dogmas, na predicação dos apóstolos e na lógica especulativa de seus doutores, respondia às interrogações com que a humanidade se defrontara no decurso das idades. De tudo aquilo se desprendia um imenso potencial de beleza, emoção e poesia, que, entretanto, quedava ainda esquecido e inaproveitado em numerosos de seus aspectos.

É, na verdade, muito possível que o Alighieri se detivesse ali em pensamentos desta ordem, e que o espetáculo que presenciava houvesse constituído o segundo impacto de que decorreu a inspiração na Comédia, tal como viria a ser, definitivamente, concebido este poema. O primeiro havia sido a morte de Beatriz, quando o poeta se propôs, no íntimo do coração, a exaltá-la um dia com palavras nunca antes e em parte alguma proferidas para celebrar qualquer outra dama. E não nos esqueçamos de que, já então, ele a divisava no alto Céu, em meio dos Anjos, partícipe daquela glória incomensurável e eterna.

* * *

Ao regressar a Florença, empenhou-se Dante num trabalho preparatório visando à conciliação que – acreditava – estava prestes a se realizar, com as providências prometidas pelo Sumo Pontífice. Mas fluíam os dias, as semanas, e a situação, longe de se inclinar a um rumo favorável, parecia agravar-se ainda mais. A perspectiva de tão prestigiosa mediação na realidade viera conferir aos Negros, àquela altura praticamente marginalizados, novas esperanças de que poderiam vir a alcançar o predomínio.

Por fim, ao termo de longa espera, chegou a ansiada notícia. O Papa Bonifácio VIII havia designado seu representante pessoal o Cardeal Mateus d'Acquasparta, que se preparava para empreender a jornada rumo ao Arno. Verificara-se na Comuna, não muitos dias antes, uma daquelas frequentes e normais alterações em seu governo. Dante Alighieri fora eleito, pelo Conselho dos Cem, representativo de Corporações, para o Priorato, que era o órgão supremo do executivo. Os Priores, em número de seis, exerciam as funções principais por prazo sumamente exíguo, dois meses. O poeta assumia o alto posto em momento ingrato e conturbado, como os acontecimentos o iriam demonstrar. E estava ele, então, bem longe de imaginar que a rápida passagem pelo poder lhe fosse impor, pelo resto da vida, um intolerável e pesadíssimo tributo.

O Cardeal d'Acquasparta foi recebido com grandes festas e honrarias. Os líderes das duas facções adversárias cumularam-no de gentilezas, na secreta esperança de atrair-lhe a simpatia para sua causa. O mediador sugeriu como fórmula de entendimento a constituição de um governo em que ambas as partes se representassem igualmente, adotando-se o mesmo critério para o provimento dos demais cargos públicos. A solução, como se podia antever, não agradou aos litigantes abroquelados em seu radicalismo. Os Brancos, que tinham o poder desde o início da contenda, não se resignavam a dividi-lo tão profundamente com elementos que não lhes inspiravam a mínima confiança, por se submeterem à chefia atrabiliária e violenta de Corso Donati. E os Negros, que ansiavam pela desforra sobre os seus antagonistas, demonstravam não contentar-se com a mera participação no poder, em igualdade de condições.

A expectativa favorável que se criara em torno da missão de Acquasparta desvaneceu-se subitamente. Críticas acerbas começaram a ser-lhe dirigidas, não tardando em que se convertessem em hostilidade aberta. Murmurava-se que o emissário já viera deliberado a apoiar os Negros, no interesse da política de Bonifácio VIII, que temia ainda um possível ressurgimento do gibelinismo na Toscana. Num dos conflitos de rua entre as partes adversas, tão comuns naquela fase, grupos exaltados dirigiram-se ao Palácio episcopal, onde o Cardeal estava hospedado, e ali manifestaram, entre gritos e apupos, seu repúdio à solução proposta. No tumulto pedras foram arremessadas às janelas, e até disparadas algumas setas, por misteriosos arqueiros emboscados nas imediações.

O representante pontifício não pôde reprimir sua indignação ante o ultraje, dispondo-se a dar por encerrada a missão. As autoridades florentinas tentaram, por todos os meios, dissuadi-lo deste propósito. Apresentaram-lhe desculpas. Prometeram punir exemplarmente os culpados. Dizia-se até que lhe fora enviada, para acalmá-lo, uma urna de prata repleta de florins de ouro... Nada, entretanto, pôde demover o agravado Cardeal, que deixou Florença inopinadamente, dirigindo-se a Roma.

* * *

O poeta, que ascendera ao posto de Prior, a 15 de junho de 1300, deixou-o a 15 de agosto seguinte, completando os dois meses de seu mandato. Reassumiu sua cadeira no Conselho dos Cem, mas algo desiludido com a intransigência que fizera malograr a missão do legado pontifício, e, no fundo, bastante apreensivo ante as consequências que pudessem decorrer daquela injustificada atitude.

Realmente, a situação não apresentava qualquer sinal de melhoria próxima. Ao contrário, ambas as facções atribuíam-se uma à outra a responsabilidade pelas ultrajantes manifestações contra Acquasparta. O que se via era recrescerem os ódios e paixões, com grupos armados percorrendo incessantemente as ruas da cidade, e entrando, aqui e ali, por vezes, em choques sangrentos. Não podia restar qualquer dúvida de que estava iminente a eclosão da guerra civil, se providências drásticas e imediatas não fossem tomadas. Reuniram-se os Priores para deliberar sobre a emergência. Mas, temerosos e confusos, não encontraram saída alguma. Decidiram convocar o seu douto e experimentado antecessor, Dante Alighieri, para ouvir-lhe os conselhos. O poeta manifestou com sinceridade e isenção o seu pensamento. No ponto em que estavam as coisas não havia ambiente para qualquer trabalho útil no sentido de conciliar as partes inimigas. Em seu entender só com o afastamento temporário dos principais líderes de ambas as facções – e que eram, precisamente, os mais radicais e intolerantes – poder-se-ia alcançar a trégua indispensável a enfrentar o problema com alguma probabilidade de êxito.

O colegiado dos Priores, que examinava esta solução, tida como a única adequada a evitar o pior, nela se fixou, finalmente. Mas ao ser a mesma posta em prática verificaram-se muitas demasias e injustiças, por falta de ponderação das autoridades. Dante manifestara sua opinião favorável à medida apenas quanto aos líderes principais. Na realidade, o confinamento excedeu de muito a esta reduzida esfera. Em lugar de se restringir a quatro ou seis pessoas – e era isto que o poeta tinha em vista – a medida cautelar do afastamento ampliou-se a várias dezenas de elementos. E, o que era pior, enquanto se aplicava ao mais importante dentre os líderes Negros, Corso Donati, poupava inexplicavelmente o principal condutor dos Brancos, Vieri de Cercchi. Os primeiros foram enviados a Pieve, perto de Perúgia, e ali mantidos sob vigilância. Acompanharam Corso o seu irmão Sinibaldo, Giachinotto de Pazzi, Rossellino della Tosa, Geri Spino, e muitos outros. Os segundos foram confinados em Sarzana. Com Gentile e Torrigiano de Cercchi seguiram Baldinúccio Adimari, Naldo Gherardini, e numerosos companheiros.

Dante teve, então, a enorme contrariedade de saber que entre os Brancos atingidos pelo exílio estava o poeta Guido Cavalcanti, o primeiro de seus amigos. Os adversários de Alighieri, e especialmente os Adimaris, fizeram propalar ser ele o grande responsável pelo desterro de tantos florentinos, o que era totalmente infundado, pois não se achava investido de qualquer parcela de poder naquela ocasião. Mas sabe-se que Guido Cavalcanti se mostrou ressentido com seu velho companheiro, chegando aí a um final melancólico aquela amizade de quase vinte anos. Dante não tornou mais a ver Guido, que, já enfermo, iria morrer pouco depois.

Ao cabo de algumas semanas, decidiu o governo, surpreendentemente, suspender a sentença de exílio que pesava sobre os líderes Brancos, permitindo-lhes o retorno a Florença. Mas não procedeu assim relativamente aos Negros. Na verdade, cedia à pressão interna, e com isto abandonava-se à discrição dos seguidores de Vieri de Cercchi, que passaram a dominar cada vez mais o poder. Os Negros declararam-se traídos e injustiçados. Seu ódio concentrou-se particularmente em Dante, a quem atribuíam o exílio de seu chefe Corso Donati e, também, depois, o manifesto favorecimento a seus opositores. Entretanto, o poeta havia apenas externado uma opinião, como tantos outros, quando consultado. Não lhe cabendo qualquer poder de decisão, claro que não deveria ser responsabilizado pelo abuso a princípio ocorrido e, em seguida, pela fraqueza e hesitação no cumprimento das medidas adotadas em situação de emergência pública.

* * *

Em meio a tantas agitações, fluía o ano de 1301. Os Negros que se achavam confinados no castelo de Pieve conseguiram evadir-se. Corso Donati trasladou-se a Roma, onde procurou manter entendimentos com o Sumo Pontífice e outras personalidades. Enquanto isso, seus adeptos em Florença e em toda a Toscana entregavam-se a intenso trabalho de articulação política. Esforçavam-se por tirar o máximo proveito da situação criada, proclamando-se guelfos e partidários do Papa e da Casa de França, quando, na verdade, o conflito florentino nada tinha agora a ver com as antigas parcialidades em que a Península se dividira noutros tempos. Entretanto, parece que Bonifácio VIII se mostrou sensível aos apelos que lhe eram dirigidos, talvez por divisar então uma oportunidade de consolidar naquela área o poder de fato da sede pontifícia[36]. Decidiu intervir, solicitando a Felipe o Belo, rei de França, enviar seu irmão, Carlos de Valois, que se encontrava em Nápoles, a Florença, afim de estabelecer a paz e a ordem ali.

Ao se divulgar no Arno a notícia daquela decisão, os Priores entraram em pânico. Tentaram, mais uma vez, contemporizar, oferecendo aos partidários de Corso Donati uma participação no Priorato e no Conselho dos Cem. Mas os acontecimentos se precipitavam. Dizia-se que Carlos de Valois já havia chegado a Siena. Na expectativa de seu próximo e provável triunfo, os Negros rejeitaram a proposta de congraçamento.

---

36 "*Poi appresso conven che questa caggia infra tre soli, e che l'altra sormonti con la forza di tal che testè piaggia.*" (*Inferno*, VI, 67/69). (N. do T.)

Aflitos e inseguros, os responsáveis pelo governo resolveram expedir, às pressas, nova embaixada a Bonifácio VIII, numa tentativa desesperada para convencê-lo a reter o Francês longe de Florença. Dante foi mais uma vez escolhido para a importante missão, e partiu imediatamente para Roma, deslocando-se quase em marcha forçada.

Mas Carlos de Valois já se encontrava mesmo às portas de Florença[37]. A 1º de novembro, à frente de numerosa formação de cavaleiros, deteve-se junto ao Arno, estabelecendo o seu quartel-general no castelo de Frescobaldi. Comentava-se que, acedendo em receber dos Negros a soma de dez mil florins, permitiu que Corso Donati e seus exaltados seguidores entrassem armados na cidade, que não tinha àquela altura, como é óbvio, condições de se lhes opor. Os recém-vindos, juntando-se aos seus numerosos partidários que ali haviam permanecido, entregaram-se a toda sorte de excessos, de violências e de saques. Obrigando os Priores a renunciar os seus cargos, dissolveram o Conselho dos Cem e constituíram o novo governo. As prisões foram abertas, e, em substituição aos presos libertados, para elas se encaminharam muitos Brancos, dentre os de maior expressão, e que não tinham conseguido deixar a tempo a cidade.

Enquanto Florença vivia essa dura experiência, era quase idêntica à situação em Pistoia, o local de origem da furiosa contenda. Os Brancos conservavam-se desde alguns meses no poder, de que haviam destituído os Negros, expulsando-os da cidade. Os banidos, todavia, lograram reagrupar-se e armar-se. Aliaram-se ao marquês Moroello Malaspina, da Lunigiana, que se dispôs a sustentar-lhes a causa. O marquês partiu com suas tropas do Vale de Magra e, defrontando-se com as formações pistoianas no campo Piceno, precipitou-se contra elas num ímpeto irresistível, destroçando-as totalmente[38].

IV
O EXÍLIO. O INÍCIO DA COMPOSIÇÃO DA COMÉDIA.
O REFÚGIO DE VERONA

Em Roma, onde se encontrava na frustrada missão junto a Bonifácio VIII, Dante tomou conhecimento da calamidade que desabara sobre sua terra.

Decidiu regressar. Já a caminho, foi aconselhado a deter-se durante alguns dias na vizinha Siena, até que a situação se aclarasse devidamente. Findara o mês de janeiro de 1302, e amarga surpresa lhe estava reservada. Um amigo se dirigira de Florença ao seu encontro para levar-lhe imprevista e desagradável notícia. Os Negros, ali, alçados ao poder pela força das armas, davam expansão aos seus recalques e sentimentos de vingança, encetando cruel perseguição aos seus adversários e aos elementos que haviam

---

[37] *"Tempo vegg'io, non molto dopo ancoi, che tragge un altro Carlo fuor di Francia, per far conoscer meglio e se e' suoi. Sanz' arme n' esce e solo con la lancia con la qual giostrò Giuda, e quella ponta si ch' a Fiorenza fa scoppiar la pancia."* (Purgatorio, XX, 70/75). (N. do T.)

[38] *"Tragge Marte vapor di Val di Magra, ch' è di torbidi nuvoli involuto; e con tempesta impetuosa e agra sovra Campo Picen fia combattuto; ond' ei repente spezzerà la nebbia, si ch' ogni Bianco ne sarà feruto."* (Inferno, XXIV, 145/150). (N. do T.)

participado da antiga situação. Processos vexatórios haviam sido instaurados, sob rito especial e sumaríssimo. Um desses processos visava diretamente ao poeta, que, a 27 de janeiro, fora condenado por supostos delitos de falsidade e tráfico de influência à multa de cinco mil florins e ao exílio por dois anos. Se não satisfizesse em três dias a pena pecuniária, sujeitava-se ao confisco de todos os seus bens.

Ora, era impossível a Dante, ausente de Florença, e na confusão e temor que se seguiram à reentrada, ali, dos Negros, reunir no prazo dado aquela vultosa importância. Além disso, sua indignação ante a iníqua e vil sentença não lhe permitiria fazê-lo, sem desdouro à própria altivez. Deixou-se ficar em Siena por mais algum tempo, mas não tardaria em que novo e mais violento golpe lhe fosse assestado. A 10 de março outra sentença se expedia, firmada pelo magistrado Messer Cante Gabriele de Gúbio, condenando-o "a ser queimado com fogo, de modo que morra", "se a qualquer tempo vier a cair em poder da Comuna". O fundamento, agora, da cominação era não haver o réu efetuado o pagamento da multa anterior, nem comparecido para responder ao processo. A pena capital imposta ao autor da Vida Nova se estendia a mais catorze florentinos.

Seus bens – que não eram muitos, mas representavam o produto de seu trabalho, esforço e diligência – foram arrolados para efeito do confisco, e entregue a respectiva administração a Boccáccio Adimari, justamente a membro de uma família com a qual Dante se havia indisposto, notoriamente, desde muito tempo.

Semelhante condenação equivalia, como é óbvio, na prática, a um exílio prolongado, senão definitivo. Os Brancos foragidos começaram a concentrar-se em Arezzo. Dante trasladou-se mais tarde àquela cidade, e dali a San Godenzo, onde em junho do mesmo ano foi firmado um acordo com Ugolino de Ubaldini para que auxiliasse os exilados a reentrar em Florença. O poeta percebeu claramente que se tratava de uma aventura precipitada, e sem qualquer possibilidade de êxito, uma vez que a facção adversária já se instalara no poder e era vigorosamente sustentada por duas imensas forças: a Cúria papal e a Casa de França. Por isto, desaconselhou com firmeza aquela iniciativa. Mas, vencido pela opinião predominante, não se eximiu de aceitar sua parte nas providências necessárias ao aprovisionamento da expedição. Ubaldini lograra convencer Scarpetta Ordelaffi, um dos líderes gibelinos de Forlí, a apoiá-los naquela investida.

Uma importante formação de cerca de dois mil soldados, sob o comando de Scarpetta, pôs-se em marcha contra Florença, em 1303. Entretanto, quando este contingente se aproximava do seu objetivo, e procurava forçar a passagem pelo castelo de Puliciano, acirradamente defendido, Fulcieri de Cálboli, capitão do povo, à frente das tropas florentinas e francesas, irrompeu à margem do Arno, e colhendo por um dos flancos a força invasora, desbaratou-a inteiramente.

Desiludido, no íntimo, ante a inoportuna tentativa, que percebera fadada ao fracasso, Dante absteve-se de acompanhar a infeliz expedição. A frustração daquela esperança de retorno à pátria suscitou desespero e revolta entre os refugiados, que entraram a se desentender, criticando acerbamente a seus líderes. O poeta já não podia tolerar a mesquinhez dos sentimentos, a inconstância de opinião, a cegueira e teimosia de seus companheiros – e decidiu-se a deles se afastar definitivamente[39]. Sua experiência pessoal e os profundos estudos e meditações a que por tanto tempo se entregara começavam a entremostrar-lhe um novo caminho na ordem política. Se fora guelfo, enquanto o velho dissídio com os gibelinos polarizava a vida de Florença, havia apenas seguido uma tradição de família, mas sem qualquer entusiasmo e sem grandes convicções. Mais tarde, no confronto local entre Brancos e Negros, esforçara-se pela conciliação das duas partes. Quando as contingências e casualidades do destino o levaram a participar da administração de Florença naquela quadra, inclusive no órgão supremo do governo que era o Priorato, não havia dúvida que emprestara, por vezes, seu apoio à causa dos Brancos. Mas não cedera ao império de qualquer paixão facciosa, e sim ao sentimento de que, assim procedendo, propugnava os interesses da ordem e da paz.

E, ao cabo de contas, era aquele o prêmio recebido – a degradação, o exílio, o confisco, a pena de morte. Vira-se, de um momento para outro, afastado de tudo o que amava, *più caramente*. Da esposa Gema e dos filhos, Pedro, Jacó e Antônia, três crianças ainda na mais tenra idade, e sobre as quais recairiam também as consequências da iníqua sentença, do círculo de seus parentes e dos seus amigos, da terra em que nascera, lutara e sofrera e onde hauria as inspirações com que compunha a sua obra poética[40]. Seu peito enchia-se de ira e de ódio contra os que lhe moveram a injustificada perseguição, e especialmente contra Bonifácio VIII e Carlos de Valois, a que ele atribuía a maior quota de responsabilidade pelo seu infortúnio.

Desde sua extrema mocidade vira desenrolar-se na Toscana e por toda a Península aquele espetáculo permanente de divisões e lutas fratricidas, de que procuravam tirar partido os oportunistas e ambiciosos representantes da Casa de França. Não era a Itália, sob o aspecto político, um povo, uma nação, mas um arquipélago de supostas soberanias enfrentando-se, improficuamente, umas às outras, e entregues cada uma delas também, internamente, a divisões devastadoras, à falta de um poder de controle que assegurasse a unidade e ditasse normas estáveis de comportamento àqueles inquietos conglomerados regionais. O pensamento da unidade italiana começava a se lhe impor como a única via possível para superar aquele quadro de antagonismos estéreis e de lutas sangrentas, que a nada de proveitoso poderiam conduzir. Ora, na contingência histórica medieval, na relatividade das ideias, preconceitos e concepções morais e políticas dominantes, um tal desiderato só haveria de ser colimado através do reconhecimento da autoridade de um Imperador, retomando-se as lições e a tradição emanadas do antigo Império Romano.

---

39 "La tua fortuna tanto onor ti serba, che l'una parte e l'altra avranno fame di te; ma lungi fia dal becco l'erba." (Inferno, XV, 70/72) ... sì ch' a te fia bello averti fatta parte per te stesso." (Paradiso, XVII, 68/69). (N. do T.)
40 "Tu lascerai ogni cosa diletta più caramente; e questo è quello strale che l'arco de lo esilio pria saetta." (Paradiso, XVII, 55/57). (N. do T.)

A DIVINA COMÉDIA

Se, no caso, ainda que apenas nominalmente, subsistia um direito imperial ao domínio da Península, e que esse direito virtual se exprimia até na sagração do legítimo Imperador pelo Sumo Pontífice, representante incontestável do poder espiritual universal, parecia claro que uma tarefa transcendente estava reservada aos homens de pensamento na Itália. Consistiria esta missão em criar as condições necessárias para que a situação in fieri se transformasse em realidade concreta, organizando-se, então, o governo imperial na Península. Dado o conceito da origem divina do poder, o que naqueles tempos era matéria pacífica, insusceptível de qualquer crítica ou discussão, a questão se limitava a verificar em quem recaía o direito de governar a Itália unida e em seguida fazer com que o titular de tal direito o exercesse efetivamente. Dante procurava ser objetivo e prático em seu raciocínio, abstendo-se de vir, possivelmente, a incorrer numa dessas construções utópicas, que se dissolvem por si mesmas no plano da irrealidade e da fantasia. Ele começava a perceber, com nitidez, que não tinha grande importância o fato de vir tal direito a recair eventualmente em quem acaso governasse outros povos, desde que seu titular se dispusesse a constituir a sede do Império na Península, como era necessário e imprescindível, e que, a partir do estabelecimento da unidade italiana, pudesse recompor a histórica projeção outrora alcançada sobre a Europa e demais partes do mundo conhecido.

Não há dúvida de que estas concepções políticas colocavam o poeta numa linha muito próxima da dos antigos gibelinos. Mas o seu pensamento era, evidentemente, muito mais profundo, e com uma alteração substancial. Em vez de visar a restituir, simplesmente, a Itália ao Imperador, propugnava um Imperador a serviço da causa da unidade italiana e do restabelecimento de uma construção análoga à do velho Império Romano, pois só nela via a possibilidade de se fundar a paz, a ordem e o progresso material e político da Europa superdividida, numa espécie de antecipação da ideia pan-europeia, sob a única forma em que era possível ser então imaginada ou concebida.

* * *

Por esta época, já a aliança do Papa Bonifácio VIII com Felipe o Belo, rei de França, havia-se deteriorado completamente. A cada dia Felipe se mostrava mais exigente e ambicioso, manifestando querer intervir abertamente até nos assuntos do interesse próprio e exclusivo da Santa Sé. Dizia-se que reclamava do Sumo Pontífice a extinção da importante ordem religiosa e cavalheiresca dos Templários. Mas não se detinha aí. Insistia, igualmente, em que as rendas constituídas pelos dízimos da Igreja no território da França lhe fossem entregues, para delas dispor livremente, em proveito de seu reinado. Chegava-se a um ponto em que Bonifácio não poderia ceder-lhe mais do que já havia feito, sem se comprometer gravemente. Ante a evidente resistência do Papa, Felipe, indignado, começou a considerar a ideia de dominá-lo pela força ou, talvez, destituí-lo da cátedra pontifícia.

DANTE ALIGHIERI

Fez seguir para Roma um general de sua confiança, Guillaume Nogaret, supostamente na qualidade de embaixador, mas preparado, na realidade, para uma empreitada de violência e ultraje. Nogaret cercou-se de algumas cautelas, em busca, provavelmente, de um pretexto, para atribuir ao atentado que se tramava a aparência de mero incidente da política interna da Igreja. Aliou-se à importante família romana a que pertenciam os cardeais Jacó e Pedro, que haviam anteriormente contestado a legitimidade da investidura de Bonifácio. E, de fato, os Colonas continuavam a guardar profundo ressentimento contra o Papa, a que não perdoavam a destruição de Palestrina. À testa de um contingente de trezentos cavaleiros, de que fazia parte um grupo numeroso comandado por Sciarra Colona, Nogaret dirigiu-se a Alagna, a residência particular do Pontífice. Ali, segundo as versões que na época circularam, depois de vencer a frágil resistência oferecida pela guarda, os dois líderes, penetrando na mansão, invadiram com alguns soldados os aposentos de Bonifácio. Enquanto Nogaret o declarava preso, por ordem de Felipe o Belo, Sciarra, tomado de fúria, erguia ali mesmo a mão sacrílega contra a pessoa do Papa. Conduzido a Roma sob intenso traumatismo, Bonifácio VIII caiu enfermo, falecendo pouco depois.

Dante, apesar da antipatia que votava ao antigo Cardeal Gaetani, a quem atribuía grande parte das responsabilidades pela sua desgraça e afastamento de Florença, não pôde deixar de protestar contra o ominoso atentado à dignidade da Igreja[41]. O sacro colégio elegeu imediatamente para suceder a Bonifácio um dos principais sacerdotes da Ordem dominicana, com o nome de Benedito XI, e cujo pontificado se destinava a ser também muito breve. Ascendendo ao trono a 22 de outubro de 1303, Benedito XI tomou algumas medidas contra a política do rei de França na Península, mas já a 7 de julho de 1304 veio a morrer, supostamente envenenado por ordem de Felipe, que insistia na exigência da completa submissão dos pontífices a seus desígnios.

Ao apartar-se dos refugiados florentinos, que haviam tentado a frustrada empresa de retorno a Florença, Dante dirigiu-se ao Casentino, onde foi recebido pelo conde Alexandre de Romena, que já velho e enfermo procurou, a seu turno, dissuadi-lo do insensato propósito de regressar à pátria pela força das armas. Nas semanas que ali passou, pôde tomar conhecimento das nefastas ocorrências que haviam abalado a metrópole do Arno, já imersa em luto com os numerosos atentados e as perseguições a tantos dentre os seus cidadãos, por motivos políticos. Um dos grupos andejos, que costumavam representar pela Toscana os episódios dos mistérios e os romances de cavalaria, chegara a Florença em maio de 1304, fazendo erigir um vasto tablado às margens do rio, bem ao pé da ponte Carráia. Largamente convidados, ao som das tubas, para assistirem a uma representação dos castigos do inferno, os florentinos se instalaram em grande número sobre a

---

41 *"Perchè men paia il mal futuro e il fatto, veggio in Alagna entrar lo fiordaliso, e nel Vicario suo Cristo esser catto".* (Purgatorio, XX, 85/88). (N. do T.)

ponte, de onde se tinha a vista completa da cena improvisada. Ao peso da multidão ali concentrada, a vetusta estrutura ruiu, num espetáculo terrível e trágico, em que dezenas de pessoas morreram ou ficaram gravemente feridas. E, não muito tempo depois, quando ainda se comentava o infausto acidente, um vasto incêndio se havia propagado pela parte central e mais densamente povoada da cidade, destruindo, ao que se informava, mais de trezentas casas.

Agradecendo ao conde Alexandre e a seus sobrinhos Roberto e Guido a gentil hospitalidade, dirigiu-se Dante a Pádua, onde sabia estar seu amigo Giotto, encarregado de pintar a capela Scrovigni, de propriedade do riquíssimo comerciante do mesmo nome, o qual desejava torná-la uma das mais belas e artisticamente mais importantes de toda a região. Ali estava quando lhe chegou um convite de Bartolomeu della Scala para que se acolhesse a Verona, onde seria recebido com as homenagens a que seus méritos o intitulavam[42]. O poeta sentiu-se grato e honrado pela perspectiva do asilo, espontaneamente oferecido, naquela corte, pois estava a par do grande apreço e consideração que os Scalígeros demonstravam aos artistas e homens de pensamento. Rumou, então, para a cidade do Ádige, e percebeu que poderia quedar-se em paz entre aquela gente amiga e acolhedora. Mas, decorridos poucos dias, informou a Bartolomeu della Scala que iria ausentar-se temporariamente de Verona, a fim de atender a um pedido de seu amigo pessoal o marquês Franceschino Malaspina, de Mulazzo, na Lunigiana, que lhe pedira para visitá-lo, pois necessitava de sua ajuda.

* * *

Antes da partida de Dante para a Lunigiana importantes acontecimentos se haviam desenrolado em Roma. Desde a morte de Benedito XI a Santa Sé permanecia vacante, e praticamente um ano se passara. Entretanto, a 5 de julho de 1305, os cardeais conseguiram chegar a um entendimento, e foi eleito Papa o arcebispo de Bordéus, Bertrand de Sout, sob o nome de Clemente V, conhecido, desde logo, como o Gascão. Ao que se murmurava, Felipe o Belo assumira abertamente o patrocínio da candidatura do cardeal Bertrand, francês, e seu amigo pessoal, depois de obter dele o compromisso de que, alçado ao Sólio pontifício, atenderia às reivindicações que não haviam sido satisfeitas por seus antecessores. Além das duas exigências já referidas, da extinção da Ordem dos Templários e da cessão, por cinco anos, à coroa de França, das rendas locais do clero, dizia-se que Felipe acrescentara novas postulações, entre as quais a reintegração dos cardeais Colonas ao sacro colégio, sua absolvição pessoal quanto ao sacrílego atentado de que fora alvo Bonifácio VIII, e, por fim, a mais importante e surpreendente de todas, a transferência da Santa Sé para o território gaulês.

---

42 "Lo primo tuo refugio e 'l primo ostello sarà la cortesia del gran Lombardo che 'n su la scala porta il santo ucello." (Paradiso, XVII, 70/72). (N. do T.)

DANTE ALIGHIERI

Ao chegar à Lunigiana, perto de Pádua, Alighieri foi despachado pelo marquês Franceschino Malaspina em missão especial junto ao bispo de Luni, Antônio de Canulla, com o objetivo de estabelecer um tratado de paz, que, realmente, veio a ser firmado em 6 de outubro de 1306. Mas o poeta, que fora carinhosamente recebido em Mulazzo, não se apressou, cumprida a sua missão, em regressar a Verona. Deixou-se ficar, por mais algum tempo, no velho castelo do Val di Magra, onde ocupava as dependências sob uma das torres que se tornou mais tarde conhecida como a torre de Dante. Ali tomou ele da pena e, coordenando os pensamentos que lhe afluíam à mente, começou a redação definitiva da Comédia, compondo os primeiros cantos do Inferno.

Desde que se trasladara a Pádua, na visita a seu amigo o pintor Giotto, iniciando suas andanças de banido, que nunca mais iriam cessar, vinha ele meditando sobre as contingências de sua vida e sobre o sentido de sua injustificada e amarga condenação. Nascia-lhe, pouco a pouco, o desejo de responder com a única e grande arma de que dispunha – sua pena – aos uivos dos lobos florentinos e aos arreganhos de seus perversos inspiradores. Assim como a morte de Beatriz, dezesseis anos antes, suscitara-lhe a inspiração inicial de um grande futuro poema; e assim como o espetáculo de fé a que assistira, havia seis anos, nas celebrações do Jubileu em Roma, entremostrara-lhe a visão dos maravilhosos temas sacros abertos ao seu canto – as provações de seu exílio proporcionavam-lhe agora a motivação final para, naquela moldura de eternidade que já via desenhar-se com nitidez em sua imaginação, zurzir severamente a vileza, cobiça e maldade dos que o levaram ao infortúnio e promover sua própria reabilitação moral por uma forma que se haveria de gravar perenemente no coração dos homens, presentes e futuros.

Eis, pois, que se integravam os três tempos em que é possível dissociar o movimento ou o processo de inspiração da Comédia. E ali, no velho castelo de Mulazzo, Dante iniciava a composição de seu imenso e monumental poema, no qual poriam suas mãos o céu e a terra, e que lhe consumiria os últimos anos de vida, tornando-o cada vez mais débil e exaurido fisicamente[43]. Sua prolongada intimidade com os clássicos gregos e latinos fizera-o deter-se, frequentemente, na meditação das passagens sobre um misterioso intercâmbio entre o mundo concreto e o mundo invisível, em que se tratava de incursões dos heróis legendários ao reino dos mortos. Por mais de uma vez se deliciara com as narrativas de Luciano, na Descida de Menipo ao Inferno, quando o elegante e sóbrio escritor se servia das sombras atormentadas para realizar a crítica acerba e irreverente dos costumes, das atitudes e das reações dos vivos. E, na Eneida, o seu poema preferido, o seu livro de todas as horas, com que interesse revia sempre, no texto e na memória, os trechos do Canto sexto, em que Virgílio descrevia a visita de Eneias às profundezas do Orco!

---

[43] "Se mai continga che 'l poema sacro, al quale ha posto mano e cielo e terra, si che m'ha fatto per più anni macro..." (Paradiso, XXV, 1/3). (N. do T.)

A DIVINA COMÉDIA

* * *

A preocupação da Antiguidade com o mundo do além transferiu-se à Idade Média, e sob uma forma, agora, mais difusa, geral e intensa, porque afeiçoada aos princípios que se tornavam correntes em toda a parte, oriundos das prédicas e ensinamentos do cristianismo. A Europa medieval povoara-se, desde muito, de crônicas e legendas, em que se materializavam, por dizer assim, as concepções da vida eterna, ou em que se descreviam ocasionais experiências e aventuras de pessoas vivas, que por desígnio oculto alcançavam misterioso acesso àquelas paragens obscuras e vedadas. Entre tais narrativas, duas especialmente se tornaram conhecidas em todo o Continente, tendo sido objeto de traduções em vários idiomas. A do Purgatório de São Patrício (S. Patricks Purgatory), de origem anglo-saxônica, e relativa à descida do cavaleiro Oweins ao Purgatório, para ali expiar os seus pecados. No Purgatório pôde o estranho viajante desfrutar de algumas visões do Inferno, que se imaginava localizado em área contígua, e exibia uma série de terríveis e variados suplícios a que estavam sujeitas as almas condenadas. A outra legenda era a de Tundale, concebida, ao que se supõe, na Irlanda, e também constantemente reproduzida e refeita em numerosas traduções e adaptações. Nesta última se descrevia uma peregrinação mais completa, abrangendo os três domínios do Inferno, do Purgatório e do Paraíso, com a enumeração dos castigos e das benesses que neles se prodigalizavam aos homens, depois da morte, e segundo o merecimento de suas ações terrenas.

A nascente literatura italiana, enquanto recolhia estas e outras narrativas, divulgando-lhes a tradução nalguns dialetos peninsulares, dava também sua contribuição própria a tal gênero de composições sobre o mundo desconhecido do além, visualizado segundo o que se podia deduzir das alegorias teológicas nas práticas da religião. Muitos dentre estes contos simples e ingênuos perderam-se completamente, mas de alguns restou memória em citações e referências em obras antigas. Como quer que seja, e um pouco mais chegado à quadra em questão, um dos primeiros franciscanos, companheiro do próprio Santo de Assis, frei Jacomino, nascido em Verona, havia composto no dialeto de sua terra dois pequenos poemas, um sobre o Inferno, o outro sobre o Paraíso, com trezentos e quarenta, e duzentos e oitenta versos, respectivamente. Eram peças elaboradas ao estilo corrente das canções de giesta, em linguagem singela e chã, revelando ao mais ligeiro exame o propósito de falar diretamente ao coração do povo rude, humilde e sofredor daqueles angustiados e difíceis tempos. Assim iniciava o irmão Jacomino de Verona o seu Inferno:

> "A l'onor de Christo, Segnor e Re de gloria,
> e a terror de l'om, cuitar voio un' ystoria;
> la qual spese fiae ki ben l'avrà in memoria,
> contra falso enemigo ell' a far gran victoria.

DANTE ALIGHIERI

Ainda mais perto de Dante, no tempo e no espaço, pois fora produzida em Florença mesmo, e quando o nosso poeta ainda lá se encontrava, há que registrar a crônica em que Ricordano Malaspina narrava a estranha aventura de Hugo de Brandenburgo, que fora à Itália no séquito do Imperador Othon III. Saindo um dia à caça por uma floresta vizinha do local onde se achava acampado, perdeu-se o cavaleiro. Após errar longamente, na tentativa de regressar, surpreendeu-se num recanto alpestre, ao fundo do qual divisou certos homens negros, de terrível aspecto, com olhos sanguíneos. Pareciam divertir-se, acutilando com hastes bifurcadas algumas centenas de outros, que gritavam de pavor. O cavaleiro transviado, que imaginara a princípio ter-se aproximado de uma imensa forja, pelo fogo que se via lavrar ali e pelas caldeiras dispostas no local, percebeu então que havia realmente adentrado o Inferno.

Estas obras preliminares, em seu conjunto, devidas a prosadores e poetas eminentes, ou a escribas modestos e anônimos, terão provavelmente constituído as fontes de que se utilizou Dante para chegar à concepção, que amadurecia nele, de um poema que, sob o signo da totalidade da vida humana, considerada nos seus aspectos transitórios e eternos, pudesse à glorificação de Beatriz – a musa inspiradora – unir a justificação e reabilitação de seu próprio destino, truncado pela vileza e crueldade de seus perseguidores.

Se na tradição clássica greco-latina e na evolução da literatura, da poesia e do lore popular na Península lhe estava aberta a via para a criação e transfiguração lírica do tema da vida temporal explicada em função da vida eterna, tudo em derredor dele, desde a infância, parecia conduzi-lo ao cerne mesmo deste grande e absorvente mistério. Era a Itália o centro da cristandade e em seu solo eleito se assentava a cátedra dos herdeiros de Pedro. Seu povo, profundamente religioso, fora, pouco a pouco, elaborando uma escala própria de valores, em cujo topo se ostentavam a reverência e o fervor pelas lições, as alegorias e o simbolismo da Igreja católica. Seus numerosos e inspirados artistas plásticos concentravam todo o seu talento na representação continuada, torrencial e onímoda das ideias, imagens e glórias do cristianismo. Pelo País inteiro, de que ele já percorrera tantos pontos, e sobre o qual agora errava em todas as direções, na sua nova condição de homem desenraizado e sem lar, ressurgiam a seus olhos, a cada passo, aquelas impressivas realidades em torno das quais gravitava o pensamento coletivo.

As majestosas basílicas, repletas de esculturas em mármore e bronze, e de painéis em que ressaltavam as radiosas figuras de Cristo, dos Anjos e dos Santos, e com os Céus cerúleos, pontilhados de estrelas, figurando nas concavidades de suas absides imensas, mantinham, por sua vez, todas as atenções voltadas para o termo necessário e inevitável da jornada humana.

* * *

A poesia, desde muito tempo, como a grande intérprete das emoções e aspirações recônditas da alma, já encontrava nestes temas dominantes a inspiração para os seus voos. Naquele ano de 1306, exatamente, exalava o último suspiro o irmão Jacopone de Tode, o já mencionado monge franciscano, e que, por toda a sua longa existência, se havia destacado mais do que nenhum outro na expressão da poesia cristã. O antigo jurisconsulto, que abandonara as galas de uma vida faustosa para se dedicar à pobreza, a esposa dileta dos Franciscanos, superando todos os seus antecessores, e inspirando-se na teologia mística de São Boaventura, lograra elevar a lírica religiosa italiana a uma altitude verdadeiramente extraordinária. Sob esse aspecto, bem pode ele ser apontado como um dos precursores do Alighieri. Dante parece que chegou a conhecê-lo, pessoalmente, e é certo que nutria por ele grande admiração. Como o poeta de Florença, o poeta de Tode fora também alvo da intolerância de Bonifácio VIII, que o fizera lançar a uma masmorra, onde mal se filtrava a luz do sol, mas do fundo da qual o velho cantor erguia irado a sua voz indomável para anatematizar o que considerava os transvios do Sumo Pontífice em sua sagrada missão. Dizia-se que Dante costumava recitar perante seus amigos as terríveis catilinárias em verso que Jacopone endereçara a Bonifácio.

O Alighieri, que adquirira na arte do *dolce stil novo* maestria incomparável, seguindo e excedendo as experiências anteriores das duas grandes vozes da lírica peninsular, Guido Guinizelli, de Bolonha, e Guido Cavalcanti, o primeiro de seus amigos, de Florença[44], encontrava agora, tal como Jacopone em São Boaventura, o filão inexaurível da teologia mística e dialética de Tomás de Aquino, como o substrato com base no qual sua poderosa imaginação se iria alçar a níveis nunca antes atingidos pela força e a grandeza da inspiração poética.

Encontra-se na copiosa literatura originada da interpretação e do comentário da Divina Comédia muitas vezes repetida a declaração de que o poeta teria hesitado, longamente, entre a conveniência de escrever o seu poema na língua latina, ainda preferida pelos chamados clérigos, ou no idioma vulgar, de cuja plasticidade e beleza ele já havia, no entanto, extraído tantas obras-primas. Afirma-se que chegou a redigir em latim alguns trechos do Inferno, mas logo abriu mão destas tentativas, decidindo-se definitivamente pelo seu idioma natural. Teria, então, inutilizado as laudas já compostas, de que nada restou a não ser, segundo referem os antigos comentadores, o que deveria ser o verso inicial, nitidamente virgiliano em seu sabor e seu torneio: Ultima regna canam fluido contermina mundo... O que há de positivo, entretanto, é que, alguns anos depois, quando a composição do poema já quase se ultimava, e muitas partes do Inferno e do Purgatório eram conhecidas e divulgadas – um douto professor da Universidade de Bolonha, Giovanni de Virgílio, dirigiu-se em carta ao poeta, exprobrando-lhe a ousadia de tentar escrever na língua do povo, e não em latim, uma obra de tal envergadura, a qual, em razão daquele vício de origem, jamais poderia despertar

---

[44] "Così ha tolto l'uno a l'altro Guido la gloria de la lingua; e forse è nato chi l'uno e l'altro caccerà del nido." (Purgatorio, XI, 97/99). (N. do T.)

a atenção dos círculos cultos e dos homens verdadeiramente sábios. E exortava-o a volver à língua clássica, se quisesse encontrar a expressão adequada a seu pensamento e alcançar a imortalidade...

Mas Dante havia feito sua opção, e bem cedo se demonstraria que suas expectativas eram inteiramente fundadas. Uma feliz intuição o encaminhara ao rumo certo. Desde as primeiras experiências no domínio da criação lírica, insistia em buscar sua expressão na fonte própria e legítima, isto é, no natural instrumento de comunicação coletiva, no vulgar, na língua corrente, que haurira no berço, na língua *che chiami mamma e babbo*[45]. Mas, com um senso extraordinário dos valores idiomáticos e dos princípios de sua dinâmica estrutural, não se restringiu em momento algum à estreiteza de qualquer dialeto em particular, inclusive o de sua própria região, o toscano. Os falares característicos de cada agrupamento geo-social, que se multiplicavam na Península, cada um apresentando seus modismos peculiares de vocabulário e construção, que os diferençavam e lhes emprestavam cunho próprio, exibiam, entretanto, muitos pontos em comum, que pelo uso continuado nos círculos culturais mais evoluídos tendiam a se consolidar e se impor. O poeta se empenhou, pois, em deduzir, nessa língua vulgar à primeira vista profundamente diversificada pelos dialetos, aquelas formas e valores mais correntes e expressivos, que, nas obras literárias, nas cortes, nos salões, nas prédicas nas igrejas, nos entretenimentos das pessoas ilustres, iam sendo fixados pelo uso constante. Por esse modo é que se estruturaria uma língua geral, como evolução não de um ou de alguns dialetos em especial, mas de todos eles reunidos e sujeitos a um permanente processo de crítica, de depuração e de aperfeiçoamento.

Já quando compunha a Vida Nova, ele observava que o aparecimento dos primeiros poemas em vulgar era fato de natureza quase recente. Por mais que se pesquisasse não se encontraria há mais de século e meio nada escrito quer na língua *d'oc* (o provençal), quer na língua *do si* (o italiano), e que tais instrumentos de expressão haviam sido de início empregados predominantemente na poesia, *per dire d'amore*. E, como numa defesa antecipada de sua eventual opção, o grande lírico não perdia, dali por diante, qualquer oportunidade de distinguir o idioma comum, *lo quale naturalmente e accidentalmente amo e ho amato*[46].

Em sua obra De Vulgari Eloquentia, espécie de tratado sobre a linguagem, a estilística e a técnica do verso, promoveu, em termos lapidares, verdadeira exaltação dos valores e virtualidades da língua geral do povo, que, já então, no seu uso literário, se estruturava harmoniosamente sobre a diversidade dos dialetos peninsulares, de cada um recolhendo o que de melhor havia neles, e de todos se diferenciando pela sua generalidade e seu caráter ilustre, cortês, nobre e prático, adequado às construções singelas e claras e capaz de exprimir a mais profunda doçura, a mais extrema beleza[47].

---

45 *Inferno*, XXXII, 9. (N. do T.)
46 *Convivio*, Trattato Primo, X. (N. do T.)
47 "Itaque adepti quod quaerebamus, dicimus illustre, cardinale, aulicum et curiale vulgare in Latio, quod omnis Latiae civitatis est et nullius esse videtur, et quo municipalia vulgaria omnia latinorum mensurantur, ponderantur et comparantur." (De Vulgari Eloquentia, Liber Primus, XVI, 5). (N. do T.)

A DIVINA COMÉDIA

* * *

O poeta não escondia seu desejo de passar ainda algum tempo em Paris, continuamente atraído pelas inspirações de cultura, arte e poesia que emanavam da velha metrópole do Sena. Franceschino de Mulazzo, que lhe dedicava profunda e sincera amizade, e desejoso de retribuir a colaboração pelas negociações junto ao bispo de Luni, tomou a iniciativa de lhe proporcionar os recursos indispensáveis à viagem além dos Alpes.

Alighieri pretendia, entretanto, retornar antes a Verona, para se desincumbir de algumas tarefas que ali lhe haviam sido confiadas, relativamente ao estudo de leis e preparação de importantes documentos do governo. Corria o ano de 1307. Nesse período, provavelmente, viu pela primeira vez a Cangrande della Scala, irmão de Bartolomeu – *podestà* local – e que era um rapazola de dezesseis anos, sobre cuja educação o poeta em mais de uma oportunidade fora ouvido por seu anfitrião. Talvez em decorrência deste fato, e movido também pelo sentimento de gratidão aos Scalígeros, começava ele a se afeiçoar ao jovem cavaleiro, não escondendo as esperanças que nutria quanto ao seu futuro.

De novo às margens do Ádige, Dante entregou-se, pois, àquele trabalho ocasional, de que granjeava a subsistência, enquanto, por outro lado, se dedicava ao prosseguimento e conclusão do Inferno, a primeira parte de seu poema. Nos intervalos de repouso, procurava integrar-se mais na vida da cidade, onde fez várias amizades, entre as quais a do poeta satírico Manoello Romano, e onde era constantemente convidado a festas e reuniões. Divertia-se, por vezes, a observar os jogos do pálio verde, que despertavam ali extraordinário interesse, e consistiam em corridas a pé, de longo percurso. As provas eram ardorosamente disputadas pelos jovens veroneses, que, largando de Castelvecchio, uma localidade dos arredores, venciam extenso trato da campina em demanda da cidade, até à meta de chegada, que se situava no ponto em que mais tarde foi erigida a porta do Pálio[48].

Diversos acontecimentos, que se destinavam a ter ampla repercussão na Península, verificaram-se enquanto o poeta fruía esta fase de relativa paz e segurança em seu refúgio de Verona. Alguns revestiram aos seus olhos transcendente importância, pelas implicações em sua situação pessoal, e ainda em consequência de seu pensamento político na ocasião.

Antes mesmo de escoar-se o ano de 1307, ocorria a dissolução da velha e prestigiosa Ordem dos Templários. O Papa Clemente V, como se esperava, e talvez sem condições para qualquer resistência, cedera finalmente aos caprichos de Felipe, o Belo. A medida foi executada em meio de violências, com a queima de arquivos, bandeiras e insígnias e até a destruição de prédios, que os responsáveis teimavam em não entregar. Sobre

---

48 "Poi si rivolse, e parve di coloro che corrono a Verona il drappo verde per la campagna; e parve di costoro quelli che vinci, non colui che perde." (Inferno, XVI, 121/124). (N. do T.)

os bens e as rendas da veterana Ordem incidiu o confisco, tendo muitos de seus dirigentes sido levados às prisões.

E, no ano seguinte, ocorria a morte de Corso Donati, o antigo líder da facção negra de Florença. Pouco a pouco fora-se estabelecendo na cúpula do partido acirrada competição, pelo predomínio, entre os chefes principais. Corso, atrabiliário e violento, e, por isto, alvo da antipatia do povo, levou finalmente a pior, sendo destituído do comando. Abandonado por todos, e temeroso da reação de seus inimigos, procurou deixar a cidade, furtivamente, a cavalo. Mas foi identificado por grupos populares que, enfurecidos, se empenharam em persegui-lo. Ao tentar esquivar-se, caiu da montaria, e com um dos pés preso ao estribo, foi arrastado pelas calçadas florentinas[49].

Da Alemanha provinha a notícia do assassinato de Alberto de Absburgo, Imperador dos Romanos, por mãos de seu próprio sobrinho João de Áustria. Alberto incorrera no desagrado dos gibelinos por se ter inteiramente omitido em suas responsabilidades quanto à Itália. Como seu predecessor, Rodolfo, não quis ir nunca à Península, abandonando seus ardentes correligionários à própria sorte. Por este motivo, a abertura de sua sucessão foi recebida com favorável expectativa pelos italianos adeptos da chamada legítima autoridade imperial.

Mas o fato de maior importância, que produziu intensa comoção não só aquém, como além dos Alpes, foi a inesperada remoção da cátedra pontifícia para Avinhão, na França. Felipe o Belo, ao que se dizia, fechara a questão sobre esta providência, certo de que, através dela, se transferiria à Coroa da França o completo domínio da Península. E parece que a medida vinha também ao encontro dos secretos desejos de Clemente V, que costumava despachar em Bordéus, e só raramente chegava até Roma, possivelmente receoso de ser alvo, ali, de algum atentado. A traslação da Santa Sé ocasionou, como era natural, uma onda de protestos e ressentimentos, de desespero, de frustração e de ódio. Os italianos não podiam resignar-se a ver Roma despojada da auréola de glória e prestígio que lhe advinha da circunstância de ser, por decreto divino, a celebrada capital do orbe cristão.

V
A EMPRESA DE HENRIQUE VII. O SONHO DA RESTAURAÇÃO IMPERIAL. O MITO DO VELTRO

Ainda perduravam os ecos destes acontecimentos, quando Dante pôde realizar sua segunda e ansiada viagem a Paris. Não se esquecera da grande cidade do Sena desde que ali estivera, nos dias de sua juventude, e a cujos estímulos criadores vira então enriquecer-se o seu pensamento com o sentido da universalidade e o hábito da síntese.

---

49 "Chè quei che più n'ha colpa vegg'io a coda d'una bestia tratto verso lo valle, ove mai non si scolpa." (Purgatorio, XXIV, 82/84). (N. do T.)

A DIVINA COMÉDIA

Deixou-se ficar ali por várias semanas, dedicando-se, em meio às numerosas emoções daquele reencontro, a compor alguns dentre os cantos do Purgatório. Dois fatos importantes se verificaram, então, de acentuado interesse para a vida italiana. O primeiro consistiu na designação, pela dieta de Frankfurt, do novo Imperador dos Romanos, Henrique de Luxemburgo, que, sob a denominação de Henrique VII, sucedia a Alberto de Absburgo, tendo a escolha sido imediatamente referendada pelo Papa Clemente V. E o segundo foi o falecimento, em Nápoles, de Carlos II d'Anjou, e a consequente ascensão ao trono de seu herdeiro Roberto.

Quando se preparava para deixar a França, ao início do ano de 1310, o poeta soube que o recém-investido Imperador se encontrava em Lausanne. Um pequeno desvio em seu itinerário conduzi-lo-ia facilmente até ali. Assim fez. E, na entrevista que então manteve com Henrique VII, ouviu-lhe a declaração de que era seu propósito trasladar-se o mais breve possível à Itália. Mostrava-se desejoso de enfrentar e resolver os problemas da Península, não pretendendo seguir, quanto a este particular, a política dilatória e omissa de seus antecessores. Ora, Dante havia-se fixado desde algum tempo na doutrina de que a unidade italiana só poderia ser alcançada através da autoridade de um único Imperador, e ocorrendo, como era o caso, naquela conjuntura histórica, alguém em quem recaía tal direito, incontroverso pela noção dominante da origem divina do poder, cumpria que o respectivo titular fosse devidamente acatado e prestigiado[50]. Exultou, por isto, ante os propósitos manifestados, por forma tão inequívoca, por Henrique VII, convencido de que só assim seria possível, como condição para a paz da Itália e a ordem universal, retomar as fecundas tradições do glorioso Império Romano. A maravilhosa perspectiva, bem como a simpatia que lhe fora então testemunhada, fizeram-lhe reavivar no coração as chamas já quase extintas da esperança. E ali mesmo se prometeu tudo empreender ao seu alcance a serviço daquela causa, que se lhe afigurava a mais urgente, mais indispensável e mais fundamental.

Rumou diretamente a Verona, a fim de aguardar a prometida visita de Henrique VII à Península. E teve a imensa satisfação de encontrar um ambiente de entusiasmo e vibração no belo burgo do Ádige. Os líderes locais, Bartolomeu del la Scala e especialmente seu jovem irmão Cangrande, não dissimulavam seu interesse em face dos últimos acontecimentos.

Logo à chegada o poeta, sinceramente convencido de que a Itália se encontrava no limiar de uma nova era, tomou a iniciativa de dirigir um caloroso manifesto, sob a forma de Epístola, como era de uso no tempo, às populações da Península e a seus reis, senadores, duques, marqueses e condes. Subscrevia-o como o humilde Ítalo, Dante Alighieri, exilado imerecidamente, e a todos convocava à paz e ao acatamento

---

[50] "Propterea satis persuasum est quod Romanus populus a natura ordinatus fuit ad imperandum. Ergo Romanus populus subiciendo sibi orbem, de jure ad imperium venit." (De Monarchia, Liber Secundus, VII).
"Unde Deum Romanum principem praedestinasse reluces in miris effectibus; et verbo Verbi confirmasse posterius profiterur Ecclesia." (Epistolae, VIII, 7). (N. do T.)

e obediência ao novo Imperador dos Romanos, que já se encontrava bem perto, disposto a libertar o país, em definitivo, do cárcere dos ímpios, e punir os promotores e beneficiários das violências, "ferindo-os ao fio da espada, e entregando as respectivas vinhas a outros lavradores, capazes de produzir os frutos da justiça na época da colheita"[51]. Raiava enfim a hora desejada, de que se viam os primeiros sinais de consolação e esperança, a hora em que os famintos e os sedentos seriam saciados, e em que os adeptos da iniquidade haveriam de fugir, confundidos, à luz da figura resplandecente pronta a descer dos Alpes...[52]

* * *

E, com efeito, Henrique VII, à frente de seus exércitos, cruzou as fronteiras do Norte, adentrando-se pelas planícies italianas. Após ter ocupado toda a Lombardia, onde se manifestou, em pontos isolados, alguma resistência, esperava-se que marchasse sobre Florença. Entretanto, parece que os embaixadores que o tedesco havia expedido preliminarmente à importante cidade se deixaram impressionar pela atmosfera de hostilidade ali encontrada e ainda mais com algumas demonstrações de força exibidas pelos astutos Florentinos. Ante as notícias que lhe chegavam, Henrique mantinha-se indeciso e perplexo. O poeta, que já se havia trasladado à Toscana, nas nascentes do Arno, perto de Arezzo, para melhor acompanhar os acontecimentos, redigiu a 31 de março de 1311 novo manifesto, agora endereçado aos governantes de Florença, a que apelidava, duramente, de consumados intrigantes e facínoras[53]. A acrimônia e virulência dos termos em que era vazada esta segunda Epístola traduziam o grau de indignação de que se achava possuído o seu autor. Nela, o Alighieri verberava até à exaustão os propósitos de resistência dos Florentinos e lhes acenava com a represália de terríveis castigos. "Ó vós – advertia ele – que assim transgredis os direitos divinos e humanos, e a que uma cruel ambição vocacionou a todos os crimes, porventura confiais em qualquer possibilidade de defesa, num ridículo vale fechado?"[54]

O que é certo é que Henrique, depois de se assenhorear do vale do Pó, atingira a Toscana, mas flanqueou Florença. Pouco depois decidiu retroceder a Milão, ao que se dizia para arregimentar e reabastecer suas tropas a fim de, preliminarmente, rumar a Gênova e, em seguida, a Roma. Dante não se conformou com esta mudança nos planos da campanha. Num esforço desesperado para convencer o Imperador a dominar imediatamente Florença, dirigiu-lhe dramática Epístola, do mesmo local onde se encontrava, junto às nascentes do Arno, relembrando as famosas palavras do tribuno

---

[51] "Nam prope est qui liberabit te de carcere impiorum; qui percutiens malignantes, in ore gladii perdet eos, et vineam suam aliis locabit agricolis, qui fructum iustitiae reddant in tempore messis." (Epistolae, VIII, 2). (N. do T.)
[52] "Ecce num tempus acceptabile, quo signa surgunt consolationis et pacis... Saturabuntur omnes qui esuriunt et sitiunt in lumine radiorum eius; et confundentur qui diligunt iniquitatem a facie coruscantis." (Epistolae, VIII, 1). (N. do T.)
[53] "Scelestissimis Florentinis intrisecis..." (Epistolae, X, Preâmbulo). (N. do T.)
[54] "Vos autem divina iura et humana transgredientis, quos dira cupiditatis ingluvies paratos in omne nefas illexit... An septi vallo ridiculo cuiquam defensioni confiditis?" (Epistolae, X, 2 e 3). (N. do T.)

A DIVINA COMÉDIA

Cúrio a César sobre a dilação, sempre fatal às empresas já preparadas para se realizarem imediatamente. Advertia-o de que Florença acumulava forças e crescia em insolência e soberba, e que sua atitude de rebeldia e resistência começava a ser, surpreendentemente, estimulada pelo Papa Clemente V, agora decidido a mobilizar contra ele o imenso poder da Cúria romana. E se tornava, então, absolutamente explícito: "Pois não percebeis, Excelentíssimo dentre os Príncipes, nem divisais da torre de vossa suma elevação, onde se oculta a raposa que exala todo este fétido odor, postando-se fora do alcance dos caçadores? Não há dúvida de que ela não se abebera na torrente do Pó, nem na de vosso Tibre, mas nas águas do Arno é que destila a sua baba. Em Florença, somente – e por certo ainda não o sabeis – é que se nutre este pernicioso flagelo"[55].

Lamentavelmente para o poeta as coisas não se encaminharam pela forma desejada. E suas candentes epístolas produziram, na verdade, uma consequência imprevista. A ameaça da iminente invasão pelas tropas do Imperador inclinara o governo de Florença a um esforço de pacificação interna, que se traduziu desde logo na concessão de ampla anistia aos cidadãos banidos ou que se haviam expatriado. Mas no próprio instrumento da medida de graça se fazia exceção de uns poucos elementos, e, entre estes, afrontosamente, de Dante Alighieri.

Entretanto, à medida em que fluía o tempo, recresciam as dificuldades de Henrique. Havia notícia de preparativos para a resistência em muitos pontos. Só no ano seguinte pôde ele atingir Gênova, rumando dali para Roma. Na velha capital dos Césares cingiu, em brilhante solenidade, a coroa imperial, esperando que os efeitos simbólicos desse ato o ajudassem no prosseguimento de sua tarefa. Ao deixar Roma, dirigiu-se, enfim, a Florença, que, todavia, não acedeu em lhe abrir as portas. O Imperador estabeleceu-lhe o cerco, para forçá-la à rendição. Mas a situação em Nápoles e no sul se agravara subitamente, e ele se viu na contingência de para ali se trasladar, com a maior parte de seu exército. Enquanto isso, ocorria em Verona a morte de Bartolomeu della Scala, tendo Cangrande assumido, em sucessão a seu irmão, a signoria local. Henrique designou-o imediatamente para seu representante pessoal, seu vigário, naquela cidade e em Vicenza. A estrela do Imperador, na realidade, empalidecia rapidamente. Retornando de Nápoles, para tentar a tomada de Florença, caiu súbita e gravemente enfermo em Buonconvento, perto de Siena, onde morreu a 24 de agosto de 1313. Dizia-se, na época, que por inspiração de Felipe o Belo, muito inclinado a este processo para afastar de seu caminho os obstáculos, o príncipe havia sido eliminado pelo veneno instilado a uma hóstia no instante em que a mesma era imersa no cálice.

* * *

---

[55] "An ignoras, excellentissime principum, nec de specula summae celsitudinis deprehendis, ubi vulpecula foetoris istics, venantiam secura, decumbat? Quippe nec Pado praecipiti, nec Tiberi tuo criminosa potatur, verum Sarni fluenta torrentis adhuc rictus eius inficiunt, et Florentia (forte nescis?) dira haec per nicies nuncupatur." (Epistolae, XI, 7). (N. do T.)

DANTE ALIGHIERI

O duplo sonho de Dante, de regressar, enfim, a Florença, e de ver, ao mesmo tempo, assegurada a unidade italiana, sob a ordem e a paz, frustrara-se, mais uma vez, totalmente. Com profunda amargura, devia reconhecer que sua pátria não se encontrava ainda amadurecida para um estágio tão avançado de evolução e seguiria avassalada pelas paixões, a cobiça e a maldade[56]. Nada lhe restava, ao cabo desse intervalo de intensa atividade política, senão concentrar-se, com redobrado ardor, na composição da Comédia.

A visão pessimista que o poeta, desde muito tempo, tinha de sua pátria dividida e assolada pelas guerras civis – palco de ambições desenfreadas e acesas paixões – é que o levara, como vimos, a se prender a essa ideia talvez utópica da unificação italiana sob a autoridade de um Imperador. E não havia senão uma possibilidade prática de se realizar esta aspiração, pois um monarca legítimo existia, de fato, em decorrência da supérstite tradição e do conceito medieval da origem divina do poder. A dificuldade ocasional é que semelhante direito se encarnava na pessoa de um príncipe estrangeiro, primitivamente da casa de Suábia, e, depois, da de Absburgo, famílias reinantes na Alemanha. O certo é que Dante imaginava a Itália abandonada à sua própria sorte, e carente de uma autoridade superior de integração e controle, como um potro fogoso a correr pelos campos sem que tivesse a conduzi-lo o respectivo cavaleiro[57]. Sua experiência pessoal, seu instinto e também seus estudos e meditações advertiam-no seguramente de que aquela terrível e confrangedora situação era, como tudo, passageira, e haveria de chegar o instante em que ela por força cessaria, dando lugar à ordem e à estabilidade, segundo as necessárias alternativas da Fortuna, que determina, dirige e conforma o destino dos indivíduos como dos povos[58].

Por isto, sem dúvida, no Canto I do Inferno, que constitui como uma introdução geral às três grandes partes da Comédia, e em que muitos divisam uma alusão à situação italiana, sob o ponto de vista moral e político, na evocação das três feras – a pantera, o leão e a loba – representação, respectivamente, da luxúria, da violência e da avareza, ou, talvez, de Florença, da Casa de França e da Cúria papal – já o poeta manifestava a convicção de que aqueles males seriam extirpados. No tocante à loba, especialmente, estende-se a descrever o seu fim, naquela linguagem (atribuída a Virgílio) algo obscura e simbólica, peculiar às profecias:

"Molti sono li animali a cui s'ammoglia,
e più saranno ancora, infin che 'l Veltro
verrà, che la farà morir con doglia.

---

[56] "E in quel gran seggio a che tu li occhi tieni per la corona che già v'è su posta, prima che tu a questi nozze ceni, sederà l'alma, che fia giù agosta, de l'alto Arrigo, ch'a drizzare Itália verrà in prima ch'ella sia disposta." (Paradiso, XXX, 133/138). (N. do T.)
[57] "Sicchè quasi dire si può dello Imperadore, volendo il suo ufficio figurare con una immagine, che egli sia il cavalcatore della humana volontà. Lo qual cavallo come vada senza il cavalcatore per lo campo assai è manifesto, e spezialmente nella misera Italia che senza mezzo alcuno alla sua governazione è rimasa." (Convivio, Trattato quarto, IX). (N. do T.)
[58] "per ch'una gente impera ed altra langue, seguendo lo giudicio di costei che è occulto come in erba l'angue." (Inferno, I, 82/84). (N. do T.)

> *Questi non ciberà terra nè peltro,*
> *ma sapienza, amore e virtute,*
> *e sua nazion sarà tra feltro e feltro.*
> *Di quella umile Italia fia salute...*"[59]

Recordemos que, ao início do Inferno, o poeta, desesperado e perdido na selva escura, tenta sair, mas é impedido de fazê-lo ante a presença aterradora das três feras. O principal embaraço consistia na loba esquelética, que lhe barrava a ascensão ao monte próximo, dourado já aos raios do sol. Interpreta-se a selva escura, logicamente, como uma determinada fase de sua vida, em referência a uma situação material ou a uma condição moral, ou a ambas cumulativamente, a um estado de fato, como a um estado de espírito, e da qual haveria ele de emergir, como na realidade emergiu, em virtude das forças íntimas e secretas de recuperação, imanentes ao homem, e que lhe conferem a faculdade de se transcender continuamente. Virgílio, o grande poeta da Antiguidade, tornado aqui em símbolo deste virtual impulso de transcendência, assegura-lhe desde

logo que o malfadado animal haveria de se defrontar com o Veltro, a que estava reservada a missão de interromper-lhe a carreira cruel e desabrida, e de exterminá-lo, conduzindo-o ao inferno. Mas, o que seria o Veltro? E aqui tocamos o ponto provavelmente mais tormentoso no vastíssimo quadro da interpretação e do comentário da Comédia, sobre o qual se tem discutido e rediscutido incessantemente, com a apresentação das hipóteses as mais contraditórias, as mais caprichosas e as mais estranhas. Natural e etimologicamente, haveria que ver no Veltro um cão, dotado de grande força e mobilidade, como conveniente a um inimigo e perseguidor da loba, e no qual se representassem talvez as virtudes opostas aos vícios que ela significava. Acontece, porém, que o poeta atribuiu qualidades evidentemente humanas ao Veltro – alguém isento da ambição dos bens materiais, movido tão-somente pela sabedoria, o amor e a virtude; alguém de que até se especificava, em termos enigmáticos, o local de procedência ou nascimento, isto é, *tra feltro e feltro*; e alguém cuja missão originária da caça à loba se amplia, subitamente, à ordem de salvação da própria Itália.

Eis, pois, que na expressão do poema o extermínio da loba, símbolo da avareza e da cobiça, aparece claramente associado com esta missão extraordinária de reerguimento e salvação da Itália, que bem sabemos em que consistia no conceito pessoal tantas vezes expendido pelo Alighieri. Parece, então, claro que se atribuía aos males e calamidades que, naquela época, afligiam e conturbavam a península do Lácio, como sua causa determinante, esta presença difusa e onímoda da loba, isto é, a ação da cobiça e da avareza desmedidas, a se afirmar tanto na ordem política e religiosa como no domínio econômico e social.

---

[59] *Inferno*, I, 100/106. (N. do T.).

Na verdade, tudo conduzia à conclusão de que, sob color do Veltro, se insinuava a figura de um libertador, de um imperador, de alguém que reunisse as condições para a obra de soerguimento, de fundação da ordem, de purificação dos costumes, de eliminação das injustiças e dos crimes, sem o que povos e nações jamais se podem alçar a um nível conveniente de dignidade e prestígio. Empenharam-se, então, biógrafos e comentadores na tarefa de identificar a personalidade que o poeta, possivelmente, e em sua opinião, devia ter em vista ao conceber a citada alegoria. Daí as numerosas candidaturas de que dá notícia a bibliografia dantesca, entre as quais as de Henrique VII, de Cangrande della Scala, de Uguiccione della Faggiola e até do papa Benedito XI!

Ora, e por que havia de ter o autor da Comédia em vista um nome determinado? Nada, realmente, parece autorizar semelhante dedução, nem mesmo a invocada referência do verso 105 – tra feltro e feltro – como a aludir ao possível local de proveniência do Veltro. O fato de ter havido nos primórdios da fundação da Itália uma cidade denominada Feltro e a circunstância de se encontrar este vocábulo empregado com frequência na composição de nomes de localidades e acidentes geográficos – não revestem importância prática para induzir a uma conclusão fundada. Há comentadores, e de não pequena autoridade, que se inclinam a ver naquela expressão não uma indicação toponímica, mas uma metáfora a designar, ainda que obscuramente, uma outra situação ou condição – talvez a humildade da origem do prometido restaurador.

O que, em nosso entender, se deve ter por assentado é apenas que o poeta manifestava a tranquila e profunda convicção de que as desordens de que era palco a Itália deveriam ter necessariamente um fim. Não poderiam ser definitivas e eternas, como quaisquer outras situações na vida mutável e contingente. E ao exprimir no seu poema este sentimento, fê-lo através de uma alegoria genérica, e não específica, de um símbolo imaginado para uma situação futura e indeterminada, e não objetiva e concreta. Não nos esqueçamos de que toda grande poesia épica se caracteriza pela criação de mitos, que a acompanham permanentemente, como à luz a sombra. Na verdade, o Alighieri estabelecia aí os fundamentos de um mito, pois só por essa forma julgava poder exprimir adequadamente sua intuição ou pressentimento de uma provável ocorrência futura. E é da natureza própria e essencial do mito que, uma vez constituído, passa a viver por si mesmo e independentemente do pensamento de que se tenha originado, perdurando em suas virtualidades no decurso do tempo e na sucessão dos fatos, susceptível, assim, de revestir vários sentidos e de responder continuamente a novos anseios e desafios. Por esta razão é que nunca se esgota a interpretação dos mitos, sempre refeita e condicionada à mutabilidade no tempo dos fatos, das ideias e também das aspirações individuais e coletivas.

Nem o próprio poeta, ao constituir, na forma porque o fez, o mito do Veltro, poderia permanecer imune, à medida em que transcorriam os anos, àquela força imanente de que o mesmo se revestira no instante de sua criação. E é possível que também ele se visse tentado, por vezes, à semelhança dos outros que se detiveram no seu exame, a interpretá-lo num ou noutro sentido, ou a imaginar que esta ou aquela personalidade poderia eventualmente destinar-se a encarná-lo na forma, no aspecto e nos resultados de sua atuação, segundo os acontecimentos que se desenrolavam em torno.

Há, quando se aborda esta difícil questão do Veltro, um outro lado a considerar. Dante imaginou sua viagem ao reino eterno o assunto imediato da Comédia – como tendo sido efetuada em 1300, quando se realizou o grande Jubileu em Roma e ele atingia a idade de trinta e cinco anos. Admite-se até, com base em dados referidos pelo próprio poeta, e após os necessários cálculos, que a grande jornada se tenha iniciado precisamente na noite de 7 para 8 de abril daquele ano, na transição da quinta para a sexta-feira santa. Mas é sabido que ele só começou a redigir o poema muito depois, provavelmente em 1306, e na sua composição prosseguiu pelo menos durante dez anos, talvez até seus derradeiros meses de vida. Esta circunstância de haver assim antecipado o momento ficto da narrativa permitiu-lhe usar largamente do recurso das profecias para referir fatos e episódios que já se haviam verificado entre a data suposta da viagem e o instante em que realmente ele escrevia.

Como é usual no exercício da arte literária, especialmente em relação a obras cuja feitura se prolonga no tempo, parece óbvio que o poeta retomou muitas vezes o trabalho realizado, introduzindo modificações, aprimorando versos, procedendo a cortes e acréscimos. Ora, sobre esta questão do Veltro, alguns comentadores se têm baseado nas presumidas datas de composição do Inferno e de seu Canto inicial para chegar a alguma conclusão sobre a personalidade a que – supunham – Dante queria referir-se objetivamente sob aquele obscuro vaticínio. Mas é muito possível, tendo em vista as circunstâncias políticas que se apresentaram a seguir, que precisamente neste ponto haja o poeta realizado, tempos depois, retificações e acréscimos. Vê-se, do texto que transcrevemos, que nele se alinham duas proposições inteiramente distintas. A primeira (versos 100 a 102), e que seria, nesta hipótese, a versão original ou primitiva, cinge-se tão só ao futuro extermínio, pelo Veltro, da loba, em que se representavam a cobiça e a avareza, causa, talvez, dos males de Dante, em particular, e dos de Florença, da Toscana ou da Itália, em geral. A segundo proposição (versos 103 a 106) acrescenta à anterior outra profecia, e de sentido muito mais amplo e profundo, porque já se refere, expressamente, à redenção da própria Itália pelo Veltro, e atribui, então, a este salvador ou regenerador virtudes e origem humanas, o que não deixa de envolver certa contradição com a afirmativa precedente, em que a ideia se limitava à perseguição da loba pelo cão, seu natural inimigo.

O argumento de que se valeram alguns comentadores para excluir as candidaturas de Henrique VII e Cangrande della Scala, como possíveis encarnações do Veltro – fundado na consideração de que Dante não os conhecia quando escreveu aqueles versos (1306, ou até antes, como muitos pretendem) – tal argumento se demonstraria, então, sob este ângulo, extremamente frágil. Movido pela sua admiração para com Henrique VII e pela sua amizade e devotamento a Cangrande della Scala, o poeta pareceu admitir, nalgum momento, que suas antigas aspirações sobre a unidade e a paz italianas poderiam realizar-se através da ação e da obra do Imperador e do bravo e ilustre Capitão de Verona. E talvez pensasse em chamar sobre um ou outro a atenção geral – o que seria, também, um modo de testemunhar seu apreço e gratidão aos que o haviam amparado e distinguido de maneira tão surpreendente e calorosa. Assim, por exemplo, referia-se a Henrique, numa das Epístolas: "O intérprete da causa Romana, divino triunfador, que, sem visar a seus interesses particulares, mas os públicos, do mundo, por nós empreendeu ações grandes e árduas"[60]. E de Cangrande della Scala disse que fora influído por generosa estrela, realizando obras notáveis, com ínclita virtude, infensa aos bens materiais e indiferente às prolongadas fadigas[61].

O que é fora de dúvida é que o poeta, sob esta alegoria do Veltro, apenas manifestava a sua íntima convicção de que, cedo ou tarde, se haveria de chegar à unidade e à regeneração política da Itália. E como o fez sob color, mais do que de um enigma ou de uma profecia, de um verdadeiro mito, à espera das condições de se viabilizar adequadamente, como é próprio e característico deste tipo de representação – é compreensível que também ele se mantivesse na expectativa de que tais acontecimentos se realizassem quanto antes. Mas como não se realizaram, nem com Henrique VII, morto em Buonconvento em 1313, nem com Cangrande della Scala, senhor de Verona, que se exauriu em infecundas guerras contra Pádua, o mito do Veltro permaneceu, íntegro e válido, em seu imanente sentido de afirmação, esperança e apelo. E, pois, transcendendo à própria vida do poeta, que não viu cumprido o seu vaticínio, prolongou-se no tempo, à espera de algum dia se virtualizar na sonhada e necessária realidade.

VI
ÚLTIMA FASE. VERONA, LUCCA E RAVENA. A CONCLUSÃO DA COMÉDIA. A MISSÃO EM VENEZA. A MORTE DO POETA

Nos dois anos que se seguiram, Dante dividiu seu tempo entre Verona, junto ao Scalígero, e Lucca, onde um valente e ambicioso capitão, Uguiccione della Faggiola, se havia levantado contra os Florentinos. Parece que nesta cidade da Toscana – vizinha de sua terra – o poeta viveu uma derradeira experiência sentimental, tomando-se de amores por uma jovem, conhecida como Gentucca, e por ele relembrada carinhosamente, embora de passagem, em certo trecho do Purgatório[62]. O desejo de rever a bela senhora, mais talvez que os interesses da política, levava-o então a visitar Lucca, frequentemente.

---

60 "... quod Romanae rei baiulius hic, divus triumphator Henricus, no sua private sed publica mundi commoda sitiens ardua pro nobis aggressus est..." (Epistolae, X, 6). (N. do T.)
61 "Con lui vedrai colui che 'impresso fue, nascendo sì da quella stella forte, che notabili fien l'opere sue. Ma pria che 'l Guasco l'alto Arrigo inganni parran faville de la sua virtute in non curar d'argento ne d'affanni." (Paradiso, XVII, 76/78-82/84). (N. do T.)
62 "El mormorava, e no so che Gentucca sentiva io là..." (Purgatorio, XXIV, 37/38)
Femmina è nata... che ti farà piacere la mia città..." (Purgatorio, XXIV, 43/45). (N. do T.)

A DIVINA COMÉDIA

Entre os acontecimentos deste período destacaram-se a morte do Papa Clemente V, a que ele não perdoava a traslação da Santa Sé à França, a nova e brilhante vitória de Cangrande della Scala sobre os paduanos liderados por Jacó de Carrara, o falecimento de Felipe o Belo, o mal de França[63], e, por fim, a esmagadora derrota infligida aos florentinos por Uguiccione della Faggiola, em Montecatini. A notória aproximação de Dante com Uguiccione e o rumor de que seus filhos Pedro e Jacó se haviam alistado nas hostes luquenses e combatido naquela oportunidade causaram novo e profundo dissabor ao poeta. Ao findar o ano de 1315, precisamente a 6 de novembro, o vigário de Roberto, rei de Nápoles, em Florença, Ranieri d'Orvieto, expedia contra Dante mais uma condenação, extensiva aos seus dois filhos. Eram eles declarados rebeldes e, como tais, deveriam ser decapitados se viessem a cair em poder das forças florentinas.

No ano seguinte, Uguiccione della Faggiola, depois de uma rápida carreira de sucessos militares que lhe deram o controle de quase toda a Toscana, em Arezzo, Pisa e Lucca, viu-se surpreendentemente destituído do poder, tendo de se retirar às pressas para não ser aprisionado. O fato repercutiu tão agradavelmente em Florença, que se vira quase vencida pelo então afortunado líder, que seu governo resolveu anistiar os exilados políticos. Era-lhes permitido o imediato regresso à pátria, desde que se submetessem ao pagamento de uma indenização e publicamente se retratassem dos erros cometidos contra o Estado. Dante já havia deixado a terra da formosa Gentucca e regressado a Verona. Ali recebeu, através de cartas de um sacerdote florentino, seu amigo particular, e também de um sobrinho, a notícia de que lhe estava aberto o caminho para a volta, ao cabo de quinze anos de exílio.

Enquanto se inteirava daquelas mensagens, afluíam-lhe à memória os sofrimentos e privações que lhe haviam sido impostos com o prolongado desterro, que não se cansara de proclamar vil e iníquo, com ele jamais se conformando. Recordava ali a dureza de se ter visto tão subitamente apartado de tudo o que amava, *più caramente*, privado de seu lar e de seus bens, impelido a uma interminável peregrinação de quase mendicante entre gente desconhecida e em ambientes estranhos, exibindo por toda a parte as chagas da fortuna, geralmente imputadas às próprias vítimas e nunca a seus algozes.[64] Ainda sentia na boca o ressaibo do amargo pão alheio e conhecera como era penoso galgar e descer, dia a dia, as escadas de outrem, mesmo quando a hospitalidade e o abrigo se ofereciam de coração aberto.[65] Suportara na própria carne os sopros frios e ríspidos dos ventos da pobreza e do abandono, que o levavam desavoradamente por praias desertas, portos hostis e rochas perigosas, sem esperança de poder recuperar o rumo antigo[66].

---

63 *Purgatorio*, VII, 109. (N. do T.)
64 "La colpa seguirà la parte offensa in grido, come suol..." (*Paradiso*, XVII, 52/53). (N. do T.)
"Per le parti quasi tutte, alle quale questa lingua si stende, peregrino, quasi mendicando, sono andato, mostrando contro a mia voglia la piaga della fortuna, che suole ingiustamente al piagato molte volte essere imputata. (*Convivio*, Trattato Primo, III)
65 "Tu proverai si come sa di sale lo pane altrui, e como è duro calle lo scendere e 'l salir l'altrui scale." (*Paradiso*, XVII, 58/60). (N. do T.)
66 "Veramente io sono stato legno senza vela e senza governo, portato a diversi porti e foci e liti, dal vento secco che vapora la dolorosa povertà." (*Convivio*, Trattato Primo, III). (N. do T.)

DANTE ALIGHIERI

E se lhe fora possível, em tão longo tempo, resistir aos rigores da adversidade, curtir a agonia das suspeitas e das incompreensões, suportar o peso das injustiças que o ódio e a maldade desencadearam contra ele, é que duas grandes forças, de natureza íntima e espiritual, o haviam, desde o início, sustentado. Uma era a ambiciosa tarefa, a que se entregara, e já se aproximava de sua conclusão, de escrever a Comédia, espécie de suma poética em que se revia e retraçava o próprio destino da criatura humana em sua passagem pela vida transitória e em sua justificação ou transfiguração na vida eterna. E a outra era a esperança de retornar um dia ao seu lar, de volver ao belo redil de São João, agora transformado infelizmente em abrigo de lobos vorazes – isto é, Florença. Por esta volta lutara incessantemente, mas não a desejava apenas como uma satisfação pessoal, e sim como a expressão do triunfo dos ideais de ordem, paz e justiça para sua pátria e seu povo. Por isto aceitara reengajar-se na execrada política, origem primeira de todos os seus males. O destino, entretanto, mais uma vez, dispusera de modo contrário. O malogro da empresa de Henrique VII e a frustração dos cometimentos de Uguiccione della Faggiola significavam, praticamente, o termo de suas esperanças.

Mas a consciência do valor de sua obra, que, apesar de inacabada, já repercutia por toda a parte, acenava-lhe ainda com uma derradeira perspectiva. Admitia que o seu poema pudesse enfim quebrar aquela barreira de gelo e indiferença que o mantinha a distância, pois o mesmo se constituía na verdade numa grande exaltação de Florença e lhe assegurava, na ordem cultural, uma projeção de que ela até ali não lograra desfrutar.

A Itália, efetivamente, já o reconhecia e apontava como seu grande poeta. Mas se lhe viesse a ser oferecida – como tudo o indicava – a coroa de louros, a consagração excepcional e definitiva, em nenhum outro lugar haveria de cingi-la, senão lá. E assim o declarava, por uma forma lapidar:

> "Se mai continga che 'l poema sacro,
> al quale ha posto mano e cielo e terra,
> si che m'ha fatto per più anni macro,
> vinca la crudeltà che fuor mi serra
> del bello ovile ov' io dormi' agnello,
> nimico a' lupi che li danno guerra;
> con altra voce omai, con altro vello
> ritornerò poeta, ed in sul fonte
> del mio battesmo prenderò 'l cappello."[67]

* * *

---

67   Paradiso, XXV, 1/9. (N. do T.)

A DIVINA COMÉDIA

Entretanto, o que é que lhe oferecia Florença, segundo as cartas que dali acabava de receber? Em lugar da reparação devida, do acolhimento generoso e amigo, do louvor e da glória, acenava-lhe com a volta, mas em condições humilhantes e vexatórias, que o haveriam de expor à irrisão pública. O poeta bem sabia o que significavam aquelas terríveis cerimônias – pois a algumas assistira noutros tempos – em que os candidatos à remissão, muitas vezes criminosos comuns, deixando a prisão, se encaminhavam envoltos num alvo sudário de penitente ao recinto da Igreja de São João Batista, para implorar publicamente aos orgulhosos representantes da Comuna a graça de sua liberdade ou de seu perdão. Ainda que, por intermédio de amigos, se pudesse tentar eximi-lo às humilhações daquele ritual, ocorria o fato de estar também sua volta condicionada ao pagamento de uma prévia indenização em dinheiro.

O poeta, justamente revoltado e ferido em sua altivez, declinou de imediato da proposta aviltante. Em resposta ao amigo florentino, que lhe transmitira, diplomaticamente, a notícia, passando por alto sobre as condições em que se possibilitava o retorno, revelou sua imensa indignação. Como homem afeito à meditação e ao estudo, só pedia a Deus que conservasse o seu coração imune à vil humildade, àquela baixeza de concordar em ser avaliado. E, como pessoa que sempre propugnara a justiça, sofrendo por isto mesmo as maiores injúrias, jamais poderia admitir ter que recompensar materialmente aos autores de tais malefícios, os mesmos que, assim agindo, ainda imaginavam, com tão infame procedimento, passar por beneméritos. "Não, não é este, Padre – exclamava – o caminho do regresso à pátria! Se é assim que admitem minha volta a Florença, jamais voltarei a Florença! Pois não posso divisar, aonde quer que eu vá, a luz do sol e o brilho das estrelas? E como poderia eu, depois, em qualquer parte sob os céus, considerar grandes e altas verdades, se de tal maneira me rebaixasse, tornando-me ignominioso perante o povo de minha terra, perante a própria cidade? Não, e espero que ainda desta vez não me faltará o pão!"[68]

Ele estava certo de, ao longo do tempo, enquanto se esforçava inutilmente por quebrar a barreira que o afastava de seu berço, haver promovido sua reabilitação moral por uma forma concludente e definitiva, tanto na exposição de seu pensamento político e filosófico, quanto sobretudo na expressão de sua grande obra poética. Mais do que isto – lograra transformar a injustiça e a perversidade de seus perseguidores num patrimônio de honra pessoal, erigindo seu próprio exílio em motivo de orgulho, tal como já o declarara na canção

Tre donne intorno al cor – l'esilio che m'è dato honor me tengo[69].

E, desta forma, ele, que tudo suportara e a tudo arrostara, com ânimo altivo, não poderia jamais, àquela altura, humilhar-se e cobrir-se de opróbrio, acatando a ordem

---

[68] "Non est haec via redeundi ad patriam, Pater mei... Quod si per nullam tallem Florentia introitur, nunquam Florentiam introibo. Quidni? nonne solis astrorumque specula ubique conspiciam? Nonne dulcissimas veritates potero speculari ubique sub coelo, ni prius inglorium, immo ignominiosum populo Florentino, ci vitati me reddam? Quippe nec panis deficiet." (Epistolae, XVI, 4). (N. do T.)
[69] Canzoniere, Canzone LXXX, v. 76. (N. do T.)

de rendição incondicional, pois era isto que, na realidade, sob a falsa aparência do perdão, lhe era exigido.

* * *

Prosseguindo em seu destino errante, e no propósito talvez de evitar tornar-se pesado aos que tão generosamente o acolhiam, decidiu Dante deixar Verona. Era em 1318, e Cangrande della Scala, que havia sido investido no posto de capitão da liga gibelina – pois esta antiga parcialidade ingressara em fase de redinamização desde a vinda de Henrique VII – investiu contra os Paduanos, derrotando-os, pela terceira vez consecutiva, nas proximidades de Vicenza. O poeta conservava um antigo convite de Guido Novello de Polenta, senhor de Ravena, para que fosse residir em sua corte. Era este fidalgo romanhês sobrinho da famosa Francisca de Rímini e de Bernardino de Polenta, um amigo de sua juventude, com quem lutara, ombro a ombro, na batalha de Campaldino. Os Polentanos governavam Ravena e Cérvia havia perto de cinquenta anos. Guido Novello sentia-se orgulhoso em convocar para sua companhia homens distinguidos nas ciências e nas artes, dedicando-lhes amizade, apreço e proteção.

Dante trasladou-se, pois, às praias do Adriático, afastando-se mais da Toscana, localizada na costa oposta, junto ao mar Tirreno. Em Ravena, a antiga capital de Teodorico, a que a arquitetura gótico-bizantina de seus principais edifícios conferia aspecto particular e único, sentiu-se cercado de afeto e simpatia, tal como antes em Verona. Foi particularmente distinguido por Guido Novello, que o hospedou no próprio palácio senhorial. Aí passou ele alguns meses, e, em seguida, tendo chamado para sua companhia seus filhos, Pedro, Jacó e Antônia, transferiu-se para uma casa no bairro de Santo Estevão, onde se situava o antigo mosteiro dominicano do mesmo nome. E foi nesse convento que, algum tempo depois, Antônia Alighieri veio a professar, tomando o hábito religioso, com o nome de Irmã Beatriz.

Ali viveu Dante tranquilamente, rodeado por bons amigos, como o nobre Pedro Gardino, e poetas e homens de letras, como Menghino Mezzani. Enquanto dedicava parte de seu tempo a iniciar no estudo da ética e da filosofia alguns jovens da cidade, pôde terminar a composição de seu grande poema, a que emprestou um título geral algo extenso e explicativo, como era do gosto da época: Começa a Comédia de Dante Alighieri, Florentino de nascimento, não de costumes[70]. Denominava-a Comédia para assinalar a sua oposição ou diferença quanto à tragédia, gênero mais em voga na literatura pretensamente de elite, e que, de um modo geral, devia abrir com uma narrativa elevada e serena, mas que, pouco a pouco, se alçava aos paroxismos da violência e do horror. No seu poema, entretanto, era como se

---

[70] "Libri titulus est:Incipit Comoedia Dantes Alighierii, Florentini nationae, non moribus." (Epistolae, XVII, 10). (N. do T.)

acontecesse o contrário. Iniciando-se com as brutalidades do Inferno conduzia à placidez e beatitude do Paraíso[71].

Em janeiro de 1320, Dante ausentou-se por uns dias de Ravena, em demanda de Verona, para o fim especial de entregar a Cangrande della Scala um autógrafo da Comédia, ocasião em que lhe dedicou, em sinal de amizade e reconhecimento, seu terceiro livro, o cântico do *Paraíso*. Documentando, por uma forma ainda mais expressiva, esta dedicatória, Dante fê-la acompanhar de longa Epístola ao senhor de Verona, na qual exarava minuciosas considerações sobre o tema que havia escolhido para o poema e sobre o modo por que devia este ser lido, interpretado e compreendido. A carta do poeta a Cangrande tem constituído, ao longo dos séculos, subsídio valiosíssimo para quantos se interessaram em estudar, explicar ou comentar a Divina Comédia.

Na mesma oportunidade, leu perante algumas pessoas ilustres daquela cidade, na Capela de Santa Helena, um ensaio sobre o problema físico da água e da terra do ponto de vista de sua posição e nível em relação uma à outra. Quando ainda residia ele em Verona fora ali suscitada acesa controvérsia em torno deste assunto, e resolveu dar também sua opinião a respeito, elaborando a referida memória. Ao abordar, com clareza e profundidade surpreendentes no tempo, a delicada questão de geofísica, Dante se declarava, textualmente, o mais insignificante dentre os filósofos.

Ao regressar a Ravena, encontrou agravadas, seriamente, as relações entre os governos daquela cidade e da vizinha Veneza. Corriam rumores de que era iminente uma invasão dos Venezianos, que se preparavam para isto. E Guido de Polenta, que se tinha valido, por mais de uma vez, da experiência e do talento do poeta, designou-o para seu embaixador junto à república dos Doges, incumbindo-o de negociar uma paz honrosa e conveniente.

Antes de empreender esta missão em Veneza, Dante tomara, com profunda amargura, conhecimento da grave derrota infligida a Cangrande, a 23 de agosto do mesmo ano, pelo exército do conde de Gorízia, que havia marchado em socorro dos Paduanos com quem o Scalígero se encontrava, como sempre, novamente em luta. Este episódio desiludiu-o, então, completamente, dos antigos sonhos que alimentara com base na estrela afortunada do bravo capitão em que as casualidades da vida o tinham feito encontrar um grande e sincero amigo.

Enquanto desempenhava, em Veneza, da melhor maneira possível, a difícil e importante tarefa de que fora incumbido, Dante revia com encanto a legendária cidade em que já estivera anteriormente, na contínua peregrinação de sua vida de exilado. Observava de novo o intenso movimento de seu porto e do seu vasto arsenal, fervilhando de vida e trabalho, com o fumo a evolar de centenas de caldeiras de betume fervente com que se alcatroavam as embarcações, imagem de que se havia utilizado para descrever o recinto

---

[71] "Ed est comoedia genus quoddam poeticae narrationis, ab omnibus aliis differens. Differt ergo a tragoedia in materia per hoc, quod tragoedia in principio est admirabilis et quieta, in fine sive exitu est foetida et horribilis... Comoedia vero inchoat asperitatem alicuius rei, sed eius materia prospere terminatur..." (Epistolae, XVII, 10). (N. do T.)

que, no inferno, se reservava aos funcionários e juízes corruptos, venais e trapaceiros[72]. Contemplava a imensa e aérea estrutura do palácio dos Doges e a massa impressionante e bela da basílica de São Marcos, e a um e outro lado do grande canal as igrejas de Santa Maria Gloriosa e de São Pedro e São Paulo. Em meio das águas que afluíam por toda a parte, bem compreendia a razão do poder de Veneza, invulnerável aos ataques por terra porque segregada no recesso de suas lagunas, e defendida ao largo por suas esquadras velozes, numerosas, versáteis, tripuladas pelos mais experimentados marujos da Europa. Relembrava os lances gloriosos de seu passado e já não se admirava de que um Sumo Pontífice houvesse tomado a iniciativa de celebrar os seus esponsais com o mar, numa cerimônia pública e solene, que a tradição registrou impressivamente. Quando o Papa Alexandre III, após a retumbante vitória dos Venezianos sobre a frota do Imperador Frederico Barbarossa, tirou do dedo o seu anel e o entregou ao doge Sebastião Ziani, para que o atirasse às ondas, promovendo, então, as núpcias mais curiosas de que se tem notícia, na verdade, e simbolicamente, invocava a proteção dos Céus para a cidade que encontrara nas águas o seu fundamento, o seu destino e a sua glória.

Entretanto, os ares paludosos das lagunas venezianas acabaram por ameaçar a combalida saúde do poeta. Retirou-se ele para a vizinha Pádua, visando a melhor se proteger, mas, mesmo assim, teve que se dirigir repetidas vezes a Veneza, no desempenho de sua tarefa. Ao retornar, por fim, a Ravena, a 23 de agosto de 1321, caiu gravemente enfermo. A febre contraída junto ao Rialto progredira lentamente, minando seu organismo, tornado mais frágil pelas vicissitudes de sua vida erradia e pelas constantes tensões a que se viu submetido. Menos de um mês depois, a 13 de setembro, morria Dante em Ravena, com cinquenta e seis anos de idade. E, vestido com o hábito franciscano, em razão talvez de um desejo pessoal, pois o havia envergado, quando rapazinho, no Convento Florentino de Santa Cruz, foi sepultado na cidade que por último o acolhera tão carinhosamente, no cemitério da Ordem de Assis, junto à Igreja de São Pedro Maior.

* * *

Assim se extinguia a vida de Dante Alighieri, enquanto praticamente se iniciava a trajetória, pela posteridade, de sua mensagem poética, expressa sobretudo na Divina Comédia. Não foi nosso propósito proceder aqui ao estudo e interpretação desta mensagem singular, que, partindo, muitas vezes, da expressão de situações e acontecimentos já de limitado interesse para o nosso tempo, adquiriu, sob o aspecto formal, no domínio da efusão lírica e da criatividade artística, um sentido de perfeição e de perenidade verdadeiramente extraordinário. Nossas balizas nos impunham manter-nos adstritos ao domínio da descrição da vida do poeta, tal como era possível realizá-la com

---

[72] "Quale ne l'arzanà de' Viniziani bolle l'inverno la tenace pece a rimpalmar li legni lor non sani, che navicar non ponno..." (Inferno, XXI, 7/10). (N. do T.).

o pouco que se pôde preservar em dados positivos sobre período tão recuado e tão alheio a qualquer preocupação em matéria documental. E, por este motivo, só recorremos aos seus textos e aos seus versos quando os mesmos se mostravam apropriados a explicar, justificar ou revelar fatos de interesse para acompanhar-lhe os passos pelo mundo contingente, como poeta, como homem de pensamento, como político e ainda como simples criatura humana.

Não desejaríamos, entretanto, encerrar estas modestas páginas sem invocar o depoimento de duas grandes personalidades contemporâneas que, entre centenas de outras, se detiveram a meditar sobre o significado transcendente da obra do Alighieri. Refiro-me a George Santayana, o notável filósofo, que, estudando a Divina Comédia, conceituou-a como uma profunda filosofia, expressa ao teor mágico da linguagem poética, "uma pura e completa filosofia, tal como a de Spinoza, concebida em algum momento de maravilhosa receptividade ou de isolamento afortunado"[73]. E, também a Thomas S. Eliot, o celebrado lírico moderno, de imensa influência no destino da literatura atual, e que observava ser Dante o mais legítimo e universal dentre os poetas nas línguas contemporâneas, um permanente modelo de estilo para se produzir a poesia em qualquer idioma. Em seu entender – notava o autor de *The Waste Land* – a parte final da trilogia, o cântico do *Paraíso*, "é o ponto mais alto que a poesia já logrou alcançar e a que provavelmente não poderá chegar outra vez."[74]

Não há dúvida de que estas palavras traduzem, expressivamente, a atualidade, a perenidade da Divina Comédia, em sua forma a um tempo profunda e simples, velada e translúcida, objetiva e mágica, partícipe da terra e do céu, em sua poesia que desce ao coração dos homens e das coisas para aí surpreender os derradeiros, escondidos e sempre renovados mistérios da vida.

---

73 George Santayana, Diálogos no Limbo, Prólogo ao Reino do Ser. (N. do T.)
74 Thomas S. Eliot, Poetas Metafísicos, Dante. (N. do T.)

PRIMEIRA PARTE
INFERNO

CANTO I

O poeta se surpreende numa selva escura, e dela não consegue sair, impedido por uma pantera, um leão e uma loba; subitamente, avista um vulto, a quem pede socorro, e vê tratar-se da sombra de Virgílio.

1   A meio do caminho desta vida
achei-me a errar por uma selva escura,
longe da boa via, então perdida.

4   Ah! Mostrar qual a vi é empresa dura,
essa selva selvagem, densa e forte,
que ao relembrá-la a mente se tortura!

7   Ela era amarga, quase como a morte!
Para falar do bem que ali achei,
de outras coisas direi, de vária sorte,

10   que se passaram. Como entrei, não sei;
era cheio de sono àquele instante
em que da estrada real me desviei.

13   Chegando ao pé de uma colina, adiante,
lá onde a triste landa era acabada,
que me enchera de horror o peito arfante,

16   olhei para o alto e vi iluminada
a sua encosta aos raios do planeta
que a todos mostra o rumo em cada estrada.

19   Um pouco a onda do medo foi quieta
que de meu peito no imo se agitara
durante a noite de aflição secreta.

---

1. A meio do caminho desta vida: metade da vida humana, provavelmente a idade de trinta e cinco anos. Segundo comentadores, ciosos da cronologia, a experiência que assim dá origem ao poema situa-se no ano de 1300, pois Dante nascera em 1265.
2. Achei-me a errar por uma selva escura: a selva escura, representação alegórica dos vícios e erros humanos, do pecado, em suma.
8. Para falar do bem que ali achei: o encontro com Virgílio e, em consequência, o privilégio da viagem ao Inferno, ao Purgatório e ao Paraíso.
9. De outras coisas direi: a pantera, o leão e a loba, que, como se verá adiante, impediram o caminho ao poeta.
17. A sua encosta aos raios do planeta: Aos raios do sol. Na cosmogonia antiga, o sol era considerado um planeta.

"A meio do caminho desta vida
achei-me a errar por uma selva escura (...)"

(Inf., I, 1/2)

"De rosto sempre se me punha à frente (...)"

(Inf., I, 34)

22   E como aquele a quem já o sopro para,
     saindo da água à praia apetecida,
     volta-se, fita o pélago, e repara

25   — assim, a alma em torpor, naquela lida,
     voltei-me a remirar, atrás, o passo
     de que jamais saiu alguém com vida.

28   Depois de repousar por breve espaço,
     fui trilhando a ladeira, ampla e deserta,
     bem devagar, tateando a cada passo.

26. Voltei-me a remirar, atrás, o passo: o passo, quer dizer, a selva escura.

"Parecia, raivoso, a juba ao vento,
vir contra mim, de jeito tão nefando,
que até o ar se crispava, num lamento."

(*Inf.*, I, 46/8)

DANTE ALIGHIERI

31   Quase ao começo da subida aberta,
      eis que vi uma pantera, ágil, fremente,
      de pele marchetada recoberta.

34   De rosto sempre se me punha à frente,
      a tal ponto o caminho me impedindo,
      tendo eu que recuar constantemente.

37   Era o instante em que a aurora ia surgindo,
      e o sol subia, ao lado das estrelas
      que o seguem desde que o poder infindo

40   tirou do nada tantas coisas belas;
      do animal a vivaz coloração
      fez-me pensar, ansioso por revê-las,

43   na alta manhã, na plácida estação;
      mas não sem que eu tornasse ao desalento
      ante a súbita vista de um leão.

46   Parecia, raivoso, a juba ao vento,
      vir contra mim, de jeito tão nefando,
      que até o ar se crispava, num lamento.

49   Seguiu-se magra loba, demonstrando
      à pele os ossos, e que à ira incontida
      a muita gente andou exterminando.

52   Veio-me um senso tal de despedida
      ante a aparência rábida da fera,
      que perdi a esperança da subida.

---

32. Eis vi uma pantera, ágil, fremente: a pantera, representação, segundo alguns, da luxúria; segundo outros, de Florença.
43. Na alta manhã, na plácida estação: àquela hora já amanhecia, confira-se com os versos 16 a 18. A pele colorida e alegre da pantera, por uma natural associação de ideias, fez o poeta imaginar deter-se ali até que a manhã primaveril avançasse mais, para então tentar seguir. A plácida estação, a primavera.
45. Ante a súbita vista de um leão: o leão, representação, segundo alguns, da soberba e da violência; segundo outros, da Casa de França, que se havia instalado na Apúlia e em Nápoles.
49. Seguiu-se magra loba: a loba, representação, segundo alguns, da avareza; segundo outros, da Cúria romana, então aliada à Casa de França.

INFERNO

55   Como quem a acrescer seus bens se esmera,
       mas se lhe chega o tempo da ruína
       só pensa nisso, e chora, e desespera

58   — assim eu me sentia ante a assassina,
       que, vindo contra mim, me foi forçando
       de volta aonde o sol nunca ilumina.

61   Enquanto eu tropeçava, e ia tombando,
       algo enxerguei que se movia perto,
       a um tufo silencioso semelhando.

64   Ao ver aquele vulto no deserto,
       "Piedade", eu lhe gritei, "Ouve os meus ais,
       sejas tu uma sombra ou homem certo!"

67   "Homem fui", respondeu-me, "não sou mais;
       eram Lombardos meus progenitores,
       ambos do chão de Mântua naturais.

70   Sob Júlio à luz vim, não nos albores,
       e na Roma vivi do grande Augusto,
       na era dos falsos deuses impostores.

73   Fui poeta e celebrei o filho justo
       de Anquises, que a estas plagas veio um dia,
       depois que Troia foi queimada a custo.

76   Queres volver à prístina agonia?
       Por que não galgas o ditoso monte,
       que é razão e princípio da alegria?"

79   "Então, és tu Virgílio, aquela fonte
       que expande de eloquência um largo rio?"
       — perguntei-lhe, baixando humilde a fronte.

---

70. Sob Júlio à luz vim, não nos albores: Virgílio (pois era ele quem falava, como Dante logo percebeu) havia nascido no tempo de Júlio César, mas era ainda jovem quando este foi assassinado, no ano 44 antes de Cristo.
73. Fui poeta e celebrei o filho justo de Anquises: o filho de Anquises, Eneias, que depois da derrota de Troia se refugiou na Itália, onde lançou as bases do futuro Império Romano.

82 "Dos outros poetas honra e desafio,
    valham-me o longo esforço e o fundo amor
    que ao teu poema votei anos a fio.

85 Na verdade, és meu mestre e meu autor;
    ao teu exemplo devo, deslumbrado,
    o belo estilo que é meu só valor.

88 Vê esta fera que me deixa acuado:
    Corre a ajudar-me, sábia personagem,
    que o coração me pulsa acelerado."

91 "Convém fazeres uma nova viagem",
    disse-me então, ao ver-me soluçando,
    "E escaparás deste lugar selvagem.

94 A fera hedionda, que te pôs clamando,
    não franqueia a ninguém a sua estrada,
    e a quem encontra nela vai matando.

97 De natureza crua e depravada,
    alimento nenhum pode saciá-la;
    quanto mais come é mais esfomeada.

100 Com bestas numerosas se acasala;
    e mais serão, até que por final
    o Veltro surja para aniquilá-la,

103 por terra não movido, nem metal,
    mas só por bem, amor, sabedoria:
    lá de entre feltro e feltro, o chão natal,

---

102. O Veltro: na fábula, um cão dotado de grande força; mas aqui designa alguém, possuidor de imensa virtude, cuja missão seria a de abater a loba (a avareza) e salvar a Itália. A nosso ver, o poeta, ao configurar o mito do Veltro, não tinha em vista qualquer personalidade real que, a seu juízo, pudesse cumprir tal missão. Os primeiros Cantos do Inferno foram escritos em 1306, senão antes. Três nomes reúnem a preferência dos dantólogos como possíveis encarnações do Veltro: Henrique de Luxemburgo, Cangrande della Scala e Uguiccione della Faggiola. Mas em nenhum deles poderia o poeta pensar, em 1306. Henrique não fora ainda sagrado Imperador dos Romanos, Cangrande era ainda um menino de 15 anos, e Uguiccione um nome completamente obscuro. É admissível supor que Dante, levado pela esperança que mais tarde veio a depositar nos três, se tenha sentido inclinado a imaginá-los capazes — sucessivamente, e cada um por seu turno — de virem a exercer a missão por ele atribuída ao Veltro. Se assim foi, o poeta (que viveu até 1321) pôde conhecer sua própria ilusão: Henrique morreu em 1313, com o malogro de sua expedição à Itália; Uguiccione foi expulso da Toscana em 1316; e Cangrande se exauriu em improfícuas guerras contra os Paduanos, até ser batido, definitivamente, em 1320, pelo conde de Gorízia.
103. Por terra não movido, nem metal: o Veltro estaria imune à ambição dos bens materiais – terra ou dinheiro.

"'Convém fazeres uma nova viagem',
disse-me então, ao ver-me soluçando (...)"

(*Inf.*, I, 91/2)

106   virá a redimir a Itália, um dia,
        por quem Euríalo, a cândida Camila,
        Turno e Niso findaram, na agonia.

109   Ele a perseguirá de vila em vila,
        até que a leve ao âmago do inferno,
        onde a inveja primeira refocila.

112   E onde espero, por dom do céu superno,
        que vás comigo; e te guiarei quanto antes
        pelos fundos desvãos do sítio eterno,

115   onde ouvirás os gritos lancinantes,
        e verás os espíritos dolentes
        que nova morte choram, pior que a dantes.

118   Verás também aqueles que contentes
        no fogo estão, porque inda esperam ir
        juntar-se um dia às venturosas gentes.

121   Depois, para a estas últimas subir,
        alma melhor que a minha te guiará:
        co ela te deixarei quando eu partir.

124   Que o Imperador que tem seu trono lá,
        porque fui à lei posta rebelado,
        não sofre que comigo ali se vá.

127   Abarca a tudo e a todos seu reinado,
        mas lá reside a cátedra imperial:
        Feliz de quem lhe pode estar ao lado!"

---

105. Lá de entre feltro e feltro, o chão natal: indicação, provavelmente, de duas localidades, não estabelecidas, ou de uma região, de onde viria esse herói, a que se dá a designação de Veltro. A profecia se enuncia em termos obscuros, como usual em Dante.
114. Pelos fundos desvãos do sítio eterno: o Inferno.
118. Aqueles que contentes no fogo estão: nas penas do Purgatório.
120. Juntar-se um dia às venturosas gentes: as almas que ascenderam ao Paraíso.
122. Alma melhor que a minha te guiará: a alma de Beatriz Portinari, que foi a amada de Dante.
125. Porque fui à lei posta rebelado: Virgílio, sendo romano, e educado sob os princípios do paganismo, não seguira, evidentemente, a fé verdadeira.

INFERNO

"Moveu-se, então, e o acompanhei de perto."

(*Inf.*, I, 136)

130   Eu disse: "Poeta, rogo-te, afinal,
      por este Deus que tu não conheceste,
      que, livrando-me deste, e do outro mal,

133   tu me conduzas lá onde disseste;
      e que eu veja o portal de Pedro aberto,
      e veja tudo o mais que descreveste."

136   Moveu-se, então, e o acompanhei de perto.

132. Que, livrando-me deste, e do outro mal: Dante espera que Virgílio o livre deste mal, isto é, dos perigos e dificuldades em que então se encontrava; e do outro mal, isto é, do Inferno, por onde seu guia desejava conduzi-lo.
135. E veja tudo o mais que descreveste: as glórias do Paraíso. Como o mesmo, pelas razões expostas, estava vedado a Virgílio, Dante iria alcançá-lo conduzido por Beatriz.

CANTO II

O poeta, temeroso, hesita à proposta que lhe fez Virgílio de tirá-lo dali através do Inferno; ouvindo, porém, as razões porque o companheiro foi socorrê-lo, decide-se a empreender a jornada.

1   Findava o dia, e a sombra, mansamente,
     os seres aliviava cá na terra
     das fadigas comuns; e era eu somente

4   a preparar-me para a dupla guerra
     da proposta jornada e da consciência,
     como dirá meu estro, se não erra.

7   Ó Musas, estendei-me a vossa influência!
     Ó mente, em que o que vi se refletia,
     possas ora mostrá-lo em sua essência!

10   E comecei: "Poeta meu, e guia,
     olha se tenho o espírito potente
     para a empresa que aqui se prenuncia.

13   Dizes que o pai de Sílvio inda como ente
     corruptível ao século imortal
     pôde chegar, e o fez materialmente.

16   Porém se aquele que se opõe ao mal
     a isto acedeu, aos altos fins atento
     que daí proviriam, tal e qual

19   – bem o compreende o homem de pensamento,
     pois que ele foi de Roma e de seu mando
     símbolo eleito pelo céu isento.

---

13. O pai de Sílvio: Eneias, que, ainda vivo, teria descido ao Inferno; o episódio fora referido por Virgílio na Eneida.
14. Ao século imortal: a vida eterna, quer dizer, no caso, ao Inferno.
16. Porém se aquele que se opõe ao mal: o poder supremo, Deus.
18. Tal e qual: referindo-se aos fins colimados por Eneias, a saber, a glória futura de Roma e o poder romano.

"Findava o dia, e a sombra, mansamente,
os seres aliviava cá na terra
das fadigas comuns (...)"

(*Inf.*, II, 1/3)

22   Porque uma e o outro, o vero proclamando,
     se constituíram no lugar sagrado
     de onde o herdeiro de Pedro vai reinando.

25   E em giro tal, por ti rememorado,
     algo escutou que foi inspiração
     para os triunfos seus e do Papado.

28   Ali depois o Vaso de Eleição
     também foi ter para alentar a crença
     que, ela só, nos conduz à salvação.

31   Mas eu, por que ir lá? Quem mo dispensa?
     Não sou Eneias, não sou Paulo. E dino
     de tanto não me creio e outrem não pensa.

34   Receio que empreender um tal destino,
     na minha pequenez, é uma loucura:
     Mas, sábio, vês o que tão mal opino."

37   E como quem descura do que cura,
     e muda o pensamento a cada instante,
     de sorte que o que faz não segue ou dura

40   – eu me encontrava, pávido, hesitante:
     a duvidar, da ideia já fugia
     que julgara, a princípio, tão brilhante.

43   "O que do que disseste se avalia",
     respondeu-me a magnânima visão,
     "é que tua alma cede à covardia,

46   a qual aliena aos homens a razão
     e os tolhe de todo alto empreendimento,
     com artes enganando-os de ilusão.

---

22. Uma e o outro: ainda Roma (uma) e o Império (o outro).
25. E em giro tal, por ti rememorado: Dante reporta-se à descida de Eneias ao Inferno, recordando que o próprio Virgílio registrara o fato na Eneida.
28. Ali depois o Vaso de Eleição também foi ter: o Vaso de Eleição, São Paulo, que se afirmava ter estado, em vida, no Paraíso, isto é, na vida eterna. Ali não se refere, pois, especificamente ao Inferno, mas à vida eterna, de um modo geral.
44. A magnânima visão: Virgílio, insistindo no convite a Dante para segui-lo visto que seu companheiro, já agora, vacilava.

"Sou Beatriz, que te peço sustentá-lo.
De onde vim já anseio por voltar.
Amor me move: só por ele eu falo."

(*Inf.*, II, 70/2)

49   Para deixar-te de temor isento,
　　　　 eu direi porque vim e o que houve quando
　　　　 primeiro a ti volvi meu pensamento.

52   Entre as almas suspensas me encontrando,
　　　　 uma dama chamou-me, beata e bela,
　　　　 destarte a seu serviço me obrigando.

55   Os olhos lhe luziam mais que a estrela;
　　　　 e falou-me, com voz suave e lhana,
　　　　 na pátria língua sua, tão singela:

58   — Alma cavalheiresca mantuana,
　　　　 de que o nome do mundo inda perdura,
　　　　 e soará onde for a vida humana.

61   Meu amigo, porém não da ventura,
　　　　 o seu caminho teve interrompido,
　　　　 e recua, na encosta erma e insegura.

64   Receio que ele esteja tão perdido
　　　　 que esta ajuda a destempo vá prestada,
　　　　 por tudo o que no céu eu tenho ouvido.

67   Ora, apressa-te, e co' a palavra ornada,
　　　　 e o mais que for preciso a resgatá-lo,
　　　　 tu o ajudes, ficando eu consolada.

70   Sou Beatriz, que te peço sustentá-lo.
　　　　 De onde vim já anseio por voltar.
　　　　 Amor me move: só por ele eu falo.

---

52. *Entre as almas suspensas me encontrando*: Virgílio significa que se encontrava no Limbo, em que as almas, não sujeitas às penas materiais, podiam-se considerar como num estado de suspensão permanente.
53. *Uma dama chamou-me, beata e bela*: Beatriz Portinari, a amada de Dante. Beatriz se achava no Paraíso, donde o qualificativo de beata, e desceu ao Limbo (primeiro Círculo do Inferno) para suplicar a Virgílio que fosse em socorro do poeta, perdido na selva escura.
57. *Na pátria língua sua, tão singela*: Beatriz falava em sua própria língua, quer dizer, em italiano; Virgílio, que menciona a Dante o diálogo havido com Beatriz, nota certamente esta particularidade, porque sua língua era o latim.
61. *Meu amigo, porém não da ventura*: Dante é o amigo a que Beatriz se refere, esclarecendo, certamente para comover a Virgílio, que não era pessoa bafejada pela sorte.

73   E quando ante o Senhor eu me postar
        por ti impetrarei sua benesse.
        Calou-se, então; e eu pude começar:

76   'Virtuosa dama, em quem a humana espécie
        acha a razão porque tudo supera
        que há sob o céu menor que até nós desce:

79   Tanto o mando me apraz, que se o tivera
        cumprido já, pesara-me a demora;
        tua vontade é lei; no entanto, espera,

82   e dize da razão porque, senhora,
        concordaste em até aqui descer,
        desde a altura a que irás volver agora.'

85   'À tua indagação vou responder,
        tornou-me, então, quanto a não ser temente
        de nesta aura nefasta aparecer.

88   As coisas são para temer somente
        que encerrem contra alguém poder de mal;
        as outras não, não causam dano à gente.

91   Perto de Deus estou, em graça, e tal
        que não me atinge esta miséria imensa,
        nem deste incêndio o seu calor fatal.

94   A Senhora do Céu viu-se propensa
        a mitigar o transe a que te envio,
        suspendendo gravíssima sentença.'

---

76. *Virtuosa dama, em quem a humana espécie*: Virgílio dirige-se a Beatriz; e, retribuindo-lhe as gentilezas com que ela o distinguira, faz-lhe um imenso cumprimento: por sua alta virtude, a humanidade reconhecia através dela que era o mais elevado produto de toda a terrena criação. Neste passo se baseiam vários comentadores para declarar que Beatriz é, no poema, o símbolo da teologia. Mas, contra esta tendência a uma excessiva generalização alegórica, subsiste o fato de que o poeta timbrou sempre em apresentar Beatriz como criatura humana, ainda que excepcional tanto na sua beleza quanto nas suas virtudes.
78. *O céu menor que até nós desce*: o céu lunar, o menor e o mais próximo da terra dentre os nove céus a que se refere o sistema de Ptolomeu. Recorde-se que Virgílio (são suas estas palavras) se encontrava no Limbo, que, fazendo parte do inferno, como seu primeiro Círculo, se localizava também na terra.
94. *A Senhora do Céu viu-se propensa*: Nossa Senhora, que certamente se apiedou do poeta, já condenado pelos seus pecados.

97   Lúcia chamou, dizendo quando a viu:
'Em risco está o teu devoto fiel;
ele anseia por ti, e eu to confio.'

100   Lúcia, doce inimiga do cruel,
moveu-se e veio ter onde eu jazia
em repouso, co' a mística Raquel.

103   Disse: 'Beatriz, alma bondosa e pia,
por que não vais salvar quem te amou tanto,
quem por ti se elevou da mediania?

106   Não sentes o tormento de seu pranto?
Não o vês diante da morte, esta torrente
revolta mais que o mar, mais brava quanto?'

109   Jamais no mundo alguém tão diligente
foi em buscar o bem e ao mal fugir,
como eu, esta visão tendo na mente,

112   em lá de cima aqui embaixo vir,
pondo à esperança no gentil falar
que te honra a ti e a quem te pôde ouvir. —

115   E quando terminou, baixando o olhar,
nele vi que uma lágrima fulgia;
e isto me fez mais rápido chegar.

118   Aqui estou, tal qual ela queria:
daquela fera eu te tirei diante,
que a subida do monte te impedia.

121   Então, que é? Estás inda hesitante?
Por que nutres no peito esta tibieza?
Por que valor inda não tens bastante,

---

97. Lúcia chamou: para mitigar o difícil transe em que se encontrava o poeta, Nossa Senhora utilizou a mediação de Santa Lúcia. Dante, que padecia de enfermidade dos olhos, manifestava especial devoção por esta santa, cega.
105. Quem por ti se elevou da mediania: o poeta significa que o amor de Beatriz é que o levou a aplicar-se ao estudo e à poesia, que o consagraram.

124 se três damas benditas, na realeza
do céu, em teu favor são inclinadas?
E eu te prometo ver tanta grandeza?"

127 Como as flores que, à noite, enregeladas,
pendem murchas, e à luz do sol erguido
no caule se alçam belas, renovadas

130 — assim mudou meu ânimo abatido;
novo alento subiu-me ao coração,
e falei, como alguém já decidido:

133 "Bem haja a que me trouxe a salvação!
E tu, também, cumprindo diligente
a sua celestial impetração!

136 Tuas palavras o desejo ardente
no meu peito incutiram, que era lasso,
de acompanhar-te, como anteriormente.

139 E minha aqui tua vontade faço:
És tu o guia, meu senhor, meu mestre."
Assim lhe disse: "E por seguir-lhe o passo,

142 pelo caminho entrei, rude e silvestre".

124. Se três damas benditas, na realeza do céu: nossa Senhora, Santa Lúcia e Beatriz, que se uniram no esforço por salvar o poeta.
138. De acompanhar-te, como anteriormente: vimos, no Canto precedente (versos 130 a 136), que o poeta se dispusera a acompanhar Virgílio. A dúvida e o medo, entretanto, tinham-no feito hesitar, logo em seguida. Mas as palavras de seu guia lhe infundiram confiança, e voltou assim à anterior resolução.

"Deixai toda esperança, ó vós, que entrais."

(Inf., III, 9)

CANTO III

Os dois poetas passam pela porta com a inscrição ameaçadora, e encontram, no vestíbulo do Inferno, uma multidão em gritos e correria: eram os tíbios e covardes, aguilhoados por moscas e vespas. Chegam, em seguida, às margens do rio Aqueronte.

1   "Por mim se vai à cidadela ardente,
      por mim se vai à sempiterna dor,
      por mim se vai à condenada gente.

INFERNO

4   Só justiça moveu o meu autor;
    sou obra dos poderes celestiais,
    da suma sapiência e primo amor.

7   Antes de mim não foi coisa jamais
    criada senão eterna, e, eterna, duro.
    Deixai toda esperança, ó vós, que entrais."

10 Estas palavras, num letreiro escuro,
    eu li gravadas no alto de uma porta.
    "Mestre", falei, "delas não me asseguro."

13 E ele, como quem cerce o medo corta:
    "Aqui toda suspeita é bom deixar,
    qualquer tibieza aqui não se comporta.

16 Pois já somos chegados ao lugar
    onde se vê a sofredora gente
    que a luz do bem não soube conservar."

19 Travando-me da mão, bondosamente,
    como a animar-me com seus movimentos,
    introduziu-me no secreto ambiente.

22 Ali, suspiros, queixas e lamentos
    cruzavam-se pelo ar, na escuridão,
    fazendo-me tremer por uns momentos.

25 Línguas estranhas, gíria em profusão,
    exclamações de dor, acentos de ira,
    gritos, rangidos e bater de mão,

28 produziam rumor que eu nunca ouvira,
    no nevoeiro sem fim se propagando,
    como a areia que um turbilhão expira.

---

16. Pois já somos chegados ao lugar: os dois poetas tinham chegado à porta do Inferno, de que iam percorrer as diversas dependências; franqueada a porta, já se achavam na primeira dependência, espécie de vestíbulo do Inferno.

31   E eu, que de horror a fronte ia baixando,
"Mestre", indaguei, "os ais que ouço o que são?
Que gente é esta em dor deblaterando?"

34   "As almas", respondeu-me, "Que aí vão
são dos que, pelo mundo, transitaram,
sem merecer louvor ou execração.

37   Ao maléfico grupo se juntaram
dos anjos que não foram rebelados,
nem fiéis a Deus, mas só em si cuidaram.

40   Do céu, por não tisnar-se, eliminados,
nem o inferno recôndito os acolhe,
porque os réus não se julguem elevados."

43   E eu: "Mestre, que tormento grave os colhe,
e os leva a lastimar tão fundo e forte?"
"Já te respondo", disse: "O céu lhes tolhe

46   toda esperança de chegar à morte;
e sua condição abjeta e crassa
move-os dos outros a invejar a sorte.

49   Jamais a fama o nome lhes abraça.
A justiça os despreza, e a remissão:
deles não cogitemos: olha, e passa."

52   Olhei, e uma bandeira vi então
que, no ar girando, rápida corria,
sem se deter em sua agitação.

55   Atrás enorme multidão surgia,
tantos que eu não podia imaginar
tivesse a morte aniquilado um dia.

---

40. **Do céu, por não tisnar-se, eliminados:** são os tíbios, ignaros, covardes e indecisos, reunidos aos anjos do mesmo naipe. Sua presença mancharia o céu, se fossem recebidos lá; e também não podiam ser acolhidos no Inferno mais profundo, o Inferno propriamente dito, porque, não sendo punidos por faltas graves específicas, mas em razão de seu caráter, sua estada ali talvez representasse motivo de prestígio e glória para os demais condenados. Por isto são conservados no vestíbulo do Inferno.

INFERNO

> "E eis que, num barco, um velho, com nevadas
> barbas, perto de nós apareceu,
> exclamando: 'Ai de vós, almas danadas!'"
>
> (*Inf.*, III, 82/4)

58 Logrei a uns poucos identificar;
    e a alma reconheci, que no alto estando
    se viu a grã renuncia praticar.

61 Era o grupo dos tíbios, miserando,
    que ao próprio Deus como aos seus oponentes
    de modo igual andaram agravando.

64 Vegetam como os sáurios indolentes;
    eu os via desnudos, aguilhoados
    por vespas e por moscas renitentes.

67 Tinham de sangue os rostos salpicados,
    que lhes caía ao peito e aos pés também,
    pasto, no chão, dos vermes enojados.

---

59. E a alma reconheci, que no alto estando: segundo vários comentadores, a velada referência aqui feita focaliza a alma do Papa Celestino V, sagrado no ano de 1294 (que no alto estando), tendo, porém, abdicado ao cabo de cinco meses, acontecimento inédito nos anais da Igreja (a grã renúncia). A recusa ao exercício de missão tão alta e gloriosa — embora partindo de um verdadeiro Santo como o foi Celestino — repercutiu no sentimento popular de então como um grave pecado.

70 Ao estender o olhar um pouco além,
    outro bando enxerguei, de um rio à frente.
    "Mestre", disse-lhe então, "Se te convém,

73 deles me fala e do desejo ardente
    que à meia luz revelam de passar
    o rio, tal o vemos claramente."

76 "Tudo se mostrará ao teu olhar,
    mais perto do Aqueronte",
    disse, "Quando naquela praia nosso pé tocar."

79 Então, baixei os olhos, e, receando
    fossem minhas palavras demasiadas,
    calei-me, até ao rio irmos chegando.

82 E eis que, num barco, um velho, com nevadas
    barbas, perto de nós apareceu,
    exclamando: "Ai de vós, almas danadas!

85 Nunca mais ireis ver de novo o céu:
    Vou conduzir-vos já para o outro lado,
    ao fogo e ao gelo, sob o eterno véu.

88 Mas tu, que és vivo, e vejo misturado
    aos mortos, larga-os, e depressa parte!"
    E como eu continuasse ali, parado:

91 "Outro é teu porto, tua via é à parte;
    por eles", disse, "Passarás um dia:
    lenho que este mais leve há-de levar-te."

---

82. E eis que, num barco, um velho: o barqueiro Caronte, apresentado como o demônio incumbido de conduzir as almas ao Inferno, em seu barco, através do rio Aqueronte.
88. Mas tu, que és vivo: Caronte dirige-se a Dante, especialmente, tendo percebido que se tratava de um homem vivo.
91. Outro é teu porto, tua via é à parte: Caronte adverte a Dante que seu porto, seu caminho, não eram aqueles; não era por ali que o poeta, após sua morte, deveria passar.

INFERNO

"(...) era assim co' as sementes más de Adão:
lançavam-se do ninho, uma por uma,
a um gesto, como as aves à prisão."

(*Inf.*, III, 115/7)

94   "Basta, Caronte", respondeu-lhe o guia,
     "que assim foi posto lá onde tudo
     o que se quer se pode, e tem valia."

97   Em silêncio quedou-se o cabeludo
     barqueiro das lagunas doloridas,
     a que o sangue tingia o olhar agudo.

100 E, pois, as almas tristes, abatidas,
     de cor mudaram e rilharam dentes,
     ouvindo tais palavras proferidas.

103 Amaldiçoaram Deus, os pais, os entes
     humanos, o lugar, o tempo, e mais
     de sua vida a origem e as sementes.

95. Que assim foi posto lá onde tudo: se ele chega vivo aqui (diz Virgílio) é que assim foi estabelecido pelo céu, que tudo pode.

106 E juntaram-se, então, em gritos e ais,
sempre a chorar, naquela praia rasa,
fim de todos que a Deus não são leais.

109 O demônio Caronte, o olhar em brasa,
aos gritos os chamava e ia reunindo,
dando co' a pá nalguns que o medo atrasa.

112 Como no outono as folhas vão caindo,
uma após outra, e o galho, enfim, no chão,
contempla os seus despojos se esparzindo

115 – era assim co' as sementes más de Adão:
lançavam-se do ninho, uma por uma,
a um gesto, como as aves à prisão.

118 E perdiam-se na água, em meio à bruma;
mas antes de se haverem trasladado
um novo grupo ali já se avoluma.

121 "Meu filho", disse o mestre, relembrado,
"Quantos se extinguem sem a Deus amar,
convergem para aqui de todo o lado.

124 E não se opõem nunca a atravessar;
tanto a justiça se lhes faz patente,
que lhes muda o temer em desejar.

---

115. Era assim co' as sementes más de Adão: aquelas almas dos descendentes de Adão, que, por seus pecados, haviam sido condenados ao Inferno. Aos gritos de Caronte, as almas deixavam, uma a uma, o seu ponto de espera, para entrar na barca, assim como as aves amestradas entram na prisão a um gesto de seu tratador.
121. Meu filho, disse o mestre, relembrado: Virgílio relembra, então, a pergunta que Dante lhe fizera (versos 72 a 75), e pois a responde.
125. Tanto a justiça se lhes faz patente: as almas condenadas reconhecem a justiça de sua condenação; e o medo do castigo é como que substituído nelas pelo desejo de pagar pelas próprias culpas.

INFERNO

127   Não passa aqui jamais alma decente;
      Caronte, ao revelar-te tanta agrura,
      mostrou-te o que se infere, certamente."

130   Mal terminou, a imensidão escura
      tremeu tão forte, que tal sofrimento
      inda de horror a mente me satura.

133   A terra dolorosa abriu-se em vento:
      um raio refulgiu que aqui não brilha,
      que me privou de todo sentimento;

136   e tombei, como alguém que o sono pilha.

133. A terra dolorosa abriu-se em vento: prevalecia, na época, a teoria de que os terremotos eram ocasionados pela irrupção de ventos retidos no interior da terra. Ao tremer esta, o poeta perdeu os sentidos – e assim foi transportado para o outro lado do Aqueronte.
134. Um raio refulgiu que aqui não brilha: aqui, quer dizer, na terra, no mundo dos vivos, onde o poeta escrevia. O relâmpago que fulgiu naquele sítio do Inferno era tão luminoso e vivaz como não se vê igual na terra.

CANTO IV

Ao despertar, já do outro lado do Aqueronte, o poeta se encontra no Limbo, que é, a rigor, o primeiro Círculo do Inferno, e onde estão as almas das crianças mortas sem batismo e as grandes figuras do paganismo.

1   O sono que alienou meu pensamento
        a um trovão dissipou-se, e fui tornando
        à vida de que a mente é o fundamento.

4   A vista descansada então lançando
        em derredor, olhei detidamente,
        a ver onde me achava, e como, e quando.

7   Na verdade, eu estava bem à frente
        do recôndito vale doloroso,
        de que vinha um rumor surdo e plangente.

10   Tão sombrio era ele, e nebuloso,
        que eu, por mais que escrutasse tudo a fundo,
        nada enxerguei do que era então curioso.

13   "Chegados somos já ao cego mundo",
        começou o poeta, estremecendo:
        "Primeiro eu vou, e tu serás segundo."

16   Mas eu, o seu enleio percebendo,
        disse: "Como o farei, se te ressentes,
        e só de ti é que me estou valendo?"

19   "A angústia", replicou, "das tristes gentes
        que aqui estão, na face esta ferida
        me põe, que tu por outra coisa sentes.

---

2. E fui tornando à vida de que a mente é o fundamento: o poeta, despertando do sono em que imergira, ao final do Canto anterior, retornou ao domínio da razão, isto é, à vida que se funda no uso do pensamento.
13. Ao cego mundo: ao Inferno, ao mundo em escuridão.
20. Na face esta ferida me põe: Virgílio tranquiliza Dante, esclarecendo que não estava temeroso; sua perturbação decorria unicamente da compaixão pelos que sofriam no Inferno.

INFERNO

22 Andemos, que a distância a tal convida."
    Moveu-se, então, e assim me fez entrar
    no Círculo primeiro da descida.

25 Ali, como era logo de notar,
    ouviam-se suspiros, não lamentos,
    apenas, na aura eterna a perpassar

28 e provinham dos males incruentos
    de que sofria aquela turba imensa,
    crianças, mulheres e varões, aos centos

31 E o mestre a mim: "Que é que te dispensa
    de perguntar quem são os que ora vês?
    Pois sabe que, se não os mancha ofensa,

34 por igual não lhes valem as mercês;
    conduzidos não foram ao batismo
    que é a porta desta fé em que tu crês.

37 Seu tempo antecedeu ao cristianismo,
    e a Deus não conheceram no seu meio:
    Um deles sou, vindo do paganismo.

40 Por vício tal, e não por erro feio,
    fomos punidos, e o que mais nos pesa
    é faltar esperança a nosso anseio."

43 Ouvindo-o, fui ali da dor a presa,
    ao ver que nomes do maior valor
    mergulhavam do Limbo na tristeza.

---

28. E provinham dos males incruentos: no Limbo, com efeito, não se encontravam as mesmas torturas físicas que no resto do Inferno; provavelmente, os sofrimentos ali eram de natureza moral, ou espiritual.
31. Que é que te dispensa de perguntar: vimos (Canto anterior, versos 79 a 81) que Dante se conservara em silêncio, com receio de andar fazendo perguntas inoportunas. Virgílio o percebeu, e, de certa maneira, corrigindo-se, procura colocar novamente seu companheiro à vontade.
39. Um deles sou, vindo do paganismo: Virgílio, tendo antecedido a Cristo, e, pois, não tendo podido seguir o rito da Igreja, era, ele próprio, uma das almas do Limbo.
42. É faltar esperança a nosso anseio: o anseio de conhecer o Deus verdadeiro, natural à pessoa humana, não podia mais ser satisfeito, àquela altura, para os pagãos que se encontravam no Limbo.

"(...) fomos punidos, e o que mais nos pesa
é faltar esperança a nosso anseio."

(*Inf.*, IV. 41/2)

46   "Dize, meu mestre, dize, meu senhor",
comecei, desejando conferir
a fé a que não vence erro ou temor:

49   "Por outrem, ou por si, alguém sair
daqui já pôde, e foi glorificado?"
Sentindo aonde eu pretendia ir,

52   tornou-me: "Pouco havia era eu chegado,
eis que do céu baixou um ser potente,
co' o signo da vitória, e mais coroado.

55   A alma do pai primeiro e primeiro ente
levou daqui, e a de seu filho Abel,
de Noé, de Moisés, na lei docente;

---

53. Eis que do céu baixou um ser potente: Jesus Cristo, com a cruz e a coroa de espinhos.
55. A alma do pai primeiro e primeiro ente: Adão.

58   de Abraão, de Davi e de Israel,
junto a seu pai, e os mais dele gerados,
e aquela que exaltou tanto, Raquel;

61   e de outros mais; e os fez glorificados.
Anteriormente ao caso, que lembramos,
não tinham sido os mortos resgatados."

64   Enquanto ele falava, não paramos,
seguindo em meio à turba, que se abria,
das almas, como na floresta os ramos.

67   Prolongada não era a nossa via
desde o meu despertar, e eis que um clarão
eu vi, que dentre as sombras irrompia.

70   Bem à distância estávamos, mas não
tanto que eu não pudesse ver em parte
que a gente ali mostrava distinção.

73   "Ó tu, que glorificam ciência e arte,
quem são estes", falei, "com dignidade
tal que os conserva assim dos mais à parte?"

76   Disse-me, então: "A notabilidade
deles, que soa lá onde tens vida,
do céu lhes houve a justa prioridade."

79   Nisto uma voz se ergueu, e foi ouvida:
"Honra seja ao altíssimo poeta:
torna-lhe a sombra, desaparecida."

82   Mal esta voz se recolheu, quieta,
vi quatro vultos junto a nós chegando,
de aparência nem calma, nem inquieta.

---

59. Israel: Jacó, que foi levado com seu pai, com seus filhos, e com sua amada, Raquel.
73. Ó tu, que glorificam ciência e arte: Virgílio, a quem Dante, por vezes, dedica tratamento altamente cerimonioso; de outras vezes, trata-o mais familiarmente.
77. Que soa lá onde tens vida: na terra, naturalmente. Virgílio significa que aquelas almas, tendo sido notáveis pelo seu saber e obras, sua mesma notabilidade no mundo terreno inclinou o céu (Deus) a dar-lhes, no Limbo, um tratamento especial.
79. Nisto uma voz se ergueu, e foi ouvida: a voz de Homero, provavelmente, ou de um dos poetas de que se trata logo a seguir. Uma simples saudação a Virgílio, que retornava ao Limbo, onde, decerto, integrava aquele grupo.

"Assim reunida a bela escola e boa
eu vi do mestre altíssimo do canto,
que sobre os outros, como a águia, revoa."

(Inf., IV, 94/6)

INFERNO

85 O meu bom mestre prosseguiu, falando:
    "Olha o que à mão aquela espada traz,
    à frente dos demais, como em comando:

88 É Homero, cantor alto e capaz:
    com Horácio, o satírico, ali vem;
    Ovídio logo após, Lucano atrás.

91 E porque cada um comigo tem
    este nome em comum que a voz entoa,
    disto me orgulho, e a nada aspiro além."

94 Assim reunida a bela escola e boa
    eu vi do mestre altíssimo do canto,
    que sobre os outros, como a águia, revoa.

97 Depois de terem conversado a um canto,
    volveram-se e fitaram-me, acenando:
    e meu mestre sorriu de favor tanto.

100 E honra maior me foram demonstrando,
    tal, que acolhido em sua companhia,
    eu era o sexto aos mais ali somando.

103 Andando fomos rumo à luz que eu via,
    de matéria tratando tão divina,
    que co' o silêncio mais lhe dou valia.

106 Chegamos a um castelo na campina,
    atrás de sete muros, protegido
    em derredor pela água cristalina.

109 Por ela andamos como em chão batido;
    passamos, juntamente, as sete chaves,
    chegando a um prado fresco e reflorido.

---

92. Este nome em comum que a voz entoa: o nome de poeta, de que Virgílio se orgulha.
104. De matéria tratando tão divina: falando, certamente, de poesia; e, como era uma conversa entre iniciados, todos de imensa autoridade, o poeta sublinha que, calando a matéria tratada, faz ainda mais avultar sua importância e relevo.
110. Passamos, juntamente, as sete chaves: os sete portões, um em cada muro, que davam acesso aos jardins do castelo (veja-se o verso 107).

DANTE ALIGHIERI

112   Vultos eu divisei de olhares graves
        e enorme autoridade no semblante,
        falando baixo, com maneiras suaves.

115   Daquele ponto, então, fomos avante,
        a local mais aberto e iluminado,
        de modo a ver tudo o que estava diante.

118   Ali, sobre o tapete matizado,
        iam e vinham sombras eminentes,
        que contemplei atento e emocionado.

121   Cercada Eletra eu vi de nobres gentes,
        em meio às quais Eneias, mais Heitor,
        e César, na armadura, olhos luzentes.

124   Pantasileia eu vi, Camila em flor,
        e co' a filha Lavínia o rei Latino,
        sentado um pouco mais para o interior.

127   Bruto avistei, o que expulsou Tarquino,
        Júlia, Lucrécia, Márcia e a celebrada
        Cornélia; e só, e à parte, o Saladino.

130   E com a vista então sobrelevada
        o mestre divisei do pensamento,
        em meio à douta esfera reagrupada.

133   Miram-no todos com fervor atento:
        Vi Sócrates ali e vi Platão,
        ambos mantendo perto dele assento;

136   Demócrito, do mundo a só razão
        no acaso vendo, e Diógenes real,
        Empédocles, Heráclito e Zenão;

---

124. Camila em flor: a virgem Camila, referida no Canto I, verso 107, que morrera pela Itália.
131. O mestre divisei do pensamento: Aristóteles, por quem Dante nutria imensa admiração, a ponto de acentuar sua supremacia em relação a Sócrates e Platão.

139   Dioscórides, sondando o vegetal,
mais Tales, Anaxágoras e Orfeu,
e Túlio e Lino e o Sêneca moral;

142   o geômetra Euclides, Ptolomeu,
com Avicena, Hipócrates, Galeno,
mais Averróis, que o comentário deu.

145   Tudo não posso referir a pleno,
que a vastidão do tema o não consente;
nem sempre segue a voz da mente o aceno.

148   Fez-se o grupo de seis em dois somente:
Saímos, infletindo a direção,
fora daquela paz, à aura tremente;

151   e chegamos a mor escuridão.

---

144. Mais Averróis, que o comentário deu: Averróis, filósofo árabe da Espanha, autor de famosos comentários à obra de Aristóteles.
147. Nem sempre segue a voz da mente o aceno: nem sempre a palavra é capaz de reproduzir tudo o que a mente grava ou lhe dita. No caso, o número imenso de personalidades, que o poeta via, não lhe permitiu referi-las todas.
148. Fez-se o grupo de seis em dois somente: os quatro poetas, mencionados nos versos 88 a 90, Homero, Horácio, Ovídio e Lucano, que os acompanhavam ali, afastaram-se: Dante e Virgílio prosseguiram sozinhos.

"ᵃDentes rilhando em fúria, ali se via
Minós, que as culpas mede junto à entrada (...)"

(Inf., V, 4/5)

CANTO V

Alcançam os poetas o Círculo segundo, onde ficam os luxuriosos, arrastados incessantemente pela ventania; Dante fala com Francisca de Rímini.

1   E descemos ao Círculo segundo,
    que área menor que o outro compreendia;
    maior, porém, na dor que punge fundo.

2. Que área menor que o outro compreendia: tendo o Inferno a forma de um cone invertido, com a base na superfície da terra, e o ápice voltado para o centro, é claro que a área de cada Círculo se ia restringindo, relativamente à anterior.
3. Maior, porém, na dor que punge fundo: estando o Círculo segundo a maior profundidade que o primeiro, é evidente que aumentava nele a intensidade do sofrimento, como é a norma no inferno dantesco.

INFERNO

4   Dentes rilhando em fúria, ali se via
    Minós, que as culpas mede junto à entrada,
    pelas voltas na cauda, que fazia.

7   Digo que toda sombra condenada,
    ao chegar, os seus erros confessava;
    e ele, que entende do pecado, a cada

10 uma no inferno o seu lugar mostrava:
    Tantas vezes a cauda ia enrolando,
    tantos os graus abaixo a que as mandava.

13 Muitas notei à frente se agrupando:
    Mas de per si cada uma se apresenta ao juízo;
    fala, escuta, e vai passando.

16 "Ó tu que chegas à morada cruenta!"
    — disse Minós, ao avistar-me, então,
    suspendendo a tarefa triste e lenta:

19 "Vê como vens, e quem te traz à mão!
    Não te seduza a porta escancarada!"
    Meu mestre o interrompeu: "Gritas em vão!

22 Jamais lhe tolherás a caminhada;
    que assim foi decidido onde devia
    sê-lo, e não podes contra isto nada."

25 E, pouco a pouco, gritos de agonia
    eu fui ouvindo, e tínhamos chegado
    aonde o pranto o seu clamor amplia

28 Era um lugar de toda luz privado,
    bramindo como o mar sob a tormenta,
    quando por rudes ventos assaltado.

---

12. Tantos os graus abaixo a que as mandava: o lugar de cada alma, no Inferno, era determinado por Minós, segundo as vezes que enrolava a cauda; o número de voltas indicava o Círculo a que devia descer a alma condenada.

"A borrasca infernal, que nunca assenta,
as almas vai mantendo em correria."

(Inf., V, 31/2)

31 A borrasca infernal, que nunca assenta,
    as almas vai mantendo em correria;
    e voltando, e batendo, as atormenta.

34 Arremessadas contra a penedia,
    praguejavam, unidas, num crescendo,
    amaldiçoando a divindade pia.

37 Ouvi que ali gemiam, padecendo,
    os réus carnais, aqueles que a razão
    ao apetite andaram submetendo.

40 E tal como aos zorrais em migração
    movem as próprias asas para a frente
    — movia aquelas almas o tufão,

43 daqui, dali, e à volta, acerbamente,
    sem lhes dar esperança de parar,
    ou de abrandada a pena ver somente.

46 À feição das cegonhas que, no ar,
    seus gritos soltam voando enfileiradas,
    assim, em ais desfeitas, vi chegar

49 as sombras pelo vento impulsionadas.
    E perguntei-lhe: "Mestre, estas quem são,
    gentes assim no vórtice arrastadas?"

52 "A primeira das que na fila vão,
    da qual indagas", disse, "foi rainha
    de povos de multíplice nação.

55 Ao vício da luxúria tanto tinha
    que em lei franqueou a todos a libido;
    legitimando o incesto que mantinha.

---

37. Ouvi que ali gemiam, padecendo: Dante ouviu, então, certamente prestado por Virgílio, um esclarecimento sobre as almas que padeciam por aquela forma: os luxuriosos, os réus carnais.

"E comecei: 'Poeta, de falar
àqueles dois eu gostaria, certo,
que juntos vão, alígeros, no ar.'"

(Inf., V, 73/5)

INFERNO

58 É Semíramis, pois, de quem foi lido
que sucedeu a Nino, e o desposou:
dela é o país pelo Sultão regido.

61 A outra é aquela que se suicidou,
por muito amor, de Síqueo à fé faltando;
mais Cleópatra, que ao vício se entregou

64 Helena vês, que fez correr nefando
e longo tempo, e Aquiles que na morte
por mãos de Amor enfim foi penetrando.

67 Vês Páris e Tristão."
E uma coorte vastíssima de sombras me indicou,
que a paixão retirou de nossa sorte.

70 Mal de nomear meu mestre terminou
as damas e os senhores a girar,
fiquei confuso, e a dor me dominou.

73 E comecei: "Poeta, de falar
àqueles dois eu gostaria, certo,
que juntos vão, alígeros, no ar."

76 "Espera", respondeu-me, "que mais perto
cheguem de nós, e indagarás então
do grande amor que neles foi desperto."

79 Logo que o vento em nossa direção
os impeliu, gritei: "Seres feridos,
falai conosco de vossa paixão!"

---

61. A outra é aquela que se suicidou: Dido, rainha de Cartago; foi esposa de Síqueo, a quem havia prometido jamais casar de novo, se enviuvasse. Apaixonou-se, todavia, por Eneias, mas abandonada por este se suicidou.
64. Que fez correr nefando e longo tempo: o tempo trágico e doloroso pelo qual se prolongou a guerra de Troia, de que Helena fora causa.
69. Que a paixão retirou de nossa sorte: que, em razão da paixão do amor, deixaram a vida (nossa sorte).
74. Àqueles dois: Francisca de Rímini e Paulo Malatesta, cunhados e amantes. O marido de Francisca, Gianciotto Malatesta, irmão de Paulo, surpreendeu-os em flagrante, matando-os.

82   E como os pombos que, de amor movidos,
        asas tensas, se abatem sobre o ninho,
        no ar dos desejos como conduzidos

85   — assim, deixando os mais pelo caminho,
        foram ambos chegando, ao sopro arfante,
        sensíveis ao meu grito de carinho:

88   "Ó ser afetuoso e insinuante,
        que nos visita, a nós que derramamos
        na terra o nosso sangue degradante;

91   se amigo fosse o rei a que faltamos,
        rogaríamos dele a tua paz,
        pois te condóis do mal que suportamos.

94   Do que falar e ouvir aqui te apraz,
        falemos já e ouçamos prontamente,
        nesta pausa que o vento agora faz.

97   A terra em que nasci é aquela assente
        na marinha por onde o Pó se estende,
        compondo-se com um e o outro afluente.

100   Amor, que a alma gentil no imo surpreende,
        prendeu-o à forma que era minha e viva;
        e foi tomada em modo que inda ofende.

---

91. Se amigo fosse o rei a que faltamos: Deus.
97. A terra em que nasci é aquela assente: Ravena; quem fala é Francisca de Rímini.
101. Prendeu-o à forma que era minha e viva: prendeu Paulo à minha beleza. Francisca significa que Paulo se apaixonou por ela.
102. E foi tomada em modo que inda ofende: Francisca diz que a sua imagem física, o seu corpo vivente, objetos da paixão de Paulo, lhe foram arrebatados de maneira chocante; refere-se ao modo como foi assassinada.

103   Amor, que a amado algum de amar não priva,
       uniu-me a ele também, tão doce e forte,
       que, como vês, ainda aqui se aviva.

106   Amor nos conduziu à mesma morte,
       e certo espera a quem a fez Caim!"
       Do jovem par ouvira a infausta sorte.

109   E quando a sombra se calou por fim,
       baixei, vencido, o rosto, até que o poeta disse:
       "Que pensas? Por que estás assim?"

112   "À minha alma", tornei-lhe, "muito afeta
       ver amor tão gentil, tal sentimento
       rápidos voando à sanguinosa meta."

115   E a ambos me dirigindo, eu disse, atento:
       "Francisca, a triste história que narraste
       move-me ao pranto e a grande sofrimento.

118   Revela-me a razão porque passaste
       do puro anelo e do inocente amor
       à culpa amarga que tão cedo expiaste."

---

107. E certo espera a quem a fez Caim: o assassino, Gianciotto Malatesta; matando seu irmão Paulo, haveria de expiar tal crime no Círculo nono do Inferno (de certo na Caína, onde são castigados os traidores do próprio sangue, como os fratricidas).

"Amor nos conduziu à mesma morte,
e certo espera a quem a fez Caim!"

(*Inf.*, V, 106/7)

121   "Não existe", falou-me, "maior dor
que recordar, no mal, a hora feliz;
e bem o sabe, creio, esse doutor.

124   Mas já que o nosso amor desde a raiz
ansiosamente queres conhecer,
narrá-lo vou, como quem chora e diz.

---

123. Esse doutor: Virgílio, a que Dante dá às vezes este tratamento, como também o de sábio; estando no Limbo, isto é, em sofrimento, Virgílio teria razão de sobra para recordar com saudade o tempo de sua vida terrena.

"E nunca mais foi a leitura adiante."

(*Inf.*, V, 138)

127   Estávamos um dia por lazer
       de Lancelote a bela história lendo,
       sós e tranquilos, nada por temer.

130   Às vezes um para o outro o olhar erguendo,
       nossa vista tremia, perturbada;
       e a um ponto fomos, que nos foi vencendo.

133   Ao ler que, perto, a boca desejada
       sorria, e foi beijada pelo amante,
       este, de quem não fui mais apartada,

136   os lábios me beijou, trêmulo, arfante.
       Galeoto achamos nós no livro e autor:
       e nunca mais foi a leitura adiante."

139   Enquanto aquela sombra o triste amor
       lembrava, a outra gemia em desconforto;
       e quase à morte eu fui, de tanta dor.

142   E caí, como cai um corpo morto.

---

128. De Lancelote a bela história lendo: o cavaleiro Lancelote apaixonou-se pela bela esposa do rei Artur, Ginevra, mas jamais ousou falar-lhe. A conselho de um amigo, Galeot, Ginevra se aproximou de Lancelote e, subitamente, ofereceu-lhe a boca, para que a beijasse.
137. Galeoto achamos nós no livro e autor: o livro que liam e seu autor foram para eles o que Galeoto fora para Lancelote e Ginevra, isto é, o conselheiro que os incitou e levou ao amor proibido.
138. E nunca mais foi a leitura adiante: quando se beijavam, entrou Gianciotto, marido de Francisca e irmão de Paulo, e matou os dois amantes.

"E caí, como cai um corpo morto."

(*Inf.*, V, 142)

CANTO VI

Os dois poetas percorrem o Círculo terceiro, onde penam os pecadores por intemperança, os que abusaram da mesa, fustigados por uma chuva eterna e dilacerados pelas garras de Cérbero; Dante ouve, de um dos condenados, Ciacco, funestas previsões sobre Florença.

1   Ao despertar da mente, sucumbida
    ante a amarga visão dos dois cunhados,
    tendo a alma de tristeza inda envolvida.

4   Eis que outras penas, outros torturados
    vi ao redor de mim, por onde eu ia,
    aqui e ali, com olhos perturbados.

7   Era o terceiro Círculo, a que fria,
    maldita e eterna chuva circunscreve,
    a qual a regra alguma obedecia.

10 Granizo grosso, água viscosa e neve
    soltavam-se do espaço tenebroso,
    apodrecendo a terra frouxa e leve.

13 Cérbero, dúplice animal, furioso,
    às três goelas, ladrava sobre a gente
    ali submersa, como um cão raivoso.

16 Tinha os olhos vermelhos, indecente
    e suja a barba, e garras aguçadas,
    com que lanhava os míseros à frente.

19 Ganiam, na água, as almas condenadas;
    por proteger-se iam mudando o lado
    girando uma sobre a outra, bem chegadas.

---

2. Ante a amarga visão dos dois cunhados: Paulo e Francisca, cuja história foi narrada na parte final do Canto precedente.
9. A qual a regra alguma obedecia: a chuva era ali sempre igual, nunca mudando de aspecto, nunca aumentando ou diminuindo de intensidade.
13. Cérbero, dúplice animal, furioso: segundo a lenda, monstro de três cabeças, guarda do Inferno. O poeta imagina-o aqui algo diversamente, como um demônio, metade homem, metade cão, com as três cabeças, todavia.

INFERNO

"Meu mestre, então, as mãos em concha assentes
de terra encheu, e a foi arremessando
bem no interior das goelas repelentes."

(Inf., VI, 25/7)

22   Ao ver-nos, Cérbero, o mastim, alçado,
      abriu as bocas, demonstrando os dentes;
      o corpo inteiro lhe fremia, arqueado.

25   Meu mestre, então, as mãos em concha assentes
      de terra encheu, e a foi arremessando
      bem no interior das goelas repelentes.

28   Como o cão, que o alimento reclamando
      ladra, e quando lhe é dado cessa o ruído,
      somente em devorá-lo se ocupando

23. Abriu as bocas, demonstrando os dentes: o demônio Cérbero era um monstro de três cabeças, possuindo, portanto, três bocas.

31   — assim quedou-se o monstro enfurecido,
      cujas bocas, troando, aos condenados
      faziam desejar perder o ouvido.

34   Fomos por sobre os tristes, fustigados
      pelo dilúvio, e nossos pés calcavam
      os que eram sombra, mas humanizados.

37   Ao comprido, na terra, se deitavam,
      menos um, que se foi soerguendo a jeito,
      mal divisou os vultos que chegavam.

40   "Ó tu a tais tristezas não afeito",
      começou, "não estás de mim lembrado?
      Pois não nasceste antes de eu ser desfeito?"

43   "O sofrimento aqui, talvez, mudado
      haja teu rosto", eu disse, "em minha mente;
      mas penso não nos termos encontrado.

46   Conta-me, pois, quem és, que em tão dolente
      lugar padeces, e porque tal pena,
      que, se há maior, não há mais deprimente."

49   "Tua cidade", respondeu-me, "plena
      de inveja, e mais que tens imaginado,
      acostumou-me à vida farta e amena.

52   Ciacco por todos lá era eu chamado:
      pelo vício da gula, miserando,
      nesta chuva, que vês, vou mergulhado.

---

36. Os que eram sombra, mas humanizados: no Inferno estavam as almas, as sombras, mas conservavam a aparência anterior à morte, isto é, a forma humana. Como todas permaneciam estendidas no solo, e coladas umas às outras, Dante e Virgílio pisavam sobre sombras de aparência humanizada.
39. Mal divisou os vultos que chegavam: o próprio poeta e Virgílio, que foram avistados por uma sombra, a qual se soergueu, a meio, para falar-lhes.
40. Ó tu a tais tristezas não afeito: não habituado ao Inferno; donde se vê que ao espírito que falava não escapou ser Dante pessoa viva.
42. Antes de eu ser desfeito: quando nasceste, eu ainda não havia morrido. O espírito que se apresentava era, portanto, de um contemporâneo do poeta em Florença.
49. Tua cidade, plena de inveja: Florença, berço de Dante.

"'Tua cidade', respondeu-me, 'plena
de inveja, e mais que tens imaginado,
acostumou-me à vida farta e amena'."

(Inf., VI, 49/51)

55   Mas não sou eu sozinho aqui penando;
       sob um castigo igual todos estão,
       por igual culpa." E olhou-me, silenciando.

58   "Ciacco", tornei-lhe, "minha compaixão
       por ti é grande, e às lágrimas convida.
       Dize, se o sabes, aonde chegarão

61   os filhos da cidade dividida;
       se existe um justo ali; e, finalmente,
       por que a cizânia a faz tão desunida?"

---

61. Os filhos da cidade dividida: Florença, dividida, politicamente, em dois partidos irreconciliáveis, Brancos e Negros.

64   "Dissentindo", explicou-me, "longamente,
      ao sangue irão, e o rústico partido
      em fúria expulsará seu oponente.

67   Mas será, por sua vez, vencido,
      inda em três sóis, passando ao outro o mando,
      graças a alguém, agora indefinido.

70   O segundo, a cabeça sobrealçando,
      fustigará então os derrotados,
      somente o pranto e o ódio lhes deixando.

73   Justos, só dois ali, mas ignorados;
      cobiça, orgulho e inveja o lume são
      que lhes acende os corações malvados."

76   Era chegada ao fim a previsão.
      "Peço-te", disse-lhe eu, "se me consentes,
      que vás mais longe em tua narração.

79   Farinata e o Tegghiaio, proeminentes,
      e Jacó Rusticucci, e Mosca, e Arrigo,
      e outros, em suas obras diligentes,

82   dize onde estão, e se os verei, amigo;
      quero saber se ao céu foram chamados,
      ou arremessados neste atroz castigo."

85   "Aqui, em meio aos réus mais degradados",
      tornou-me, "estão, por culpa bem pesada;
      mais abaixo os verás, escalonados.

65. O rústico partido: os Brancos, chamados rústicos porque seus líderes eram oriundos do campo, e que naquele instante (ano de 1300) detinham o poder em Florença. Dante se achava, então, ligado a eles. Anuncia-se o próximo recrudescimento das lutas políticas em Florença, com nova e intensa perseguição dos Brancos dominantes aos seus adversários, os Negros.
68. Inda em três sóis: mas, antes que se completassem três giros do sol, isto é, dentro, aproximadamente, de dois anos, os Negros ascenderiam, por sua vez, ao poder.
69. Graças a alguém, agora indefinido: com a ajuda de alguém, que até agora contemporiza, sem se definir por qualquer dentre as duas facções. Trata-se do Papa então reinante, Bonifácio VIII, que, segundo o pensamento do poeta, fingia manter neutralidade, mas logo iria favorecer, abertamente, aos Negros.
70. O segundo, a cabeça sobrealçando: o partido Negro, no poder, iria promover tremenda perseguição aos Brancos vencidos (1302). Esta perseguição foi causa direta da futura desgraça política e do exílio de Dante.
73. Justos, só dois, ali, mas ignorados: Ciacco responde à pergunta de Dante (verso 62). Todavia, não menciona quais eram os dois únicos cidadãos justos, mas ignorados, ou incompreendidos, de Florença.
79. Farinata e o Tegghiaio, proeminentes: Dante falará depois a Farinata (Canto X, versos 32 e seguintes), e verá o Tegghiaio (Canto XVI, verso 41). De Rusticucci se trata no Canto XVI, verso 44; de Mosca, no Canto XXVIII, versos 103 e seguintes. Mas Arrigo não foi mais mencionado.
87. Mais abaixo os verás, escalonados: Noutros Círculos mais profundos, porque mais grave a sua culpa.

INFERNO

88 Se puderes volver à terra amada,
    narra aos de lá meu fado e meus delitos.
    Mais não direi, não me perguntes nada."

91 Os olhos repuxando a um canto, em ríctus,
    fitou-me, triste, e a fronte declinando,
    estendeu-se de novo entre os proscritos.

94 "Assim se quedarão, sempre, aguardando",
    disse-me o guia, "o som da grã trombeta,
    ao derradeiro juízo os convocando.

97 Cada qual se erguerá da tumba quieta;
    a carne reaverá, como a figura,
    aos trovões que virão da eterna meta."

100 Fomos passando a sórdida espessura
    de sombra e chuva, andando a passo lento,
    da vida cogitando, então, futura.

103 "Mestre", indaguei, "será o seu tormento
    mais leve após o juízo, ou mais pesado,
    ou ficará como é neste momento?"

106 "Lembra", tornou-me, "o velho postulado
    de que o ser quanto em si é mais perfeito,
    a ver o bem e o mal é mais dotado.

109 Inda que o povo aqui, ao vício afeito,
    jamais possa atingir a perfeição,
    espera haver com isso algum proveito."

112 Depois de esquadrinhar toda a extensão,
    falando mais do que eu agora digo,
    fomos ao ponto em que descer, então.

115 E Pluto vimos lá, grande inimigo.

---

93. Estendeu-se de novo entre os proscritos: vimos (versos 37 a 39) que Ciacco, para falar a Dante, se soergueu um pouco, entre as almas caídas; acabando de falar, volveu à primitiva posição.
95. O som da grã trombeta: anunciadora do Juízo Final, quando, então, os mortos, revestidos de seus corpos, se apresentarão diante de Cristo.
106. Lembra, tornou-me, o velho postulado: Virgílio refere-se a um princípio da ciência, ou da filosofia, de Aristóteles, em que Dante era versado e a que devotava grande respeito.
111. Espera haver com isso algum proveito: as almas condenadas ainda parecem nutrir alguma esperança, na expectativa do Juízo Final. A esperança, provavelmente, de reaverem os seus corpos.

CANTO VII

Os poetas contemplam, no Círculo quarto, os avaros e os pródigos, que rolam pesos enormes e se injuriam mutuamente; e, passando ao Círculo quinto, encontram os iracundos, mergulhados no lago Estige.

1   "Papé Satan, papé Satan, alabe!"
    gritava Pluto, crocitante e azedo.
    E meu mestre gentil, que tudo sabe,

4   incentivou-me: "Vamos, e sem medo
    de força não dispõe suficiente
    por nos tolher o passo no fraguedo."

7   Voltou-se para a imagem repelente:
    "Cala-te", disse, "ó lobo amaldiçoado!
    Em ti mesmo consome a raiva ardente!

10 Se descemos ao báratro execrado,
    é que o dispôs a esfera, onde Miguel
    a revolta puniu do orgulho ousado."

13 Como as velas infladas do batel,
    que caem rotas, quando o mastro parte,
    assim tombou ao lado o monstro cruel.

16 Fomos ao quarto Círculo destarte,
    entrando mais no poço, àquela altura,
    que o mal do mundo inteiro em si reparte.

19 Ah justiça de Deus! Por que és tão dura,
    que tantas penas crias, como eu vi?
    Se o pecado, com isto, inda perdura?

22 Como a vaga a se altear no Caridi,
    que na outra bate, e gira, na corrente,
    estava a gente a rodopiar ali.

---

1. Papé Satan, papé Satan, alabe: frase que parece nada traduzir, idealizada para figurar a linguagem de Pluto.
11. É que o dispôs a esfera, onde Miguel: é que tal fato (a presença dos poetas ali) foi estabelecido no céu, onde o arcanjo Miguel puniu os anjos rebeldes, depois demônios.

INFERNO

"'Cala-te', disse, 'ó lobo amaldiçoado!
Em ti mesmo consome a raiva ardente!'"

(*Inf.*, VII, 8/9)

25 Tantos inda eu não vira, certamente.
    Vinham, aos peitos nus impulsionando
    pesos enormes, esforçadamente.

28 E chocavam-se em cheio; e, pois, recuando
    de volta à sua parte, rebradavam:
    "Por que dissipas?", "Por que estás guardando?"

31 Assim no escuro Círculo passavam,
    indo e vindo, de um lado ao outro lado,
    e sem cessar estes refrãos gritavam.

34   Ali, cada um, depois de haver chegado
ao meio, atrás voltava prestamente.
E tendo o coração de dor pesado,

37   "Mestre", indaguei, "que mal é o desta gente?
Clérigos não serão os tonsurados,
à nossa esquerda, na tarefa ingente?"

40   "Foram", tornou-me, "todos afetados
na existência anterior por uma tara,
que nos gastos os fez imoderados.

43   É o que na própria voz lhes declara,
quando à linha vêm ter invulnerada,
onde a culpa antagônica os separa.

46   Foram clérigos, de fato, os que raspada
têm a cabeça, cardeais e prelados,
sujeitos à avareza exagerada."

49   "Mestre", insisti, "quem sabe nos dois lados
eu veja alguns do meu conhecimento,
por estes vícios torpes dominados?"

52   Voltou-se, e disse: "É vão teu pensamento:
a tara que os nivela, deprimente,
os imuniza ao reconhecimento.

55   Sempre estarão daquela linha à frente;
alguns ressurgirão, de mão fechada,
de cabelos, os mais, cortados rente.

58   Havendo a coisa mal possuída e usada,
o alto os puniu e pôs nesta agonia;
que a bem mostrá-la a voz é inadequada.

---

42. Que nos gastos os fez imoderados: imoderados, ou por gastar mais, ou menos, do que deviam; isto é, fora da justa medida. Trata-se dos avaros e dos pródigos.
44. Quando à linha vêm ter invulnerada: invulnerada, no sentido de que não pode ser nunca transposta. É a linha central, que separa, em dois campos, os avaros e os pródigos.
53. A tara que os nivela, deprimente: a natureza de seu pecado os identifica tão completamente, que eles se tornam irreconhecíveis, indistinguíveis uns dos outros.
56. Alguns ressurgirão de mão fechada: no dia do Juízo Final os avaros ressurgirão com a mão fechada, gesto que já manifestará a sua condição.
57. De cabelos, os mais, cortados rente: quanto aos pródigos, ressurgirão no dia do Juízo Final com os cabelos raspados, sinal de que malbarataram tudo quanto possuíam, os cabelos inclusive.
58. Havendo a coisa mal possuída e usada: os avaros possuem mal, porque não dão aos seus haveres a destinação devida; e os pródigos usam mal, porque sem qualquer medida.

"Pois o ouro todo que na terra existe
poder não tem de a paz proporcionar
a uma só dentre as almas que tu viste."

(Inf., VII, 64/6)

61 Podes, meu filho, aqui ver a ironia
    da Fortuna, e dos bens em que consiste,
    pelos quais gente tanta em vão porfia.

64 Pois o ouro todo que na terra existe
    poder não tem de a paz proporcionar
    a uma só dentre as almas que tu viste."

67 "Mestre", eu disse, curioso de o escutar:
    "Esta Fortuna, o que é, que configuras,
    que os bens do mundo em si pode abarcar?"

70   E ele a mim: "Cegas são tantas criaturas,
          terrível a ignorância que as ofende!
          Talvez compreendas estas frases duras!

73   O ente cujo saber tudo transcende
          os céus criou, e a força que os conduz,
          de modo que uma parte da outra esplende,

76   e se difunde por igual a luz:
          Similarmente a este esplendor mundano,
          a força instituiu, que os bens aduz,

79   e permutar os faz, por hora ou ano,
          de povo a povo, e de uma a outra semente,
          fora do alcance do desígnio humano.

82   Assim, um povo se ergue, e, prontamente,
          o outro decai, cedendo à tentação
          do que se esconde, tal como a serpente.

85   Não a pode entender nossa razão:
          Ela ao domínio seu provê superna,
          como os anjos ao deles, na criação.

88   Essa permutação prossegue, eterna;
          a contingência a faz mais apressada;
          enorme é a multidão que nela alterna.

91   Tal é Fortuna, às vezes renegada
          por quem dela mais houve, exatamente,
          e que a censura e a diz mal-afamada.

94   Mas é sagrada, e a tudo indiferente,
          tranquila, junto aos Anjos toma assento,
          e move a sua roda lestamente.

---

80. E de uma a outra semente: de uma família a outra.
84. Do que se esconde, tal como a serpente: o demônio.
91. Tal é Fortuna, às vezes renegada: às vezes maldizem da Fortuna mesmo aqueles a que ela mais favoreceu. Virgílio faz aqui a Dante um discurso sobre a Fortuna, respondendo à pergunta constante dos versos 68 e 69.

INFERNO

"'Filho', a Virgílio ouvi, 'as almas vês
dos que estiveram dominados de ira.'"

(*Inf.*, VII, 115/6)

97 Ora desçamos a maior tormento.
As estrelas declinam, que subindo
vi, ao partir; e, pois, não sejas lento."

100 E cruzamos o Círculo, saindo
rente a pequena fonte que fervia,
e por um fosso ao lado ia fluindo.

103 Negra era a água que dali corria;
nós lhe seguimos o ondular viscoso,
e abaixo fomos por estranha via.

---

97. Ora desçamos a maior tormento: desçamos agora a lugar de maior sofrimento ainda, porque mais profundo, isto é, ao Círculo seguinte, o quinto, o dos iracundos.
105. E abaixo fomos por estranha via: então, descemos ao Círculo quinto, seguindo a água negra que derramava num fosso ao lado, e por ali corria.

106   Um pouco adiante o rio doloroso
formava o charco Estige, remansando
as vagas pelos sítio ermo e fragoso.

109   Em tudo em torno atento reparando,
divisei no paul seres imundos,
escuros, nus, raivosos, urros dando.

112   Batiam-se uns nos outros, furibundos,
co' as mãos, e mais a fronte, o peito e os pés,
a dentadas trocando golpes fundos.

115   "Filho", a Virgílio ouvi, "as almas vês
dos que estiveram dominados de ira;
e ainda te digo, certo de que o crês,

118   que mais gente há no fundo, que suspira,
e traz acima um frêmito silente,
ali, onde a água tumultua e gira.

121   Presos no limo, dizem: — Tristemente,
vivemos sob o céu que em luz fulgura,
a alma ensombrada pela ira latente.

124   Agora expiamos nesta lama escura.
Dir-se-ia um gargarejo o seu lamento,
tal que minha arte, exato, não o figura."

127   Percorremos o poço lutulento,
por entre a margem seca e a água tremente,
vendo no barro a gente e o seu tormento.

130   E uma torre avistamos, finalmente.

---

121. Tristemente, vivemos sob o céu que em luz fulgura: fomos infelizes, quando vivos, porque, não obstante o esplendor da natureza, a ira, latente em nós, nos amargurava os corações.
125. Dir-se-ia um gargarejo o seu lamento: Dante não podia ouvir as queixas dos que estavam no fundo do pântano, e nem sequer eram vistos. Virgílio encarregou-se de traduzi-las, explicando, então, que eram como um gargarejo (natural, pois a água lhes entrava pela boca e a garganta), um gargarejo difícil de descrever por palavras.

CANTO VIII

Ainda no Círculo quinto, os dois poetas atravessam o Estige, na barca de Flégias, e chegam às portas da cidade de Dite, ou Lúcifer na qual se contêm todos o demais Círculos do Inferno, todavia, não logram entrar nela.

1   Antes, eu digo, o fio retomando,
      de chegar junto à torre alcandorada
      vimos acima nítidas brilhando

4   duas pequenas luzes, e, isolada,
      uma terceira, que lhes respondia,
      mas tão longe que mal era avistada.

7   Dirigi-me, curioso, ao sábio guia:
      "Que diz aquela? E as outras, que compreendem?
      Que mensagem por elas se anuncia?"

10   "Sobre as águas", tornou-me, "que se estendem
      poderás perceber sua missão,
      se as sombras do paul não to defendem."

13   Nunca de um arco a seta, em propulsão,
      pelos ares correu mais velozmente
      do que pela água eu vi surgir então

16   uma nave a aportar à nossa frente,
      de um único barqueiro governada,
      que em pé bradava: "Vem, traidora gente!"

19   "Flégias, Flégias, gritando estás por nada",
      disse-lhe o mestre: "Aqui o meu amigo
      não ficará depois de a água passada."

---

8. Que diz aquela? E as outras, que compreendem?: Dante pergunta sobre o significado daquelas luzes, as quais, como consta dos versos anteriores pareciam comunicar-se entre si.
11. Poderás perceber sua missão: observando as águas, poderás perceber (diz Virgílio) a razão de ser dessas luzes, isto é, que elas anunciam a chegada das almas a alguém que, do outro lado, deverá vir buscá-las.
13. Nunca de um arco a seta, em propulsão: mal Virgílio explicara que as águas dariam resposta a suas interrogações, Dante viu chegar uma nave tripulada por um único barqueiro, e compreendeu que a barca, atendendo ao sinal das luzes, vinha recolher os passageiros que chegavam à beira do Estige.
21. Não ficará depois de a água passada: Virgílio esclarece a Flégias que Dante não permanecerá ali senão o tempo necessário para atravessar o lago.

DANTE ALIGHIERI

"Mal o mestre embarcou e eu embarquei,
a velha proa as águas foi abrindo
mais fundo do que usava, como eu sei."

(*Inf.*, VIII, 28/30)

22   E como alguém que sofre algum castigo
injusto, e vai remoendo o ódio na mente,
Flégias guardou o seu furor consigo.

25   Meu guia entrou na barca incontinenti,
depois fui eu; e só quando eu entrei
foi que a mesma adernou ligeiramente.

27. Foi que a mesma adernou ligeiramente: sendo vivo, Dante conservava o seu corpo, cujo peso fez a barca adernar quando ele nela entrou; ao contrário de Virgílio, que entrara antes, mas era uma sombra.

"Ao lenho as duas mãos lançou, irado,
mas o meu mestre logo o afuguentou,
gritando: 'Põe-te ao largo, cão danado!'"

(Inf., VIII, 40/3)

DANTE ALIGHIERI

28 Mal o mestre embarcou e eu embarquei,
    a velha proa as águas foi abrindo
    mais fundo do que usava, como eu sei.

31 Já ia a nau o pelago atingindo,
    eis vi bem perto alguém, de lodo cheio,
    que me falou: "Quem és, tão cedo vindo?"

34 "Não venho por ficar"; tornei-lhe, "eu creio;
    mas tu, quem és, imerso na água funda?"
    "Alguém", gemeu, "que à dor tangido veio."

37 "No eterno pranto, na ânsia mais profunda",
    bradei-lhe, "hás de quedar-te, condenado:
    reconheci-te sob a crosta imunda!"

40 Ao lenho as duas mãos lançou, irado,
    mas o meu mestre logo o afugentou, gritando:
    "Põe-te ao largo, cão danado!"

43 E ao meu pescoço o braço seu levou,
    beijou-me o rosto, e disse: "Alma animosa,
    bendita seja a mãe que te gerou!

46 Criatura foi aspérrima, orgulhosa;
    não lhe fala a memória de bondade,
    e, pois, suporta a pena rigorosa.

49 Quantos inda estão lá, em dignidade,
    e aqui virão, tais porcos ao chiqueiro,
    desprezo atrás deixando, e não piedade!"

52 "Quero vê-lo", falei, "mestre, primeiro
    na profundeza se sumir odiento,
    por sairmos, então, deste barreiro."

30. *Mais fundo do que usava, como eu sei*: a ideia é similar à do verso 27. Com o peso do corpo de Dante, vivo, a embarcação calou mais profundamente que em qualquer outro momento, pois só costumava transportar as almas, imponderáveis.
33. *Quem és, tão cedo vindo?*: a alma, coberta de lodo, dirige-se a Dante, significando que ele vinha antes da época (cedo), isto é, antes de estar morto, que era o tempo próprio para chegar ao Inferno.
39. *Reconheci-te sob a crosta imunda*: enquanto dialogava com aquela alma enlameada, Dante, de súbito, a reconheceu: era Filipo Argenti, um iracundo, florentino como o poeta, e seu inimigo pessoal (referido nominalmente no verso 61). Observa-se, claramente, como se altera o tom do diálogo; e a seguir se verá como Dante manifesta toda a sua indignação contra o inimigo.
49. *Quantos inda estão lá, em dignidade*: quantos inda estão na terra, ostentando orgulho, riqueza e dignidade, mas que virão cá para o Inferno, como os que ora estamos vendo!

INFERNO

55 "Pois vais ver", respondeu-me, "num momento,
antes que surja a praia, o que ora esperas:
penso ser justo o teu contentamento."

58 Ao castigo assisti que as almas feras
do charco lhe infligiram duramente;
e a Deus manifestei graças sinceras.

61 Juntos, lançavam-se: "A Filipo Argenti!"
E o florentino, em ódio esbravejando,
o próprio corpo destroçava a dente.

64 Aqui o deixo, e mais não vou narrando.
Mas eis que um som de voz desesperada
claro se ergueu, e perquiri, olhando.

67 "Filho", disse-me o guia, "a hora é chegada
de em Dite entrar, metrópole maldita,
com tristes cidadãos e força armada."

70 "Mestre", tornei-lhe, "já sua mesquita
daqui diviso, em meio ao vale interno,
rubra, como de chamas circunscrita."

73 Fitou-me, então, dizendo: "O fogo eterno
que lavra dentro, assim a vai mostrando,
como tudo que está no baixo inferno."

76 E, pois, fomos ao fosso ali chegando,
que circunda a cidade e a traz guardada,
com muralhas de ferro se alteando.

79 Depois de andar em volta dilatada,
arribamos a um sítio em que o barqueiro gritou:
"Desembarcai, que aqui é a entrada!"

82 Milhares vi daqueles que primeiro
decaíram do céu, e que hostilmente
diziam: "Quem és tu, aventureiro,

---

61. A Filipo Argenti: o florentino, cheio de lodo, inimigo do poeta; veja-se a nota ao verso 39.
82. Milhares vi daqueles que primeiro decaíram do céu: os anjos rebeldes, que, tornados em demônios, guarneciam os muros da cidade de Dite. Veja-se, nesta ordem de ideias, a referência do verso 69 à força armada que defendia aquela cidade.

85 que vivo ao reino vens da extinta gente?"
    Meu mestre, então, fez-lhes sinal, mostrando
    que lhes ia a falar secretamente.

88 Um pouco ali o seu desdém sofreando,
    "Vem tu", bradaram, "volte o que contigo
    neste reino, imprudente, foi entrando.

91 Ele que vá pelo caminho antigo,
    podendo, e quedes tu ao nosso lado,
    tu que o trouxeste à terra do castigo!"

94 Imagina, leitor, quão abalado
    fiquei, ouvindo deles tal ameaça;
    e supus nunca mais ser resgatado.

97 "Ó caro guia meu, que na desgraça
    sete vezes me deste segurança,
    o perigo vencendo, que não passa,

100 só não me deixes, e em desesperança",
    roguei-lhe: "Se ir além nos é tolhido,
    voltemos já e já, que o tempo avança."

103 O poeta, que me havia conduzido,
    disse-me, então: "Não temas nosso passo
    alguém impeça, que é do céu movido.

106 Espera um pouco, e o pensamento lasso
    acalma e nutre de esperança forte;
    não quedarás aqui no mundo crasso."

109 E, pois, andou; e entregue à própria sorte,
    presa da dúvida entre o sim e o não,
    senti-me quase que levado à morte.

---

91. Ele que vá pelo caminho antigo: os demônios, que guardavam a cidade de Dite, exigiam que Dante abandonasse o local, voltando pelo mesmo caminho que trilhara antes, se fosse capaz de encontrá-lo sozinho.
96. E supus nunca mais ser resgatado: o poeta supôs, atemorizado pelas ameaças dos demônios, que nunca mais lograria sair do Inferno.
108. Não quedarás aqui no mundo crasso: Virgílio tranquiliza seu companheiro, assegurando-lhe que não o abandonará no Inferno. O mundo crasso: a caverna infernal.
110. Presa da dúvida entre o sim e o não: Virgílio afastou-se para falar aos demônios, e Dante ficou só, apavorado, na incerteza da volta, ou não, de seu companheiro.

INFERNO

"Não pude ouvir o que lhes disse, então."

(*Inf.*, VIII, 112)

112   Não pude ouvir o que lhes disse, então;
      mas a entrevista foi só por momentos,
      pois fugiram correndo à guarnição.

115   E as portas lhe bateram, turbulentos,
      no rosto ao meu senhor, que estando fora,
      caminhou para mim, a passos lentos.

118   Baixando o olhar, a jeito de quem chora,
      magoado pela ofensa, suspirava:
      "Olha quem me negou a entrada agora!"

---

112. Não pude ouvir o que lhes disse então: Dante não conseguiu escutar o que Virgílio disse aos demônios, com quem parlamentou, à distância, por alguns momentos.

121   "Esta recusa", prosseguiu, "me agrava;
         mas enfim venceremos a porfia,
         seja o poder qual for que aqui nos trava.

124   Nova não é decerto esta ousadia:
         foi uma vez usada noutra porta,
         que depois nunca mais se fecharia.

127   Nela a legenda leste, que suporta;
         pois um sozinho, a este outro lado vindo,
         nos Círculos andou da gente morta,

130   como se aos pés lhe fosse a terra abrindo".

---

125. *Foi uma vez usada noutra porta*: Virgílio explica a Dante que o atrevimento dos demônios, recusando-lhes a entrada, não era novidade. Já haviam feito o mesmo, antes, em outra porta, aquela lá de cima onde estava gravada a legenda: "Percam aqui a esperança (...)"

128. *Pois um sozinho, a este outro lado vindo*: vindo ao lado de dentro, ao interior do Inferno. Um sozinho, isto é, Cristo, que havia atravessado a porta que os demônios lhe fecharam, a qual, depois disto, permaneceu sempre aberta.

CANTO IX

Perplexos, e sem poder entrar em Dite, os dois poetas conjecturam sobre as dificuldades encontradas. Finalmente, chega um Anjo, que lhes abre a porta, e penetram no sexto Círculo, onde em sepulcros inflamados jazem os heréticos.

1   A palidez que o rosto me cobria
    enquanto o mestre regressava lento,
    o rubor disfarçou que o seu tingia.

4   Quedou-se, então, à escuta, muito atento,
    sem poder sua vista aprofundar
    na aura sombria, sob o véu nevoento.

7   "Haveremos de o triunfo conquistar,
    senão...", disse, e a seguir: "Ela o garante!
    O seu auxílio não nos vai faltar!"

10 Não me escapou que o mestre, inda hesitante,
    negava ao seu dizer continuidade,
    ficando do começo bem distante.

13 Nem foi ali menor minha ansiedade,
    imaginando ver na voz truncada
    conceito pior talvez que em realidade

16 "Ao fundo desta concha condenada
    já alguma alma desceu, do grau primeiro,
    onde a esperança só lhe foi cortada?"

---

1. *A palidez que o rosto me cobria*: Dante ainda conservava a palidez do medo, que sentira ante a ameaça dos demônios, e ao ver Virgílio afastar-se, como narrado ao final do Canto anterior.
3. *O rubor disfarçou que o seu tingia*: Virgílio voltava, indignado, porque os demônios lhe haviam fechado a porta ao rosto. Ao perceber, porém, a angústia do companheiro, procurou acalmar-se, para lhe infundir confiança.
8. *Ela o garante*: ela, Beatriz. Virgílio não se esquece de que está ali a pedido de Beatriz, e assim tem de seu lado a proteção celeste.
9. *O seu auxílio não nos vai faltar*: o auxílio esperado por Virgílio só chegou mais tarde: era um Anjo, que vinha abrir-lhes as portas de Dite (vejam-se os versos 79 e seguintes).
17. *Já alguma alma desceu, do grau primeiro*: Virgílio pertencia ao Limbo que era o grau primeiro, o Círculo primeiro do Inferno. Com alguma ingenuidade, e ainda sob a influência do medo, Dante lhe pergunta se alguém, na condição dele, Virgílio (isto é, estando no Limbo), já havia descido até àquela profundidade do Inferno. Queria o poeta certificar-se quanto a poder o seu guia enfrentar semelhante situação.

19   À minha indagação tornou, ligeiro:
     "Digo-te que entre nós só raramente
     pôde alguém percorrer o poço inteiro.

22   Mas sucedeu que eu mesmo, anteriormente,
     o fiz, por Eritone conjurado,
     que a uma alma quis dar vida, novamente.

25   Mal da carne eu me vira despojado,
     e já transpunha o temeroso muro,
     em busca do que ia ser mudado.

28   No Círculo de Judas foi, escuro,
     fundo e longe do céu em que ele gira;
     conheço o rumo; fica, pois, seguro.

31   Este paul que a podridão expira
     toda a cidade cinge aqui dolente;
     só entraremos nela à força de ira."

34   E disse mais, que não guardei na mente,
     porque meus olhos fixos se aplicavam
     em contemplar o torreão candente,

37   onde, súbito, vi que se alteavam
     três fúrias infernais, de sangue tintas,
     que aspecto e forma de mulher mostravam.

40   Hidras verdes ornavam-lhes as cintas,
     e na cabeça cada uma trazia
     um nó de serpes, pérfidas, famintas.

43   E ele, que bem as servas conhecia
     da soberana do perene pranto,
     "Olha as feras Erínias", me dizia.

23. O fiz, por Eritone conjurado: Eritone, feiticeira que fez reviver um morto para predizer a Pompeu o resultado da batalha de Farsalo. Virgílio declara-se o enviado de Eritone ao fundo do Inferno (isto é, ao interior da cidade de Dite), para buscar o espírito a ser ressuscitado.
25. Mal da carne eu me vira despojado: Virgílio diz que havia morrido pouco antes de passar as muralhas de Dite, no desempenho da missão a ele confiada por Eritone.
28. No Círculo de Judas foi, escuro: o Círculo de Judas, ou Judeca, o quarto e último giro do Círculo nono, a parte mais profunda do Inferno, onde Dite (ou Lúcifer) assiste em pessoa. Virgílio, procura, assim, tranquilizar Dante, assegurando-lhe que já havia estado antes ali.
44. Da soberana do perene pranto: Proserpina, rainha do Inferno; suas servas eram as Erínias, cuja presença no alto da torre atraíra tanto a atenção do poeta.

"'Olha as feras Erínias', me dizia."

(*Inf.*, IX, 45)

46   "Ali Megera está, no esquerdo canto;
     é Aleto a que chora no direito;
     Tesífone, no meio, causa espanto."

49   Vendo-as à unha lacerar o peito,
     e se baterem, num clamor irado,
     mais ao meu guia me acheguei, desfeito.

52   Aqui, Medusa, e em pedra vá mudado!"
     — gritavam, rudes, para baixo olhando:
     "Lembra-te de Teseu, que foi poupado!"

55   "Volve o teu rosto, o teu olhar cerrando,
     pois se a Górgona vires infernal,
     jamais sairás do poço miserando."

58   Assim disse o meu guia: e, paternal,
     fez-me girar o dorso, pondo a mão
     por sobre os olhos meus, até final.

61   Ó vós que tendes o intelecto são,
     meditai na doutrina que se oculta
     nestes meus versos, sob um véu pagão.

64   E eis que nas águas túrbidas resulta
     estrondo inesperado e apavorante,
     que as praias num tremor quase sepulta,

67   similarmente a um vento delirante,
     que, provindo dos ares em combate,
     tal contra a selva vai, e sem que adiante

70   nada o detenha, os ramos fere e abate;
     à frente, envolto em pó, soberbo, avança,
     e pastores e feras já rebate.

54. Lembra-te de Teseu, que foi poupado: segundo a lenda, Teseu baixou ao Inferno para raptar Proserpina. As Erínias relembram o episódio: atribuem ao fato de Teseu ter voltado ileso à terra esta nova invasão de seus domínios. Não querendo que o exemplo se repita, convocam Medusa a transformar em pedra o intruso.
56. Pois se a Górgona vires infernal: Virgílio adverte a Dante que se abstenha de fitar a Medusa (ou Górgona): em caso contrário, seria convertido em pedra e nunca mais poderia deixar o Inferno.

73 Tirou-me a venda, e disse: "A vista lança
    àquele intenso palpitar de espuma,
    sob a fumaça negra, que remansa."

76 E como as rãs que, rápidas, a uma,
    desaparecem da água, a cobra vendo,
    até que cada qual na margem suma,

79 as almas às centenas vi correndo
    diante de alguém que sobre o Estige, a passo,
    chegava, os pés sequer umedecendo.

82 Do rosto parecia, erguendo o braço,
    aquele ar remover unto e pesado;
    e desta angústia só mostrava o traço.

85 Eu compreendi que era do céu mandado;
    fitei meu mestre, que me fez sinal
    de estar quieto e de o saudar curvado.

88 E o vi, no seu aspecto celestial,
    levíssimo bastão tocar à porta,
    que então se abriu, contra o poder do mal.

91 "Ó banidos do céu! Ó gente torta!"
    — começou a falar, daquela entrada:
    "Onde este atrevimento vos transporta?

94 Por que à alta vontade, que mudada
    não pode ser, assim recalcitrais,
    tornando a vossa culpa mais pesada?

97 Inútil contra o fado lutar mais:
    Inda Cérbero o queixo traz marcado
    e o pescoço também, se vos lembrais."

73. Tirou-me a venda: a venda que o próprio Virgílio, usando as mãos, fizera sobre os olhos de Dante, para impedi-lo de fitar a Medusa (versos 59 a 60).
80. Diante de alguém que sobre o Estige, a passo: o Anjo do céu, que veio abrir aos poetas as portas de Dite; era o auxílio que Virgílio esperava, com impaciência (verso 9).
91. Ó banidos do céu! Ó gente torta!: o Anjo adverte os demônios que, à entrada de Dite, haviam embargado os passos a Virgílio e Dante.
98. Inda Cérbero o queixo traz marcado: segundo a lenda, Cérbero, guarda do Inferno, tentou impedir a descida de Hércules ali. O herói o pôs a ferros e o conduziu prisioneiro à terra. Virgílio recorda aos demônios este castigo infligido a um deles, advertindo-os de que ainda podiam ver no queixo e no pescoço de Cérbero os sinais das pesadas cadeias.

DANTE ALIGHIERI

"E o vi, no seu aspecto celestial,
levíssimo bastão tocar à porta,
que então se abriu, contra o poder mal."

(Inf., IX, 88/90)

100   E retornou pelo caminho andado,
sem dar por nós, e tendo no semblante
esse ar de quem se vota a outro cuidado

103   que não aquele que lhe está diante.
E nós no rumo fomos da cidade,
certos pelo que vimos de ir avante.

106   E nela entramos sem dificuldade;
movido do desejo então desperto
de ver como era dentro em realidade,

109   mal fui chegando, olhei ao longe e perto;
e desdobrar-se vi a grã devesa
cheia de angústia e de tormento certo.

"'Dos hereges', tornou-me, 'almas danadas,
com sequazes de toda seita e culto.'"

(*Inf.*, IX, 127/8)

112   Como em Arles, que o Ródano represa,
e como em Pola, junto do Carnaro,
que a Itália fecha e como que a tem presa,

115   surge de tumbas um recinto raro
— ali se via igual em toda a parte,
somente que de modo mais amaro.

118   Entre as tílias um fogo se reparte
que os sepulcros esparsos acendia,
como ao ferro não faz a melhor arte.

121   Das lápides suspensas ressaía
um crescendo de gritos estridentes,
como os dos torturados, na agonia.

124   "Mestre, quem são", eu perguntei, "as gentes
que, de dentro das arcas inflamadas,
se veem, assim, a lamentar, dolentes?"

127   "Dos hereges", tornou-me, "almas danadas,
com sequazes de toda seita e culto;
e as tumbas são, mais do que crês, pejadas.

130   Símil aqui com símil é sepulto,
diverso o grau dos féretros candentes."
E eis que à direita se moveu seu vulto,

133   e fomos, da amurada ao pé, silentes.

---

117. Somente que de modo mais amaro: ali o cenário era mais terrível e impressionante que os de Arles e Pola, porque as tumbas estavam rubras de fogo.
121. Das lápides suspensas ressaía: os sepulcros não estavam fechados: viam-se erguidas as lápides que lhes serviam de tampa. Assim, podiam-se ouvir os gritos dos condenados, e, ocasionalmente, ver alguns dentre eles.
130. Símil aqui com símil é sepulto: os hereges estão ali distribuídos, cada grupo em determinada tumba, de acordo com as respectivas seitas ou com o tipo de sua heresia.
131. Diverso o grau dos féretros candentes: os féretros não se abrasam à mesma intensidade; o grau de calor varia de uns para os outros, segundo a maior ou menor gravidade das heresias do respectivo grupo.

CANTO X

Permanecem os dois poetas no sexto Círculo, onde, em meio dos sepulcros inflamados, Dante se detém a dialogar com Farinata e com o pai de seu amigo o poeta Guido Cavalcanti, ambos florentinos.

1   Tomara o mestre uma secreta via
         entre as tumbas em fogo e o muro à frente;
         e logo atrás, atentamente, eu ia.

4   "Ser de eleição, que o báratro descrente
         me abriste", comecei, "se isto te apraz,
         fala-me, e atende ao meu desejo ardente.

7   Não poderei a gente ver que jaz
         nas arcas, que têm lousas descerradas,
         se ninguém por aqui em guarda as traz?"

10   "Um dia", disse-me, "hão de ser fechadas,
         quando de Josafá as almas vindo
         ficarem nos seus corpos reencarnadas.

13   No cemitério, deste lado, afluindo,
         jaz Epicuro e jazem seus sequazes,
         jurando a alma findar se o corpo é findo.

16   Mas, resposta à pergunta que me fazes
         terás, e assim ao teu desejo, aqui,
         mesmo escondido sob o véu das frases."

---

6. *Fala-me, e atende ao meu desejo ardente*: Dante alude a um desejo, mas sem manifestá-lo, expressamente. Parece que o poeta, interessado nas coisas de Florença, considerava que Farinata, florentino de grande valor político e militar, deveria quedar-se naquele sítio, segundo as palavras que ouvira a Ciacco (Canto VI, verso 79). E aspirava, intensamente, a encontrá-lo. Virgílio percebeu qual era o desejo de seu companheiro, como se vê dos versos 17 e 18.
13. *No cemitério*: No campo, ali, dos sepulcros inflamados.
17. *E assim ao teu desejo*: Virgílio assegura a Dante que o desejo a que este se referia pouco antes (verso 6) seria satisfeito ali, ainda que não manifestado claramente. Como logo a seguir Farinata se mostra, dirigindo a palavra a Dante, parece evidente que a Virgílio não escapou qual era esse desejo.

19 "Bom mestre", eu disse, "se algo te escondi
    do meu pensar o foi por brevidade;
    há muito esta arte, lendo-te, aprendi."

22 "Ó Toscano, que vivo à intensidade
    do fogo vens, melhor, honestamente,
    será quedares cá nesta cidade!

25 Por teu acento vejo claramente
    que da pátria procedes que foi minha,
    e à qual males, talvez, causei somente."

28 De uma das arcas esta voz provinha;
    ouvindo-a, caminhei para mais perto
    do meu guia, que ao lado se mantinha.

31 "Não temas", animou-me, "Olha desperto!
    Eis enfim Farinata, o busto alçando,
    que traz desde a cintura descoberto!"

34 Eu já o estava, atento, contemplando;
    e vi-o erguer, altivo, a fronte e o peito,
    com desprezo a tudo ali mostrando.

37 Com mão segura, o mestre, à via afeito,
    levou-me entre os esquifes espalhados,
    alertando-me: "Fala-lhe com jeito."

40 Mal nos sentiu à beira bem chegados,
    olhou-me, fixamente, e, desdenhoso,
    perguntou-me por meus antepassados.

43 E eu, que de ouvi-lo estava desejoso,
    nada ocultei, tudo lhe revelando;
    carregava o sobrolho, desgostoso,

---

19. Bom mestre, eu disse, se algo te escondi: Dante justifica-se ante a velada censura de Virgílio dizendo que não teve intenção de ocultar-lhe nada; se o fez, foi por querer ser conciso, *per dicer poco*, hábito que adquiriu pela leitura do próprio Virgílio, mestre da concisão.
22. Ó Toscano: Dante; alguém interpela o poeta, percebendo ser ele um Toscano.
23. Melhor, honestamente, será quedares cá nesta cidade: a alma que fala a Dante, e que se verá ser a de Farinata, adverte o poeta de que será melhor para ele ficar na cidade de Dite (isto é, na profundeza do Inferno), do que regressar à sua terra, onde o esperariam grandes sofrimentos. Mais adiante (verso 81), Farinata volta a esse funesto vaticínio, anunciando ao poeta que em breve seria ele expulso de Florença.
32. Eis enfim Farinata: Farinata degli Uberti, grande chefe militar dos Gibelinos em Florença.

"(...) olhou-me, fixamente, e, desdenhoso,
perguntou-me por meus antepassados."

(*Inf.*, X, 41/2)

46   e disse: "Tive-os contra mim lutando,
         hostis à minha causa e a meus parentes;
         duas vezes andei-os dispersando."

49   "Mas, expulsos, reuniram-se, valentes,
         voltando à luta, de uma e de outra feita;
         e nisto os teus não foram diligentes",

52   tornei-lhe — quando vi, logo à direita,
         outro sobrelevar-se, até ao mento,
         como alguém sobre os joelhos que se ajeita.

55   Olhou-me, e para os lados, muito atento,
         tal se esperasse ver alguém comigo;
         e não o achando, como em desalento,

58   bradou, ansioso: "Se a este poço antigo
         pela eminência vens do teu engenho,
         que é do meu filho? Não está contigo?"

61   "Não é por mim", eu disse, "que ora venho,
         mas por Virgílio, que me leva àquela
         que Guido desprezou, e à qual me atenho."

64   Sua pergunta e a pena que o flagela
         não podiam deixar-me equivocado:
         e a resposta, daí, plena e singela.

67   Ouvi-o gritar, reteso, sobrealçado:
         "Disseste: Desprezou? Não vive agora!
         Da doce luz do sol está privado?"

48. Duas vezes andei-os dispersando: por duas vezes Farinata derrotou e expulsou de Florença os Guelfos, entre os quais se encontravam os parentes de Dante.
51. E nisto os teus não foram diligentes: nisto, nessa arte ou capacidade de retornar. Dante recorda a Farinata que os Guelfos, derrotados e expulsos, sabiam reagrupar-se e voltar a Florença. Entretanto, os Gibelinos não haviam aprendido, quando expulsos, a arte de retornar. Vejam-se, adiante, os versos 77 e 78.
53. Outro sobrelevar-se, até ao mento: um outro espírito, que emergia, provavelmente, do mesmo sepulcro, ao lado de Farinata.
60. Que é do meu filho? Não está contigo?: Quem fala é Cavalcante Cavalcanti, outro florentino ilustre, pai do poeta Guido Cavalcanti, fraternal amigo de Dante. O velho Cavalcanti parece entender que Dante só desce vivo ao Inferno em razão da eminência de seu engenho; e, assim, pensa que o seu filho Guido deveria estar com ele.
61. Não é por mim, eu disse, que ora venho: Dante parece respeitar a opinião do velho Cavalcanti, explicando-lhe, então, que não vem de moto próprio, mas trazido por Virgílio; e esclarece que depois de passar pelo Inferno, espera chegar ainda perante Nossa Senhora (ao Paraíso, portanto), aquela Senhora que Guido, sendo ateu, tivera em desapreço. Muitos comentadores, entretanto, entendem que a indicação do verso 62 se refere a Beatriz.
64. Sua pergunta e a pena que o flagela: a pergunta, a respeito da presença de Guido, e mais a pena a que estava sujeito o réprobo, como herege, haviam demonstrado a Dante, instantaneamente, que quem o interrogava ali era Cavalcante Cavalcanti, pai de Guido.

70   Decerto impressionado ante a demora
     em que de responder-lhe eu me enleava,
     tombou supino, e mais não veio fora.

73   Mas o outro grande, junto ao qual me achava,
     de aspecto não mudou, e nem de rito,
     e inda mais alto a fronte levantava.

76   Prosseguiu, retornando ao que era dito:
     "De fato, a volta a nós nos foi defesa,
     e isto me deixa, mais que o fogo, aflito.

79   Sem que cinquenta vezes brilhe acesa
     da dama que nos rege a face irial,
     hás de sentir o quanto a volta pesa.

82   Que possas retornar ao chão natal!
     Mas não sabes por que, tão virulentos;
     inda nos tratam lá à lei marcial?"

85   "O massacre", eu lhe disse, "e os grãos tormentos,
     tingindo o Árbia de sangue, intensamente,
     produziram os éditos cruentos."

88   E respondeu-me, a fronte ao chão pendente:
     "Não fui o só culpado, e nem é certo
     que se estivesse lá lhes fosse à frente.

91   Mas o único eu fui no instante incerto
     em que tramaram arrasar Florença
     que firme a defendeu, de peito aberto."

76. Retornando ao que era dito: Farinata, que se mantinha erguido, voltou a falar, retomando o fio do que estava dizendo, quando Cavalcanti os interrompera.
77. De fato, a volta a nós nos foi defesa: refere-se à arte dos Guelfos de voltar, quando expulsos, que os seus, os Gibelinos, não haviam aprendido devidamente; e desse fato sofria mais do que com o fogo que o abrasava no Inferno.
79. Sem que cinquenta vezes brilhe acesa: antes de decorridos quatro anos, Dante haveria de sentir na própria carne o quanto pesava aquela arte de retornar a Florença quando expulso. Esta profecia sobre o próximo exílio do poeta completa o augúrio antes feito por Farinata (versos 23 e 24). A face da dama que governava aquele reino era a de Proserpina, rainha do Inferno, que a mitologia antiga representava na lua.
82. Que possas retornar ao chão natal: a terra, quer dizer, ao mundo dos vivos, e especialmente a Florença.
86. Tingindo o Árbia de sangue, intensamente: o massacre que tingiu de sangue as águas do rio Árbia, referência à batalha de Montaperti, onde os Guelfos foram batidos por Farinata.
87. Produziram os éditos cruentos: as leis drásticas contra os Gibelinos, isto é, a lei marcial, a que se referia Farinata.
89. E nem é certo que se estivesse lá: quando ocorreu a batalha de Montaperti, Farinata encontrava-se exilado. Se houvesse permanecido em Florença, talvez não acedesse ao comandar as tropas gibelinas naquela ocasião.
92. Em que tramaram arrasar Florença: na Assembleia de Êmpole, quando ia ser decidida a destruição de Florença, Farinata se opôs a tal medida, energicamente.

94 "Que os teus encontrem paz e recompensa!"
— bradei: "Mas que mistério é esse que a mente
me envolve aqui, e a deixa, assim, suspensa?

97 Seguro estou que vedes claramente
muito do que no tempo inda se oculta;
porém vos falta a vista de repente."

100 "Como os presbitas, nosso olhar avulta",
tornou-me, "para as coisas distanciadas;
da suma providência tal resulta.

103 Mas, se estão perto, não são avistadas;
do que na terra aos vivos se reporta
notícias temos só por outrem dadas.

106 E é fácil compreender que estará morta
a nossa cognição desde o momento
em que ao futuro for cerrada a porta."

109 Movido, então, pelo arrependimento,
roguei-lhe: "Dize ao que se queda ao lado
que seu filho está bem, e em valimento;

112 e que eu, se à indagação fiquei calado,
é porque, escutando-a, me alheava,
a refletir no enigma ora aclarado."

---

95. Mas que mistério é esse que a mente: o poeta sente-se intrigado e perplexo ante a faculdade de antevisão dos condenados; como adiante se explica, previam eles muitas coisas, mas ignoravam outras, totalmente.
104. Do que na terra aos vivos se reporta: segundo explica Farinata, respondendo a Dante, as coisas futuras podem ser previstas pelas almas, o mesmo não sucedendo, porém, com os acontecimentos contemporâneos, envolvendo os homens, na terra. De tais acontecimentos não podem ter elas visão própria; só os conhecem através de informações ministradas por alguma alma recém-chegada. Como se vê, por exemplo, do verso 68, o velho Cavalcanti ignorava se o seu filho Guido vivia, ou não. Foi esse o ponto que deixara confuso o poeta.
108. Em que ao futuro for cerrada a porta: quanto não houver mais futuro, isto é, a partir do Juízo Final.
109. Movido, então, pelo arrependimento: o arrependimento do poeta era por não ter informado a Cavalcanti que seu filho Guido estava vivo e bem.
114. A refletir no enigma ora aclarado: demonstrando ignorar se seu filho estava vivo, ou não, Cavalcanti suscitara no espírito do poeta uma dúvida profunda: por que certos fatos eram previstos, e outros não? A explicação de Farinata solvera o dilema.

INFERNO

115   Meu guia àquela altura me chamava;
          ao vulto erguido perguntei apenas
          quem é que ali com ele se postava.

118   "Comigo", disse, "Estão várias centenas:
          Frederico segundo, o Cardeal,
          e outros que calo, sob as mesmas penas."

121   E recolheu-se; e então ao guia leal
          volvi meus passos e segui pensando
          no augúrio que eu ouvira, ali, fatal.

124   Moveu-se o mestre, e a marcha retomando,
          me perguntou: "Por que vais pensativo?"
          E satisfi-lo, o caso recordando.

127   "Na memória conserva sempre vivo
          o que escutaste", disse, de repente,
          alçando o dedo: "E aqui tens o motivo:

130   Quando ao olhar subires resplendente,
          que tudo vê, ser-te-á então mostrado
          o que te espera pela vida em frente."

133   Voltou-se, presto, para o esquerdo lado:
          A muralha deixamos, indo então,
          por um atalho, a um próximo valado,

136   que inteiro tresandava a podridão.

---

123. No augúrio que eu ouvira, ali, fatal: Dante seguiu pensando na previsão de Farinata sobre o seu próximo exílio, verso 81.
127. Na memória conserva sempre vivo: Virgílio adverte a Dante de que não se deve esquecer dos vaticínios de Farinata, e explica porquê.
130. Quando ao olhar subires resplendente: quando estiveres no Paraíso.

CANTO XI

Quase à saída do sexto Círculo, os dois poetas, forçados pela emanação pestilencial que chegava do fundo, detêm-se ao pé do sepulcro do Papa Anastácio II; e Virgílio, então, explica a Dante, longamente, como é feita a distribuição dos pecados no Inferno.

1   À borda de vastíssimo talude,
    por grãos blocos de pedra conformado,
    chegamos a cenário inda mais rude:

4   E ali, pelo ar tolhidos, empestado,
    que da profundidade se exalava,
    paramos junto a esquife desolado,

7   em cuja pedra esta legenda estava:
    "Os restos de Anastácio papa guardo,
    que deixou por Fotino a fé que amava."

10 "Sofra aqui o caminho algum retardo,
    para que se acostume o nosso olfato
    ao triste odor, como melhor resguardo",

13 disse-me o guia. E eu: "Para de fato
    não perder tempo, de algo cogitemos."
    Tomou-me: "Penso nisto, que é sensato."

16 "Meu filho, nestas pedras que aí vemos",
    começou, "há três giros desdobrados,
    de grau em grau, tais os que percorremos,

19 repletos são de espíritos danados;
    para os veres melhor, primeiro entende
    como e porque vão neles encerrados.

---

9. *Que deixou por Fotino a fé que amava*: o Papa Anastácio II, que pontificou de 496 a 498, e teria sido atraído à heresia pelo diácono de Tessalônica, Fotino.
17. *Há três giros desdobrados, de grau em grau*: Três Círculos, que se reduzem em área gradativamente, porque é cônica a forma do Inferno. Trata-se dos três Círculos ainda não percorridos: o sétimo, o oitavo e o nono Círculos.

"E ali, pelo ar tolhidos, empestado,
que da profundidade se exalava,
paramos junto a esquife desolado (...)"

(*Inf.*, XI, 4/6)

22 Toda malícia a grande injúria tende,
    pesando ao céu: e a injúria, essencialmente,
    ou por violência ou fraude a outrem ofende.

25 E sendo a fraude aos homens pertinente,
    mais fere a Deus; e, pois, aos fraudulentos
    foi dada, embaixo, pena mais premente.

28 Cabe o primeiro Círculo aos violentos;
    mas pelo fim ao qual seus atos vão,
    de três giros dispõe os pavimentos.

31 Fere-se a Deus, a si, ou a outro, então,
    ou na pessoa ou bens de que ele goza,
    como o demonstra elementar razão.

34 Por força à morte pode alguém, dolosa,
    ser levado, e em seus bens haver desvio,
    ruína, incêndio, usurpação danosa.

37 Os homicidas, pois, ferindo a frio,
    ladrões à mão armada, castigados
    são no primeiro giro deste trio.

40 Alguns a erguer a mão se veem levados
    contra si, ou seus bens: e no segundo
    giro convém que sofram angustiados,

43 por terem desertado de seu mundo,
    dilapidado herança e propriedade,
    e o prazer convertido em mal profundo.

46 Pode-se inda ferir a divindade,
    no íntimo a negando, ou blasfemando
    de sua natureza e alta bondade:

27. Embaixo: entende-se, no oitavo e nono Círculos, visto que os poetas se achavam prestes a penetrar no sétimo.
28. Cabe o primeiro Círculo aos violentos: o primeiro Círculo aqui referido é o primeiro dos três ainda não vistos (verso 17), e, portanto, a considerar o conjunto do Inferno, na realidade o sétimo Círculo.
39. São no primeiro giro deste trio: o trio é o sétimo Círculo, que abrange, como vimos no verso 30, três giros ou seções. Neste primeiro giro do sétimo Círculo eram punidos os violentos contra outrem (homicidas e ladrões à mão armada).
41. E no segundo giro: também do Círculo sétimo; ali eram punidos os violentos contra si mesmos (suicidas).

49   e pois no menor giro vão penando
os filhos de Caorsa e de Sodoma
e os que viveram contra Deus clamando.

52   A fraude, que as consciências fere e doma,
ou vai usada contra quem confia,
ou contra quem no agente fé não toma.

55   Tal modo derradeiro se desvia
dos vínculos de amor da natureza:
reunidas veem-se abaixo a hipocrisia,

58   a lisonja, a má-fé, mais a esperteza,
a simonia, o roubo e o peculato,
piratas e rufiões, e igual vileza.

61   Mas no outro modo, que é primeiro, o inato
dom deste amor se fere e, juntamente,
o outro que da confiança nos é nato:

64   no Círculo menor, no qual assente
Dite se encontra, no imo do universo,
sofre aquele que trai, eternamente."

67   "Mestre", tornei-lhe, "Teu discurso é terso
e claro, e discrimina a meu contento
este báratro e o povo aqui submerso.

70   Mas dize-me: Os que eu vi, soltos ao vento,
os sob a chuva, os que vêm sempre à frente,
aos gritos, os do charco lamacento,

---

49. E pois no menor giro: no último dos três giros em que se desdobra o sétimo Círculo (verso 30); ali eram punidos os violentos contra a natureza (pervertidos sexuais e usurários) e contra a divindade (blasfemos).
50. Os filhos de Caorsa e de Sodoma: os pecadores contra a natureza, no seu dúplice aspecto. Por filhos de Caorsa (*Cahors*) se designam os violentos contra a propriedade, visto que a cidade deste nome ficou famosa pela usura de seus habitantes. Por filhos de Sodoma se designam os violentos contra a natureza sexual.
57. Reunidas veem-se abaixo a hipocrisia: abaixo, isto é, no oitavo Círculo; recorde-se que Virgílio fala, estando, com Dante, no limiar do sétimo Círculo.
64. No Círculo menor, no qual assente Dite se encontra: o nono e último Círculo, reservado aos traidores; e nele Dite, ou Lúcifer, assiste em pessoa.
70. Os que eu vi, soltos ao vento: os luxuriosos do Círculo segundo (Canto V).
71. Os sob a chuva: os glutões do Círculo terceiro (Canto VI). Os que vêm sempre à frente: Os avaros e os pródigos do Círculo quarto (Canto VII).
72. Os do charco lamacento: os iracundos do Círculo quinto (Cantos VII e VIII).

73   por que punidos na cidade ardente
        não são, se Deus os tem na sua ira?
        E se os não tem, por que em tal consente?"

76   "Pois não vês", respondeu-me, "Que delira
        o engenho teu além de sua esfera?
        E tua mente a coisa errada mira?

79   Não te lembras da forma clara e vera
        pela qual tua Ética apresenta
        os três pontos que o céu jamais tolera

82   a incontinência, a astúcia, e inda a nojenta
        bestialidade? E que à incontinência,
        mais leve que é, pena mais leve assenta?

85   Se no assunto puseres a consciência,
        reparando melhor nos condenados
        que acima estão, verás, sem incoerência,

88   porque se encontram eles separados,
        e são de modo é certo menos cruento
        da divina vingança flagelados."

91   "Ó sol que aclaras todo pensamento,
        tanto me agrada ouvir-te discorrer",
        tornei-lhe, "que da dúvida o tormento

94   se iguala em mim à glória do saber!
        Volve-te à usura que, disseste, ofende
        o dom de Deus, para que o possa ver."

97   "Pois a filosofia, a quem a entende",
        disse, "mostra que quase em toda a parte
        a natureza a sua marcha aprende

---

73. Na cidade ardente: a cidade de Dite, ou Lúcifer, abrasada em fogo, e na qual se contêm os demais Círculos do Inferno, a partir do sexto, inclusive. No Canto IX foi descrita a entrada dos dois poetas na cidade de Dite.
80. Tua Ética: a bica de Aristóteles; Virgílio, sabendo da admiração de Dante pelo Estagirita, diz-lhe, carinhosamente, "tua Ética".
96. Para que o possa ver: a dúvida aqui era que Dante não via, em princípio, a razão de se considerar a usura uma grave violência contra a natureza, e, portanto, contra Deus, reportando-se ao que ouvira sobre os usurários de Caorsa (verso 50); e pois, pede a necessária explicação a Virgílio.

100   do intelecto divino e de sua arte;
      se olhares tua Física dileta
      verás bem claro, como num encarte,

103   a arte humana, que põe naquela a meta,
      como no mestre a põe o seu discente;
      tal arte vem a ser de Deus a neta.

106   Segundo arte e natura, se na mente
      tens o início do Gênese, convém
      regrar a vida e caminhar a gente.

109   Mas o usurário a errada estrada vem;
      despreza a natureza e a arte desfaz;
      na desgraça dos outros colhe o bem.

112   Segue-me, agora: A marcha aqui me apraz.
      Os Peixes já se deixam no alto ver,
      o Carro inteiro sobre o Coro jaz:

115   e inda está longe o passo em que descer".

101. Tua Física dileta: a Física de Aristóteles, considerado por Dante o maior dos filósofos. Veja-se, a respeito, o verso 80, e especialmente o Canto IV, versos 130 a 135.
113. Os Peixes: a constelação dos Peixes, que, pela sua posição naquele instante, em relação à Ursa Maior, indicava a aproximação da aurora (é claro que os poetas, no fundo da caverna infernal, não viam os astros; mas Virgílio fazia, por essa forma, a indicação da hora ao seu companheiro).
114. O Carro inteiro sobre o Coro jaz: o Carro, a Ursa Maior, conhecida como o Carro de Boote, que se encontrava entre o nascente e o poente. A posição da Ursa é fixada com o recurso à imagem do coro antigo, cujo regente ocupava o lugar mais elevado, exatamente ao meio das duas alas.
115. O passo em que descer: a saída, ou passagem, para o Círculo abaixo, o sétimo.

CANTO XII

Os dois poetas descem ao sétimo Círculo, guardado pelo Minotauro; encontram, no primeiro giro ou seção, os violentos contra o próximo (tiranos, assassinos, salteadores), submersos em sangue fervente.

1   Alpestre e rude um vão ali se abria;
    e só de olhar o que lhe estava à frente,
    a vista mais segura escurecia...

4   Como as rochas suspensas que a torrente
    do Ádige, aquém de Trento, vai flanqueando,
    deixadas por um sismo, instavelmente,

7   soltas do alto do monte, e se espalhando
    em série pela encosta alcantilada,
    quase uma via, ao passo, retraçando

10 — assim era a garganta desolada;
    e à orla daquele abismo, sobreerguida,
    eu vi de Creta a infâmia inominada,

13 numa vaca postiça concebida;
    ao divisar-nos, em si mesma o dente
    cravou, presa de fúria desmedida.

16 O sábio meu gritou-lhe: "Certamente,
    supões ser este o príncipe de Atenas,
    que à morte te levou acerbamente.

19 Vai-te daqui por um momento apenas:
    por tua irmã não veio ele trazido,
    mas para contemplar do poço as penas."

---

2. O que lhe estava à frente: o Minotauro, que guardava o sétimo Círculo, como se esclarece nos versos 11 e seguintes.
12. Eu vi de Creta a infâmia inominada: o Minotauro, criatura monstruosa, metade homem, metade touro, concebido da enganosa união de Pasifae com o touro Minós.
13. Numa vaca postiça concebida: segundo a lenda, Pasifae, para unir-se ao touro, entrou numa vaca oca, esculpida em madeira.
17. O príncipe de Atenas: Teseu, que se introduziu no Labirinto, e matou o Minotauro, ali oculto.
20. Por tua irmã não veio ele trazido: Ariana, filha de Pasilaé, e, portanto, irmã uterina do Minotauro, foi quem ajudou Teseu a penetrar no Labirinto.

"(...) e à orla daquele abismo, sobreerguida,
eu vi de Creta a infância inominada (...)"

(*Inf.*, XII, 11/2)

22   E tal o touro, ao golpe desferido,
      que para, e treme, e, sem poder lutar,
      volteia aqui e ali, tonto, abatido,

25   assim o Minotauro eu vi recuar.
      Bradou-me, presto, o mestre: "Corre, adiante!
      Enquanto o cega a ira, é bom passar!"

28   E descemos a senda serpejante,
      sobre o saibro, que se ia separando,
      ante os meus pés, dc modo discrepante.

31   Eu cismava; e ele disse: "Estás pensando
      nesta vereda retorcida e estreita,
      e no animal à entrada, vigiando?

34   Pois sabe que, daquela antiga feita
      em que desci ao âmago do inferno,
      não fora a penedia inda desfeita.

37   Pouco antes, porém, de o mestre eterno
      apresentar-se aqui para o perdão,
      desde o trono baixando seu superno,

40   entrou o vale infame em convulsão
      tal, que julguei chegada do universo
      a hora do amor, de que se diz, então,

43   que o mundo tornará em caos converso;
      e foi assim todo o fraguedo aberto,
      de cima a baixo, e em mil desvãos disperso.

46   Mas olha o vale: O rio está bem perto
      que água não tem, mas sangue, e que, fervente,
      ao que outrem lesa à força acolhe certo."

30. De modo discrepante: por ali só transitavam almas, nunca pessoas vivas; logo, os pés de Dante calcavam o saibro por outra forma que os de Virgílio e das outras sombras.
34. Daquela antiga feita: Virgílio, que era uma das almas do Limbo, já descera antes ao fundo do Inferno, como mencionado no Canto IX, versos 22 a 30.
37. O mestre eterno: Jesus Cristo, quando foi resgatar no Limbo as almas dos justos, fato, também, já referido a Dante por Virgílio (Canto IV, versos 52 a 63).
40. Entrou o vale infame: o Inferno.
41. Chegada do universo a hora do amor: a ideia refere-se à doutrina de Empédocles, segundo a qual os elementos físicos que compõem o mundo se acham em estado de discórdia; e, pois, necessariamente, se a união desses elementos viesse a ocorrer (e seria a hora do amor do universo), o mundo retornaria à condição de caos.

INFERNO

"Um deles nos gritou: 'A que certeira
pena vindes, andando nesta encosta?'"

(Inf., XII, 61/62)

49 Ó cega cupidez! Ó ira ardente,
    que a tantos leva ao mal na curta vida,
    e na eterna castiga eternamente!

52 Avistei larga fossa distendida
    em arco, tal a curva a configura,
    e fora por meu guia definida.

55 Na praia, entre o fraguedo e a ampla abertura,
    um a um, os Centauros desfilavam,
    com setas, como quem caça procura.

58 E vendo-nos descer se preparavam;
    três ali ressaíram da fileira,
    tendendo os arcos que nos ameaçavam.

61 Um deles nos gritou: "A que certeira
    pena vindes, andando nesta encosta?
    Falai daí, que a seta é mui ligeira."

64 E meu mestre, a seu turno: "Essa resposta
    será dada a Quirón, mas bem de perto:
    teu insofrido impulso nos desgosta."

67 Tocou-me, então, e disse: "Nesso, esperto,
    é aquele, que morreu por Dejanira;
    e no entanto vingou-se cedo e certo.

70 O que no meio está, e abaixo mira,
    é Quirón, por tutor a Aquiles dado;
    Folo, o terceiro, de quem vimos a ira.

73 São milhares, que afluindo, lado a lado,
    alvejam os que à tona vão subindo
    mais do que lhes faculta o seu pecado."

76 Apressamo-nos, rumo às feras indo:
    sobre o encaixe da flecha a barba aberta
    Quirón pousou, destarte a dividindo;

79 e mal lhe foi a boca descoberta,
    disse aos demais: "Notastes, certamente,
    como o de trás, aonde pisa, aperta?

---

65. Quirón: o mais famoso entre os Centauros, especialmente por sua sabedoria; segundo a lenda, foi dado por preceptor a Aquiles.
69. E no entanto vingou-se cedo e certo: Nesso, o Centauro, raptou Dejanira, esposa de Hércules, e foi morto pelo herói. Mas vingou-se, mesmo depois de morto. Ao expirar, Nesso entregou a Dejanira sua túnica ensanguentada; Hércules vestiu-a, mais tarde, e isto lhe ocasionou a morte.
75. Mais do que lhes faculta o seu pecado: os condenados que tentam emergir do sangue fervente mais que as respectivas penas lhes permitem emergir.
81. Como o de trás, aonde pisa, aperta: o que vinha atrás era Dante, que, estando vivo, tinha normal o peso, naturalmente, e deixava a marca de seus passos, ao contrário de Virgílio e das outras almas, imponderáveis, que frequentavam o sítio. Vejam-se os versos 29 e 30.

"São milhares, que afluindo, lado a lado,
alvejam os que à tona vão subindo
mais do que lhes faculta o seu pecado."

(Inf., XII, 73/5)

82 Assim não calca o pé da morta gente."
E meu bom mestre, à altura já do peito
onde as raças se soldam firmemente,

85 tornou-lhe: "Sim, é vivo, e deste jeito,
sozinho, vim mostrar-lhe o vale escuro;
necessidade o induz, e não defeito.

---

83. E meu bom mestre, à altura já do peito: Virgílio, que caminhava em direção ao centauro Quirón, já lhe estava, então, à altura do peito; isto é, já se havia aproximado o suficiente, como pretendera (verso 65).
84. Onde as raças se soldam firmemente: o dúplice corpo do Centauro, metade homem, metade cavalo, conflui ao peito, onde se destacam as duas naturezas que o compõem.

88 Alguém, ouvindo da aleluia o puro
    canto, me trouxe a tal ofício novo:
    não é um réu; nem eu, aqui, perjuro.

91 Pela graça divina, porque movo
    os passos meus nesta selvagem via,
    dá-nos um dos que vemos de teu povo,

94 que nos faça vadear a onda bravia,
    e meu amigo leve, pois, alçado,
    que não é sombra que pelo ar iria."

97 Quirón volveu-se, e disse a Nesso, ao lado:
    "Junta-te a eles, para os ir guiando;
    e livra-os do perigo, com cuidado."

100 Sob esta escolta fomos caminhando
    ao longo da caldeira ali sangrenta,
    em que os réus se coziam, gritos dando.

103 Quantos submersos vi até à venta!
    O grão Centauro disse: "São tiranos,
    que usaram morte e roubo em forma cruenta:

106 pagam agora seus terríveis danos;
    Alexandre está ali, Dionísio fero,
    por quem Sicília viu sofridos anos;

109 este, de tez morena, em desespero,
    é Azzolino; e o outro, ruivo e claro,
    é Obizzo d'Este, que, dizendo o vero,

---

88. Alguém, ouvindo da aleluia o puro canto: Beatriz, que, estando no Paraíso, desceu e pediu a Virgílio que fosse em socorro de Dante, conduzindo-o através do reino eterno (Canto II).
90. Nem eu, aqui, perjuro: Um réprobo; Virgílio, realmente, não era um condenado às rigorosas penas do Inferno, em Dite, mas um justo que, por ser pagão, estava no Limbo.
94. Que nos faça vadear a onda bravia: que nos faça transpor o lago de sangue, em ebulição.
106. Seus terríveis danos: Os assassínios que cometeram e as pilhagens que praticaram.
107. Alexandre está ali, Dionísio fero: Alexandre da Macedônia, provavelmente; e Dionísio, o tirano de Siracusa, que levou o terror e a escravidão à Sicília.
110. Azzolino: Ezzelino de Romano, que governou Pádua com dureza cruel.
111. É Obizzo d'Este: Obizzo II, d'Este, fidalgo de Ferrara, de quem se dizia que fora estrangulado, no leito, por seu enteado. Ao reino amaro: ao Inferno.

INFERNO

112   por mãos do enteado veio ao reino amaro."
       Volvi-me ao poeta, seu olhar buscando:
       "Segue com Nesso", ouvi-lhe, "Enquanto paro."

115   Presto, o Centauro foi-se aproximando
       de gente que o pescoço já livrava
       sobre a fervura, contra o mal lutando.

118   Mostrou-me uma alma, que a um recanto estava,
       e disse: "Em pleno templo, um coração
       feriu, que junto ao Tâmisa pulsava."

121   E gente mais eu vi na ebulição,
       a cabeça alteando e o ombro e o peito;
       alguns ali reconheci então.

124   E mais e mais se rebaixava o leito
       de sangue, e já não ia além dos pés;
       atravessamos, pois, o fosso a jeito.

127   "Como da parte aqui certo tu vês
       que a profundeza dela está minguando",
       disse o Centauro, "É natural que crês

130   que da outra parte vá mais avultando,
       até que uma no largo à outra se liga,
       onde os tiranos sofrem mergulhando.

133   A justiça divina assim castiga
       Átila, que o flagelo foi da terra,
       e Pirro e Sesto; e às lágrimas instiga,

136   na dor que da fervura se descerra,
       aos dois Rinieri, Pazzi, e o outro Corneto,
       que às estradas levaram sangue e guerra."

139   E pelo vau se foi, ali, discreto.

---

119. Em pleno templo, um coração feriu: a alma de Guido de Monforti, que assassinou, por vingança, numa igreja, a Henrique, parente próximo do rei Eduardo I, da Inglaterra. O fato ocorreu em Viterbo em 1272.
135. E Pirro, e Sesto: o rei Pirro, do Épiro, que lutou encarniçadamente contra os Romanos; e, provavelmente, o tirano Sesto Tarquínio.
137. Aos dois Rinieri: dois famosos salteadores de estrada na Toscana: Rinieri de Pazzi e Rinieri de Corneto, ambos, ao que se supõe, contemporâneos de Dante.

CANTO XIII

No segundo giro do sétimo Círculo, os dois poetas encontram os violentos contra si mesmos e os violentos contra os próprios bens; uns, os suicidas, transformados em árvores; os outros, os dissipadores, perseguidos e estraçalhados por cães ferozes.

1   Não tinha Nesso o vau inda alcançado,
    quando num bosque entramos doloroso,
    que de caminho algum era cortado.

4   Tingia as frondes um fosco oleoso,
    galhos se abriam curvos e mirrados,
    e fruta favo só e venenoso.

7   Tal provisão de espinhos acerados
    não veem os animais que entre Cecina
    e Corneto refogem aos povoados.

10 Era das grãs Harpias pátria dina,
    aquelas que de Strófade os Troianos
    baniram, desvendando-lhes a sina.

13 De asas largas, cabeça e rosto humanos,
    rudes garras aos pés, ventre emplumado,
    de dentre as ramas, recontavam danos.

16 "Antes de ser o bosque palmilhado,
    sabe que estás no giro aqui segundo",
    disse o meu guia, "o qual vai terminado

19 quando surgir, adiante, o areal profundo.
    Mas olha bem: Coisa verás que dita
    crida jamais seria no teu mundo."

---

8. Entre Cecina e Corneto: duas localidades da Toscana, entre as quais existiam bosques desertos e ásperos, em que se refugiavam animais selvagens.
12. Desvendando-lhes a sina: as Harpias, monstros mitológicos, expulsaram da ilha de Strófade os Troianos, predizendo-lhes males terríveis, inclusive a fome.
19. Quando surgir, adiante, o areal profundo: o extenso areal, no terceiro giro do mesmo Círculo sétimo, de que se trata no Canto seguinte.
21. No teu mundo: na terra propriamente dita, no mundo dos vivos.

"Era das grãs Harpias pátria dina."

(*Inf.*, XIII, 10)

"Um ramo então colhi, a mão erguendo,
a uma árvore vizinha, que, desperta,
bradou: 'Olha o que fazes me ofendendo!'"

(Inf., XIII, 31/3)

22   Ouvi de prantos e ais subindo a grita,
mas ninguém, ninguém vi, que tal fizesse;
e, perplexo, estaquei, a mente aflita.

25   Eu creio que ele cria então que eu cresse
que o vozerio ouvido era de gente
que por detrás dos troncos se escondesse.

28   "Se um hastil arrancares tão somente
a alguma planta", foi-me esclarecendo,
"verás que conjecturas falsamente."

31   Um ramo então colhi, a mão erguendo,
a uma árvore vizinha, que, desperta,
bradou: "Olha o que fazes me ofendendo!"

INFERNO

34   E, pois, de sangue escuro recoberta,
     "Por que me feres?", insistiu, magoada.
     "De ti toda a piedade já deserta?

37   Homem fui, planta sou ora atacada:
     mas tua mão seria mais prudente
     se a alma das serpes fosse aqui plantada."

40   Como a acha verde, que a uma ponta, ardente,
     o fogo abrasa, e à outra resina exala,
     e crepitando vai do ar à corrente,

43   assim, a um tempo, o corte ali trescala
     palavra e sangue; então, triste e curvado,
     quedei-me, como alguém que a culpa abala.

46   "Se meu amigo houvesse acreditado",
     tornou-lhe o guia, "ó alma em sofrimento,
     no que na minha rima foi narrado,

49   não te causara à mão tal ferimento;
     o fato incrível me levou, no entanto,
     a induzi-lo a este gesto, que lamento.

52   Mas dize-lhe quem foste, e, pois, um tanto
     seu mal pagando, o nome teu renove
     no mundo a que verá de novo o encanto."

55   E o tronco: "Tanto o que ouço me comove
     que falarei, e espero não te agraves
     de que minha palavra um pouco eu prove.

58   Aquele eu sou, que tive ambas as chaves
     da alma de Frederico, e que as movia,
     para abri-la e fechá-la, tão suaves,

---

48. No que na minha rima foi narrado: na Eneida Virgílio mencionara o caso de Polidoro, que, depois de morto, foi transformado em árvore. Por isto diz que Dante não acreditara em sua rima; pois, se tivesse acreditado, ou se se lembrasse do fato, teria compreendido que as almas ali eram árvores transformadas, e não teria atentado contra uma delas.
50. O fato incrível: a natural incredibilidade quanto ao fato de serem as almas transformadas em árvores.
51. A induzi-lo: a estimular Dante a tocar naquelas árvores, para ver que havia pensado erradamente, supondo que alguém se escondera atrás dos troncos.
53. Seu mal pagando, o nome teu renove: o poeta, tendo ferido, embora involuntariamente, a alma transmudada em árvore, talvez pudesse compensá-la desse dano, promovendo-lhe o nome na terra, quando lá voltasse.
57. De que minha palavra um pouco eu prove: falarei, e espero não fiques agravado (o espírito dirige-se a Virgílio) por que eu fale mais longamente, expondo e justificando fatos.
58. Aquele eu sou: a alma que fala, imbuída na árvore, é de Pier della Vigna, que foi secretário do Imperador Frederico II, da Sicília, e se suicidou em 1249.

61   que seus arcanos, certo, ninguém via:
com lealdade votei-me ao nobre ofício,
tempo e saúde dando-lhe à porfia.

64   Mas essa meretriz que do alto hospício
jamais desvia o olhar interesseiro,
ruína de todos, e das cortes vício,

67   inflamou contra mim o povo inteiro;
e os inflamados foram, pois, ao rei,
que a glória minha em dor trocou ligeiro.

70   Então esta alma, que orgulhosa sei,
pensou fugir na morte a tal desprezo;
e eu que era justo, injusto me tornei.

73   Pela nova raiz a que estou preso,
juro não ter ao rei jamais faltado,
a quem na vida honrei, e, morto, prezo.

76   Se um de vós retornar ao mundo amado,
peço lave o meu nome, que ora jaz
pelos golpes da inveja aniquilado."

79   Calou-se, então. "Já que uma pausa faz",
disse-me o poeta, "é tua vez agora;
fala-lhe, e indaga dele o que te apraz."

82   Tornei-lhe, presto: "Indaga tu por ora
algo que sentes conviria ouvir;
não posso, tanta a dor que me dessora."

85   E, então, Virgílio: "Assim se há-de cumprir,
ó alma encarcerada, o teu pedido;
mas acedas também a nos instruir

---

61. Que seus arcanos, certo, ninguém via: ninguém tivera, mais do que ele, Pier della Vigna, acesso à intimidade do Imperador Frederico II, nem desfrutara tanto de sua confiança.
64. Mas essa meretriz, que do alto hospício: essa meretriz, a inveja, que sempre é encontrada perto do poder (o alto hospício).
69. Que a glória minha em dor trocou ligeira: Frederico II mandou prender seu secretário, Pier della Vigna, e, depois, cegá-lo.
72. E eu que era justo, injusto me tornei: eu, que era justo em minha conduta, tornei-me injusto para comigo mesmo e talvez perante os outros. Refere-se ao ato do suicídio, que a muitos se afigurava uma confissão de culpa.
73. Pela nova raiz a que estou preso: nova, estranha, no sentido, provavelmente, de que era diferente das demais raízes, ou das raízes da terra; alusão ao fato de estar transformado em árvore.
76. Se um de vós retornar ao mundo amado: a alternativa é aqui uma forma de cortesia; Virgílio já fizera saber a Pier della Vigna que seu companheiro, Dante, voltaria ao mundo dos vivos (verso 54).

88 de como está o espírito incutido
    nesses membros nodosos; dize, pois,
    se deles foi algum já desprendido."

91 Forte o tronco soprou, e ali, depois,
    entrado foi o sopro nesta voz:
    "Rapidamente, ora respondo aos dois:

94 Deixando o corpo, o espírito feroz
    vai ao sétimo Círculo tangido,
    depois de se mostrar ante Minós.

97 Chega a esta selva, e fica, pois, caído
    onde o deixa o destino caprichoso;
    aqui germina como um grão perdido.

100 E faz-se planta no silvado umbroso:
    pascendo em suas folhas, fere-o a Harpia,
    e da ferida grita, doloroso.

103 Os corpos reaveremos, certo, um dia,
    mas sem neles nos pormos, que a ninguém
    manter o que desfez o céu confia.

106 Deixá-los-emos pelo bosque além;
    dispersos ficarão, cada um ao lado
    da sombra pela qual o mal lhes vem.

109 Estava eu junto ao tronco, emocionado,
    algo dele esperando inda escutar,
    quando de um ruído fui sobressaltado,

90. Se deles foi algum já desprendido: se, desses membros nodosos (galhos), algum espírito infuso já foi solto, isto é, se algum já pôde dos mesmos se livrar, deixando a penosa condição vegetal.
94. Deixando o corpo, o espírito feroz: o espírito dos suicidas, feroz visto ser capaz de tamanha violência contra o próprio corpo, a própria vida.
96. Depois de se mostrar ante Minós: conforme narrado no Canto V, versos 4 e seguintes, Minós é o demônio entendedor dos pecados e que, à entrada do Círculo segundo, recebe as almas condenadas, ouve a confissão de suas culpas, e determina o lugar que cada uma irá ocupar no Inferno.
103. Os corpos reaveremos, certo, um dia: alude-se ao dia do Juízo final, para o qual não haverá exceção; contudo, os suicidas, convertidos em árvores, não se reencarnarão nos seus corpos, como se explica nos versos seguintes, mas os colocarão junto aos troncos em que se representam os respectivos espíritos.
105. Manter o que desfez o céu confia: tendo atentado contra a vida, isto é, levado ao aniquilamento seus próprios corpos, não será permitido aos suicidas que se reencarnem neles, como os demais espíritos.
108. Da sombra pela qual o mal lhes vem: a sombra é da árvore em que se encontra convertido cada suicida; e, portanto, se diz dessa sombra que dela vem o mal de que padece o condenado (sua autodestruição culposa, e também o respectivo castigo).

"O da frente: 'Vem, morte, a mim, correndo!'"

(*Inf.*, XIII, 118)

112   similarmente a alguém que vê chegar
      o porco e a malta que o persegue irada,
      e ouve ladrar os cães e a tuba soar.

115   E dois eu vi, na cena desgraçada,
      nus e apressados, por ali rompendo,
      num clamor de agonia, a matarada.

118   O da frente: "Vem, morte, a mim, correndo!"
      E o segundo, a que o passo diminuía,
      gritava: "Lano, assim presto movendo

---

113. O porco e a malta que o persegue irada: o javardo e a matilha que vai em sua perseguição na caça.
118. O da frente: Lano de Siena, dilapidador dos próprios bens, nominalmente citado no verso 120.
119. E o segundo: Giácomo de Sant'Andréia, também dilapidador dos próprios bens, nominalmente referido no verso 133.
120. Lano, assim presto movendo os pés: alusão à morte de Lano de Siena, ocorrida na batalha de Topo, em 1287, parecendo que Giácomo ainda relembra, jocosamente, que Lano morrera fugindo.

121   os pés na luta em Topo eu não te via!"
      Quando lhe foi o fôlego faltando,
      uma sarça abraçou, que ali se erguia.

124   Atrás deles, já quase os alcançando,
      corriam negros cães, feros, ardentes,
      como rafeiros as prisões deixando.

127   No que parou foram metendo os dentes,
      dilacerando-o, fibra a fibra, então;
      e partiram, co' os restos seus dolentes.

130   Tomou-me o meu bom mestre pela mão,
      e ao arbusto levou-me que gemia,
      pelas fundas feridas, triste e vão:

133   "De Sant'Andréia Giácomo", dizia,
      "que ideia a tua de fazer-me escudo?
      Responsável não fui por tua orgia."

136   Virgílio, então, ao vê-lo outra vez mudo,
      lhe perguntou: "Quem és, que assim sangrando
      mesclas ao sangue o teu discurso rudo?"

139   "Ó almas", suspirou, "que mal chegando
      pudestes ver o assalto doloroso,
      que minha fronde andou despedaçando,

142   ponde-a junto do tronco meu poroso.
      Daquela vila eu sou, de que o Batista
      o patrono mudou; o qual, zeloso,

---

132. Pelas fundas feridas: a sarça (verso 123), representativa de um condenado, e à qual o fugitivo se abraçou, sofreu, quase tanto quanto ele, da feroz acometida dos cães; sua fronde fora também devastada.
135. Responsável não fui por tua orgia: não fui responsável pela orgia dissipatória que te trouxe a este castigo no Inferno, e, pois, não é justo que eu sofra por teu intermédio.
137. Quem és?: a resposta, que a seguir dá o espírito transmudado na árvore ferida, não o identifica formalmente; verifica-se, apenas, ser um florentino, e suicida.
143. Daquela vila eu sou: de Florença, que tivera por patrono a Marte, mudado depois para São João Batista.
144. O qual, zeloso: Marte, o antigo patrono de Florença.

145 com a força que tem, pois, a contrista;
e não ficasse sobre o pontilhão
a sua imagem, que era sempre vista.

148 Os que a reergueram no deserto chão,
por Átila talado a ferro e brasa,
teriam feito ali esforço vão.

151 A minha forca armei dentro de casa".

---

145. Com a força que tem, pois, a contrista: sendo o deus da guerra, Marte, desgostoso com a sua preterição, manteve a cidade de Florença em contínuas lutas com seus vizinhos.
146. E não ficasse sobre o pontilhão: na ponte sobre o rio Arno, em Florença, Ponte Vecchio. Segundo os comentadores, à época de Dante ainda se conservava, muito danificada, sobre a ponte, a estátua de Marte. Esta prova de consideração dos moradores havia aplacado – segundo se dizia – a ira do deus; e só por isto a cidade foi poupada a nova e completa destruição.
149. Por Átila talado a ferro e brasa: era crença popular que Átila, rei dos Hunos, tivesse destruído a primitiva Florença.

CANTO XIV

Chegam os dois poetas ao terceiro giro do Círculo sétimo, onde se encontram os violentos contra Deus, a arte e a natureza, continuamente fustigados por uma chuva de fogo; no grupo dos primeiros, os blasfemos, Dante e Virgílio ouvem o orgulhoso Capâneo, rei de Tebas.

1   Do puro amor do berço meu cioso,
    juntei de novo a fronde destroçada
    e a recompus no tronco silencioso.

4   Daí a pouco a linde foi passada
    do antigo ao novo giro, onde se via
    da justiça também a mão pesada.

7   Para deixar patente o que ocorria,
    explico que chegamos a uma landa
    em que nenhuma planta ou flor crescia.

10 A selva, que deixamos, qual guirlanda,
    toda a cingia, como àquela a cava:
    seguimos nela pela estreita banda.

13 Estendia-se a areia espessa e brava,
    semelhante à do inóspito deserto
    que, a pé, Catão outrora perlustrava.

16 Ó vingança de Deus, quanto, decerto,
    serás temida pelos que ora lendo
    vão tudo o que ali vi, de olhar desperto!

---

1. *Do puro amor do berço meu cioso*: o espírito que acabara de falar a Dante, como narrado no Canto precedente, e infuso na árvore destroçada pelos cães, tinha-se identificado, simplesmente, como um florentino. O sentimento do berço comum, portanto, impeliu Dante a recompor-lhe a fronde, tal ele pedira (Canto XIII, verso 142).
5. *Do antigo ao novo giro*: quer dizer: os poetas passaram do segundo ao terceiro e último giro do Círculo sétimo.
10. *A selva, que deixamos*: o bosque das almas transformadas em árvores, de que trata o Canto anterior.
11. *Como àquela a cava*: a landa (o areal) a que os poetas chegaram era contornada pela selva, do mesmo modo como a selva o era por um fosso.
12. *Seguimos nela pela estreita banda*: seguimos pela estreita orla marginal da landa arenosa (isto é, na faixa onde o bosque terminava), sem entrar nela propriamente.
13. *Estendia-se a areia espessa e brava*: o areal do Círculo sétimo já anunciado por Virgílio a Dante (Canto precedente, verso 19), e que lembrava o deserto da Líbia, por onde Catão avançara à frente do exército de Pompeu.

DANTE ALIGHIERI

19   Eram almas desnudas, que, gemendo,
     vários grupos formavam tristemente,
     como a norma diversa obedecendo.

22   Supina jaz em terra alguma gente;
     outra se assenta, como que encolhida;
     e outra caminha, continuadamente.

25   A que gira é no número crescida
     mais que as outras, que imóveis, no tormento,
     gritam bem mais, a língua desprendida.

28   Sobre o deserto desabava lento
     um temporal de lâminas ardentes,
     tal no alto a neve, quando para o vento.

31   Como Alexandre viu nas terras quentes
     do Industão sobre as hostes suas vindo
     chamas que inda no solo eram candentes;

34   e, pois, os seus soldados distribuindo,
     fê-los pisoteá-las com vigor
     para que fossem rápidas sumindo

37   – assim caía ali do fogo o horror;
     e a areia ardia, tal a isca fulgura
     sob o fuzil, dobrando-lhes a dor.

---

22. Supina jaz em terra alguma gente: os que estavam deitados no solo eram os pecadores por violência contra Deus, os blasfemos. Logo a seguir, Virgílio falará a um deles, Capâneo.
23. Outra se assenta, como que encolhida: os que estavam sentados, dobrando-se sobre si mesmos, eram os pecadores por violência contra a arte, os usurários. Dante irá observá-los especialmente no Canto XVII, versos 36 e seguintes.
24. E outra caminha, continuadamente: os que estavam em contínuo movimento eram os pecadores por violência contra a natureza, sodomitas (vejam-se os Cantos XV e XVI).
25. A que gira é no número crescida: os condenados do grupo que se movia (sodomitas) eram mais numerosos do que os dos outros grupos, os quais, entretanto, se lamentavam mais.
29. Um temporal de lâminas ardentes: um temporal de fogo, caindo em lâminas finas, lento como a nevada nos montes, quando o vento para.
31. Como Alexandre viu nas terras quentes: Alexandre Magno teria sido surpreendido, quando estava na Índia, por uma chuva de fogo que caía sobre seus exércitos.
33. Chamas que inda no solo eram candentes: o fogo, que vinha do alto, ficava aceso no solo, e não se extinguia, ao cair, como costumam extinguir-se os relâmpagos e as estrelas cadentes.
35. Fê-los pisoteá-las: Alexandre compreendeu que, fazendo calcar aos pés, de imediato, por seus soldados, cada lâmina incandescente que tombava, evitaria que o fogo se propagasse, e toda a área ardesse.
38. E a areia ardia: a areia, embaixo, por sua vez, se incendiava, como a isca que se ateia à centelha provocada pela percussão do fuzil na pederneira; e, dessa forma, o fogo da areia inflamada, associando-se ao fogo das lâminas a cair, como que duplicava o sofrimento dos condenados.

"Não encontrando alívio na tortura,
iam os braços hirtos elevando,
como quem proteger-se, em vão, procura."

(*Inf.*, XIV, 40/2)

40 Não encontrando alívio na tortura,
    iam os braços hirtos elevando,
    como quem proteger-se, em vão, procura.

43 "Mestre", eu disse, "que vejo suplantando
    tudo aqui, a não ser, naquela porta,
    os demos que te andaram rechaçando,

46 aquele ali quem é, que não se importa
    co' o fogo, e jaz soturno e indiferente,
    parecendo que o incêndio o reconforta?"

45. Os demos que te andaram rechaçando: aqui se recorda o episódio narrado no Canto VIII (versos 115 e seguintes), quando os demônios impediram a entrada de Virgílio na cidade de Dite.
47. E jaz soturno e indiferente: jazia supino, isto é, em decúbito, como explicado no verso 22, um blasfemo, portanto. Era Capâneo, rei de Tebas, famoso pelo seu imenso orgulho, e nominalmente referido no verso 63.

49 O réu ao lado vendo, certamente,
que com Virgílio eu dele me ocupava,
gritou-nos: "Morto, sou qual fui vivente!

52 Mesmo que Jove usasse toda a aljava
de seu ferreiro, que me trouxe o fim,
quando com raios feros me alvejava;

55 ou se as demais também usasse assim,
que em Mongibelo funde a forja negra,
clamando: — Aqui, Vulcano, a mim; a mim! —

58 como na pugna sucedeu de Flegra,
e todas me atirasse, juntamente,
não lograria em mim vingança em regra."

61 Meu guia lhe gritou tão fortemente
como eu não o escutara haver gritado:
"Vê, Capâneo, que é nisto, exatamente,

64 no teu ódio sem fim, que és flagelado:
nenhum martírio mais do que este,
horrendo, seria ao teu furor proporcionado."

67 Voltou-se para mim, suave, dizendo:
"Foi um dos sete reis, que o sítio imigo
andaram contra Tebas promovendo.

70 A Deus votou feroz desprezo, eu digo;
mas como lhe lembrei, em tal despeito
encontra agora o seu maior castigo.

---

51. Morto, sou qual fui vivente: Capâneo apressa-se em declarar que, morto, era tal qual como fora quando vivo, isto é, mantinha todo o seu orgulho e todos os seus sentimentos, inclusive o ódio a Deus.
52. Mesmo que Jove usasse toda a aljava: Jove é Júpiter; seu ferreiro, Vulcano, o fabricante dos raios. Capâneo recorda que morreu ferido por esses raios, quando tentava destruir os muros de Tebas, que Jove defendia.
55. Ou se as demais também usasse assim: as demais, subentendam-se: as demais aljavas, com as suas setas ou raios, que eram fabricadas em Mongibelo (o monte Etna), na forja de Vulcano.
58. Como na pugna sucedeu de Flegra: segundo a mitologia, na batalha de Flegra, entre os deuses e os gigantes que tentavam escalar o céu, foi usado todo o arsenal de Vulcano.
60. Não lograria em mim vingança em regra: sempre levado pelo orgulho, e pelo ódio à divindade, Capâneo afirma que ainda que todo o poder celeste fosse usado contra ele, Jove não lograria uma vingança satisfatória das ofensas que ele, Capâneo, lhe fizera.
71. Em tal despeito encontra agora o seu maior castigo: o despeito furioso de Capâneo contra a divindade constituía certamente o seu maior castigo; Virgílio já o dissera ao próprio Capâneo, como se vê dos versos 64 a 66.

73 Vem junto a mim, mas cauteloso, e a jeito,
    por não pisar a areia comburida,
    à orla do bosque, no caminho estreito."

76 Em silêncio, chegamos à saída
    de um rio que de rubro se tingia,
    e a alma me fez, por sua cor, transida.

79 E qual do Bulicame discorria
    um riacho em que banhavam pecadoras,
    tal este fio pelo areal fluía.

82 Seu leito e suas margens protetoras
    eram de pedra, de um e de outro lado,
    formando via, ali, de águas sonoras.

85 "Dentre tudo que aqui te foi mostrado
    desde que a porta entramos dolorosa,
    cujo umbral aos que chegam é franqueado,

88 coisa alguma encontraste mais curiosa
    do que este rio estranho e colorido,
    sobre o qual se desfaz a aura ardorosa."

91 Assim falou meu guia; e, pois, movido,
    pedi-lhe que mostrasse claramente
    o que me havia apenas sugerido.

94 "Do mar a meio existe, decadente,
    uma ilha", disse, "que é chamada Creta,
    cujo rei fez o mundo florescente.

---

78. E a alma me fez, por sua cor, transida: ao chegar àquele rio e ao verificar que suas águas eram vermelhas, Dante experimentou, naturalmente, grande espanto e, também, medo.
79. E qual do Bulicame discorria um riacho: o Bulicame, lago de água quente, perto de Viterbo. Segundo os comentadores, pululavam na estância termal casas de banho e habitações de prostitutas. Daí a referência a um riacho, um sangradouro, que, originando-se do lago Bulicame, derivava por entre aquelas moradias, assim como o rio, ali, ia derivando para o areal comburido, onde se encontravam, no castigo, sob a chuva de fogo, as almas pecadoras.
84. Formando via, ali, de águas sonoras: Dante viu, imediatamente, que o caminho para penetrar no areal incendido, que não podia ser pisado, era aquele riozinho, que nele se aprofundava, com suas margens de pedra, permitindo a passagem.
90. Sobre o qual se desfaz a aura ardorosa: o leito do rio, bem como o espaço acima dele, estavam livres do fogo que lavrava ali por toda a parte, no ar e na areia.
96. Cujo rei fez o mundo florescente: o rei Saturno, sob cujo reinado se diz ter ocorrido a idade do ouro.

97   Nela, alta serra havia, e era repleta
de água corrente e verdes matas, Ida,
e agora é triste, abandonada, abjeta.

100   Réia a seu filho ali achou guarida;
e por bem ocultá-lo, se chorava,
promovia uma grita desabrida.

103   No monte um grande vulto se formava
de um velho, que a Damiata as costas dando,
à sua frente Roma contemplava.

106   De ouro a cabeça tinha cintilando,
e eram de prata os braços seus e o peito,
de cobre as partes flácidas mostrando;

109   do flanco abaixo era de ferro feito,
menos o esquerdo pé, de terracota,
no qual se firma e se mantém direito.

112   De cada parte, exceto da áurea,
brota de lágrimas um fio, que inda hesita,
se afirma, avulta e aflui àquela grota.

115   No vale, aqui, então, se precipita,
formando o Flegetonte, o Aqueronte
e o Estige, e leva mais ao fundo a fita,

118   até onde por fim não se desmonte:
faz o Cócito, que bem mais adiante
verás como é, mas não que agora o conte."

---

100. Reia a seu filho ali achou guarida: segundo a mitologia, Reia, esposa de Saturno, ocultara seu filho no monte Ida, protegendo-o do pai, para que não o devorasse; e para ali levou um coro, que irrompia em gritos quando a criança chorava, evitando assim que Saturno a localizasse pelos seus vagidos.
103. No monte um grande vulto se formava: a figura do grande velho constitui mais um ponto obscuro na linha de fixação das alegorias dantescas. Segundo as interpretações predominantes, seria representação do Império universal, ou, mais presumivelmente, da própria Humanidade, no seu fastígio e decadência.
104. Que a Damiata as costas dando: olhava na direção de Roma, de costas voltadas para o oriente, pois que o ponto de referência, Damiata, no Egito, situa-se ao oriente de Creta.
112. De cada parte, exceto da áurea: de cada uma das partes do imenso corpo, com exceção da cabeça, em ouro, manava, por fendas abertas, um fio de lágrima; os diversos fios de água juntavam-se e afluíam ali a uma grota donde se precipitavam no vale do Inferno.
117. E leva mais ao fundo a fita: depois de formar os três rios do Inferno (versos 115 e 116), o curso d'água de que se trata levava sua torrente mais para o fundo, até o lugar onde não podia correr mais, que era o ápice do cone invertido (forma do báratro): aí formava, então, o lago Cócito, de águas geladas.

121   "Se o rio", perguntei-lhe, "borbulhante
dimana assim de nosso próprio mundo,
como ressurge embaixo e tão distante?"

124   "Sabe", tornou-me, "que o érebo é profundo,
e em círculo, e por mais que hajas andado,
à esquerda sempre, e já chegando ao fundo,

127   não foi por ti um giro completado;
assim, de coisas novas a visão
não tem porque deixar-te preocupado."

130   "Mestre", eu disse, "onde os rios, pois, estão,
Letes e Flegetonte, que de um calas,
e de outro mostras clara a formação?"

133   "Apraz-me ouvir o que, disserto, falas",
tornou-me; "mas aqui a água encarnada
já te responde, indo a ferver nas valas.

136   Verás o Letes quando for deixada
a fossa vil, lá onde a alma dolente
espera ter a culpa cancelada."

139   E continuou: "Vamos, agora, à frente,
longe do bosque; e pela riba, a jeito,
sigamos, que não é aos pés candente;

142   e o vapor, sobre o rio, está desfeito".

---

123. Como ressurge embaixo e tão distante?: se o rio nascia na superfície da terra, no mundo dos vivos, como podia repontar no interior, tão longe de sua nascente? A pergunta é procedente, visto que os dois poetas estavam já no sétimo Círculo, e Dante se admirava de não ter visto o rio até àquele instante.

127. Não foi por ti um giro completado: a ideia é que tendo o Inferno a forma de um imenso funil, Dante havia nele entrado e estava percorrendo os diversos Círculos por setores; andando sempre à esquerda, descia de um Círculo ao outro, mas àquela altura ainda não tinha, de fato, cumprido uma volta completa, em relação ao ponto inicial.

130. Onde os rios, pois, estão: Dante pergunta pelos rios Letes e Flegetonte, pois Virgílio havia explicado como este se formara, mas havia silenciado quanto ao primeiro.

134. Mas aqui a água encarnada: O rio de que estavam à frente, de água vermelha, e fervendo nas valas, era, como Dante já devia ter percebido, o Flegetonte, cujo nome significa rio fervente.

136. Verás o Letes: o Letes, ou rio do Olvido, não corria realmente ali, mas no Purgatório. O poeta vê-lo-ia mais tarde, quando deixasse o Inferno.

140. E pela riba, a jeito, sigamos: Virgílio convida Dante a se aprofundarem pelo areal abrasado. Deviam, para isso, manter-se numa das margens do Flegetonte, que estavam calçadas e permitiam a passagem. Por igual, no ar, sobre o leito do rio, não havia nem fogo, nem o vapor superaquecido, que se espalhavam por todo o deserto. Já esta particularidade do rio Flegetonte, "a via de águas sonoras!, tinha sido assinalada (versos 82 a 84, e 88 a 90).

CANTO XV

Ainda no terceiro giro do Círculo sétimo, os dois poetas passam a contemplar os violentos contra a natureza (sodomitas, especialmente), que, sob o fogo, se moviam incessantemente; Dante conversa com seu antigo mestre, Bruneto Latino.

1   Fomos por um dos pisos, na passagem;
    subindo d'água, a névoa se adensava,
    e opunha ao fogo em torno uma barragem.

4   Como o Flamengo que, contra a onda brava
    que entre Wissand e Bruges se levanta,
    constrói o dique que bem longe a trava;

7   e como o Paduano o muro planta
    ao comprido do Brenta, protegendo
    castelo e vila, se o verão se adianta:

10 do mesmo modo a névoa ali se erguendo
    era, nem ampla mui, nem mui alçada,
    mas própria, como o mestre a foi fazendo.

13 Já a selva era de nós tão afastada
    que eu não podia vê-la donde estava,
    mesmo co' a face para trás voltada.

16 Eis que de almas um bando, que avançava,
    vimos, e cada qual, mais perto, então,
    lançava a nós o olhar, e o olhar forçava,

19 como quem busca ver na escuridão,
    à lua nova, e fixa atentamente,
    tal sobre a agulha um velho remendão.

---

1. *Fomos por um dos pisos:* os poetas seguiram por uma daquelas margens do Flegetonte, que eram de pedra e estavam ao abrigo do fogo, como referido no Canto precedente.
2. *Subindo d'água, a névoa se adensava:* a névoa, que se desprendia do rio, adensava-se no alto, e assim constituía uma barreira contra o fogo, preservando o caudal e as margens. Ideia, também, já expressa no Canto anterior (versos 82 a 84; 88 a 90; e 140 a 142).
9. *Castelo e vila, se o verão se adianta:* ao se aproximar o verão, o rio Brenta, recebendo o degelo dos montes próximos, transbordava, inundando a região.
12. *Mas própria, como o mestre a foi fazendo:* aquela barragem de névoas sobre o rio, para deter o fogo, não era ampla mais que o necessário, nem subia alto demais; o mestre ou artífice que a criou (a Providência divina, decerto) fê-la exatamente adequada à sua finalidade, como os Flamengos os seus diques e os Paduanos a amurada do rio Brenta.

INFERNO

"Falei-lhe: 'Aqui estás, senhor Bruneto?'"

(*Inf.*, XV, 30)

22 Enquanto o grupo nos mirava, em frente,
    do manto a barra um deles me puxou,
    gritando: "Que portento, certamente!"

25 Quando o braço, a tocar-me, levantou,
    esquadrinhei-lhe tanto o negro aspecto,
    que seu rosto em carvão se me mostrou

23. Do manto a barra um deles me puxou: sobre a estrada marginal de pedra, Dante se mantinha naturalmente em plano mais elevado do que o areal comburido em que corriam aquelas almas. Assim, o espírito que puxou o poeta pela roupa, prendeu-lhe a parte inferior do manto. Sobre esta diferença de planos, consultem-se os versos 25, 29, 40 e 43 a 45.
24. Gritando: Que portento, certamente!: o espírito acabava de reconhecer Dante, e é natural que considerasse um portento ver no Inferno um homem vivo.
26. Esquadrinhei-lhe tanto o negro aspecto: os espíritos estavam ali debaixo de uma chuva de chamas e sobre a areia em fogo, e, portanto, mostravam à primeira vista os sinais de se haverem, longamente, queimado: o negro aspecto, o rosto em carvão.

28   ser de alguém que me fora mui dileto;
     e, pois, a mão à face lhe apontando,
     falei-lhe: "Aqui estás, senhor Bruneto?"

31   "Filho meu, se te agrada, desandando
     eu, Bruneto Latino, irei, então",
     disse, "enquanto prossegue a marcha o bando."

34   "Apraz-me", respondi-lhe, "a sugestão:
     poderemos, parando, conversar,
     se o mestre consentir na interrupção."

37   "Filho", advertiu-me, "se um de nós parar,
     por mais cem anos quedará prostrado,
     sem poder destas chamas se livrar.

40   Anda, pois. Voltarei, embaixo, ao lado;
     e não precisarei mais que um momento
     para alcançar meu grupo fatigado."

43   Eu temia deixar o pavimento,
     para ficar-lhe ao nível; mas curvada
     tinha a cabeça, como alguém atento.

46   E começou: "Que sina afortunada
     antes do fim te traz a tanta pena?
     E esse quem é que aqui te mostra a estrada?"

49   "Na vida lá de cima", eu disse, "amena,
     uma selva adentrei, escura e fria,
     antes de haver chegado à idade plena.

---

30. Aqui estás, senhor Bruneto?: Bruneto Latino, escritor e filósofo florentino, de grande reputação em seu tempo. Foi contemporâneo de Dante e seu principal mestre (versos 82 a 87). Dante tinha 29 anos quando Bruneto faleceu, aos 74.
31. Filho meu, se te agrada, desandando: para falar a Dante, Bruneto explicou que teria que ir invertendo os seus passos, enquanto os companheiros prosseguiriam avançando. Como se verá a seguir, os réus deviam manter-se em contínuo movimento; se parassem sofreriam castigo ainda mais terrível.
39. Sem poder destas chamas se livrar: os espíritos, em movimento, erguiam os braços, procurando aparar ou desviar as fagulhas que lhes caíam sobre a cabeça (Canto XIV, versos 40 a 42). Mas, se parassem, seriam castigados, durante um século, com a perda dessa capacidade relativa de se protegerem.
43. Eu temia deixar o pavimento: Dante receava deixar a calçada marginal em que se mantinha, imune ao fogo, para descer à areia ígnea, em que estava Bruneto.
47. Antes do fim te traz a tanta pena?: antes de tua morte te traz ao Inferno?
49. Na vida lá de cima, eu disse, amena: na vida temporal. O mundo dos vivos está acima do Inferno, de onde o poeta fala. Diz da vida temporal que é amena, opondo-a à condição trágica dos condenados que sofrem no báratro. Dante relata a Bruneto Latino (versos 49 a 54), numa síntese rápida, a experiência que constituiu a matéria do Canto I.
51. Antes de haver chegado à idade plena: antes de ter chegado à plenitude da vida, à maturidade, o que para Dante ocorria após os trinta e cinco anos.

52   Mas me safei ao despontar do dia:
     o mestre eu vi quando me enleava nela,
     que me conduz ao lar por esta via."

55   "Se fores fiel", tornou-me, "à tua estrela,
     hás de alcançar o desejado porto,
     segundo pude ver na vida bela;

58   e se eu não fosse, antes de tempo, morto,
     sentindo o céu a ti tão inclinado,
     ter-te-ia levado o meu conforto.

61   Sabe que o povo ingrato e desalmado
     que deixou de Fiesole o monte antigo,
     mas a rudeza não, enciumado

64   de teu valor, será teu inimigo:
     que não se vê, em meio ao sorveiral,
     florir impunemente o doce figo.

67   Sua cegueira é velha e proverbial:
     Ó gente avara, fútil e proterva!
     Que tu te afastes de tamanho mal!

70   A glória que a teu nome se reserva
     moverá contra ti uma e outra gente;
     mas não leve nenhuma ao bico a erva.

73   Que a besta fiesolana se alimente
     de si mesma, mas nunca dessa planta,
     no repugnante estrume inda florente,

76   a reviver a sementeira santa
     dos Romanos, que ali quedou perdida,
     quando em ninho se fez de sânie tanta."

53. O mestre eu vi quando me enleava nela: Virgílio apareceu quando eu me perdia na selva em que havia entrado; e ele é que me vai tirando dela através desta descida ao Inferno.
58. Antes de tempo, morto: Entenda-se: se eu não houvesse morrido antes de poder ajudar-te em tuas dificuldades (Bruneto fala a Dante).
61. Sabe que o povo ingrato e desalmado: o povo inculto e áspero que desceu de Fiesole para fundar Florença (quer dizer, os Florentinos), sem se despojar da rudeza inicial.
67. Sua cegueira é velha e proverbial: era universal a fama da obstinação dos Florentinos.
70. A glória que a teu nome se reserva: tua fama (naturalmente como poeta) vai crescendo tanto, que acabarás sendo alvo do despeito e da inveja de todos em Florença, quer os do partido Branco quer os do Negro.
74. Mas nunca dessa planta: Bruneto Latino lisonjeia Dante neste passo sabido que o poeta se considerava oriundo dos Romanos primitivamente radicados na região.
78. Quando em ninho se fez de sânie tanta: quando Florença se transformou em ninho de pecado e de corrupção.

79 "Fosse a prece que ergui correspondida",
    tornei-lhe, "e aqui não te veria agora,
    à margem posto da terrena vida.

82 Vivo em minha lembrança se demora
    o caro e grato vulto teu paterno,
    quando a mim, lá em cima, hora por hora,

85 mostravas como o ser se torna eterno;
    e quanto em nosso mundo te prezei,
    em tom proclamarei atento e terno.

88 O que do meu destino ora escutei,
    e o mais ouvido, será posto à frente
    daquela a quem daqui ascenderei.

91 Mas fique desde já claro e patente,
    minha consciência submetendo à prova,
    que à Fortuna me rendo, cegamente.

94 O que predizes não é coisa nova:
    mas vá Fortuna, e mova o disco alado,
    e o homem vá, e seu arado mova."

97 E então meu mestre, pelo esquerdo lado,
    voltou-se, e seu olhar em mim fixando,
    "Anota", disse, "o que te foi narrado."

100 Mas não deixei de continuar falando
    a Bruneto, e indaguei-lhe, pois, com quem
    estava ali, as chamas arrostando.

79. Fosse a prece que ergui correspondida: Dante faz sentir a Bruneto que se preocupou com ele na sua enfermidade, e orou para que não morresse.
85. Mostravas como o ser se torna eterno: o poeta revela que Bruneto Latino foi o mestre de sua juventude, e afirma que sempre lhe enaltecerá a memória em sua palavra.
88. O que do meu destino ora escutei: o poeta esclarece que os vaticínios de Bruneto, juntamente com os augúrios que ouvira de Ciacco (Canto VI, versos 64 e seguintes) e de Farinata (Canto X, versos 79 e seguintes), seriam expostos a Beatriz, quando perante ela chegasse. Dante sabe que, em tal momento, como lhe assegurou Virgílio (Canto X, versos 130 a 132), ficaria conhecendo tudo o que o futuro lhe reservava.

103 "Conhecer", respondeu-me, "a alguns convém,
    deixando que os demais passem silentes,
    para do tempo teu não ir além.

106 Sabe que foram mestres eminentes
    e literatos grandes, de nomeada,
    pelo mesmo pecado respondentes.

109 Prisciano vai na turba flagelada,
    e Francisco d'Acúrcio; e, ao que observo,
    se na tara pensasses desgraçada,

112 terias visto o que a Vicenza o servo
    dos servos removeu desde Florença,
    por lá deixando o malsinado nervo.

115 Diria mais, não fora a marcha extensa,
    e já longa a palestra: um fumo alçado
    daqui diviso que no areal se adensa;

118 gente é que chega, e vê-la me é vedado.
    O meu Tesouro, pois, te recomendo,
    que é minha vida: e tudo é terminado."

121 Partiu, ligeiro, como os que correndo
    vão, no campo, em Verona, o pálio verde,
    e veloz, como ia, parecendo

124 mais o que vence a prova que o que a perde.

---

108. Pelo mesmo pecado respondentes: o grupo era de condenados por violência contra a natureza, sodomitas.
109. Prisciano vai na turba: Prisciano, gramático latino; Francisco d'Acúrcio, jurisconsulto em Florença.
112. Terias visto o que a Vicenza: segundo os comentadores, é referido um contemporâneo do poeta, o bispo Andréia de Mozzi, que o Papa, o servo dos servos, removeu de Florença para Vicenza. Bruneto observa que se Dante tivesse a atenção voltada para aquela tara, decerto o haveria reconhecido no grupo que acabara de passar.
114. Por lá deixando o malsinado nervo: e lá, em Vicenza, deixou seus nervos tendentes ao mal: Dove lasciò li mal protesi nervi. Quer dizer: O bispo morreu em Vicenza.
119. O meu Tesouro, pois, te recomendo: o Tesouro foi a obra escrita por Bruneto Latino.
121. Partiu ligeiro, como os que correndo: Bruneto partiu correndo, a reunir-se ao seu grupo, que já ia distanciado, pois que ele se atrasara, andando, de costas, e em sentido oposto, a conversar com o poeta.

CANTO XVI

No sétimo Círculo, ainda, os poetas encontram novo bando de condenados por violência contra a natureza (sodomitas); e, chegando à orla do abismo, no ponto onde deviam descer ao Círculo oitavo, Virgílio invoca uma presença, que iria maravilhar Dante.

1   Já se ouvia o ribombo da torrente
        sobre o Círculo abaixo desabando,
        como o ressoar do alveário, cavamente.

4   Eis que três sombras vimos se afastando,
        a correr, de uma turma que passava,
        à chuva do martírio requeimando.

7   Vinham a nós, e sua voz se alteava:
        "Para, tu, que, nas vestes conhecidas,
        deves provir de nossa terra brava!"

10   Ai de mim! que vi neles as feridas,
        novas e velhas, que o incêndio abria!
        Inda as sinto, lembrando-as, mais doridas!

13   Ao seu clamor deteve-se o meu guia:
        "Espera!" disse, o rosto a mim volvendo;
        "cumpre lhes demonstremos cortesia!

16   Não fosse o fogo por aqui ardendo,
        e este cenário, deverias, filho,
        mais ligeiro do que eles ir correndo."

19   Vendo-nos estacar, seu estribilho
        retomaram; e junto a nós chegados,
        vinham à roda os três, tal num sarilho,

---

1. Já se ouvia o ribombo da torrente: do lugar onde se achavam, caminhando sobre a estrada marginal, de pedra, os dois poetas já ouviam o ruído surdo e cavo da torrente do Flegetonte, que, a grande altura, desabava sobre o Círculo abaixo, o oitavo. Isto quer dizer que estavam perto do ponto de descida ao outro Círculo.
7. Vinham a nós, e sua voz se alteava: as três sombras gritavam juntas, e isso fazia uma só voz.
9. Deves provir de nossa terra brava: as três sombras identificaram Dante como um florentino, pelo seu modo típico de vestir. Eram, também, almas de florentinos, como se deduz de suas expressões. De nossa terra brava, de nossa terra pecadora, agitada, corrupta: Florença.
19. Vendo-nos estacar, seu estribilho retomaram: seu estribilho, a pergunta formulada nos versos 8 e 9, e repetida sempre; segundo alguns, as queixas e lamentos usuais nas almas condenadas.

INFERNO

22   assim como os campeões que, nus e untados,
exibem sua força e mor vantagem,
antes de nos combates engajados.

25   E conservando em nós fixa a visagem,
em contrário o pescoço seu torcido
fazia aos pés ali contínua viagem.

28   "Se o mal", um disse, "deste chão perdido
nos traz e à nossa voz desprezo eterno,
e mais o aspecto negro e comburido,

31   que o nosso nome o ânimo fraterno
te mova a nos dizeres, pois, quem és,
que inda no corpo vagas pelo inferno.

34   Este, de quem os passos sigo, e vês,
posto que nu, e tendo a tez pelada,
alcançou eminência que não crês.

37   Neto foi ele da ínclita Gualdrada;
de nome Guido Guerra, e, pois, na vida
alteou-se pelo engenho e pela espada.

40   O outro que vem, na areia incandescida,
é Tegghiaio Aldobrandi, cuja voz
deveria ter sido mais ouvida.

43   E eu, avançando sob a chama, empós,
sou Jacó Rusticucci; e ora te digo
que vim, por minha esposa, ao mal atroz."

22. Assim como os campeões que, nus e untados: como os lutadores que, antes de se engalfinharem na luta real, permanecem em movimento ante a plateia, exercitando-se e demonstrando a sua força e destreza.
25. E conservando em nós fixa a visagem: a visagem, o rosto. A ideia é que, correndo em roda, e sempre com o olhar fixo nos dois poetas que se postavam ao lado, sobre a calçada, os três espíritos tinham que manter o pescoço volvido em sentido oposto à direção dos pés. Recorde-se que o seu castigo não lhes permitia parar.
28. Se o mal, um disse, deste chão perdido: refere-se o espírito à triste condição daquele sítio, no Inferno.
30. E mais o aspecto negro e comburido: a sombra quer significar que a triste condição daquele sítio, e ainda a aparência negra e mesquinha que ela e as outras apresentavam, as sujeitavam ao desprezo. Por isto, para se imporem à atenção de Dante, invocam a distinção que tiveram na terra: seu nome, sua fama, suas obras.
35. Posto que nu, e tendo a tez pelada: no castigo, sob o fogo, os condenados haviam perdido toda a pilosidade.
41. É Tegghiaio Aldobrandi: Florentino de grande autoridade e prestígio, por cujo fim Dante se preocupara, ao falar a Ciacco (Canto VI, verso 79).
44. Sou Jacó Rusticucci: é o que fala, no momento, e foi, igualmente, florentino ilustre; Dante perguntara por ele a Ciacco (Canto VI, verso 80).
45. Que vim, por minha esposa, ao mal atroz: o passo é algo obscuro e dúplice. Parece que Rusticucci responsabiliza a esposa (*la fiera moglie*) pela sua perdição ou degradação.

46 Se do incêndio estivesse eu ao abrigo,
    ter-me-ia por certo a eles juntado,
    e creio o tolerasse o mestre amigo.

49 Mas o medo de expor-me a ser queimado
    venceu ali a súbita vontade
    de descer, que me havia impulsionado.

52 "Desprezo, não", eu disse, "mas piedade
    é o que vosso castigo me merece,
    e tanta, que a terei por minha idade.

55 Bastou que o guia meu aqui dissesse
    uma palavra só, e eu ponderei
    que gente éreis assim que não se esquece.

58 De vossa terra sou, e dela sei;
    vossas obras e o nome laureado
    com louvor referidos escutei.

61 Fugindo ao mal, ao fruto vou dourado
    que o mestre me promete, verazmente,
    mas só depois de ao fundo haver baixado."

64 "Que a alma em teu corpo assista longamente",
    tornou-me aquela sombra, "como agora,
    e reluza o teu nome eternamente!

67 Dize, porém, se a honra inda demora,
    mais o valor antigo, em nossa vila,
    ou se de lá já foram postos fora.

70 Pois Guilherme Borsière, indo na fila,
    e há bem pouco chegado a esta tortura,
    co' as notícias que traz nos aniquila."

54. Por minha idade: por toda a minha vida.
55. Bastou que o guia meu aqui dissesse: reporta-se à observação feita por Virgílio, no verso 15.
61. Fugindo ao mal, ao fruto vou dourado: deixando o pecado, sigo em busca da virtude, ou da beatitude, como me prometeu o guia veraz. O poeta significa que deixará o Inferno, em demanda do Paraíso; mas só o fará depois de haver atingido o fundo do báratro.
64. Que a alma em teu corpo assista longamente: que tu te conserves vivo por muito tempo ainda.
70. Pois Guilherme Borsière, indo na fila: Guilherme Borsière, outro florentino. Vinha na mesma turma que Rusticucci e seus companheiros, quando estes se desgarraram para falar a Dante. Rusticucci observa que Borsière acabava de chegar ao Inferno, e as notícias que trazia de Florença eram desoladoras. Daí a pergunta feita a Dante.

INFERNO

73 "Forasteiros, do lucro à só procura,
    aos impulsos do orgulho insopitado,
    engolfam-te, Florença, na amargura!"

76 Assim bradei, o rosto alevantado.
    Entreolharam-se os três, ao meu dizer,
    como quem mostra, ante a verdade, agrado.

79 "Pois que te é fácil a outrem responder",
    disseram juntos, "com franqueza assim,
    feliz de ti, falando ao teu prazer!

82 Se lograres partir daqui, enfim,
    tornando à luz dos astros resplendentes,
    alegre por dizer: — De lá eu vim —

85 não te esqueças de nós, em meio às gentes.
    Rompida a roda, então, foram além,
    como se os pés lhes voassem, diligentes.

88 Não se diria mais depressa amém,
    e os três já haviam desaparecido;
    meu mestre decidiu partir também.

91 Eu o seguia, e pouco tínhamos ido,
    tornou-se o estrondo da água tão vizinho,
    que se eu falasse não seria ouvido.

94 E como aquele rio que o caminho
    próprio faz, junto ao Viso, indo ao levante,
    à esquerda do Apenino, em desalinho.

97 Aquaqueta chamado, a seu montante,
    até no baixo vale se espraiar,
    mudando o nome de Forlí adiante,

---

84. Alegre por dizer: — De lá eu vim: voltando à terra, ao mundo dos vivos, o poeta estaria em condições de relatar tudo o que vira no Inferno, e dizer, orgulhosamente: "Venho de lá!"
94. E como aquele rio que o caminho: o rio Aquaqueta, que é o único, além do Pó, que tem curso próprio para oriente, entre os que se originam nos Apeninos, na região de Monteviso.
99. Mudando o nome de Forlí adiante: em Forlí, o rio Aquaqueta muda de nome: passa a chamar-se rio Montone.

100 lá em São Benedito, a ribombar,
   desaba sobre a encosta, enfurecido,
   onde mil se podiam congregar;

103 assim, do cimo do penhasco erguido,
   vimos bramir aquela água agitada,
   que nos atordoava, em pouco, o ouvido.

106 Uma corda eu levava, ao corpo atada,
   com a qual certa vez imaginei
   manietar a pantera pintalgada.

109 Rapidamente eu a desamarrei,
   atendendo ao aceno do meu guia,
   e enrolada em novelo lha entreguei.

112 Notei que ele à direita se movia,
   e, sem chegar embora à borda rente,
   lançou-a sobre o abismo, que se abria.

115 "Algo verei aqui seguramente",
   disse eu comigo, "vindo a esta encoberta
   mensagem que ele expede, prestamente."

118 Ah! Como é bom manter-se a gente alerta
   diante dos que, a par do movimento,
   também nos leem na consciência aberta!

121 "O que espero, virá", tornou-me, atento,
   "e poderás fitar ora em concreto
   o que mal te aflorou ao pensamento."

---

100. Lá em São Benedito, a ribombar: em São Benedito do Alpe o rio Aquaqueta atira-se estrepitosamente encosta abaixo. Nas proximidades, dando nome ao lugar, havia famoso mosteiro, que impressionava a todos pelo seu tamanho e sua situação. Aqui se revela que o convento, onde viviam poucos frades poderia congregar facilmente mais de mil deles.
108. Manietar a pantera pintalgada: alusão provável à pantera referida no Canto I, versos 32 e seguintes, a qual se antepôs a Dante, barrando-lhe os passos, quando ele tentava sair da selva escura.
117. Mensagem que ele expede, prestamente: ao atirar a corda enrodilhada, Virgílio quedou-se como a acompanhar-lhe a descida até ao fundo do abismo. Na realidade, era um sinal, ou mensagem, a que corresponderá, logo a seguir, o aparecimento de Gerión.

124   O vero, quando falso em seu aspecto,
　　　　 não deve a nossa voz andar a expor,
　　　　 por não fazer-se de suspeita objeto.

127   Mas não posso calar; e, pois, leitor,
　　　　 desta comédia pelos versos juro,
　　　　 se dignos forem de qualquer favor,

130   que eu vi chegar, pairando, no ar escuro,
　　　　 um ser maravilhoso que, parece,
　　　　 abalaria o peito mais seguro,

133   tal o mergulhador que ao fundo desce
　　　　 para a âncora soltar, que ali se prende,
　　　　 e quando sobe, e à tona reaparece,

136   a perna encolhe, e gira, e o braço estende.

---

126. Por não fazer-se de suspeita objeto: referir coisas que, embora sendo verdadeiras, revestem a aparência de falsas ou irreais, é expor-se a ser tomado por mentiroso, ainda que injustamente.
131. Um ser maravilhoso: a aparição, que Virgílio invocara ali, era Gerión, símbolo da fraude, de que se trata, especialmente, no Canto seguinte.

CANTO XVII

O cenário continua a ser o sétimo Círculo, na sua orla extrema. Aparece Gerión, símbolo da fraude, e, enquanto Virgílio lhe fala, Dante afasta-se, sozinho, a visitar a um canto os violentos contra a arte (usurários), que se conservam sentados, sob a chuva de fogo.

Alçados, por fim, ao dorso de Gerión, os dois poetas descem ao Círculo oitavo.

1   "Eis a fera de cauda viperina,
    que montes, muros e armas desafia,
    e de peçonha o mundo contamina!"

4   — Começou a falar-me, ali, meu guia,
    acenando-lhe a vir postar-se adiante,
    onde acabava nossa estreita via.

7   E, pois, da fraude a imagem degradante
    achegou-se, exibindo a fronte e o busto,
    voltada a cauda para o poço hiante.

10 Era o seu rosto como o do homem justo,
    qual, benigno, por fora se apresenta,
    mas da víbora tendo o corpo angusto.

13 Peludas asas desde a axila ostenta,
    e pintados mostrava o peito e as costas,
    em que de manchas um mosaico assenta.

16 Cores tais não se viram superpostas
    de Tártaros e Turcos nos brocados,
    nem nas telas de Aracne compostas.

---

1. Eis a fera de cauda viperina: Gerión, um monstro que simboliza a fraude, de rosto e busto humanos, mas de serpente o resto do corpo. Sua aparição, a um sinal feito por Virgílio, maravilhara Dante, como se vê ao final do Canto precedente.
3. E de peçonha o mundo contamina: a fraude (Gerión) se espalha pelo mundo inteiro, e a tudo envenena: não se detém nem ante os montes, nem as muralhas, nem quaisquer armas de defesa.
6. Onde acabava nossa estreita via: a via empedrada, marginal ao Flegetonte, em que os poetas se mantinham, protegidos contra a chuva de fogo e a areia abrasada. Virgílio acenou a Gerión para que se aproximasse o mais possível do pavimento, em que estava, com seu companheiro.
9. Voltada a cauda para o poço hiante: o monstro, a princípio suspenso a meio do báratro, avançou então, ao aceno de Virgílio, a cabeça e o busto, de forma a tocar a orla do pavimento, mas sua cauda ficou de fora, distensa sobre o abismo. Quer dizer: Gerión avançou frontalmente para tocar a borda.

"E, pois, da fraude a imagem degradante
achegou-se , exibindo a fronte e o busto,
voltada a cauda para o poço hiante."

(Inf., XVII, 7/9)

19	Como os barcos que às praias arrastados
	repousam parte na água e parte em terra,
	e entre os Tedescos lá à gula dados
22	fica à espreita o castor em sua guerra
	— assim a fera híbrida quedava
	à pétrea borda que as areias cerra.
25	Rábida, a cauda sua sibilava,
	volteando no ar a ponta bifurcada
	que, à guisa do escorpião, o golpe armava.
28	"Mudemos", disse o guia, "a nossa estrada
	agora um pouco, e vamos, pois, chegar
	perto da fera que se agita irada."
31	Descemos à direita, devagar,
	no ponto extremo, mais dez passos dando,
	para do incêndio ainda nos guardar.
34	E mal à borda ali fomos chegando,
	um pouco além, ao lado, sobre a areia,
	gente assentada vi, em ais, gritando.
37	E o mestre a mim: "Para que tua ideia
	de tudo aqui se encontre bem fundada,
	vai, e contempla a pena que os enleia.
40	Mas não seja a visita prolongada:
	irei pedir a esta estupenda besta
	que nos ceda o seu dorso por escada."

21. Entre os Tedescos lá à gula dados: lá, quer dizer, às margens do Danúbio, onde abundavam os castores. Esta referência aos Tedescos, à gula dados, serve para indicar que o poeta menciona especialmente as margens do Danúbio e os barcos encostados nas respectivas praias.
22. Fica à espreita o castor em sua guerra: em sua guerra ao peixe, parece. Acreditava-se que o castor praticava a pesca, e, quando o fazia, postava-se com o corpo a meio na água e a meio em terra, para poder melhor golpear a presa. O poeta usa duas imagens semelhantes (a dos barcos e a do castor) para traduzir a posição de Gerión à borda do poço infernal: o busto sobre a rocha e a cauda estendida no espaço.
23. A fera híbrida: Gerión, que possuía o rosto humano e o corpo de serpente alada.
24. À pétrea borda que as areias cerra: a forma cônica do Inferno fazia com que seus diversos Círculos se encontrassem respaldados por uma escarpa (a alta ripa, tantas vezes mencionada no poema). O areal abrasado do sétimo Círculo, onde se viam as almas sob uma chuva de fogo, estava necessariamente contornado por essa escarpa.
36. Gente assentada vi em ais, gritando: os violentos contra a arte ou, mais precisamente, os usurários, cuja pena era permanecer assentados na areia escaldante, sob o fogo que vinha do alto (veja-se o Canto XIV, verso 23).
42. Que nos ceda o seu dorso por escada: pedirei a esta fera, Gerión, que nos transporte sobre o seu dorso. Era este o único meio de descer ao Círculo seguinte, o oitavo, colocado dali a grande profundidade.

INFERNO

43   Àquela faixa, pois, erma e funesta
       da paragem tristíssima segui,
       sozinho, onde assentava a gente mesta.

46   Em seus olhos pintada a dor eu vi,
       em luta, erguendo as mãos contra o vapor
       ardente e o fogo a retombar ali,

49   tal como os cães, em tempo de calor,
       que sacodem as patas, combatendo
       as pulgas e os moscardos, com vigor.

52   O olhar aos rostos baços estendendo,
       que o doloroso fogo desfigura,
       nenhum reconheci; mas ia vendo

55   uma bolsa a seus peitos bem segura,
       cores mostrando e insígnias juntamente,
       cuja vista, parece, os transfigura.

58   Na primeira, fitando-a atentamente,
       notei em cor azul sobre a amarela
       um leão recortar-se claramente.

61   Logo a seguir, eis que outra se revela
       à minha vista, rubra, apresentando
       alvo ganso que, em voo, se via nela.

64   E alguém, que uma javarda azul mostrando
       na bolsa branca estava, bem ao lado,
       gritou-me: "Que andas entre nós buscando?

67   Vai-te, se vives! Mas, pois que és chegado,
       sabe que o meu vizinho Vitaliano
       estará dentro em pouco aqui sentado.

---

55. Uma bolsa a seus peitos bem segura: os espíritos traziam pendentes do pescoço bolsas ou sacolas, coloridas, e gravadas nas quais se viam as armas e os brasões das respectivas famílias. Sendo usurários, pareciam ter imensa satisfação em ostentar e contemplar essas bolsas.
58. Na primeira, fitando-a atentamente: parece que Dante, reconhecendo dois brasões (provavelmente de famílias florentinas, pois deles se lembrou com facilidade), como se descreve nos versos seguintes, identificou seus portadores. Eram, com certeza, notórios usurários de Florença.
59. Notei em cor azul sobre a amarela: observei, numa bolsa, um leão azul em campo amarelo.
62. À minha vista, rubra: vi, noutra bolsa, um ganso branco sobre campo encarnado.

70 Com florentinos tais estou, paduano;
ouço-os gritar, à voz aguda e lenta:
— Ah! Venha o cavaleiro soberano

73 que três bodes em sua bolsa ostenta!" —
E retorcendo a boca, a língua fora
estirou, como o boi lambendo a venta.

76 Para não afligir, naquela hora,
aquele de quem fora aconselhado,
tornei, deixando as almas, sem demora.

79 Meu mestre fui achar já instalado
no dorso do estranhíssimo animal,
dizendo-me: "Não temas, sê ousado!

82 Nós baixaremos por escada tal:
sobe adiante de mim, e em seu afã
não nos fará a cauda nenhum mal."

85 E como quem o acesso da quartã
pressentindo, sem nada que o conforte,
já treme, só de a sombra olhar malsã,

88 assim fiquei, ouvindo-o de tal sorte;
mas opôs-me a vergonha aquela ameaça
que torna, ante o bom amo, o servo forte.

91 E, pois, alcei-me ao dorso da desgraça:
Aflito, eu disse, mas a voz não creio
tivesse soado exata: "Eia, me abraça!"

94 De novo o mestre em meu auxílio veio,
como antes, porque apenas fui montado,
o braço me passou do busto ao meio;

72. Ah venha o cavaleiro soberano: entende-se que os Florentinos, ali, aguardavam, com ansiedade, a chegada de um colega que designavam como o cavaleiro soberano, e cuja insígnia eram três bodes. O usurário de que se trata não era, certamente, bem visto por seus iguais. Daí o tom sarcástico da observação feita a Dante pelo Paduano.
77. Aquele de quem fora aconselhado: Dante pretendia regressar logo, para não criar embaraço a Virgílio, que lhe havia recomendado fosse breve naquele derradeiro passeio ali (verso 40).
84. Não nos fará a cauda nenhum mal: Virgílio ordenou a Dante que se colocasse, à sua frente, nas costas de Gerión; de modo que, ficando ele, Virgílio, entre Dante e a cauda, esta não os poderia atingir nos volteios que fazia, à guisa do escorpião (versos 25 a 27).
91. E, pois, alcei-me ao dorso da desgraça: Dante alçou-se, então, ao dorso de Gerión, onde já estava Virgílio.

97   e disse: "Vamos, Gerión, cuidado!
Pela via mais larga, desce lento,
que estás de um novo peso carregado!"

100   Como o batel, que deixa o acostamento,
pouco a pouco, indo à ré, foi-se soltando
o monstro, e tendo livre o movimento,

103   a cauda onde era o busto então voltando,
tal a girar se vê, distensa, a enguia,
pairou no espaço, as asas agitando.

106   Maior terror, suponho, não seria
o de Fetón, perdendo a rédea à mão,
enquanto o céu de fogo se tingia;

109   nem o de Ícaro, ao ver, em ascensão,
soltas as penas da inflamada cera,
ouvindo o pai gritar-lhe: "Não vai, não!"

112   — do que eu sentia, então, naquela espera,
suspenso sobre o poço, sem ver nada
mais que a silhueta lúrida da fera.

115   Ela girava lenta, descansada;
que descia, senti-o tão somente
por dar-me ao rosto súbita lufada.

118   Já à destra se ouvia, claramente,
ao fundo desabar a água sonora;
a perquirir, curvei-me, ansiosamente,

---

99. Que estás de um novo peso carregado: um novo peso, isto é, o peso de Dante, que era um homem vivo; e tal constituía, decerto, uma novidade no Inferno.
103. A cauda onde era o busto então voltando: quando os poetas se instalaram em seu dorso, Gerión afastou-se, pouco a pouco, como o navio que começa a mover-se no cais; e, quando teve claro suficiente para manobrar, descreveu um círculo, virando a ponta da cauda para a borda onde tinha encostada a cabeça, num movimento semelhante ao que realiza a enguia, quando, distensa, gira.
107. O de Fetón, perdendo a rédea à mão: segundo a mitologia, Apolo, o Sol, pai de Fetón, acedeu em emprestar ao filho seu carro. Mas Fetón não conseguiu dominar os cavalos, e o carro, sem um guia capaz, perdeu-se no espaço, incendiando os céus.
109. Nem o de Ícaro, ao ver, em ascensão: também segundo a lenda, Ícaro, para escapar do Labirinto, pelo alto, muniu-se de asas, que fixou ao corpo, usando cera. Contra as recomendações do pai, e inebriado pela glória do voo, subiu demasiadamente, de sorte que o calor do sol, aquecendo e derretendo a cera, acabou por destruir-lhe as asas.
118. Já à destra se ouvia, claramente: sobre o dorso de Gerión, já o poeta podia ouvir, à direita, o ruído da água do Flegetonte, caindo ao fundo do poço; e curvou-se, procurando ver embaixo.

121   Receei, por vezes, ser lançado fora;
mas vislumbrando o fogo e ouvindo o pranto,
procurei sustentar-me, a custo embora.

124   E percebi, vencendo o meu quebranto,
que rodava, e descia ao mal certeiro,
que se mostrava ali em cada canto.

127   Como o falcão, que voando o tempo inteiro,
sem ver o chamariz e nem a presa,
faz dizer: Tu já desces? ao falcoeiro,

130   volteando lento, e pousa de surpresa,
a procurar longe do mestre abrigo,
possuído de desdém e de tristeza

133   — assim Gerión baixou ao fundo imigo,
ao pé ali da rocha alcantilada;
e, pois, livre de nós, partiu, eu digo,

136   como da corda a seta disparada.

---

125. Que rodava, e descia ao mal certeiro: antes, suspenso na escuridão do báratro, Dante nada via (verso 113). Agora, com o clarão que iluminava o fundo, já podia distinguir algo; e se certificava de que Gerión, dando voltas, ia descendo a outra seção do Inferno. Era o oitavo Círculo.
128. Sem ver o chamariz: para fazer volver o falcão, enviado ao alto em busca da presa, o falcoeiro se serve do chamariz, ou negaça, ou engodo. É um pedaço de couro ou madeira, recortado de forma a simular um pássaro em voo, geralmente pintado de vermelho. O falcoeiro o agita longamente, ou o arremessa ao ar, e assim atrai o falcão à alcândora.
131. A procurar longe do mestre abrigo: o mestre, o falcoeiro. Diz-se que o falcão, depois de muito tempo em voo, frustrado na caça, e sem a ilusão sequer do aceno do chamariz, desce e mostra o seu ressentimento, afastando-se para longe de seu mestre.

"Receei, por vezes, ser lançado fora (...)"
(*Inf.*, XVII, 121)

CANTO XVIII

Chegam os poetas ao Círculo oitavo, onde, distribuídos por dez valas ou bolsões distintos, são punidos os fraudulentos. Aqui se narra a visita às duas primeiras valas: numa, açoitados pelos demônios, encontram-se os rufiões e os sedutores; e na outra, imersos em fezes, os aduladores.

1   Era o lugar no inferno apelidado
    Malebolge, de cor ferrosa, escura,
    como o penhasco de que vai rodeado.

4   Ao centro desta cena de tortura
    entreabria-se um poço mui profundo,
    de que em tempo direi qual a estrutura.

7   O ressalto avançava, amplo e rotundo,
    ao poço desde as lápides erguidas,
    mostrando em dez bolsões disposto o fundo.

10 Similarmente às áreas guarnecidas
    dos castelos, com fossos desdobrados,
    a defendê-los contra as investidas,

13 viam-se ali os vales ordenados;
    e como as pontes que, nas fortalezas,
    passagem dão por cima dos fossados,

16 saíam do alcantil pontas retesas,
    os diversos canais sobrepassando,
    até ao poço, como a um centro presas.

---

2. Malebolge, de cor ferrosa, escura: a palavra Malebolge foi, provavelmente, criada por Dante, para significar fossas malditas.
4. Ao centro desta cena de tortura: no centro exato do lugar chamado Malebolge, isto é, no centro do oitavo Círculo.
9. Mostrando em dez bolsões disposto o fundo: em razão da forma afunilada do Inferno, que quanto mais baixo é mais estreito, o oitavo Círculo se apresenta como um ressalto da escarpa circular, no qual se veem distintas, em sentido longitudinal, dez seções, as dez valas, ou bolsões, em que são distribuídas, segundo a espécie de seu pecado fraudulento, as almas condenadas.
16. Saíam do alcantil pontas retesas: do alcantil em torno saíam longas arestas, projetando-se como se fossem pontes lançadas sobre as dez velas em que se desdobrava o recinto, e convergindo para o poço, ao centro.

INFERNO

19 A tal lugar, do dorso desmontando
    de Gerión, chegamos: E eis que o poeta
    volveu à esquerda, e o fui acompanhando.

22 Vi à direita nova turba inquieta,
    atormentada à mão de açoitadores,
    de que a seção primeira era repleta.

25 No fundo estavam, nus, os pecadores:
    ia um grupo, o outro vinha, em direção
    inversa, como atletas corredores

28 — tal se observava em Roma a multidão,
    no ano do Jubileu, a afluir à ponte,
    que, para transitar sem confusão,

31 iam por uma parte os que o horizonte
    buscavam de São Pedro, à sua frente,
    e da outra os que seguiam para o monte.

34 Aqui e ali, na arena diferente,
    vi corníferos demos, estalando
    o relho em suas costas, rijamente.

37 Ah! Como os pés lhes iam disparando
    à primeira pancada, e, pois, nenhum
    quedava, novos golpes esperando!

40 Eu fui seguindo, e meu olhar o de um
    deles cruzou; e então conjecturei:
    "Já alguma vez o vi, em ponto algum."

43 Mais reparando nele, a marcha alcei;
    por igual se deteve o meu bom guia,
    assentindo a meu gesto, como eu sei.

22. Vi à direita nova turba inquieta: a turba era das sombras condenadas, movendo-se na primeira vala, ou bolsão. Nova, porque não vista anteriormente, ou pela novidade do suplicio de açoitamento, a que estavam submetidas.
26. Ia um grupo, o outro vinha: os poetas, andando, viam uma ala de condenados que avançava frontalmente a seu encontro, enquanto outro grupo, do outro lado, seguia em direção oposta, quer dizer, avançava no mesmo sentido que Dante e Virgílio. O movimento dos réprobos, quer de uma, quer de outra fileira, era mais rápido que o dos poetas; e, de fato, corriam.
29. No ano do Jubileu, a afluir à ponte: o ano de 1300, do Jubileu, em que houve grande afluência de peregrinos a Roma. A ponte do castelo de Santo Ângelo, passagem obrigatória para São Pedro.
31. Iam por uma parte os que o horizonte: para disciplinar o trânsito na ponte, durante o Jubileu, já os Romanos empregavam o sistema agora comum nas cidades modernas: alas privativas para a passagem num e outro sentido, nos pontos de maior afluência, como essas faixas de mão e contra-mão para pedestres, conhecidas na atualidade.

"Ah! Como os pés lhes iam disparando
à primeira pancada, e, pois, nenhum
quedava, novos golpes esperando!"

(Inf., XVIII, 37/9)

46   O fustigado despistar-me cria,
       mantendo a face para o chão pendida;
       gritei-lhe: "Ó tu, que já de longe eu via,

49   se a aparência que tens não é fingida,
       Venedico és então Caccianemico:
       Por que na salgadura estás dorida?"

46. O fustigado despistar-me cria: o fustigado, uma das sombras que ali estavam, condenadas à pena de açoitamento, um rufião ou sedutor. Integrava, como é óbvio, o grupo dos que corriam em direção frontal a Dante e Virgílio.

52 E respondeu-me: "A contragosto fico;
    mas cedo à tua voz, que assim revela
    algo do mundo meu antigo inico.

55 De fato eu fui quem a Gisola bela
    levou por dolo aos braços do Marquês,
    quer soe diversa a pérfida novela.

58 Não sou só eu aqui que é bolonhês;
    pois deles é tão cheia esta devesa
    que à roda ouvimos sipa mais à vez

61 que entre o Sávena e o Reno, com certeza.
    Se queres disto a prova verdadeira,
    basta-te relembrar nossa avareza."

64 Ao falar, um demônio, à mão ligeira,
    deu-lhe um golpe, exclamando: "Rufião, fora!
    Aqui não há, para explorar, rameira!"

67 Reuni-me à escolta minha sem demora.
    E uma ponte de pedra divisamos
    por onde prosseguir àquela hora.

70 Depressa pela mesma enveredamos;
    e à direita tornando, já no estrado,
    da grei feroz ali nos separamos.

73 À metade do piso que, elevado,
    passagem dava embaixo à horda indecente,
    disse meu mestre: "Podes ver ao lado

76 o olhar desta outra mal nascida gente
    que não nos foi ainda confrontada,
    porque, tal como nós, marchava à frente."

51. *Por que na salgadura estás dorida*: salgadura dorida, no original *pungenti salse*, referência aos chamados salse de Bolonha, que eram lugares infamantes destinados à execução de várias penas, como a de açoitamento. Venedico Caccianemico, reconhecido por Dante, era bolonhês, daí a alusão que aqui se faz aos Salse de Bolonha.
53. *Mas cedo à tua voz, que assim revela*: embora aborrecido, Caccianemico se dispõe a responder ao poeta, porque este, naquele instante, com a referência aos Salse, trazia-lhe vívida recordação de sua terra, Bolonha.
57. *Quer soe diversa a pérfida novela*: embora costume essa torpe história ser narrada de modo diferente.
60. *Que à roda ouvimos sipa mais à vez*: Sávena e Reno eram os dois rios entre os quais se situava a circunscrição de Bolonha. Naquela área se ouvia, a todo instante, a voz dialetal sipa, significando seja, vá. Caccianemico atesta, então, que no sítio do Inferno destinado aos rufiões e sedutores havia mais bolonheses do que na própria Bolonha.
63. *Basta-te relembrar nossa avareza*: basta, como prova do que digo (Caccianemico fala a Dante), considerares nossa avareza, nossa avidez pelo dinheiro. Dizia-se que os bolonheses, por dinheiro, eram capazes de tudo, até de vender a honra própria e a alheia.
71. *Já no estrado*: já sobre o piso da ponte de pedra, giramos à direita e nos separamos assim daquela triste correria.
74. *Passagem dava embaixo à horda indecente*: a horda dos sedutores e rufiões, quer a ala que vinha, de um lado, quer a que ia, do outro lado.
77. *Que não nos foi ainda confrontada*: somente quando galgaram a ponte, para alcançar a outra vala, é que a posição dos poetas lhes permitiu ver de frente os condenados de que só haviam observado as costas, porque marchavam antes no mesmo sentido que eles.

79   Da velha ponte víamos a enfiada
     que perpassava, vinda da outra via,
     e impelida também a chibatada.

82   Antes que eu perguntasse, o atento guia
     "Olha", falou-me, "um grande aqui chegando,
     sem se abater na trágica porfia,

85   íntegro, o porte régio demonstrando!
     É Jasón, que por manha e braço ousado,
     a Colchos foi o Velo arrebatando.

88   E tendo a Lemnos sua nau levado,
     depois que as damas lá, enfurecidas,
     haviam os varões exterminado,

91   com blandícias e mais artes sabidas
     seduziu Isifília, a moça esperta,
     que antes trouxera as outras iludidas.

94   Grávida a abandonou, triste e deserta:
     por culpa tal em tal martírio dana,
     de Medeia também vingança certa.

97   Com ele esta quem de igual sorte engana.
     E é tudo desta vala aqui primeira,
     e da gente que dentro sofre, insana."

100 Íamos pela ponte erma e fragueira,
     que o segundo bolsão sobrepassando
     de seu respaldo se encravava à beira.

103 Eu ouvia os proscritos ululando,
     embaixo, aos sopros, como em agonia,
     co' as mãos seus próprios corpos fustigando.

---

79. A enfiada que perpassava: recorde-se que a primeira vala do Círculo oitavo apresentava duas pistas distintas: na primeira, zurzidos pelo azorrague dos demônios, corria um grupo (rufiões), e, na segunda, outro grupo (sedutores). Era este segundo grupo que os poetas podiam ver, agora, de frente, passando sob a ponte.
93. Que antes trouxera as outras iludidas: segundo a lenda, quando as mulheres da ilha de Lemnos decidiram matar todos os homens ali, Isifília tratou de esconder seu pai, Toante, e assim o manteve, salvando-o da fúria das outras mulheres.
96. De Medeia também vingança certa: Jasón, realmente, sofre no Inferno por uma dupla culpa: a de ter seduzido e abandonado Isifília, e também a de ter enganado Medeia.
97. Com ele está quem de igual sorte engana: com Jasón estão os sedutores do mesmo tipo.
103. Eu ouvia os proscritos ululando: até para se lamentar, os aduladores ficavam ululando, humilde e subservientemente, e se flagelavam com as próprias mãos.

"'Por que', bradou-ne o réu, 'fitas somente
a mim, e a mais ninguém nesta esterqueira?'"

(*Inf.*, XVIII, 118/9)

106   A tudo um óleo fétido aderia,
que, dos miasmas de baixo produzido,
ao nariz, como à vista, aborrecia.

109   Era tão amplo o fundo e enegrecido,
que para o divisar só indo adiante,
ao ápice do escolho sobreerguido.

112   E fomos, pois: E vimos, pululante,
gente num mar de fezes mergulhada,
mar às cloacas terrenas semelhante.

115   Uma fronte enxerguei, mas tão breada,
que não pude apurar seguramente
se era de um leigo ou se era tonsurada.

118   "Por que", bradou-me o réu, "fitas somente
a mim, e a mais ninguém nesta esterqueira?"
"Pensava", respondi-lhe, "certamente

121   já ter-te visto, enxuta a cabeleira:
tu és de Lucca, Aléssio Interminei.
Por isso te fitei de tal maneira."

124   Golpeando a fronte, eis que ajuntou: "Eu sei
que sofro aqui pela bajulação,
à qual em vida a língua dediquei."

127   Nisto, o meu guia: "A vista estende, então,
mais para diante, e põe-na repousada
no rosto que se vê em convulsão

130   daquela dona imunda e arrepiada
que se raspa co' as unhas, rudemente,
e se agita, ora em pé, ora agachada.

133   É Tais, a rameira impenitente,
que ouvindo: "Isto te agrada?" a seu amante,
lhe respondia: "Agrada, imensamente!" —

136   E aqui à nossa vista já é bastante".

---

133. É Taís, a rameira impenitente: a cortesã Taís a tudo respondia com exagerada afetação, como é próprio dos aduladores, e se exemplifica com o breve diálogo transcrito do Eunuco, de Terêncio.
136. E aqui à nossa vista já é bastante: e já basta o que vimos desta segunda vala do Círculo oitavo.

"É Taís, a rameira impenitente,
que ouvindo: 'Isto te agrada?' a seu amante,
lhe respondia: 'Agrada, imensamente!'"

(*Inf.*, XVIII, 133/5)

CANTO XIX

Na terceira vala do Círculo oitavo, os dois poetas observam os simoníacos, isto é, os que traficaram com as coisas sagradas, enterrados de cabeça para baixo, em covas abertas na pedra; do lado de fora viam-se-lhes os pés, envolvidos pelas chamas, e a parte inferior das pernas, somente.

1   Ó! Simão mago. Ó! Míseros sequazes,
    que nas coisas divinas traficais,
    e, pois, desnaturando-as, contumazes,

4   em ouro e prata logo as transformais!
    Aqui por vós a tuba vá soando,
    que na terceira vala mergulhais!

7   À outra seção já íamos chegando,
    bem sobre a ponte, em pé, naquela parte
    em que cruza o canal, no alto arqueando.

10 Ó excelso saber, que mostras a arte
    no céu, na terra, e no maldito mundo,
    em que tua justiça se comparte!

13 Muitas pequenas covas vi, ao fundo,
    e nos muros dos negros precipícios,
    o mesmo vão mostrando ali rotundo.

16 Semelhavam-lhes por certo os orifícios
    àqueles que, no meu São João amado,
    eram usados nos lustrais ofícios.

---

1. Ó Simão mago: Simão, chamado o mago, havia proposto aos Apóstolos adquirir, mediante pagamento, os dons do Espírito Santo. Daí a denominação de simonia para designar o comércio pecaminoso das coisas sagradas.
7. À outra seção já íamos chegando: a outra seção, quer dizer, a novo compartimento, ou bolsão, dentre os dez do Círculo oitavo: era a terceira vala. A passagem de um para outro compartimento de torturas fazia-se, ali, sempre através das arestas ou pontalões de pedra que, ressaindo das penhas do báratro, iam unindo, como pontes, pelo alto, as diversas valas.
11. E no maldito mundo: e, também, no Inferno; a presença da divindade, na sua alta sabedoria, demonstra-se tanto no céu, como na terra, ou no Inferno, do mesmo modo que sua justiça.
17. Àqueles que, no meu São João amado: no Batistério da Igreja de São João Batista, em Florença, onde Dante fora batizado, havia, ao redor da bacia central, fossos profundos para uso dos sacerdotes que administravam o batismo por imersão. O poeta recorre ao símile para bem demonstrar a aparência daquelas covas esparsas na vala, onde os simoníacos eram punidos.

INFERNO

19 Recordo a um deles ter danificado,
para a alguém resgatar, que se afogava:
e fique o mal, assim, desenganado.

22 De cada poço à flor algo se alteava:
eram dos réus as pernas invertidas,
pois que do corpo o resto dentro estava.

25 Rodeavam-lhes os pés chamas erguidas,
e esperneavam com força, parecendo
cordas e alças romper, fortes, tendidas.

28 E como a labareda que, correndo
célere, ao longo vai de um corpo untado,
viam-se os pés, de ponta a ponta, ardendo.

31 "Mestre, aquele quem é, desesperado,
que mais se agita", eu disse, "em seu abrigo,
por mais purpúrea chama assediado?"

34 E ele: "Se queres, levar-te-ei comigo,
até lá, pela rampa recortada;
verás quem ele é, qual seu castigo."

37 "O que te apraz", tornei-lhe, "a mim me agrada:
és o meu guia, e sigo-te, obediente,
a teu olhar a mente desvendada!"

40 Chegamos da amurada quarta à frente:
e descemos, à esquerda derivando,
ao cenário dos fossos deprimente.

43 E não me foi o guia logo apeando,
mas conduziu-me junto à cova assaz,
onde a sombra gemia esperneando.

---

19. Recordo a um deles ter danificado: um deles, um dos receptáculos antes referidos do Batistério de São João. Dante alude a uma experiência pessoal, e, em certo sentido, procura justificar-se. Corria em Florença que ele, num impulso de vandalismo e profanação, havia danificado o receptáculo. O poeta explica que de fato o fez, mas para retirar alguém (uma criança) que, presa dentro, corria o risco de se afogar.
21. E fique o mal, assim, desenganado: e com esta peremptória declaração, fique desenganado quem, maliciosamente, pensou e espalhou o contrário. O mal: a calúnia, a intriga, a maledicência, a suspeita.
23. Eram dos réus as pernas invertidas: à boca das covas apareciam, agitando-se, as pernas dos condenados, que estavam enterrados ali, de cabeça para baixo, como se fossem estacas.
32. Que mais se agita, eu disse, em seu abrigo: no seu abrigo, na cova em que estava metido, de cabeça para baixo. Um fogo mais vivo e impetuoso abrasava os pés do réu que assim despertara a atenção de Dante.
39. A teu olhar a mente desvendada: Dante significa, com extrema amabilidade para com seu companheiro, que gostaria, de fato, de se aproximar daquela alma. Não o havia dito, ainda, mas Virgílio lhe adivinhara o pensamento.

46 "Ó tu, de quem no solo o corpo jaz
    como uma estaca a meio introduzida",
    principiei, "dize algo, se és capaz."

49 Via-me como o padre que o homicida,
    semi-enterrado já, vai assistindo,
    e pois um pouco lhe prolonga a vida.

52 "Tão cedo assim", gritou-me, "e já estás vindo,
    e já estás vindo, Bonifácio, a jeito?
    A profecia acaso andou mentindo?

55 Estás por fim da inveja satisfeito,
    que te fez, com solércia, cortejar
    a bela dama, expondo-a ao desrespeito?"

58 Quedei-me, como quem, por não captar
    exatamente o que lhe foi narrado,
    se queda mudo, sem poder falar.

61 "Responde, já", disse Virgílio, ao lado,
    "que não és quem supõe, que se enganou."
    E eu fiz assim como me foi mandado.

64 A sombra, mais ligeira, os pés trocou;
    depois, gemendo, e a voz travada em pranto,
    "Que queres tu de mim?" me perguntou:

67 "Se por entrevistar-me anseias tanto,
    que não recuaste ante a áspera jornada,
    sabe que me cobriu o grande manto.

---

49. *Via-me como o padre que o homicida*: Dante sentia-se ali como um padre que o assassino, condenado a ser enterrado vivo, e já em parte metido na cova do suplício, pediu, para que o ouvisse em confissão; e assim busca prolongar um pouco a vida e adiar o instante fatal.
53. *E já estás vindo, Bonifácio, a jeito*: Bonifácio VIII, o papa então reinante (ano de 1300). A sombra enterrada (como adiante se explica) era o papa Nicolau III, o qual, sentindo a aproximação de Dante, pensou que já se tratava da alma de Bonifácio VIII. Nicolau sabe que Bonifácio irá, a seu turno, ao Inferno, e é quem vai rendê-lo naquela cova. Por isto, supôs que ele estava chegando, e que houve erro em seus cálculos, pois não o esperava tão cedo.
56. *Cortejar a bela dama*: a bela dama, a Igreja. Dizia-se que Bonifácio se servira de meios ilícitos para induzir seu predecessor, Celestino V, a renunciar ao papado, fazendo-se, então, Papa.
69. *Sabe que me cobriu o grande manto*: o condenado adverte o seu interlocutor de que fora Papa. O grande manto, o manto papal. Tratava-se, com efeito, de Nicolau III, oriundo da casa dos Orsinis, como ele próprio esclarece, por forma certamente original, nos versos seguintes.

"Via-me como o padre que o homicida,
semi-enterrado já, vai assistindo,
e pois um pouco lhe prolonga vida."

(*Inf.*, XIX, 49/51)

70 Urso nasci, e pela grei amada
andei o ouro embolsando em nosso mundo,
até que aqui me foi a alma embolsada.

73 Sob o meu crânio jazem, mais ao fundo,
os que me precederam simoniando,
disseminados pelo vão rotundo.

76 A eles irei juntar-me, embaixo, quando
aquele enfim chegar, que eu supusera
já fosses tu, ao ver-te caminhando.

79 E aqui não estará mais tempo à espera
do que eu estive, na postura inversa,
a cozinhar os pés nesta cratera.

82 Em seguida virá a alma perversa
de um pastor lá das partes do Ocidente,
para, por sua vez, ficar submersa.

85 Novo Jasón será, e, exatamente,
como se lê nos Macabeus, ungido
por vontade do rei francês potente."

88 Não sei o que me fez tão atrevido,
mas estigmatizei-o com vigor:
"Pergunto se algum dom foi exigido

91 a Pedro por Jesus Nosso Senhor,
quando as chaves da Igreja lhe confiou?
Apenas disse: Vem em paz e amor.

---

70. Urso nasci, e pela grei amada: pertenço aos Ursos, isto é, à Casa dos Orsinis. Os ursos são tidos como exemplo de amor e dedicação ao grupo familiar e especialmente à prole que estão criando. Nicolau III atribui ao amor exagerado a seus familiares a preocupação de enriquecer, que o havia levado à simonia; e tanto ouro embolsou enquanto vivo, que finalmente teve sua alma embolsada naquela cova ardente.

76. A eles irei juntar-me, embaixo: quando chegasse o que já era esperado para substituí-lo à flor da cova, Nicolau deveria descer mais para o fundo, reunindo-se aos outros simoníacos que lá estavam, mergulhados e premidos nas frestas do rochedo.

77. Aquele enfim chegar, que eu supusera: a alma esperada era a do papa então reinante, Bonifácio VIII, referido nominalmente no verso 53. Nicolau cometeu, pois, um erro, e o reconhece. Pressentindo alguém (Dante) em pé, perto de sua cova, supôs que Bonifácio já estava chegando, para rendê-lo na incômoda posição.

79. E aqui não estará mais tempo à espera: Nicolau explica a Dante que Bonifácio, o seu substituto, não haveria de ficar naquela postura tanto tempo quanto ele, Nicolau, ficara. Não muito tempo depois, deveria ceder o lugar a um outro Papa, originário do Ocidente: o Papa Clemente V, vindo da França, e responsável pela traslação da Santa Sé de Roma para Avinhão.

83. De um pastor lá das partes do Ocidente: da França, de onde viria Clemente V, feito papa, ao que se dizia, pelo rei Felipe o Belo. Os sucessores de Nicolau III, na cova dos simoníacos, seriam, pois, nesta ordem, Bonifácio VIII e Clemente V.

85. Novo Jasón será: Segundo se lê no livro dos Macabeus, o rei Antíoco, da Síria, resolveu, por mero capricho, fazer de Jasón sumo-sacerdote. Procedendo por forma análoga, o rei de França, Felipe o Belo, empenhou sua força e prestígio para a eleição do Arcebispo de Bordeaux, Bértrand de Sout, à cátedra pontifícia, como Clemente V.

INFERNO

94   E nem São Pedro, nem ninguém, cobrou
recompensa a Matias, convocado
para o posto que o réprobo deixou.

97   Com justiça aqui sofres, condenado;
e a moeda escondes, triste e mal havida,
que te fez contra Carlos rebelado.

100   Não fora a reverência inda devida
a quem girou as chaves eminentes,
como o fizestes na faustosa vida,

103   palavras eu diria mais candentes;
que a usura vossa o mundo inteiro atrista,
premiando os maus, punindo os inocentes.

106   Pensava em vós decerto o Evangelista,
quando a que vai nas águas distanciada
se prostituiu aos reis, à sua vista;

109   a que com sete frontes foi dotada,
e dez cornos, em que houve o fundamento,
enquanto a lei foi pelo esposo honrada.

112   Modelastes um Deus de ouro e de argento:
entre o idólatra e vós a diferença
é que ele um só venera, e vós um cento.

115   Ah! Constantino, como dói a ofensa,
do teu batismo não, mas do presente
que pôs de um padre em mão fortuna imensa!"

96. Para o posto que o réprobo deixou: o réprobo, Judas; Matias foi chamado para apóstolo em lugar de Judas.
98. E a moeda escondes, triste e mal havida: dizia-se que o Papa Nicolau III recebera alta soma em dinheiro para se aliar aos inimigos de Carlos d' Anjou, na Sicília.
100. Não fora a reverência inda devida: se não fosse o respeito que, mesmo neste lugar maldito, se deve a quem foi Papa, como tu foste, e como foram outros que aí te fazem companhia. Dante, que começara o seu discurso dirigindo-se diretamente a Nicolau III, passa a se dirigir, coletivamente, a todos os papas que se desviaram da santidade, praticando a simonia.
106. Pensava em vós decerto o Evangelista: ereis vós, pastores transviados, que São João Evangelista tinha em mente quando viu prostituída aos reis a sede papal (a visão de São João, transcrita no Apocalipse, é explicada mais pormenorizadamente a seguir – versos 107 a 111).
107. Quando a que vai nas águas distanciada: Em acepção ampla, a Igreja, cujo império se estende, além dos mares, a outros continentes; em acepção restrita, a sede papal, a autoridade dos pontífices.
109. A que com sete frontes foi dotada: no Apocalipse refere-se São João a um animal com sete cabeças e dez cornos. O poeta se serve dessa alegoria, vendo na mesma a representação da Igreja, a princípio virtuosa, e depois pecadora, em razão dos erros de seus pastores (o papa, o esposo). Nas sete cabeças, enxerga um símbolo das sete virtudes; e nos dez cornos, o símbolo dos dez mandamentos, provavelmente.
115. Ah, Constantino, como dói a ofensa: acreditava-se que o Imperador Constantino houvesse doado Roma ao papa Silvestre, em reconhecimento por uma graça alcançada (veja-se o Canto XXVII, versos 94 e 95). E nisso o poeta via o ponto de partida para o desejo de riqueza e a corrupção entre os sacerdotes.

118   Enquanto eu o zurzia, rudemente,
vi que ele os pés, pelo ódio dominado,
agitava inda mais violentamente.

121   Não escondia o mestre o seu agrado,
com atenção profunda acompanhando
meu discurso veraz e apropriado.

124   Nos fortes braços foi-me ali alçando,
e após trazer-me ao flanco seu jungido,
subiu por onde fora, regressando.

127   Sem se mostrar à carga esmorecido,
levou-me ao pontalão diretamente
que o quarto dique ao quinto traz unido.

130   Então, depôs-me, presto, suavemente,
na pedra esconsa tanto e recortada
que as cabras não iriam nela à frente.

133   E outra vala me foi, dali, mostrada.

---

118. Enquanto eu o zurzia, rudemente: pelas minhas palavras severas, proferidas com veemência.
124. Nos fortes braços foi-me ali alçando: tal como fizera antes (versos 34 a 36, e 43 a 45), Virgílio carregou Dante, para tirá-lo dali.
128. Levou-me ao pontalão diretamente: alçando Dante ao flanco, para tirá-lo do interior da terceira vala, Virgílio levou-o diretamente ao pontalão de pedra que passava sobre a quarta vala, estendendo-se, pois, do quarto ao quinto diques.
133. E outra vala me foi, dali, mostrada: do alto, onde o depôs Virgílio, Dante divisou todo o cenário da Quarta vala (o Círculo é ainda o oitavo).

CANTO XX

Na quarta vala do Círculo oitavo, os dois poetas divisam os mágicos, adivinhos, outros embusteiros e intrujões do mesmo gênero, com o rosto transposto ao contrário, isto é, voltado para as costas; e, pois, sem poder olhar à frente, os infelizes caminhavam necessariamente às avessas.

1   Novo castigo pintarão meus versos,
         dando matéria a este vinteno canto
         da parte dedicada aos réus submersos.

4   Eu já me preparava ali, no entanto,
         a perquirir o desvendado fundo
         de que subia um murmurar de pranto.

7   Gentes eu vi, no âmago rotundo,
         tristes, caladas, indo lentamente,
         como nas procissões em nosso mundo.

10   Examinando-as mais atentamente,
         notei que para trás era tornado
         o seu pescoço, portentosamente.

13   Tinham a face e o dorso ao mesmo lado,
         e seu andar somente à ré seguia,
         pois que à frente lhes fora o olhar mudado.

16   Talvez por obra da paralisia
         torcido haja um ser vivo, de tal jeito;
         mas nunca vi, nem creio ver um dia.

19   Leitor, a que Deus dá tirar proveito
         do que escutas agora, dize, então,
         se eu podia manter sereno o peito

---

3. Da parte dedicada aos réus submersos: o Inferno, naturalmente, primeira parte, primeiro cântico da trilogia A *Divina Comédia*. Note-se que Dante designa por canção (*canzon*, no original) cada uma das três grandes partes em que se divide o seu poema. Os réus submersos: os pecadores, lançados ao poço infernal.
11. Notei que para trás era tornado: era como se o pescoço de cada um deles tivesse girado em semicírculo, de sorte a ficar a face voltada para o dorso e a nuca para o peito; e, quando se deslocavam, a direção de seus pés ia em sentido contrário à parte para onde olhavam.

22 ante a trágica e cruel aberração,
    vendo o pranto que aos olhos lhes manava
    pelas nalgas correr-lhes à junção.

25 Encostado ao rochedo, eu soluçava;
    meu mestre censurou-me com veemência:
    "Que tu fosses tão cego eu não pensava.

28 Clemente aqui é quem não tem clemência
    — e mor fraqueza a decisão celeste
    julgar com suavidade e transigência.

31 Ergue a cabeça, e vê o de que leste
    que em Tebas foi sorvido pela terra,
    ante o clamor geral: Por que desceste,

34 Anfiarau? Por que deixaste a guerra?
    E rolou serra abaixo, em disparada,
    até Minós, que as almas presto aferra.

37 Seu peito agora à espádua se traslada:
    por querer enxergar bem mais adiante
    reversa teve a vista e a caminhada.

40 Tirésias vê, o que num só instante
    de varão em mulher se transformou,
    os membros permutando e seu semblante;

43 e só depois que, à vara, golpeou
    de novo as duas serpes confundidas,
    foi que o viril estado recobrou.

46 Aronta é o outro que, nas sobreerguidas
    faldas onde Carrara se elevava,
    de sua gruta feita de polidas

---

29. E mor fraqueza a decisão celeste: grande erro é apreciar os julgamentos divinos à luz da comiseração pessoal; por isto, a verdadeira piedade consiste, no Inferno, em não ter piedade.
31. E vê o de que leste: Virgílio fala a Dante: repara aqui em Anfiarau, o adivinho tebano, o qual, quando combatia, foi atingido por um raio, e se precipitou, rolando, numa encosta, pela terra a dentro; e só foi parar ante Minós, isto é, no Inferno.
36. Até Minós, que as almas presto aferra: como descrito no Canto V, versos 4 a 12, Minós é um demônio que permanece à entrada do Círculo segundo, recebe as almas que chegam, pondera-lhes os pecados e determina seu lugar no Inferno.
38. Por querer enxergar bem mais adiante: porque presumiu descortinar o futuro, propriamente. Anfiarau foi adivinho famoso na Antiguidade.
40. Tirésias vê, o que num só instante: Tirésias, outro famoso mágico e adivinho grego. Dizia-se dele que fora transformado em mulher, ao golpear com a vara duas serpentes enlaçadas; e só recuperou a condição masculina sete anos depois, quando lhe foi dado golpear à vara, novamente, as duas serpes.

49   e alvas pedras de mármore, mirava
     as vagas murmurantes e as estrelas,
     das quais ali então nada o afastava.

52   A mulher que as nevadas pomas belas,
     que tu não vês, na cabeleira abriga,
     pois os pelos lhe crescem junto delas,

55   é Manto, que fugindo à gente imiga,
     à terra veio dar que me criou;
     e, pois, convém que dela um pouco eu diga.

58   Quando seu pai na morte se abismou,
     e foi de Baco o reino escravizado,
     ela partiu e pelo mundo errou.

61   Na bela Itália existe, situado
     junto ao Tirol, e perto da Alemanha,
     um grão lago, que é Bênaco chamado.

64   Em mil fontes, ou mais, a encosta banha,
     entre Garda e Camônica, o Penino
     na água que desse lago desentranha.

67   Um sítio vê-se ao meio, a que o Trentino,
     o Bresciano ou o Veronês prelados
     poderiam levar o dom divino.

70   Dispôs Pescara ali os seus alçados
     muros, a Bréscia e Bérgamo enfrentando,
     onde os barrancos são mais rebaixados.

50. As vagas murmurantes e as estrelas: Aronta, mágico etrusco; baseava-se no movimento das estrelas e no murmúrio das vagas para suas adivinhações.
55. É Manto, que fugindo à gente imiga: Manto, filha de Tirésias, e também adivinha. Depois da morte de seu pai e da tomada de Tebas por Creonte fugiu dali, ficando a vagar pelo mundo. Finalmente, deteve-se na Itália, onde permaneceu o resto da vida; no lugar em que se fixou, constituiu-se logo a seguir uma cidade, denominada Mântua, que foi berço de Virgílio.
59. E foi de Baco o reino escravizado: sagrada a Baco, Tebas tornou-se conhecida como a cidade de Baco. Derrotado e morto Tirésias, pai de Manto, a cidade foi ocupada por seus inimigos.
63. Um grão lago, que é Bênaco chamado: trata-se do lago Garda, conhecido antigamente por Bênaco. O Garda situa-se aos pés dos Alpes Peninos, junto ao Tirol, para os lados da primitiva fronteira da Alemanha.
67. Um sítio vê-se ao meio: um sítio havia ali, a meio daquelas águas, espécie de ilha em que confinavam as dioceses de Trento, Bréscia e Verona, de sorte que qualquer um dos respectivos bispos, se chegasse até lá, estaria em sua jurisdição, podendo oficiar e distribuir o dom divino, isto é, a bênção.
72. Onde os barrancos são mais rebaixados: no ponto em que os barrancos — os terrenos marginais ao lago Garda — eram mais rebaixados (a região, de resto, é montanhosa) erguia-se Pescara, bela fortaleza, frontal a Bréscia e Bérgamo.

73   As águas, pois, se juntam, que vazando
vão do Bênaco, e formam lento rio,
que se vê nas campinas deslizando.

76   E mal começa a avolumar o fio
o nome troca para Míncio, então,
até no Pó jogar-se, corredio.

79   A meio curso adentra num bolsão,
e se acomoda, as águas estagnando,
deletérias, acaso, no verão.

82   A donzela cruel, ali passando,
o sítio triste, mas batido e plano,
em meio ao charco viu, ermo, nefando.

85   Nele, inda imune do contato humano,
quedou-se, com os servos que levava,
até que a alma lhe foi do corpo insano.

88   Mas nova gente, aos poucos, lá chegava,
afluindo à estância oculta, protegida
pelo rude paul que a circundava.

91   Em seu jazigo foi a vila erguida;
e Mântua se chamou, por intenção
da que primeiro ali achou guarida.

94   E bem maior foi nela a povoação,
antes que Casalodi, por vaidade,
de Pinamonte se extinguisse à mão.

97   Digo-o por que, se a origem da cidade
ouvires de outro modo mencionada,
não sofras se defraude esta verdade."

---

82. A donzela cruel, ali passando: manto, aqui qualificada de cruel, porque, sendo mágica e adivinha como o pai, se presumia lidar com sangue e praticar atos de maldade. Em sua peregrinação, Manto, passando por ali, viu em meio ao charco aquele sítio deserto, sem cultura e sem morador, e resolveu fixar-se nele: e tal foi a verdadeira origem de Mântua, futuro berço de Virgílio.
86. Quedou-se, com os servos que levava: manto parou, então, naquele lugar deserto, e se estabeleceu ali, com os seus servos, para poder dedicar-se mais seguramente às artes mágicas; e ali permaneceu até sua morte.
94. E bem maior foi nela a povoação: Mântua, assevera Virgílio, já possuíra população bem maior. Isto aconteceu antes que *Casalodi*, *signoria* local, se deixasse enganar por seu companheiro e amigo Pinamonte Bonacolti, que afinal o traiu e destituiu. Durante a conspiração de Pinamonte, e a luta final, tantos morreram ou foram banidos de Mântua que sua população se reduziu consideravelmente.
97. Digo-o por que, se a origem da cidade: a veemência de Virgílio, ao explicar a Dante a origem de Mântua, sua cidade natal, demonstra, de per si, que outras versões corriam sobre o fato, e mais aceitas talvez que a verdadeira.

100 "Mestre, tua palavra respeitada
é para mim", tornei-lhe, "suficiente,
e não será por outra suplantada.

103 Mostra-me em meio à retorcida gente
alguém que o nome teve festejado,
que nisso se concentra a minha mente."

106 "Olha", falou-me, "o áugur, bem ao lado,
a vasta barba sobre a espádua ondeando:
mal foi o solo grego abandonado

109 por seus varões, só crianças lá ficando,
unindo-se a Calcanta, ei-lo que avança,
a frota aos ventos de Áulide soltando.

112 Eurípilo é o seu nome, e tal se afiança
em um passo qualquer do meu poema:
tu bem o sabes, tendo-o na lembrança.

115 O outro, que mostra ali magreza extrema,
Miguel Scott é, pois, e certamente
na magia alcançou glória suprema.

118 E Guido vês, Bonatti; e vês Asdente,
que a sovela deixando e mais as linhas,
agora se arrepende tardiamente.

121 E vês também aquelas que, mesquinhas,
deixando a agulha e o fuso da urdidura,
se inculcaram por magas e adivinhas.

124 Mas vamos, pois Caim sobre a juntura
dos Hemisférios o seu feixe acena,
desde Sevilha, de onde o mar procura.

106. Olha, falou-me o áugur, bem ao lado: trata-se de Eurípilo, um áugure, isto é, adivinho que interpretava o voo das aves. Num momento difícil para a Grécia, quando todos os homens válidos já estavam a bordo dos navios que os iriam levar a Troia, Eurípilo, com a ajuda de Calcanta, um sacerdote, prevendo o fim da calmaria e a chegada do vento, conseguiu soltar no porto de Áulide as amarras da frota grega, que se fez, assim, ao mar.
116. Miguel Scott: famoso astrólogo escocês, mestre em ciências ocultas; serviu ao Imperador Frederico II, da Sicília.
118. E Guido vês, Bonatti: Guido Bonatti, astrólogo italiano, que viveu no século XIII. Asdente: sapateiro parmense, que abandonou seu ofício para se dedicar à magia.
124. Mas vamos, pois Caim sobre a juntura: Caim, a lua. Dizia-se, antigamente, que as manchas da lua representavam a figura de Caim, com seu feixe de espinhos. O trecho é tido, geralmente, como uma informação que Virgílio dá a Dante sobre a hora exata em que falavam (o início da manhã).

127   Fulgia, ontem de noite, a lua plena:
       deves lembrar-te, pois acaso a víamos
       na selva escura remontar serena."

130   Assim falava, enquanto prosseguíamos.

---

130. Assim falava: assim Virgílio falava, etc.

CANTO XXI

Alcançam os dois poetas a quinta vala do Círculo oitavo, onde são punidos os que exerceram o tráfico de cargos e influência; são os funcionários corruptos e venais, os prevaricadores e trapaceiros, mergulhados num poço de betume fervente.

1   De ponte a ponte fomos, recordando
         coisas assim de que a canção não cura.
         E já do escolho a meio, no alto estando,

4   paramos a observar a outra fissura
         de Malebolge, e os gritos dentro insanos;
         notei ser ela estranhamente escura.

7   Pois como no arsenal dos Venezianos
         ferve, durante o inverno, o negro pez,
         para aos navios reparar os danos,

10   acostados ali; e a uma só vez,
         alguém a quilha bate, outro alcatroa
         o casco que jornadas longas fez;

13   este à popa trabalha, aquele à proa;
         tal corta o remo; e qual a agulha enfia,
         e a vela, que era rota, torna boa:

16   — assim, ali embaixo, o pez fervia,
         e não do fogo, mas da arte divina,
         a rocha enegrecendo, a que subia.

---

1. De ponte a ponte fomos: da ponte sobre a quarta vala (que haviam deixado) à ponte sobre a quinta vala (a que estavam chegando). Durante o percurso, Dante e Virgílio trataram de matéria sem qualquer interesse para a narrativa.
3. E já do escolho a meio: na ponte sobre a quinta vala. Ao cruzar os canais, os pontalões de pedra semelhavam arcos; e estando a meio do arco, ou da ponte, os poetas estavam justamente a cavaleiro da depressão embaixo.
4. A outra fissura de Malebolge: a outra vala, bolsão ou compartimento de Malebolge; exatamente a quinta vala entre as dez do Círculo oitavo.
10. E a uma só vez: a um tempo, via-se a faina variada dos marinheiros, reparando os navios que, durante o inverno, estavam fundeados no porto de Veneza.
16. Assim, ali embaixo, o pez fervia: o pez fervia ali, na quinta vala, como no arsenal dos Venezianos, e não era aquecido pelo fogo (que não existia no interior da vala), mas pela arte divina, isto é, pela vontade de Deus. E espalhando o seu vapor escuro pelas paredes de pedra do recinto, o pez fervente a tudo pintava de preto.

19   Eu olhava, e não via, na neblina,
     mais que a fervura em bolhas, que se inflava,
     e caía, desfeita em névoa fina.

22   Enquanto eu fixamente a contemplava,
     "Cuidado!" ao bom Virgílio ouvi gritando;
     e num gesto tirou-me de onde estava.

25   Voltei-me, como alguém, que desejando
     saber do que é que lhe convém fugir,
     e mesmo sob o horror que o vai tomando,

28   observa, atento, antes de se cobrir,
     e em nossa direção notei, correndo,
     negro demônio sobre a ponte vir.

31   O seu aspecto era feroz, horrendo.
     Ao gesto tredo nos intimidava,
     o passo abrindo, as asas distendendo!

34   Nos ombros largos, que o orgulho alteava,
     um pecador trazia dominado
     à mão, que seus artelhos apertava.

37   "Ó! Malebranche, aqui!" bradou, irado:
     "Trago-te alguém que em Santa Zita opina!
     Mergulha-o já, que volto, alvoroçado,

40   àquela terra, certo a mais indina;
     todos lá são venais, menos Bonturo,
     lá do não se faz sim pela propina."

43   Lançando-o abaixo, sobre o pez escuro,
     se foi de volta, qual mastim voando
     no rastro do ladrão, que tem seguro.

33. O passo abrindo, as asas distendendo: os demônios da quinta vala, encarregados de supliciar os trapaceiros e corruptos, eram dotados de asas, podendo librar-se nos ares. O demônio, que então chegava, vinha correndo sobre a ponte, mas se servia das asas, agitando-as, para se mover mais rapidamente.
37. Ó Malebranche: designação genérica dos demônios daquela vala, que, munidos de ganchos e arpões, impediam que os infelizes, submersos na fervura, saíssem fora ou permanecessem à tona.
38. Trago-te alguém que em Santa Zita opina: o demônio trazia ao poço um membro do governo de Lucca, um conselheiro, certamente venal. A cidade de Lucca tinha como padroeira Santa Zita, e, pois, é referida aqui de modo indireto.
41. Todos lá são venais, menos Bonturo: para demonstrar o superlativo grau de venalidade ocorrente em Lucca, Dante, sarcasticamente, excepciona entre tantos corruptos exatamente a Bonturo, que era tido como o protótipo dos trapaceiros luquenses.

INFERNO

"Com seus arpões ferindo-o, e erguendo os braços,
'Volta ao fundo', gritaram, 'como dantes,
que lá podes roubar sem deixar traços.'"

(*Inf.*, XXI, 52/4)

46   Em pouco, à superfície o réu tornando,
dos demos foi saudado rudemente:
"Já não estás no Sérquio aqui nadando!

49   O Rosto Santo não tens mais à frente!
Se não queres sofrer nossos pontaços
não aflores de novo ao pez fervente!"

48. Já não estás no Sérquio aqui nadando: o Sérquio, rio próximo à cidade de Lucca, no qual era de uso banharem-se e nadarem os Luquenses.
49. O Rosto Santo não tens mais à frente: o *Santo Volto*, escultura de Cristo em madeira, verdadeira relíquia que se venerava na Catedral de Lucca. Provavelmente, os demônios, que se dirigem a um réprobo luquense, querem significar-lhe que naquele poço nenhum milagre o salvará.

52 Com seus arpões ferindo-o, e erguendo os braços:
    "Volta ao fundo", gritaram, "como dantes,
    que lá podes roubar sem deixar traços" —

55 quais mestres, na cozinha, aos ajudantes
    instruindo a terem dentro da caldeira,
    e não à tona, as carnes, flutuantes.

58 "Porque ninguém possa avistar-te à beira",
    disse Virgílio, "acolhe-te à saliência
    da penedia, como a uma seteira.

61 E não temas se alguma impertinência
    vires aqui, que estou bem preparado;
    sei como lhes quebrar a resistência."

64 Pela ponte seguiu, ao outro lado:
    mas alcançando enfim o dique sexto
    necessário lhe foi ser firme e ousado.

67 Na mesma atoarda e ímpeto molesto
    da cainçalha a ladrar sobre o mendigo
    que esmola pede, à estrada, roto e mesto,

70 os demônios deixaram seu abrigo
    sob a ponte, os tridentes tendo erguidos.
    Mas ele lhes gritou: "Quietos, eu digo!

73 Antes que os golpes sejam desferidos,
    venha um de vós ouvir-me, mais à frente;
    vereis o que fazer, depois, reunidos."

76 "Vai, Malacoda!" anuíram, juntamente;
    do grupo um se adiantou, empertigado,
    dizendo: "Não escapas, certamente!"

79 "Pois tu crês, Malacoda, haja eu chegado
    até aqui", tornou-lhe o meu bom mestre,
    "contra tantos perigos resguardado,

---

58. *Porque ninguém possa avistar-te à beira*: afim de que, naquela posição sobre a ponte, mais exposta porque mais elevada, não pudessem os demônios divisar Dante, Virgílio recomendou-lhe esconder-se atrás de uma saliência da pedra.
63. *Sei como lhes quebrar a resistência*: Virgílio procura tranquilizar Dante relativamente à atitude hostil dos demônios alados, providos de ganchos; e dá a entender que, tendo estado ali antes, sabia como quebrar-lhes a resistência (veja-se o Canto X, versos 22 e seguintes).
76. *Vai, Malacoda*: um dos diabos, ali, e, como se verá a seguir, espécie de guia ou diretor dos demais.

"Mas ele lhes gritou: 'Quietos, eu digo!'"

(Inf., XXI, 72)

82   sem a ajuda divina, e não terrestre?
     Que eu siga, pois: Do céu fui incumbido
     de alguém trazer a esta jornada alpestre."

85   No imenso orgulho vendo-se abatido,
     o tridente a seus pés deixou cair,
     gritando aos mais: "Não pode ser ferido!"

---

84. De alguém trazer a esta jornada alpestre: Virgílio explica a Malacoda que fora incumbido pelo céu de levar alguém (Dante) àquela jornada através das veredas e grotas do Inferno, semelhante às viagens que se fazem descendo as montanhas ingremes.
85. No imenso orgulho vendo-se abatido: Malacoda, vendo-se abatido no seu imenso orgulho de anjo rebelado, deixou o arpão tombar aos pés.

88   O mestre me acenou, como a sorrir:
     "Já não precisas desse escudo agora,
     e comigo, seguro, podes vir."

91   Saí ao seu encontro, sem demora,
     quando os demos se ergueram, relutantes,
     como quem fez um trato, que deplora.

94   Temor igual ao meu vi nos infantes
     que deixavam Caprona enfim rendida,
     indo entre os inimigos, hesitantes.

97   Eu me achegava ali, a alma transida,
     mais e mais ao meu guia, reparando
     naquela malta crua e enfurecida.

100 Os seus arpões brandiam, trovejando:
     "Quereis que o espete a meio do costado?"
     E respondiam: "Sim, vamos golpeando!"

103 Mas aquele que havia conversado
     com Virgílio se ergueu, e em rude gesto,
     "Sossega, Scarmiglione!" disse, irado.

106 "Impossível", falou-nos, "pelo resto
     da estrada ir por aqui, que adiante jaz
     quebrada a rocha sobre o vale sexto.

109 Se prosseguir agora vos apraz,
     passai por esta grota, onde se abriu
     uma vereda, e chegareis em paz.

112 Ontem de tarde o prazo se cumpriu
     de mil duzentos anos e sessenta
     e seis desde que a ponte ali ruiu.

---

94. Temor igual ao meu vi nos infantes: ao ver os demônios avançarem, apesar do trato feito, Dante ficou apavorado; e compara o temor que o assaltou ali com o que viu estampado no rosto dos soldados que, após a rendição de Caprona, saíram da fortaleza, passando em meio das hostes inimigas, que vociferavam, ameaçadoramente. O trecho indica que Dante participou do cerco de Caprona, castelo perto de Pisa, e que foi atacado em 1289 por Luquenses e Florentinos.
103. Mal aquele que havia conversado: Malacoda, como se vê do verso 76.
108. Quebrada a rocha sobre o vale sexto: para passar à sexta vala, deveriam os poetas transpor a ponte de pedra. Mas o líder dos demônios, Malacoda, preveniu-os de que não poderiam assim proceder, pois o rochedo havia desabado.
111. Uma vereda, e chegareis em paz: depois de mencionar o desmoronamento, Malacoda acrescentou que se os poetas seguissem por uma trilha que se abria na grota poderiam chegar a um ponto em que era praticável a passagem à sexta vala.
112. Ontem de tarde o prazo se cumpriu: ontem, na parte da tarde, completaram-se mil e duzentos e sessenta e seis anos desde que a ponte ruíra ao fundo da vala. Explicam os comentadores que a ruína fora ocasionada pelo terremoto havido após a morte de Cristo. O informe confirma a interpretação de que a experiência que deu causa ao poema se situa no ano de 1300.

INFERNO

115 Alguns dos meus irão, em marcha lenta,
a ver que os réus não saiam da resina;
podem servir-vos como escolta isenta."

118 "Eia, aqui, Aliquino, e Calcabrina",
começou a dizer, "e tu, Cagnazzo;
Barbarícia guiará a horda malina.

121 Irão mais Libicoco e Draghignazzo,
Grafiacane e Ciriato, que é dentudo,
e Farfarelo, e Rubicante, o raso.

124 Em redor da caldeira olhai a tudo!
Levai os dois à vista da amurada,
junto à ponte que cruza o vale rudo!"

127 "Ah! Mestre," eu disse, "temo uma cilada!
Antes seguirmos sós, sem comitiva,
se és capaz, que o não sou, de achar a estrada.

130 Sábio, como és, não vês a sua esquiva
atitude, rangendo os negros dentes,
e erguendo as celhas, numa ameaça viva?"

133 "Por que", tranquilizou-me, "te ressentes?
Não é a nós que ameaçam, como dantes,
mas aos que dentro estão do pez dolentes."

136 E giraram à esquerda, a língua, arfantes,
toda de fora, ao decurião mostrando;
o qual rompeu em gestos repugnantes,

139 como a uma tuba, à roda, sopros dando.

---

115. *Alguns dos meus irão, em marcha lenta*: Malacoda declara que alguns de seus companheiros iam sair à ronda, para vigiar o lago, e evitar que os condenados abandonassem a resina. E ajunta que os demônios podiam servir de escolta aos poetas e não lhes fariam mal.
123. *E Rubicante, o raso*: e Rubicante, o insano, o doido.
137. *Toda de fora, ao decurião mostrando*: os demônios exibiram a língua a Barbarícia, seu líder, incumbido por Malacoda, como se vê no verso 120, de chefiar a decúria enviada à ronda.
139. *Como a uma tuba, à roda, sopros dando*: e Barbarícia, então, ante o aceno ignóbil de seus companheiros, começou, em postura torpe, a liberar à roda a sua ventosidade, como se soprasse a uma trombeta.

CANTO XXII

Permanecem os poetas na quinta vala do Círculo oitavo, com os trapaceiros e prevaricadores. Seguidos pelos demônios, percorrem a trilha demandando o ponto em que passar à sexta vala; e, durante o trajeto, observam o ardil de um condenado, para escapar, e assistem a uma luta entre dois demônios.

1   Vi desarmar a tenda o cavaleiro,
    ao combate correr, vir nas paradas,
    e mesmo, à retirada, voar ligeiro;

4   vi nas campinas vossas, devastadas,
    ó Aretinos, incursões furiosas,
    feros torneios, justas esforçadas:

7   sempre ao ressoar das trompas sonorosas,
    dos sinos, dos tambores, sob as belas
    insígnias, drapejando no ar, gloriosas.

10 Mas com iguais e estranhas charamelas
    nunca eu vi cavaleiros, nem infantes,
    nem barcos governados das estrelas.

13 Íamos, pois, e atrás os dez farsantes:
    Mas que fazer? Na igreja se acha a gente
    entre os santos, na tasca entre os tunantes!

16 Eu para o tanque olhava fixamente,
    examinando-o a fundo, procurando
    ver quem gemia sob o pez fervente.

19 Como os ágeis delfins, que o dorso arqueando
    previnem os marujos do perigo,
    para que tratem de ir a nau salvando,

---

4. Vi nas campinas vossas, devastadas: eu já vi, nas terras de Arezzo, taladas pela guerra, loucas incursões de cavaleiros, bem como justas e torneios. Supõe-se que o poeta aluda aos acontecimentos de 1289, em que tomou parte, especialmente aos combates havidos entre Aretinos e Florentinos.
10. Mas com iguais e estranhas charamelas: as estranhas charamelas, os sinais de partida dados por Barbarícia à decúria dos demônios, os ruídos indecorosos mencionados nos versos 138 e 139 do Canto precedente. Dante enumera uma série de ações que vira desenrolarem-se ao som de instrumentos e sinais, para salientar que nenhuma se realizou sob charamela tão estranha como a marcha do grupo dos demônios.
12. Nem barcos governados das estrelas: em alto-mar, o curso dos barcos se determinava em relação às estrelas.

22　　assim, buscando alívio no castigo,
　　　vinham à superfície os condenados,
　　　mas imergiam como o raio, eu digo.

25　　E tais à orla dos poços sossegados
　　　as rãs abicam, pondo a venta fora,
　　　os corpos conservando mergulhados,

28　　ali quedavam réus àquela hora;
　　　mas vendo Barbarícia, que chegava,
　　　ao fundo se sumiam sem demora.

31　　Eu vi — e como o peito me apertava! —
　　　um deles retardar-se, qual sucede
　　　às rãs, que uma fugia e outra ficava;

34　　pois Grafiacane, estando ali adrede,
　　　pela coma o puxou que o pez cobria,
　　　alçando-o como à lontra que se mede.

37　　Seus nomes já de cor eu conhecia,
　　　pois nisso reparei, quando chamados,
　　　e, vendo-os conversar, de novo ouvia.

40　　"Ó Rubicante, os garfos acerados
　　　crava-lhe às costas para o despelar!",
　　　gritavam, juntamente, os renegados.

43　　"Mestre, se podes, peço-te indagar",
　　　principiei, "quem é o distraído
　　　que não logrou em tempo se afastar."

46　　Virgílio foi-lhe perto, e, compungido,
　　　quis saber de onde vinha; ao que tornou:
　　　"No reino de Navarra fui nascido.

24. Mas imergiam como o raio, eu digo: os condenados ao mergulho no tanque de piche fervente tentavam vir à tona, para amenizar o seu sofrimento; mas vinham e mergulhavam imediatamente para não serem acutilados pelos demônios alados que vigiavam em torno.
35. Pela coma o puxou que o pez cobria: Grafiacane, vendo o condenado retardatário, agarrou-o pelos cabelos retintos e escorridos de pez, e alçou-o, no gesto característico do caçador que, apanhando a lontra, ergue-a para bem lhe avaliar o tamanho e o peso.
38. Pois nisso reparei, quando chamados: quando Malacoda convocou, um a um (Canto XXI, versos 118 a 123), os demônios para formarem a decúria chefiada por Barbarícia, o poeta escutou seus nomes extravagantes, neles prestando atenção. E ouvindo-os, depois, chamarem-se uns aos outros, ainda mais lhe fixou em sua memória.
40. Ó Rubicante, os garfos acerados: os demônios estimulavam Rubicante, que era doido (Canto XXI, verso 123), a cravar nas costas do réu aprisionado os garfos acerados de seu arpão.
48. No reino de Navarra fui nascido: segundo os comentadores, trata-se de um tal Ciampolo, valido do rei Tebaldo II, de Navarra, e famoso trapaceiro e prevaricador.

49   Por servo a um nobre a mãe me confiou,
       quando meu pai, de todo o siso baldo,
       sua fortuna e vida dissipou.

52   Mais tarde me agreguei ao rei Tebaldo;
       e comecei então a ir traficando,
       até ser castigado neste caldo."

55   O demônio que os dentes semelhando
       mostrava aos de um javardo, Ciriato,
       no desgraçado as presas foi cravando.

58   Entre gatos cruéis caíra o rato;
       mas Barbarícia se interpôs, alçado,
       gritando: "Para trás! Que deste eu trato!"

61   E disse ao guia meu, atento, ao lado:
       "Se algo tens a indagar-lhe, indaga então,
       antes que vá por fim despedaçado."

64   E meu mestre: "Entre os que no lago estão
       não viste porventura algum latino?"
       Tornou-lhe: "Há pouco estava em reunião

67   com um daquela banda, e bem genuíno;
       se ao lado dele me deixara estar
       não cairia em mãos deste assassino."

70   Mas Libicoco: "Chega de esperar!",
       bradou, em fúria, e deu-lhe uma pontada
       ao braço, que se viu quase soltar.

73   E também Draghignazzo, a lança armada,
       quis as pernas golpear-lhe de repente.
       Deitou-lhes Barbarícia a vista irada.

76   Aquietando-se o grupo novamente,
       meu mestre interrogou a sombra aflita,
       que inda a ferida olhava, tristemente:

---

55. O demônio que os dentes semelhando: um dos demônios da decúria, Ciriato, apresentava enormes dentes saindo pela boca, a um lado e outro, como os de um javali (Canto XXI, verso 122).
65. Não viste porventura algum latino: Latino, italiano. Virgílio pergunta ao Navarrês se entre os condenados submersos no pez não haveria algum italiano.
67. Com um daquela banda, e bem genuíno: à pergunta de Virgílio, Ciampolo esclarece que acabara de estar com alguém que era daquelas bandas, isto é, era latino, ou italiano.
69. Não cairia em mãos deste assassino: e se eu tivesse continuado a conversa com o italiano, em vez de vir à tona (prosseguiu Ciampolo), não teria caído em mãos deste assassino, Grafiacane (vejam-se os versos 31 a 36).

79 "De quem, então, à conta da desdita,
    tu te afastaste, vindo onde é mais raso?"
    "Conversava", falou, "com frei Gomita,

82 em Galura das fraudes, certo, o vaso,
    que os rivais de seu amo tendo à mão,
    não os puniu, mas os louvou, acaso,

85 por dinheiro livrando-os da prisão,
    de plano, como disse; e em toda a vida
    foi trapaceiro de alta projeção.

88 A Miguel Zanche junta-se na lida,
    senhor de Logodoro, e os dois, contentes,
    recordam a Sardenha corrompida.

91 Mas ai! Olha este aqui que rilha os dentes!
    Eu me calo, pois temo que por trás
    me vá cravando as garras repelentes!"

94 E o cabo a Farfarelo que, minaz,
    se aprestava a atirar-se por ferir,
    gritou: "Arreda, pássaro voraz!"

97 "Se quereis avistar aqui e ouvir",
    seguiu falando o pávido, destarte,
    "ou Toscano, ou Lombardo, os farei vir,

100 ficando os Malebranches longe e à parte
    a fim de não os atemorizar;
    vereis como um que sou já se reparte

103 em sete ou mais que logo vou chamar
    dentre os que estão no fundo, assobiando,
    como é costume aqui para avisar."

81. Conversava, falou, com frei Gomita: Frei Gomita, juiz em Galura, Sardenha, e secretário de Nino Visconti. Foi trapaceiro de prol e notório prevaricador.
88. A Miguel Zanche junta-se na lida: Frei Gomita era visto quase sempre ao lado de Miguel Zanche em seu suplício. Miguel Zanche, governante de Logodoro, na Sardenha, outro notório prevaricador.
94. E o cabo a Farfarelo: o cabo, isto é, o chefe da decúria dos demônios, Barbarícia, que precisou intervir mais uma vez para que Dante e Virgílio pudessem continuar ouvindo o Navarrês.
99. Ou Toscano, ou Lombardo, os farei vir: Ciampolo, o pávido navarrês, prossegue na arenga interrompida, sempre ameaçado pelos demônios. Para ganhar tempo, recorre a um estratagema: Acena a Dante e Virgílio com a possibilidade de reunir ali outros réprobos. Com a malícia própria dos trapaceiros, afirma que pode convocar Toscanos e Lombardos (gente que os dois poetas decerto apreciariam ouvir), mas era necessário que os demônios se afastassem um pouco; em caso contrário, os condenados não apareceriam.

106 Ao ouvi-lo, Cagnazzo, o queixo alçando,
   disse aos demais: "Olhai, que uma esperteza
   por escapar está arquitetando!"

109 Mestre exímio em trapaças e torpeza,
   tornou-lhe o Navarrês: "Sou muito esperto,
   e vos trarei os outros, sem defesa."

112 Contra a opinião geral, e a descoberto,
   Aliquino bradou: "Pois tenta o salto!
   Atrás de ti não vou correndo, certo,

115 mas ao pez baixarei em voo do alto:
   a ver se tens mais do que nós valor,
   aguardaremos junto do ressalto."

118 E aqui se mostra um novo ardil, leitor:
   Foram postar-se da amurada ao rés,
   indo primeiro o que pensou se opor.

121 Era isto o que esperava o Navarrês;
   firmando-se no solo, de repente
   atirou-se, num salto, em meio ao pez.

124 Queixaram-se os demônios rudemente;
   e o que motivo dera a tal fracasso
   subiu, aos gritos: "Vou detê-lo à frente!"

127 Mas em vão, que não pôde ao medo o passo
   a asa tolher, e enquanto um vai sumido,
   o outro retorna, alçando-se, no espaço

---

110. *Sou muito esperto*: procurando enganar a guarda, Ciampolo insinua que provará sua esperteza, fazendo, traiçoeiramente, com que se apresentem ali mais alguns condenados, que os demônios poderiam agarrar e torturar facilmente.

115. *Mas ao pez baixarei em voo do alto*: os demônios relutavam ante a proposta do Navarrês de que se afastassem um pouco. Um deles, entretanto, Aliquino, contra a opinião geral, tomou a iniciativa de aceitá-la. Advertiu-o de que, se tentasse escapar ao lago, ele, Aliquino, não iria persegui-lo correndo, mas baixaria em voo, imediatamente, à superfície do pez, para agarrá-lo.

120. *Indo primeiro o que pensou se opor*: Cagnazzo, que alertara seus companheiros sobre um possível ardil do Navarrês, para escapar-lhes (versos 107 a 108). Como todos acabaram concordando com Aliquino, Cagnazzo foi o primeiro a se retirar para o ressalto de pedra. Os demônios caíram, pois, no logro.

125. *E o que motivo dera a tal fracasso*: Aliquino, que foi o primeiro a admitir que se deviam afastar para que o Navarrês pudesse chamar seus companheiros, como prometia. Mas, ao ver Ciampolo atirar-se ao lago, Aliquino precipitou-se, em voo, atrás dele, tentando ainda pegá-lo.

127. *Mas em vão, que não pôde ao medo o passo*: mas foi maior a rapidez do medo do que a rapidez do voo. Enquanto, num salto, o Navarrês mergulhava no piche e sumia, Aliquino, já tocando o espelho negro do lago, teve que retroceder, num movimento rápido, subindo de novo, verticalmente, pelo espaço.

"Subiu, aos gritos: 'Vou detê-lo à frente!'"

(*Inf.*, XXII, 126)

130   — tal o pato se vê que, espavorido,
      nas águas da laguna mergulhando,
      foge ao falcão, que volta, aborrecido.

133   Irado, Calcabrina foi voando
      atrás, a ver se o réprobo fugia,
      em punir o culpado cogitando.

---

135. Em punir o culpado cogitando: quando Aliquino partiu, tentando alcançar o Navarrês, Calcabrina, que se ressentira do logro mais que os outros, voou logo atrás dele; e ia disposto a castigar Aliquino como responsável pela fuga, caso Ciampolo escapasse.

136   No instante em que o proscrito submergia,
        contra Aliquino arremessou o arpão,
        no espaço, sobre o pez que refervia.

139   Mas o outro, como agílimo gavião,
        golpeou-o também, e, juntos, enlaçados,
        desabaram no férvido alcatrão.

142   Logo o calor deixou-os separados:
        mas não se alçaram mais do piche ardente,
        as asas tendo e os corpos envisgados.

145   E Barbarícia, aos gritos, impaciente,
        quatro dos seus mandou à riba oposta,
        em voo, com seus arpões, celeremente.

148   Alcançando o destino, à orla da costa,
        sacaram-nos de lá, meio cozidos,
        tal como pães ao forno, sob a crosta:

151   Neste passo os deixamos, aturdidos.

---

136. *No instante em que o poscrito submergia*: o proscrito, o Navarrês. No instante em que o viu submergir, fugindo definitivamente, Calcabrina arremessou contra Aliquino seu arpão, sobre o lago, ferindo-o.
139. *Mas o outro, como agílimo gavião*: o outro, Aliquino, que, ferido por Calcabrina, voltou-se, com a agilidade de um gavião em voo, revidando ao golpe.
151. *Neste passo os deixamos, aturdidos*: e, neste exato momento, os dois poetas se afastaram, vendo os demônios ocupados e confusos, no esforço por retirar do betume fervente os brigões.

"Mas o outro, como agílimo gavião,
golpeou-o também, e, juntos, enlaçados,
desabaram no férvido alcatrão."

(*Inf.*, XXII, 139/41)

CANTO XXIII

Livrando-se da escolta dos demônios, os dois poetas se afastam e, finalmente, chegam à vala sexta (estão ainda no oitavo Círculo), onde se acham os hipócritas, que desfilam em pranto, revestidos de pesadas capas de chumbo.

1 Sem companhia, pois, mudos, sozinhos,
   íamos, um à frente, o outro atrás,
   como os frades marchando nos caminhos.

4 Inda abalado ante a visão pugnaz,
   no que nos narra Esopo eu meditava
   sobre o rato confiante e a rã mendaz.

7 A *issa* certo *mo* não se igualava
   mais do que o conto ao fato inesperado,
   como do início ao fim se interpretava.

10 E tal um pensamento é do outro nado,
   nova ideia me veio logo à mente,
   fazendo redobrar o meu cuidado.

13 "Posto", eu pensava, "que eles tão vilmente
   foram, por nossa causa, escarnecidos,
   hão de querer vingar-se, certamente.

16 Pela ira acesa e o agravo compelidos,
   virão atrás de nós em correria,
   como à trilha da lebre os cães sofridos."

---

1. Sem companhia, pois, mudos, sozinhos: enquanto os demônios estiveram ocupados em retirar os dois brigões, Calcabrina e Aliquino, do poço de pez, como referido no Canto precedente, os poetas trataram de prosseguir sozinhos.
4. Inda abalado ante a visão pugnaz: Dante se sentia ainda abalado pela visão da encarniçada luta dos dois demônios e sua queda no pez fervente.
6. Sobre o rato confiante e a rã mendaz: na fábula, atribuída a Esopo, a rã, pretendendo vingar-se do rato, ofereceu-se para ajudá-lo a transpor o lago. Amarrou ao seu próprio corpo a pata do roedor, sob o pretexto de que era um cuidado necessário para evitar que o seu companheiro se soltasse e fosse ao fundo. Antes, porém, que a rã, nadando, alcançasse o ponto em que pretendia submergir e afogar o rato, surgiu um gavião que arrebatou os dois animaizinhos em suas garras.
7. A issa certo mo não se igualava: Issa e mo, duas palavras do latim popular, significando agora, já; portanto, sinônimas. E tais palavras não se igualavam entre si mais do que a luta inesperada entre os dois demônios (vista pelos poetas) se igualava à história da rã e do rato.
14. Foram, por nossa causa, escarnecidos: Dante considerava que os demônios haviam sido ludibriados pelo Navarrês, e isso se tornara possível porque ele e Virgílio estavam presentes. Os dois poetas, deste modo, haviam sido causa, ainda que indireta, da burla e do gravame sofridos pela decúria de Barbarícia.

INFERNO

19   Eriçados os pelos eu sentia,
     e disse, olhando ao longo da amurada:
     "Mestre, deixemos esta aberta via,

22   que os Malebranches, vindo em disparada,
     tentarão alcançar-nos sem demora;
     de medo, já lhes ouço a atropelada."

25   E ele: "Se espelho eu fosse nesta hora,
     melhor não refletira o teu semblante
     do que reflito a tua mente agora.

28   Vejo que nossa ideia é concordante
     quanto a sair daqui rapidamente
     para à vala descer que se abre adiante.

31   Se pela encosta, quase à prumo, à frente:
     pudermos à outra bolsa deslizar,
     à caça escaparemos, deprimente."

34   Mal acabara de o ouvir falar,
     os demos de asas tensas vi chegando,
     já muito perto, quase a nos pegar.

37   O mestre em suas mãos me foi tomando,
     tal como a mãe, que súbito desperta,
     vendo um incêndio à roda se alastrando,

40   e abraça o filho, e contra si o aperta,
     só pensando em salvá-lo, e sai correndo,
     sem da simples camisa estar coberta;

43   então, ao solo presto se estendendo,
     deixou-se escorregar pela ladeira,
     que a um lado à vala, embaixo, ia descendo.

22. Que os Malebranches: os demônios alados, incumbidos de vigiar e supliciar os condenados na laguna de pez, recorde-se (Canto XXI, verso 37; Canto XXII, verso 100).
25. Se espelho eu fosse nesta hora: Virgílio explica a Dante que seu pensamento, naquela hora, refletia o dele tão exatamente como um espelho refletiria a sua imagem. Quer dizer: Virgílio diz que pensa o mesmo que Dante e experimenta igual temor quanto à reação dos demônios.
45. Que a um lado à vala, embaixo, ia descendo: o declive pelo qual escorregou Virgílio ia dar à vala embaixo, isto é, à sexta vala; dito declive se constituía ao mesmo tempo numa das paredes ou amuradas do bolsão em que se encontravam, separando-o do outro.

DANTE ALIGHIERI

46   Nunca se viu correr assim ligeira
        a água nas canaletas do moinho,
        sobre a roda lançando-se em cachoeira,

49   tal deslizou meu mestre no caminho,
        levando-me consigo sobre o peito,
        como se faz a um filho, com carinho.

52   Ao pisarmos, no fundo, o firme leito,
        vimos acima os diabos assomando;
        mas de descer não tinham eles jeito.

55   A suma Providência que o comando
        lhes deu daquela vala embetumada,
        o poder de sair lhes foi negando.

58   Gente encontramos, fúlgida, dourada
        a desfilar em torno, lentamente,
        mostrando a face triste e macerada.

61   Capas trajava, de capuz à frente
        dos olhos, como as em Colônia usadas
        pelos monges soturnos, geralmente.

64   Chumbo dentro, ouro fora, tão pesadas
        se viam que as do próprio Frederico
        eram de palha se lhes comparadas.

67   Ah manto eterno, fatigante e rico!
        Nós os seguimos, pela esquerda entrando,
        ouvindo-os maldizer o estado inico.

---

52. Ao pisarmos, no fundo, o firme leito: quando Dante e Virgílio, depois de deslizarem pela encosta quase perpendicular, chegaram ao fundo, pisando o chão da sexta vala, viram os demônios que os perseguiam assomarem ao cimo do barranco.
56. A vala embetumada: à vala quinta, que os dois poetas tinham acabado de abandonar. Embetumada, porque era nela que estava o lago de betume fervente a que eram lançados os trapaceiros e prevaricadores.
58. Gente encontramos, fúlgida, dourada: as almas da vala sexta tinham aparência dourada, cintilante. Ostentavam pesadas capas de chumbo, com o capuz caindo sobre os olhos. Eram os hipócritas, os que falam ou agem diversamente do que pensam. A duplicidade de seu caráter é, desde logo, ressaltada pela aparência exterior brilhante (o dourado das capas) e sua profunda tristeza, manifesta no pranto contínuo, nas faces maceradas e no movimento tardo e difícil.
65. Que as do próprio Frederico: eram tão pesadas as capas dos hipócritas que, comparadas com elas, pareceriam de palha as que o imperador Frederico II costumava impor aos seus inimigos. Dizia-se que o imperador fazia introduzir os infelizes em armaduras de chumbo, aquecidas ao fogo, num pavoroso suplício.
67. Ah manto eterno, fatigante e rico: o manto que revestia os hipócritas era eterno, porque eterno o castigo do Inferno; fatigante, porque seu peso deixava extenuados os seus portadores; e rico, porque, dourado externamente, parecia de ouro.
69. Ouvindo-os maldizer o estado inico: Dante, caminhando com os hipócritas, ouvia-os, por entre o pranto, maldizer o miserável estado em que se encontravam, sob as capas de chumbo.

"Ao pisarmos, no fundo, o firme leito,
vimos acima os diabos assomando."

(Inf., XXIII, 52/3)

70 Mas, sob o peso, vinham avançando
    tão devagar, que a cada movimento,
    a companhia nossa ia mudando.

73 Eu disse ao mestre: "Acaso vês, atento,
    alguém por nome ou feitos conhecido,
    em meio aos que se arrastam no tormento?"

76 O meu toscano acento tendo ouvido,
    um deles me gritou: "Detém-te, então,
    ó tu que na aura aqui andas perdido,

79 talvez responda à tua indagação!"
    E a mim Virgílio: "Atende-o, é conveniente;
    vê que deves marchar com lentidão."

82 Eram dois, e nas faces, claramente,
    demonstravam a pressa por chegar;
    mas o peso os tolhia, e a mais da gente.

85 E em nós fixando o triste e oblíquo olhar,
    quedaram-se, em silêncio, um breve instante;
    depois os escutei, a dialogar:

88 "Este parece vivo, o peito arfante."
    "Mas, se mortos estão, que regalia
    os faz livres da capa fatigante?"

91 "Toscano", ouvi-os dizer, "que à confraria
    dos hipócritas tristes vens descendo,
    conta-nos quem és tu, por fidalguia."

94 Respondi-lhes: "Nasci e fui crescendo
    às margens do Arno, na famosa vila,
    e chego, o corpo meu inda mantendo.

83. Demonstravam a pressa por chegar: via-se na expressão das duas sombras o imenso desejo de se aproximar dos poetas; mas a pressa, que lhes estava no pensamento, era necessariamente fraudada pela fatal lentidão de seu passo e ainda pelo montão de gente vagarosa que se aglomerava à frente.
91. Toscano, ouvi-os dizer: os dois espíritos que se aproximaram saúdam Dante por esta forma, fazendo-o saber que acaba de chegar ao sítio de punição dos hipócritas.
95. Às margens do Arno, na famosa vila: em Florença.
96. E chego, o corpo meu inda mantendo: e estou chegando ao Inferno ainda de posse de meu corpo terreno, isto é, estando vivo.

"'Toscano', ouvi-os dizer, 'que à confraria
dos hipócritas tristes vens descendo,
conta-nos quem és tu, por fidalguia.'"

(*Inf.*, XXIII, 91/3)

97 Mas vós, quem sois, que aos olhos vos estila
    o pranto, na aflição desesperada?
    E que castigo é o vosso, que cintila?"

100 E um deles: "Esta túnica dourada,
    de chumbo que é, pesou-nos tanto às vezes,
    que fez ranger, pendente, a nossa ossada.

---

99. E que castigo é o vosso, que cintila: Dante lhes pergunta que castigo era aquele que lhes dava a aparência áurea, brilhante, em razão das capas douradas.

103 Frades Gaudentes fomos, bolonheses:
Sou Catalano; Loderingo aí vem;
regemos tua terra por uns meses,

106 chamados ambos, como é de uso alguém
de fora por mantê-la em paz chamar;
no Gardingo o que fomos se vê bem."

109 "Ó irmãos," principiei, "vosso penar."
E mais não disse, porque um réu pregado
em cruz, no solo, eu vi, a estrebuchar.

112 Ao sentir-nos, ficou mais agitado,
e na barba cuspia, suspirando;
frei Catalano, então, vindo ao meu lado,

115 disse-me, presto: "O réu que estás mirando
fez com que à plebe os Fariseus um dia
entregassem um justo, a lei quebrando.

118 Ei-lo estendido, nu, em plena via;
no corpo há de sofrer eternamente
o peso dos que passam, à porfia.

121 Aqui padece o sogro e, juntamente,
de igual maneira, os outros do concílio
que foi do mal judaico a vil semente."

124 Não ocultou seu pasmo o bom Virgílio
ao ver no solo o réu, em cruz, cravado
acerbamente, no perene exílio.

103. *Frades Gaudentes fomos, bolonheses*: por *Frati Godenti*, frades alegres, tornaram-se conhecidos os membros da ordem religiosa dos Irmãos da Virgem Maria. O epíteto de Gaudentes lhes fora dado em razão de sua vida brilhante e faustosa.
106. *Chamados, como é de uso alguém de fora*: era uso, naquele tempo, em momento de crise ou conflito, confiar o governo das cidades a estrangeiros desvinculados das paixões e interesses locais. Assim os dois frades gaudentes, Catalano e Loderingo, foram chamados a governar Florença (1266). Como rematados hipócritas, entretanto, aparentando observar neutralidade, sustentaram os guelfos contra os gibelinos. A maior prova de sua parcialidade podia-se ver no Gardingo, bairro de Florença onde residiam os líderes gibelinos, e que foi incendiado durante o governo dos dois frades.
115. *O réu que estás mirando*: ao ver Dante observando o crucificado, estendido no solo, e a meio da passagem, frei Catalano explicou que se tratava de Caifaz, o hipócrita que, no Sinédrio, aconselhou os Fariseus a condenarem Jesus, satisfazendo assim à ralé.
121. *Aqui padece o sogro*: sujeitos a igual castigo estavam também ali Anaz, sogro de Caifaz, e os outros juízes do Sinédrio que condenou Cristo; e tal condenação teria sido a semente das desgraças que atingiram a comunidade judaica.
126. *Acerbamente, no perene exílio*: no perene exílio, quer dizer, no Inferno, onde os tormentos são eternos. Recorde-se que Virgílio havia percorrido antes todos os Círculos do Inferno (Canto IX, versos 22 a 30); mas isso fora anteriormente à morte de Cristo, e, portanto, Caifaz ainda não se encontrava ali naquela afrontosa situação, tanto vilmente.

"(...) disse-me, presto: 'O réu que estás mirando
fez com que à plebe os Fariseus um dia
entregassem um justo.'"

(*Inf.*, XXIII, 115/7)

127   Depois, falou ao frade, que ia ao lado:
      "Não poderás acaso me mostrar
      onde transpor à destra este fossado,

130   e assim minha jornada continuar,
      sem que a alguma das serpes insinceras
      eu peça por daqui nos retirar?"

133   Respondeu-lhe: "Mais cedo do que esperas
      um pontalão verás, da escarpa vindo,
      que uma por uma cruza as valas feras;

136   mas nesta se quebrou e foi aluindo:
      podeis usar de seu destroço o monte,
      que ao fundo jaz, da cava então saindo."

139   Meu mestre murmurou, baixando a fronte:
      "Outra versão nos deu o que se atira
      aos envisgados réus, lá sob a ponte."

142   E o frade, então: "Já em Bolonha ouvira
      os vícios decantar dos renegados,
      impostores e maus, pais da mentira."

145   E, pois, Virgílio, a passos apressados,
      seguiu, a ira mostrando no semblante,
      enquanto eu me afastei dos embuçados,

148   e em seu rastro corri, indo adiante.

---

127. Depois, falou ao frade, que ia ao lado: Catalano, com quem os poetas conversavam, pouco antes (verso 113).
131. Sem que a alguma das serpes insinceras: as serpes insinceras, os demônios. Virgílio demonstra que, ante a natural malícia e insinceridade dos demônios, era melhor prescindir de seu auxílio.
137. Podeis usar de seu destroço o monte: derruído sobre a vala sexta o rochedo, seus destroços se acumulavam ao fundo, formando um monte, subindo ao qual se podia facilmente transpor a amurada à direita e passar à outra vala, a sétima.
140. Outra versão nos deu o que se atira: Malacoda, que chefiava os demônios da quinta vala e ficava, debaixo da ponte, a vigiar e acutilar os condenados imersos no pez, contara por outra forma, decerto adulterada, a história do desmoronamento, que Virgílio supusera ter sido na vala anterior e não naquela (Canto XXI, versos 106 e seguintes).
142. Já em Bolonha ouvira: Catalano relembra que já em Bolonha ouvira falar da impostura e falsidade dos demônios. Recorde--se que Catalano era bolonhês (verso 103).
146. Seguiu, a ira mostrando no semblante: ao ouvir o esclarecimento de frei Catalano, Virgílio se afastou apressadamente, mostrando o rosto turbado pela ira. O agravo era certamente por verificar que Malacoda lhe dera informação falsa.

CANTO XXIV

Os dois poetas enveredam por difícil e perigoso caminho, até à sétima vala (Círculo oitavo), onde descem. Divisam, então, os ladrões, que correm em meio de enormes serpentes; e, por elas picados, entram em combustão, reduzindo-se a cinzas, para renascerem logo em seguida.

1   Naquela quadra do ano novo, quando
     o sol no Aquário estende a crina inflada
     as noites vão-se aos dias igualando,

4   e de manhã por sobre a terra a geada
     de sua branca irmã copia a imagem,
     que depressa se esvai, mal debuxada

7   — o camponês, carente da forragem,
     levanta e sai, e vendo alva a campina,
     golpeia, ao punho os flancos, sem coragem

10   à casa torna, e dentro se confina,
     como alguém que não acha em que cuidar;
     mas sai de novo, e alegre descortina

13   por toda a parte tudo a se alterar:
     ante a mudança, pega o seu cajado,
     e leva o gado para enfim pastar.

16   De temor semelhante fui tomado,
     ao ver do guia a conturbada fronte;
     mas senti-me da angústia aliviado

---

1. Naquela quadra do ano novo: entre o fim de janeiro e o princípio de fevereiro, época em que o sol está sob a constelação do Aquário, e seus raios (a crina inflada) adquiriam, aos poucos, maior força e calor; e as noites já tinham quase a mesma duração que os dias.
5. De sua branca irmã copia: a irmã da rápida e passageira geada é a neve, mais firme e constante. O poeta se refere, pois, àquela parte do começo do ano em que a geada, cobrindo de manhã a terra, faz pensar que ainda é a neve, mas não persiste, como aquela, e logo se esvai.
7. O camponês, carente da foragem: nesta época do ano, quando já lhe escasseavam a forragem e outros recursos, o camponês vê a terra coberta por um manto branco. Era já a geada; mas ele, supondo ser ainda a neve, lamenta-se, num gesto de contrariedade e de impaciência. Recolhe-se à casa, aborrecido, mas ao sair de novo, vê com alegria tudo em torno a se transformar, livres da geada o monte e os campos.
16. De temor semelhante fui tomado: Dante compara a angústia do camponês com o seu próprio estado de alma, ao ver Virgílio afastar-se apressadamente da vala sexta, demonstrando grande aborrecimento (Canto anterior, versos 145 e 146).

19 quando, ao chegarmos onde houvera a ponte,
    para mim se voltou, no gesto amigo
    que antes eu vira nele, ao pé do monte.

22 Depois de examinar o sítio imigo,
    como quem pensa e só então se anima,
    alçou-me ao flanco, e caminhou comigo.

25 Devagar, tal o que primeiro estima
    o passo, e o mede, nunca indo à ligeira,
    depôs-me a jeito, de uma rocha em cima,

28 ainda no início da íngreme ladeira,
    gritando: "Passa àquela ali ao lado,
    mas antes olha se está firme e inteira!"

31 Ninguém a galgaria encapuzado;
    seguíamos os dois, penosamente,
    Virgílio, por ser leve, eu carregado.

34 E não fora mais baixo o dique à frente,
    do mestre não direi, que é fluido puro,
    mas eu sucumbiria, fatalmente.

37 Posto que Malebolge ao centro escuro
    da baixa cavidade convergia,
    à sucessão das valas ia o muro

40 minguando a um lado, e do outro mais se erguia;
    e ao ponto assim chegamos culminante
    sobre a pedra final que ali se via.

21. Que antes eu vira nele, ao pé do monte: Dante volveu à tranquilidade quando Virgílio lhe acenou, num gesto amigo, igual ao que vira nele no instante em que, apavorado, tentava sair da selva escura (Canto I).
22. Depois de examinar o sítio imigo: diz o poeta daquele sítio que era inimigo porque áspero, perigoso e dificilmente praticável. Tratava-se, com efeito, de galgar o montão de destroços ao fundo da vala sexta, para passar à sétima.
31. Ninguém a galgaria encapuzado: os encapuzados da vala sexta (os hipócritas) não seriam capazes, certamente, de galgar aquele monte de escombros.
34. E não fora mais baixo o dique à frente: o dique, o muro à frente. Nas valas do Círculo oitavo, as paredes dos muros divisórios eram mais baixas de um lado e mais altas do outro, em razão de sua estrutura circular em plano inclinado caindo para o centro do poço.
37. Posto que Malebolge ao centro escuro: recorde-se que Malebolge é o nome da região do Inferno em que os dois poetas se encontravam: o Círculo oitavo, com suas dez valas dispostas em redondo, como num anfiteatro, tendo ao centro o poço.
39. Ia o muro minguando a um lado: ideia similar à expressa no verso 34: E não fora mais baixo o dique à frente... As dez valas concêntricas de Malebolge vão baixando, de sorte que os muros que as separam, de grau em grau, têm altura diferente, mais baixos de um lado, mais altos do outro.

43   Quase sem respirar, exausto, arfante,
     condição eu não tinha de ir além;
     e me assentei sobre um degrau adiante.

46   "Eia", bradou-me o mestre, "ergue-te e vem!
     Adormecido à maciez da pluma
     jamais conquistará a fama alguém;

49   o que à rotina inglória se acostuma
     não deixará de si na terra traço
     mais que a fumaça no ar e na água a espuma.

52   Suplanta, com denodo, o teu cansaço,
     pela força interior, que na batalha
     ao exânime herói sustenta o braço.

55   Mais alta, à frente, fica outra muralha;
     não nos basta esta aqui ter escalado.
     Avante, pois: que a minha voz te valha!"

58   Presto me ergui, então, e algo animado,
     mais forças demonstrando que eu sentia,
     "Vamos," disse-lhe, "estou determinado."

61   Por um caminho fomos, que torcia,
     em meio às pedras, bem sobre o fraguedo,
     que mais penoso ali me parecia.

64   Indo, eu falava, a disfarçar o medo,
     quando uma voz ouvi, rude, ressoando
     em tom confuso, lamentoso, tredo.

67   Nada entendi, embora já pisando
     o pontalão que a vala atravessava;
     era por certo alguém deblaterando.

70   Eu me inclinei a olhar, mas não lograva
     com meus olhos terrenos ver no escuro.
     "Atravessemos, mestre", eu disse, "a cava,

---

55. Mais alta, à frente, fica outra muralha: adiante, em nossa jornada, haverá ainda muralha mais alta e longa do que esta a galgar (o monte do purgatório, provavelmente). Aquela empresa não seria a última, nem a derradeira aquela dificuldade. E Virgílio convida o companheiro a atentar bem em suas palavras, que lhe poderiam ser de grande valia.
67. Nada entendi, embora já pisando: Dante ouviu uma voz, mas não entendeu o que dizia. Já estavam sobre a ponte de pedra cruzando no alto a vala, que era a sétima. A voz provinha do fundo da cava, e devia ser de um dos condenados.
72. Atravessemos, mestre, eu disse, a cava: Dante propôs a Virgílio que seguissem pela ponte até o outro lado, e dali então descessem ao fundo da vala, para ver com clareza e escutar melhor.

73   para de lá então descer o muro:
      onde estamos escuto, e não entendo,
      tento enxergar, mas nada configuro."

76   "Respondo-te", tornou-me, "obedecendo:
      que não se deve a uma proposta honesta
      acolher com promessas, mas fazendo."

79   E, pois, descemos, bem da ponte à testa,
      já sobre a oitava e próxima amurada;
      então nos foi a vala manifesta.

82   Toda a extensão ali era coalhada
      por milhares de víboras gigantes;
      lembrá-las, só, me torna a alma gelada.

85   Nunca da Líbia os areais flamantes
      produziram tão pérfidas serpentes
      jáculas, hidras, najas sibilantes,

88   fareias e anfisbenas repelentes;
      mais não se viram na Etiópia, um dia,
      e nem do Mar Vermelho às praias quentes.

91   Em meio da caterva hostil e fria
      iam correndo os réus, nus e agitados,
      sem a esperança, ali, da elitropia.

94   Os répteis, nos seus corpos enroscados,
      atavam-lhes as mãos, e à sua frente
      os extremos fechavam, enlaçados.

97   Sobre alguém, que chegava, de repente
      uma serpe, silvando, arremeteu,
      e à garganta lhe foi cravando o dente.

76. Respondo-te, tornou-me, obedecendo: à proposta de Dante, quanto ir à cabeceira oposta da ponte, e dali descer à vala, Virgílio tornou dizendo que não tinha qualquer outra resposta a dar senão proceder incontinenti como lhe era requerido. Segundo Virgílio, uma proposta verdadeiramente honesta impõe que lhe manifestemos nossa aquiescência não com palavras, mas com atos.
79. E, pois, descemos, bem da ponte à testa: os dois poetas desceram à vala, do outro lado da ponte, no local em que a aresta de pedra tocava o barranco.
91. Em meio da caterva hostil e fria: a caterva, as serpentes que, aos milhares, pululavam ali.
93. Sem a esperança, ali, da elitropia: acreditava-se, antigamente, na existência de uma pedra mágica, chamada elitropia, que podia tornar invisíveis os seus portadores. Os infelizes condenados da sétima vala, expostos ao ataque das serpentes, não dispunham da pedra mágica, para proteger-se contra elas.
96. Os extremos fechavam, enlaçados: as serpentes se enroscavam nos corpos dos infelizes; cingiam-nos pelos flancos, prendendo-lhes as mãos ao dorso, e, unindo à altura do peito a cabeça e a cauda (os extremos), imobilizavam por fim as suas vítimas.

"Em meio da caterva hostil e fria
iam correndo os réus, nus e agitados,
sem a esperança, ali, da elitropia."

(Inf., XXIV, 91/3)

100   Pois nunca mais depressa se escreveu
"O" ou "I" do que o vulto, em brasa feito,
tombou ao solo e à nossa vista ardeu.

103   Tão logo em cinzas se extinguiu, desfeito,
foi-se o pó novamente condensando,
e lhe refez ali a forma e o jeito.

106   Assim vão sábios grandes ensinando
que ao cumprir cinco séculos de vida,
morre a Fênix, para ir ressuscitando.

109   Não se serve jamais, como comida,
de folha ou grão, mas só de incenso e amomo,
e em nardo e mirra imerge, à despedida.

112   E tal alguém que cai, sem saber como,
que um mal inesperado à terra atira,
ou se abandona a um subitâneo assomo,

115   e, reerguendo-se, a tudo em torno mira,
inda do desconforto perturbado,
em que imergiu, e trêmulo suspira

118   — assim se via o triste, sobrealçado.
Ó justiça de Deus, dura e severa,
que destarte se vinga do pecado!

121   Perguntou-lhe Virgílio, então, quem era;
ao que tornou: "Há pouco, da Toscana,
lançado eu vim a esta garganta fera.

124   Vida levei bestial e desumana;
sou Vanni Fucci, o vil bastardo, o bruto,
que em Pistoia bramiu na cova insana."

127   "Retém-no", eu disse ao guia, "inda um minuto,
e indaga porque jaz nesta tortura;
tinha-o como homem bravo e resoluto."

130   E logo o réu a vista álgida e dura
para mim revolveu, alçando o rosto
onde à dor a vergonha se mistura:

133   "Certo é maior," tornou-me, "o meu desgosto
por mostrar-me a quem chega neste estado
que quando me encontrei à morte exposto.

---

111. E em nardo e mirra imerge, à despedida: a Fênix, uma ave fabulosa que se supunha habitar os desertos da Arábia. Jamais se alimentava de raiz, erva ou grão, mas só de gotas de incenso e amomo; e quando se aproximava a hora de sua morte (depois de vários séculos de vida), recolhia-se a um ninho entretecido de mirra e nardo.

125. Sou Vanni Fucci, o vil bastardo, o bruto: sou o vil bastardo, que bramiu na prisão de Pistoia como uma besta selvagem. Fucci fora acusado de assalto à Sé de Pistoia, sua terra, para roubar as preciosas alfaias que ali se guardavam. Condenado à morte e executado em 1293, segundo vários comentadores.

127. Retém-no, eu disse ao guia, inda um minuto: Dante pediu a Virgílio que detivesse um pouco mais a Vanni Fucci, pois desejava ouvi-lo Tendo-o conhecido de nome, como homem violento e dado a rixas, mas de grande coragem, o poeta ficou certamente surpreso por encontrá-lo em meio dos ladrões.

136   Mas o que indagas ouvirás narrado:
      Aqui estou metido tristemente
      por haver os altares despojado,

139   de meu crime acusando um inocente.
      Nisto, porém, não acharás prazer
      ao deixares o báratro descrente,

142   com a lembrança do que vou dizer:
      Pistoia logo os Negros porá fora,
      e haverá em Florença outro poder.

145   Sobre o vale de Magra se alcandora
      um raio inda nas nuvens escondido,
      que em meio à tempestade, sem demora,

148   há-de no chão Piceno ser ouvido;
      e quando houver o temporal passado,
      estará cada Branco ali caído.

151   Digo-o para deixar-te amargurado".

---

138. Por haver os altares despojado: Fucci alude ao roubo das preciosas alfaias que cometeu na Sé de Pistoia, e do qual, a princípio, fora acusado um inocente.
140. Nisto, porém, não acharás prazer: mas para que Dante, quando deixasse o Inferno, não se vangloriasse por havê-lo visto na cava dos ladrões (Vanni Fucci era um dos líderes dos Negros de Pistoia, e assim adversário do poeta), o condenado lhe faz uma terrível predição.
143. Pistoia logo os Negros porá fora: em Pistoia os membros do partido Negro iriam ser expulsos dentro de muito pouco tempo, mas na vizinha Florença os Negros, inversamente, iriam arrebatar o poder aos Brancos.
145. Sobre o vale de Magra se alcandora: o anúncio era de que, na Lunigiana (o vale de Magra) já se formava naquele instante um raio (Moroelo Malaspina) que se iria precipitar com toda a violência sobre os Brancos no Campo Piceno; e quando essa batalha chegasse ao fim eles estariam fragorosamente batidos.
151. Digo-o para deixar-te amargurado: o negro Vanni Fucci quis anunciar com o poder de previsão das almas condenadas, tão funestos acontecimentos ao branco Dante, para entristecê-lo e privá-lo de um possível prazer por ter encontrado ali um adversário político.

CANTO XXV

Prosseguindo na caminhada pela sétima vala (Círculo oitavo), entre os ladrões e as víboras, os poetas encontram alguns peculatários florentinos e assistem à metamorfose das almas em serpentes e das serpentes em almas.

1   Ao fim de seu anúncio, eis que o ladrão
    ambas as mãos ergueu, fazendo figas,
    aos gritos: "Toma-as, Deus, que tuas são!"

4   Pareceram-me as víboras amigas
    quando uma eu vi, cingindo-lhe a garganta,
    tal, irada, a ordenar: "Nada mais digas;"

7   e outra que aos ímpios braços se levanta,
    e baixando-os aos flancos, novamente,
    imóveis e doridos os quebranta.

10 Ah Pistoia, Pistoia! De repente
    por que não ardes, com teu povo impuro,
    que supera no mal a vil semente?

13 Pelos diversos graus do reino escuro
    ninguém vi mais soberbo e mais ousado,
    mesmo o que em Tebas desabou do muro.

16 Mas dali se abalou, presto, calado;
    um Centauro chegava, em fúria insana,
    exclamando: "Onde está o desgraçado?"

---

1. Ao fim de seu anúncio, eis que o ladrão: acabando de anunciar a Dante a próxima derrota dos Brancos perto de Pistoia (final do Canto precedente), o ladrão Vanni Fucci ergueu as mãos, num gesto indecoroso, fazendo figas, e gritando que as endereçava ao próprio Deus.
4. Pareceram-me as víboras amigas: ante a blasfêmia de Vanni Fucci, o poeta venceu o temor pelas víboras; e passou, até, a dedicar-lhes simpatia, rejubilando-se por vê-las castigar o atrevimento do réprobo.
10. Ah! Pistoia, Pistoia! De repente: preferível seria, Pistoia, que te convertesses em cinzas com teus filhos impuros, que já excedem em vício e maldade a seus tristes predecessores. Verbera o poeta as novas gerações pistoianas, que considera mais corruptas que as gerações primitivas (a vil semente). Acreditava-se que Pistoia fora fundada pelos remanescentes das destruídas e tristemente famosas legiões de Catilina.
15. Mesmo o que em Tebas desabou do muro: o blasfemo Capâneo, que, fulminado por um raio, caiu morto das muralhas de Tebas; dele se trata, longamente, no Canto XIV, versos 46 e seguintes.
17. Um Centauro chegava: o centauro é Caco, nominalmente citado no verso 25. Chegava à procura de Vanni Fucci, para castigá-lo por sua horrível blasfêmia. O desgraçado: Vanni Fucci, o acerbo, o irredutível inimigo de Deus.

INFERNO

19   Não creio que em Marema, na Toscana,
     serpes houvesse mais do que mostrava
     no dorso, onde nascia a forma humana.

22   Aos ombros, sob a nuca, transportava
     de asas tensas flamígero dragão
     que à sua frente tudo incendiava.

25   "Este é Caco", explicou-me o mestre então,
     "que nas cavernas ermas do Aventino
     lagos verteu de sangue e de irrisão.

28   Outro que o dos irmãos foi seu destino,
     pelo furto que fez da grã manada,
     ao vê-la perto, usando ardil supino.

31   Hércules lhe pôs fim à obra malvada
     com cem golpes de clava, e ele à ferida
     dos dez primeiros não sentiu mais nada."

34   Mal meu guia acabara, e, na corrida,
     já longe ia o centauro, vindo a nós,
     sem ser sua chegada percebida,

37   três vultos nos gritaram: "Quem sois vós?"
     E suspendendo o tema, prontamente,
     a ver, olhamos, de quem era a voz.

40   Não os reconheci; mas, casualmente,
     como às vezes sucede a nosso lado,
     ouvi falar um deles, claramente,

---

21. No dorso, onde nascia a forma humana: sobre o dorso equino do centauro, até à parte em que se alteava o busto humano, viam-se mais víboras agrupadas do que existiriam provavelmente em Marema (esta região da Toscana era tida antigamente como habitat de serpentes).
25. Este é Caco: Caco, um centauro que habitava as cavernas do monte Aventino, no local onde depois foi fundada Roma. Salteador e ladrão de gado, Caco tornou-se protótipo não só da violência, mas da astúcia e da fraude.
28. Outro que o dos irmãos foi seu destino: os Centauros estavam, de um modo geral, localizados no sétimo Círculo, vigiando, às margens do lago de sangue fervente, as almas dos violentos contra o próximo (Canto XII, versos 56 e seguintes). Caco, tendo sido, além de violento, ladrão, não ficara, pois, ao lado dos demais centauros, mas no sítio destinado aos fraudulentos.
29. Pelo furto que fez da grã manada: o rebanho era de Hércules; e, pastando nas imediações do monte Aventino, foi astutamente atraído por Caco, que dele se apoderou. Hércules descobriu o autor do furto, matando-o. Dante repete a lenda de que Hércules desferiu em Caco mais de cem golpes de clava; mas antes de descarregar o décimo golpe, já o centauro estava morto.
37. Três vultos nos gritaram: como se verá a seguir, os vultos eram Agnelo Bruneleschi (versos 51 e 68), Buoso degli Abati (versos 85 e 140) e Púccio dei Galigai (versos 140 e 148), membros, supostamente, da alta administração de Florença, e peculatários.
40. Não os reconheci: Dante não reconheceu nenhum dos três, à primeira vista. Mas pelo menos um viria a identificar mais tarde: Púccio dei Galigai, conhecido como o Desancado (verso 148), florentino. Mas logo ouviu pronunciar os nomes dos outros dois, florentinos igualmente.

43   aos outros: "Cianfa, onde terá ficado?"
Alertando Virgílio a estar atento,
aos meus lábios levei o dedo alçado.

46   Não te espantes, leitor, se fores lento
em compreender o que te vou narrar,
pois eu, que o vi, descri por um momento.

49   Eu tinha inda no trio fixo o olhar,
quando uma serpe, com seis pés dotada,
voou contra um deles, rábida, a silvar.

52   As patas médias pôs-lhe ao ventre,
irada, com as da frente reduziu-lhe os braços,
retalhando-lhe as faces a dentada.

55   As de trás estendeu-lhe, como laços,
sobre as pernas, e a cauda projetando
entre as mesmas, tolheu-lhe, rude, os passos.

58   Jamais a hera tenaz se foi juntando
tão firmemente a um tronco tal a fera
ia nos dele os membros insinuando.

61   Como se feitos de aquecida cera,
mesclavam-se, trocando o colorido,
e nenhum persistiu como antes era

64   — qual se vê o papel, que, submetido
ao fogo, fica a pouco e pouco escuro,
e alvo não é, sem ser enegrecido.

67   Observando o colega neste apuro,
um lhe gritou: "Agnelo, que mudança!
Já não és um, nem dois, eu te asseguro!"

70   Suas cabeças, em tal contradança,
formavam uma só, e amalgamados
iam rosto e focinho, sem tardança.

---

51. Voou contra um deles, rábida, a silvar: uma serpente, com seis pés, atirou-se num salto contra um dos três condenados. Como se vê do verso 68, o atingido foi Agnelo Bruneleschi.
68. Um lhe gritou: vendo seu companheiro (Agnelo) em tal apuro com a serpente agressora, um dos outros dois, Buoso ou Púccio, que o poeta ainda não identificara, gritou-lhe etc.

"Observando o colega neste apuro,
um lhe gritou: 'Agnelo, que mudança!
Já não és um, nem dois, eu te asseguro!'"

(Inf., XXV, 67/9)

73   Quatro braços em dois vi conformados;
         e coxas, gâmbias, joelhos, peito e baço,
         assumindo aleijões nunca encontrados.

76   Do jeito antigo não ficara traço:
         nem aos dois juntos, nem a um só, a imagem
         lembrava, indo dali, monstruosa, a passo.

79   Tal o lagarto, à tórrida estiagem,
         que vai, de moita em moita, pela estrada,
         fulgindo, como um raio, na passagem,

82   vi atirar-se outra serpente irada
         contra os demais do grupo, o bote armando,
         de negro e de vermelho pintalgada.

85   E num as presas finas recravando
         onde sorvera o prístino alimento,
         aos pés lhe foi cair, estrebuchando.

88   O réprobo fitou-a, pasmo, atento;
         mantinha-se de pé, mas cabeceava
         como alguém que é febril ou sonolento.

91   Ele olhava a serpente, e esta o encarava:
         um pela chaga aberta, a outra à narina,
         a fumaça expeliam, que os rodeava.

94   Cale-se o bom Lucano, onde doutrina
         sobre Sabélio mísero e Nassídio,
         e a voz ressoe que mor portento ensina.

97   Calem-se as artes pelas quais Ovídio
         em fonte fez, num átimo, Aretusa,
         e Cadmo transformou em triste ofídio.

---

73. Quatro braços em dois vi conformados: na monstruosa união que se ia processando, da serpente sextípede com o ladrão Agnelo, os dois braços deste, reunidos com as duas patas dianteiras da víbora, resultavam nos dois braços do ser disforme que então se constituía.
82. Vi atirar-se outra serpente irada: outra serpente arremeteu contra os dois remanescentes do grupo, Buoso e Púccio (pois Agnelo partira após a horrível transformação). Esta nova serpente era nem mais nem menos que a sombra de outro ladrão, objeto de anterior metamorfose. Segundo os comentadores, que por esta forma interpretam o hermético verso 151, a alma de Francisco Guércio Cavalcanti, um peculatário florentino.
85. E num as presas finas recravando: em Buoso degli Abati, nominalmente referido no verso 140.
86. Onde sorvera o prístino alimento: no umbigo, que é por onde se realiza a nutrição dos nascituros. Quer dizer: A nova serpente (em que se havia transmudado o ladrão Francisco Cavalcanti) feriu a Buoso no ventre, à altura do umbigo.
92. Um pela chaga aberta, a outra à narina: tanto o ladrão Buoso, pela ferida aberta no umbigo (verso 86), como a serpente agressora, pelas ventas, expeliam rolos de fumo, que quase os ocultavam.
95. Sobre Sabélio mísero e Nassídio: a Farsália referiu-se Lucano a dois soldados, Sabélio e Nassídio, que foram atacados e mortos por serpentes no deserto da Líbia.

INFERNO

100 Como ali, não mostrou a sua musa
duas raças diversas, frente a frente,
tomarem uma da outra a forma infusa.

103 Intercambiaram-se ambos, claramente:
os pés ia estreitando o condenado,
e se fendia a cauda da serpente.

106 As pernas justapostas, lado a lado,
se soldaram tão firmes, que à juntura
vestígio algum podia ser notado.

109 A cauda bifurcada ia a figura
recompondo, a que as pernas se juntavam;
mais lisa de uma a tez, do outro mais dura.

112 Ao réu os braços pela axila entravam,
enquanto da serpente os pés dianteiros,
como em contrapartida, se alongavam.

115 E, pois, de seus artelhos derradeiros,
o par no membro oculto se transmuda,
que no homem dividia em pés traseiros.

118 Nisto o fumo que sopram já lhes muda
a cor, trocando-a, e o cabelo, então,
a um faz crescer, e dele o outro desnuda.

121 Levanta-se um, o outro se inclina ao chão,
sem desviarem jamais o olhar odiento
que sustentavam na transformação.

---

100. Como ali, não mostrou a sua musa: a musa de Ovídio, que narrara a transformação de Aretusa em fonte e de Cadmo num réptil, ainda ficava longe do portento a que Dante assistira; e, de fato, o grande poeta das Metamorfoses não lograra conceber a transformação mútua de duas espécies tão diversas, postas uma em face da outra, homem e serpente.
109. A cauda bifurcada ia a figura: bifurcando-se sua cauda, à feição de pernas, a serpente ia assumindo a forma do homem; e este, com as pernas unidas, afinando à semelhança da cauda, ia ao mesmo tempo tomando a forma da serpente.
111. Mais lisa de uma a tez, do outro mais dura: na mútua transformação, o couro da serpente ia-se tornando mais liso, enquanto endurecia a pele do homem.
115. E, pois, de seus artelhos derradeiros: a serpente de que se trata tinha seis pés; na transformação, o par das patas traseiras do réptil se encolhia na forma do membro que se oculta (*che l'om cela*), enquanto no homem o mesmo membro se abria à feição das duas patas traseiras do animal.
118. Nisto o fumo que sopram: tanto a serpente quanto o réprobo ferido no umbigo expeliam fumaça, que os envolvia, como se narra nos versos 92 e 93.

124 No que ficou de pé focinho e mento
     às têmporas subiram, conformando
     de um lado e de outro a orelha, num momento.

127 O resíduo da carne sobejando
     modelou-lhe o nariz na face plena,
     um pouco os lábios finos engrossando.

130 O que rojava estica, não sem pena,
     a venta, as grãs orelhas retraindo,
     tal qual o caracol que esconde a antena.

133 De um a língua unida ia-se abrindo,
     porém a da outra, que era bipartida,
     se entrecerrava, o fumo suprimindo.

136 E, presto, numa serpe convertida,
     a alma fugiu, de rojo, na agonia,
     enquanto a outra a seguia, enfurecida.

139 Mas parou, e voltando à companhia
     do que ficara, disse: "Buoso eu quero
     ver rastejando aqui, como eu fazia."

142 Mudava assim a escória, em desespero;
     e tal portento escusar-me-á decerto
     o vacilar da pena, como espero.

145 Embora conservasse o olhar incerto,
     e estivesse na mente algo turbado,
     fitando-os, àquela hora, bem de perto,

---

132. Tal qual o caracol, que esconde a antena: o réprobo, que se transformava em serpente, retraiu as orelhas humanas, à guisa do caracol, que recolhe ao interior da concha suas antenas ou tentáculos.
133. De um a língua ia-se abrindo: a língua do homem (de Buoso), que era íntegra e unida, foi-se na transformação mútua bifurcando, enquanto a da serpente, que era bipartida, ia-se fechando totalmente como a do homem, até que o fumo cessou de sair por ela.
138. Enquanto a outra a seguia, enfurecida: a outra, a primitiva serpente que atacara Buoso e ia assumindo a aparência humana. Esta serpente, aliás, já era uma anterior transformação da alma de Francisco Guércio Cavalcanti, florentino, conforme notas aos versos 83 e 151. Deixando, então, a forma de serpente e readquirindo a aparência humana, Cavalcanti saiu em perseguição de Buoso (agora transformado em víbora), insultando-o.
140. Do que ficara: do primitivo grupo dos três réprobos só restava um que, tal se verá adiante (verso 148), era Púccio dei Galigai, conhecido como Desancado. Agnelo se amalgamara com uma serpente, formando um ser monstruoso; e Buoso acabara de permutar a forma com a víbora de seis pés. Cavalcanti, agora reposto em sua forma própria, se juntou então a Púccio, que estava perto.

148   vi claramente Púccio, o Desancado;
dos três ladrões de início à nossa frente
só ele não se havia transformado.

151   E o outro quem era, inda Gavile o sente.

---

151. E o outro quem era, inda Gavile o sente: neste verso se revela a identidade do ladrão que, apresentando-se a princípio como serpente, trocara a forma com Buoso. Trata-se de Francisco Cavalcanti, que foi assassinado em Gavile. Os parentes e amigos de Cavalcanti atacaram a referida localidade, para vingar o morto, e lhe infligiram grandes perdas e estragos. Por isto diz o poeta que Gavile ainda sentia quem era o outro ladrão.

CANTO XXVI

Subindo por onde haviam descido, os poetas saem da sétima vala e alcançam o pontalão sobre a oitava. No interior desta (o Círculo é ainda o oitavo) veem numerosas e compridas chamas acesas, movendo-se incessantemente. Nas chamas estavam, ocultas, as almas dos conselheiros fraudulentos.

1   Florença, exulta, que és formosa e grande!
      Vibras as asas sobre a terra e o mar,
      e até no inferno o nome teu se expande!

4   Com os ladrões, magoado, fui achar
      cinco dentre os teus filhos, de imediato;
      ali por certo não te estão a honrar.

7   Se o sonho matinal inculca o fato,
      hás de sentir na carne, e sem demora,
      o mal que contra ti se engendra em Prato.

10   E se vindo já fosse, ou viesse agora,
      eu não diria que chegou mui cedo;
      mais sofrerei se mais tardar a hora.

13   Por onde fomos, viemos: Ao fraguedo,
      a prumo quase, alçou-se o meu bom guia,
      comigo à ilharga, cuidadoso, a medo.

---

5. Cinco dentre os teus filhos, de imediato: no Canto precedente, Dante localizara na vala dos ladrões cinco florentinos ilustres: Cianfa, Agnelo Bruneleschi, Buoso degli Abati, Púccio dei Galigai e Francisco Cavalcanti. Foram altos funcionários de Florença, que depois se verificou terem sido ladrões públicos. Daí a pungente ironia da apóstrofe que o poeta dirige a sua pátria.

7. Se o sonho matinal inculca o fato: acreditava-se que os sonhos havidos de manhã eram proféticos ou verdadeiros. O poeta alude a um sonho, para anunciar próximas desgraças para Florença, a teor, aliás, do que já lhe havia sido predito por Ciacco e Farinata.

9. O mal que contra ti se engendra em Prato: Prato era uma localidade integrante da circunscrição de Florença. Não se pode, a rigor, precisar que fato ou acontecimento ali se nutria, e que se destinava a repercutir tão desastrosamente sobre a cidade. Significa-se, em qualquer caso, que não só os inimigos longínquos e tradicionais desejavam a ruína de Florença, mas também os seus vizinhos e, mesmo, muitos Florentinos desiludidos e desesperados.

10. E se vindo já fosse, ou viesse agora: e se o mal que se iria desencadear sobre Florença era inevitável, melhor fora que chegasse logo, especialmente no que se referia ao poeta, que, sendo ainda moço, estaria em melhores condições para enfrentar a adversidade que quando fosse mais velho. Recorde-se que a data a que se reporta o poema era o ano de 1300. Dante parece referir-se aqui ao agravamento da luta entre Brancos e Negros, que atingiria o seu clímax de 1301 a 1302. E dessa luta iriam decorrer a sua desgraça política e o seu definitivo exílio de Florença.

15. Comigo à ilharga, cuidadoso, a medo: os poetas trataram de deixar a sétima vala, para prosseguir em sua marcha, e, pois, subiram pelo caminho que antes haviam descido, Dante carregado por Virgílio.

INFERNO

16 E prosseguimos pela estreita via,
    levando as mãos às pedras, à procura
    de apoio, pois o pé não nos valia.

19 Súbito, olhei, e vi — quanta amargura! —
    algo que ainda me dói ao relembrá-lo:
    que ao meu engenho a rédea vá segura,

22 para sempre à virtude conformá-lo;
    já que uma boa estrela o dom me estende
    de ver o bem, que possa eu conservá-lo!

25 Tal o campônio vê, que ao monte ascende,
    na estação em que o sol a tudo aclara
    e mais na terra seu calor desprende

28 — quando chega o mosquito, e a mosca para —
    pirilampos a flux pela baixada,
    luzindo sobre as vinhas e a seara

31 — assim, por chamas tais iluminada,
    jazia a nossos pés a vala oitava,
    mal à vista a tivemos devassada.

34 Como o que, por vingar-se, ursos usava,
    vendo o carro de Elias no momento
    em que da terra ao céu, ígneo, se alçava,

37 seguia-o com seus olhos, muito atento,
    sem poder enxergar mais que uma flama,
    como nuvem, subindo, em movimento

40 — na vala que das luzes se recama
    eu as via mover-se, algo intrigado,
    julgando estar uma alma em cada chama.

19. Súbito, olhei, e vi: Dante, já sobre a ponte, olhava para o interior da vala oitava (versos 31 a 33). Ali, como se verá a seguir, eram castigados os pérfidos e fraudulentos conselheiros. A visão subitânea de tal castigo impressionou tanto o poeta que o tornou mais cuidadoso em seu propósito de seguir sempre o bem e a justiça. Admite-se que Dante, homem público em Florença, e conselheiro de governantes, assumia consigo o compromisso de nunca incidir nos mesmos erros.
26. Na estação em que o sol a tudo aclara: no auge do verão, quando o calor é mais forte, e à hora do crepúsculo, quando as moscas desaparecem e em seu lugar surgem os mosquitos.
34. Como o que, por vingar-se, ursos usava: o profeta Eliseu, de que narra a Bíblia que se vingou de um grupo de rapazes que o apupavam, fazendo sair do bosque próximo dois ursos. Eliseu viu alçar-se ao céu um carro de fogo, conduzindo o seu mestre Elias.

43 E chegara, na ponte, tanto ao lado,
    para olhar, que se não travasse a mão
    a uma rocha, teria escorregado.

46 Volveu-me o guia sua voz, então:
    "Nestas chamas padecem, justamente,
    os réus, ocultos sob o seu clarão!"

49 "Ouço-te, mestre", eu disse, "e é suficiente;
    mas na verdade o tinha percebido,
    e nisto ia falar-te, exatamente:

52 quem é que vai no lume dividido
    ao topo, que indicar parece a pira
    onde, co' o irmão, Etéocles foi metido?"

55 "Ulisses e Diomedes, por mentira",
    tornou-me, "nela vão, juntos marchando
    à vingança de Deus, tal como à ira.

58 Na redoma de fogo ei-los chorando
    a fraude equina, pela qual um dia
    foi de Roma a semente germinando;

61 e mais o ardil que, morta, Deidamia
    fez por Aquiles inda prantear;
    e do Paládio a máxima ousadia."

64 "Se é que podem, no invólucro, falar",
    segui, "mestre, eu te peço instantemente,
    e mil vezes voltara a suplicar,

---

50. Mas na verdade o tinha percebido: veja-se o verso 42.
52. Quem é que vai no lume dividido: Dante enxergou uma chama dupla, diferente das outras ali, que eram simples. E perguntou a Virgílio quem se escondia naquela chama, que lembrava a da pira mortuária a que foram levados Etéocles e seu irmão Polinice, filhos de Édipo. Os dois irmãos morreram juntos, ferindo-se reciprocamente num duelo, e juntos foram levados à cremação.
55. Ulisses e Diomedes, por mentira: na chama dupla estavam Ulisses e Diomedes, heróis da guerra de Troia e amigos inseparáveis. Alude-se, a seguir à razão de seu castigo: a cilada do cavalo de pau, mediante a qual os gregos penetraram em Troia; o rapto de Aquiles, para fazê-lo participar da guerra; e o furto da estátua de Palas, a cuja presença em Troia se atribuía a inexpugnabilidade da fortaleza.
57. À vingança de Deus, tal como à ira: e assim como Ulisses e Diomedes, unidos na luta e nos ardis, haviam incorrido juntos na ira de Deus, também juntos suportavam ali a vingança divina.
60. Foi de Roma a semente germinando: a cilada do cavalo de pau, abrindo as portas de Troia aos soldados gregos, abriu também a porta pela qual saiu Eneias, em fuga, para deter-se na Itália, ali lançando os fundamentos do futuro Império Romano.
61. E mais o ardil que, morta, Deidamia: Ulisses e Diomedes usaram de um ardil para afastar Aquiles de sua amante, Deidamia, da qual se disse que, mesmo depois de morta, inda chorava a ausência do herói.
63. E do Paládio a máxima ousadia: o roubo, executado por Ulisses e Diomedes, da estátua de Palas, protetora de Troia.

"Volveu-me o guia sua voz, então:
'Nestas chamas padecem, juntamente,
os réus, ocultos sob o seu clarão!'"

(*Inf.*, XXVI, 46/8)

67   que detenhas um pouco à nossa frente,
quando passar, o lume bipartido;
escutá-los desejo ardentemente!"

70   E ele a mim: "Na verdade o teu pedido
é próprio e justo, e no ânimo me cala;
mas cuida de ficares retraído,

73   que os interrogo, e sei o que te abala:
pois que são gregos a sua esquivez
poderia mostrar-se à tua fala."

76   E quando a dupla chama, de viés,
se foi chegando, quis o meu bom mestre
interrogá-la logo, e assim o fez:

79   "Ó vós que vejo neste exílio alpestre,
num fogo só, se algo vos mereci
quando, na glória do viver terrestre,

82   vossos feitos em versos referi,
parai um pouco! E um dentre vós nos diga
onde se achava ao aportar aqui!"

85   Eis que a ponta maior da chama antiga
começou a mover-se, crepitando,
tal a que um vento ríspido castiga.

88   E de um e de outro lado se agitando,
um som soprava, como que saído
de seu calor, e que dizia: "Quando

91   fugi de Circe, após quedar retido
mais de um ano em Gaeta enfeitiçada,
antes que a houvesse Eneias conhecido,

---

69. Escutá-los desejo ardentemente: interrogar Ulisses e Diomedes, que se aproximavam, ocultos na dupla chama. Dante demonstra a Virgílio o desejo de ouvir os dois fabulosos heróis (e, como é óbvio, a Ulisses, principalmente).
73. Que os interrogo, e sei o que te abala: Virgílio afirma estar a par do que Dante queria saber (o que te abala): como teria Ulisses terminado os seus dias? (Vejam-se os versos 83 e 84). É curiosa a observação de que os dois espíritos, sendo gregos, poderiam mostrar-se esquivos ou remissos ante a palavra de Dante, que era italiano.
80. Se algo vos mereci: Virgílio se dirige a Ulisses e Diomedes, relembrando-lhes, de início, que, quando vivo, lhes havia celebrado os feitos em versos sublimes.
83. E um dentre vós nos diga: com esta forma esquiva, mas delicada, Virgílio se dirigia especialmente a Ulisses, sobre cujo fim pairava uma grande dúvida.
90. De seu calor, e que dizia: é, pois, Ulisses (a ponta maior da chama antiga, verso 85) quem fala, narrando a história de sua morte, tal como Virgílio lhe pedira.
93. Antes que a houvesse Eneias conhecido: nas proximidades do golfo de Gaeta estava a região habitada e dominada por Circe, a feiticeira. O nome de Gaeta havia sido dado ao golfo por Eneias. Mas antes de tal batismo é que Ulisses ali estivera, por mais de um ano rendido aos encantos de Circe.

94   nem de meu filho o olhar, nem a extremada
     velhice de meu pai, nem mesmo o amor
     de Penélope ansiosa e apaixonada,

97   nada pôde abater o meu pendor
     de ir pelo mundo, em longo aprendizado,
     dos homens perquirindo o erro e o valor.

100 Lancei-me ao mar, em lenho delicado,
     junto à pequena e fraternal companha
     pela qual nunca fui abandonado.

103 Ambas as costas vi até a Espanha,
     até Marrocos, e a ilha vi dos Sardos,
     e outras ali que o mar em torno banha.

106 Já bem mais velhos éramos, e tardos,
     quando à barra chegamos apertada,
     onde Hércules depôs um de seus fardos,

109 sinal para não ser ultrapassada:
     ficou Sevilha atrás, pela direita,
     e foi, à esquerda, Ceuta ladeada.

112 — Ó irmãos (eu falei), que desta feita
     aos confins avançastes do Ocidente,
     entre perigos, onde o sol se deita,

115 à pouca vida em vós remanescente
     não recuseis a esplêndida experiência
     do mundo ermo e ignorado à nossa frente.

118 Relembrai vossa origem, vossa essência:
     criados não fostes como os animais,
     mas donos de vontade e consciência. —

121 Aos companheiros, com palavras tais,
     instilei tanto o gosto da jornada,
     que nem eu mesmo os reteria mais.

---

103. Ambas as costas vi até a Espanha: Ulisses narra, pois, o início de sua navegação, através do Mediterrâneo, do qual percorreu toda a costa europeia, até adiante de Sevilha, e toda a costa africana, até adiante de Ceuta.
107. Quando à barra chegamos apertada: o estreito de Gibraltar, onde se dizia que Hércules cumpriu um de seus famosos trabalhos (depôs um de seus fardos): o rompimento do istmo que se supôs tivesse ligado a Europa à África, ficando as penedias à abertura do estreito conhecidas como as Colunas de Hércules. Prevalecia na Antiguidade a crença de que ninguém poderia aventurar-se além das Colunas de Hércules sem perecer.

DANTE ALIGHIERI

124   A popa à parte matinal voltada,
demos com força aos remos, e cingindo
à esquerda a rota, fomos de longada.

127   A noite os astros todos descobrindo
ia do polo austral, e, pois, se via
na linha d'água o nosso decaindo.

130   Cinco vezes brilhante ao céu subia
a lua, e tantas outras se apagava,
enquanto o firme rumo a nau seguia.

133   Súbito, um monte vimos, que se alteava,
escuro, na distância, e erguido tanto,
que de outro igual nenhum de nós lembrava.

136   Logo mudou nossa alegria em pranto:
eis que veio da terra um furacão,
e ao frágil lenho arremessou seu manto.

139   Por três vezes levou-o de roldão;
na quarta, a popa ergueu, e mergulhou
no fundo a proa, à suma decisão,

142   até que o mar enfim nos sepultou".

---

124. A popa à parte matinal voltada: a popa da nau se mantinha voltada para onde nasce a manhã, e a proa, então, para o lado oposto, o ocidente. Ulisses transpôs o estreito de Gibraltar e se lançou ao grande oceano desconhecido; mantendo a rota à esquerda, para ir seguindo o rumo da costa africana (já no Atlântico), a nau singrava as ondas velozmente.
127. A noite os astros todos descobrindo: a noite ia descobrindo, revelando todas as estrelas do polo austral. Quer dizer que Ulisses e seus companheiros se internavam mais e mais pelo hemisfério sul, enquanto o hemisfério norte (que era o deles, e de onde haviam partido) ia-se perdendo, do outro lado, na linha cada vez mais baixa do horizonte.
130. Cinco vezes brilhante ao céu subia a lua: isto significa que já haviam transcorrido cinco meses de navegação pelo grande oceano.
141. No fundo a proa, à suma decisão: a suma decisão, de que aqui se trata, é a vontade de Deus, ou a fatalidade. Este poder supremo, fazendo alçar a popa à nau de Ulisses, e inclinando para baixo a proa, impeliu-a ao fundo do mar, com todos os seus tripulantes.

CANTO XXVII

Os poetas permanecem na oitava vala (e o Círculo é, ainda, o oitavo), onde se acham os conselheiros fraudulentos, ocultos, cada qual, numa chama alongada. Ouvindo, ali, outra labareda, ficam sabendo que nela está Guido de Montefeltro, que lhes fala sobre o pérfido conselho que deu ao Papa Bonifácio VIII.

1   No alto firmou-se a chama, agora quieta,
        e murmúrio nenhum já desprendia;
        seguir deixou-a meu gentil poeta.

4   Mas outra flama logo atrás se via,
        que atraiu nosso olhar à sua cima,
        ante o confuso som que ela emitia.

7   Tal o boi siciliano que à vez prima
        ao tormento mugiu, como foi dito,
        de quem o modelou com sua lima,

10   e pois berrava, ao lancinante grito,
        como se ali, em bronze caldeado,
        se mostrasse de fato à dor aflito

13   — assim, não tendo o som logo encontrado
        onde sair no fogo, co' a linguagem
        deste se confundiu, surdo, abafado.

16   Mas quando finalmente abriu passagem
        à ponta superior, que mais ardente
        recrudesceu na tépida voragem,

19   clareou-se presto: "Ó tu que gentilmente
        disseste aos dois ali em bom lombardo
        — Não vos detenho mais, marchai à frente —,

---

3. Seguir deixou-a meu gentil poeta: Virgílio deixou, então, afastar-se a chama bipartida em que estavam Ulisses e Diomedes, após ter ouvido o primeiro, como consta do Canto precedente. No verso 21 se reproduz a frase com que Virgílio se despediu dos dois espíritos: Não vos detenho mais; marchai à frente.
7. Tal o boi siciliano que à vez prima: o escultor ateniense Perilo construiu para Falaride, tirano de Agrigento (Sicília), um novo e espantoso aparelho de tortura. Tratava-se de um touro de bronze, em cujo interior se encerrava a vítima; e, com o fogo aceso por baixo, ia-se o animal aquecendo lentamente. Falaride resolveu provar a eficiência do invento, fazendo introduzir nele o próprio inventor, Perilo. Os gritos de dor das vítimas invisíveis davam a impressão de que o touro é que mugia, ao ser abrasado.
19. Clareou-se presto: a voz que, na difícil operação, emanava afinal da chama, era dirigida a Virgílio, que acabara de se despedir, em lombardo, de Ulisses e Diomedes (versos 1 a 3).

22 visto que a te abordar fui algo tardo,
não te recuses a falar comigo;
que não me nego, e entanto ao fogo eu ardo!

25 Se neste abismo aqui tombaste imigo,
provindo da latina doce terra
onde culpas juntei, para o castigo,

28 dize-me se em Romanha há paz ou guerra;
que na região nasci que vai de Urbino
às nascentes do Tibre, na alta serra."

31 Eu prestava ao discurso ouvido fino,
quando, em meu ombro pondo a mão alçada,
meu guia disse: "Fala, este é latino."

34 A resposta já tendo preparada,
a voz soltei represa, e sem demora:
"Ó sombra nesta chama encasulada,

37 digo-te que a Romanha, ainda agora,
paz não conhece sob os seus tiranos;
mas não se luta às claras lá por ora.

40 Ravena segue como há muitos anos:
revoa-lhe nos céus, feroz e ardente,
e nos de Cérvia, a águia dos Polentanos.

43 Quanto à cidade que ao assédio ingente
dos Franceses deu fim sanguinolento,
às patas do leão jaz, duramente.

---

26. Provindo da latina doce terra: terra latina, quer dizer, italiana. Ouvindo Virgílio exprimir-se em lombardo, um réu (numa chama) pediu-lhe notícias da Romanha, de onde era natural. Quem fala é Guido de Montefeltro, cavaleiro valoroso e homem de notável habilidade e astúcia.
31. Eu prestava ao discurso ouvido fino: escutando o condenado declarar-se romanhês, nascido em Urbino, Dante passara a ouvir com atenção ainda maior suas palavras.
33. Fala, este é latino: realmente, o réu de que se trata não era, como os que o haviam precedido imediatamente, um grego, um estrangeiro, mas um latino, isto é, italiano. E Virgílio, que antes pedira a Dante para não falar a Ulisses e Diomedes, que eram gregos (Canto precedente, versos 72 a 75), instou agora com seu companheiro para que falasse a Montefeltro, italiano.
38. Paz não conhece sob os seus tiranos: a Romanha fora sempre teatro de sangrentas lutas, e nunca seus tiranos deixaram de nutrir propósitos de mútua agressão. Respondendo a Montefeltro, informa-lhe Dante que, naquele instante, não existia luta aberta na Romanha; mas existia, como sempre, a guerra surda, ou latente.
42 A águia dos Polentanos: os condes Guido, originários de Polenta, exerciam havia muitos anos o poder em Ravena e Cérvia. O brasão da família era uma águia vermelha e branca, em campo metade azul, metade amarelo.
43. Quanto à cidade que ao assédio ingente: a cidade de Forlì, que os Franceses sitiaram, para afinal serem batidos completamente. Forlì estava, naquele instante, sob o tirânico governo dos Ordelaffi, cujo brasão era um leão verde em campo de ouro.

46 O mastim de Verrúquio e seu rebento,
    impelindo Montagna ao mundo eterno,
    mostram os dentes onde têm assento.

49 Aos burgos do Lamone e do Santerno
    conduz o leão em branco, sem piedade,
    a cor a transmudar de estio a inverno.

52 E, por fim, junto ao Sávio, a grã cidade,
    na planície estendida e ao monte alçada,
    vive entre a tirania e a liberdade.

55 Mas tu, quem és, ó sombra encasulada?
    Sê, como os mais aqui, condescendente,
    e possa a tua história ser lembrada!"

58 Depois de crepitar mais vivamente,
    meneou-se, como sói, a ponta erguida,
    nesta voz se externando, tenuemente:

61 "Se eu pudesse supor que dirigida
    minha palavra fosse a alguém do mundo,
    quedaria esta língua emudecida;

64 mas pois que em tempo algum cá deste fundo
    ninguém pôde voltar, como aprendi,
    falo-te, sem qualquer temor profundo.

67 Eu fui soldado, e a corda, após, cingi,
    tentando expiar assim o meu pecado;
    e na verdade quase o consegui.

46. O mastim de Verrúquio e seu rebento: Malatesta de Verrúquio e seu filho Malatestino, que assassinaram em Rímini o líder Montagna e governavam a cidade com violência e crueldade.
49. Aos burgos do Lamone e do Santerno: mais duas cidades romanhesas: Faenza, sobre o rio Lamone, e Imola, sobre o rio Santerno. Ambas sob o jugo de Mainardo Pagani, que tinha por armas um leão azul em campo branco; e, sendo um líder oportunista e inescrupuloso, mudava frequentemente de partido, aliado sempre aos mais poderosos.
52. E, por fim, junto ao Sávio, a grã cidade: e, por último, neste retrospecto da Romanha, a cidade de Cesena, banhada pelo Sávio, e que, do mesmo modo como se estendia tanto pela planície quanto pela montanha, continuava a viver, ora sob a tirania, ora sob a liberdade.
55. Mas tu, quem és, ó sombra encasulada: vê-se que Dante ainda não sabia que falava ao famoso Guido de Montefeltro. Realmente, os réus não eram vistos, só a chama que os envolvia. Pela narrativa subsequente irá, então, o poeta identificando-o completamente.
62. Minha palavra fosse a alguém do mundo: alguém que, estando ali, devesse, contudo, voltar à terra. Recorde-se (versos 56 e 57) que Dante pedira ao condenado para ser benevolente, e falar-lhe, como outros haviam feito; e, para dispô-lo favoravelmente, exprimiu, como sempre, o voto de que seu nome fosse lembrado entre os vivos.
66. Falo-te, sem qualquer temor profundo: não rendido ao aviso de que Dante estava vivo, o réu observou que falaria sem constrangimento e temor, isto é, sem receio de que as coisas que ia narrar pudessem denegrir sua fama na terra.
67. Eu fui soldado, e a corda, após, cingi: o réprobo, que fora soldado valoroso e homem de grande malícia e experiência (Guido de Montefeltro), tornou-se, já no final da vida, franciscano (cingi a corda), procurando obter perdão para os seus pecados.

70 Mas o grão padre, à maldição votado,
    fez-me na culpa antiga reincidente;
    como e porque, ora ouvirás narrado.

73 Enquanto tive um corpo, e fui vivente,
    mais a raposa eu imitei, traiçoeira,
    nos atos meus, do que o leão valente.

76 Em ciladas e ardis, à mão ligeira,
    adestrei-me com tal habilidade,
    que meu nome soou na terra inteira.

79 Mas fui chegando, enfim, àquela idade
    em que se impõe as velas amainar:
    e ao que mais eu amara, na verdade,

82 decidi para sempre renunciar;
    arrependido, devotei-me a Deus,
    procurando minha alma inda salvar.

85 Eis que o maior dos novos Fariseus,
    que andava a guerrear junto a Latrão,
    não contra sarracenos, nem judeus,

88 mas contra alguém que, sendo bom cristão,
    não ajudara de Acre a retomada,
    nem traficara em terras do Sultão

91 — não respeitou sua missão sagrada,
    e muito menos o cordão divino
    que me pendia da cintura atada.

94 Como à Silvestre um dia Constantino
    implorava em Sorate que o curasse,
    pediu-me que ao seu ódio viperino

70. Mas o grão padre, à maldição votado: o grão padre, o Papa Bonifácio VIII (reinante no ano de 1300), induziu-me a reincidir nas culpas antigas.
85. Eis que o maior dos novos Fariseus: o Papa então reinante (1300), Bonifácio VIII, que ascendera ao Pontificado como líder de um grupo de cardiais conhecidos como os Fariseus. Bonifácio entrara em luta com os Colonas, família de que faziam parte dois cardeais Jacó e Pedro. Deflagrada a luta, os Colonas, que residiam perto de São João de Latrão, refugiaram-se no castelo de Palestrina (veja-se o verso 102).
89. Não ajudara de Acre a retomada: Bonifácio VIII, em vez de combater sarracenos e judeus, preferia mover guerra a bons cristãos (os Colonas), que não haviam ajudado os Turcos a retomar São João de Acre, na Síria, nem comerciado nos territórios maometanos (tal comércio era proibido pela Igreja).
91. Não respeitou sua missão sagrada: não respeitando a santidade de sua missão, Bonifácio também não respeitou o cordão divino, símbolo da Ordem dos Franciscanos, e que Guido de Montefeltro levava atado à cintura.
94. Como a Silvestre um dia Constantino: e do mesmo modo como o Imperador Constantino implorara em Sorate ao Papa Silvestre que o curasse da lepra, assim também pediu-me o Papa Bonifácio que eu lhe mostrasse a maneira de abater os Colonas, saciando enfim o seu ódio contra eles.

97   o jeito de saciar eu lhe mostrasse:
        emudeci ante a proposta feita,
        mal podendo fitá-lo face a face.

100   — Por livrar-te de toda a vã suspeita,
        ora eu te absolvo — disse — previamente;
        mas Palestrina tem que ser desfeita!

103   Fechar e abrir o céu posso, igualmente,
        como tu sabes, com as duas chaves
        que me deu quem as trouxe frouxamente. —

106   Cedi enfim a estas palavras graves,
        a medo de incorrer na ira ligeira;
        e disse: — Pai, desde que tu me laves

109   da triste mancha de que me acho à beira,
        muita promessa e pouco atendimento
        a vitória dar-te-ão na alta cadeira. —

112   Quando Francisco, ao meu final alento,
        foi minha alma buscar, penalizado,
        um anjo mau bradou-lhe: — Eia, um momento!

115   Este é meu, e não pode ser levado!
        Dês que o conselho deu, indignamente,
        seguro o trago à unha, bem fisgado!

118   Só se perdoa a quem remorso sente.
        E ser contrito e o mal ir praticando,
        pela contradição não se consente. —

102. Mas Palestrina tem que ser desfeita: em Palestrina, na sua fortaleza, estavam refugiados os Colonas, e dali resistiam a Bonifácio VIII.
105. Que me deu quem as trouxe frouxamente: as duas chaves que Bonifácio recebera de seu antecessor, Celestino V, quando este renunciou ao Pontificado, isto é, *fece per viltà lo gran rifiuto*, como referido no Canto III, versos 59 e 60.
109. Da triste mancha de que me acho à beira: do terrível pecado que estou prestes a cometer.
110. Muita promessa e pouco atendimento: este foi o pérfido conselho dado por Montefeltro a Bonifácio – e pelo qual, já remido das culpas anteriores, foi por fim arrastado ao Inferno. Bonifácio agiu de acordo com o conselho: Mandou dizer aos Colonas que os perdoaria, desde que os cardeais Jacó e Pedro se retratassem. Os Colonas aceitaram a proposta e entregaram Palestrina ao Papa, que a fez destruir.
112. Quando Francisco, ao meu final alento: quando exalei o último suspiro, e São Francisco de Assis veio em busca de minha alma, etc. Dante imagina aqui São Francisco a recolher a alma dos Franciscanos mortos, para levá-la ao céu.
118. Só se perdoa a quem remorso sente: a absolvição se justifica pelo arrependimento, não podendo, assim, ser dada antecipadamente. E nem seria possível admitir-se o arrependimento a que se segue o pecado. É interessante que o poeta atribua este raciocínio ao demônio, e exatamente a propósito da conduta de um Papa e de um frade.

121   Ai de mim! De pavor fiquei chorando,
        quando me ergueu, e disse: — Quem diria
        que eu fosse com tal lógica arrazoando! —

124   E levou-me a Minós, que a cauda esguia
        oito vezes passou em torno ao busto,
        e a cada volta, aos gritos, a mordia,

127   clamando: — Numa chama vá combusto! —
        Por isto aqui me vês, encasulado
        na labareda, pelo vale adusto."

130   Depois de haver-se assim manifestado,
        dali partiu a flama triste, à aragem
        meneando a ponta de um e de outro lado.

133   Prosseguimos também nossa viagem,
        pelo penhasco, ao pontalão subindo,
        onde, da vala à aspérrima voragem,

136   vimos os que pecaram, dividindo.

---

122. Quando me ergueu, e disse: quando o demônio, afastando São Francisco, ergueu a minha alma, para trazê-la consigo ao Inferno...

124. E levou-me a Minós, que a cauda esguia: passando, oito vezes, a cauda em torno de seu corpo, Minós, que era o julgador dos pecados (veja-se o Canto V versos 4 a 12), na verdade condenava Guido de Montefeltro ao Círculo oitavo e dali, precisamente, é que ele está falando ao poeta.

135. Onde, da vala à aspérrima voragem: do pontalão seguinte, a que nos guindamos, vimos, então, a nona vala, onde eram punidos os que se dedicaram a provocar cismas religiosos ou a semear ódio, divisão e discórdia entre as pessoas ou entre os povos.

CANTO XXVIII

Chegam os poetas à nona vala (a penúltima do Círculo oitavo), onde estão os promotores de cismas religiosos e os semeadores de ódios, divisões e discórdias entre pessoas e povos, apresentando todos terríveis golpes e mutilações a fio de espada. Ouvem, ali, a Maomé e a Pier de Medicina.

1   Quem, mesmo em frases livres, poderia
        as chagas descrever e as estocadas,
        horripilantes a que eu assistia?

4   Formas não acharia apropriadas
        em língua alguma, e nem na nossa mente,
        para tamanho horror certo apoucadas.

7   Se se juntasse, em ponto só, a gente
        que da Apúlia a fecunda e extensa terra
        encharcou de seu sangue, largamente,

10   dos Troianos ao gládio, e, após, na guerra
        em que houve dos anéis a grã colheita
        como nos conta Lívio, que não erra;

13   e mais aquela que tombou desfeita,
        a Ruberto Guiscardo desafiando;
        e a outra, por fim, que os ossos, contrafeita,

---

1. *Quem, mesmo em frases livres:* quem poderia reproduzir exatamente, mesmo usando com a máxima liberdade as palavras (quer dizer, em prosa), o horripilante espetáculo que eu via desenrolar-se embaixo, na nona vala? Nenhum idioma seria capaz de exprimi-lo, e nem a mente humana de concebê-lo, porque um e a outra se apoucariam ante a enormidade das cenas sanguinosas.
8. *Que da Apúlia a fecunda e extensa terra:* a Apúlia, a Itália, especialmente a Itália meridional. A ideia aqui é de que, se se reunissem, num ponto só, todos os mutilados nas guerras havidas sobre o solo italiano — ainda assim não se conseguiria espetáculo semelhante ao da nona vala.
10. *Dos Troianos ao gládio:* os seguidores e descendentes de Eneias, de que se originaram os Romanos.
11. *Em que houve dos anéis a grã colheita:* referência às guerras púnicas, especialmente à batalha de Cannes, entre Romanos e Cartagineses, em que foram dizimadas as legiões romanas. Em tal número foram as baixas nessa batalha, que, segundo o historiador Tito Lívio, os anéis recolhidos aos soldados mortos deram para encher várias bandejas.
13. *E mais aquela que tombou desfeita:* se aos tombados nas guerras apulienses e nas guerras púnicas se acrescentassem as vítimas de Ruberto Guiscardo, que no século XI invadiu a Itália etc.
15. *E a outra, por fim, que os ossos, contrafeita:* e se se lhes juntassem ainda, os que tombaram nas guerras encetadas por Carlos d'Anjou (1266 a 1268), primeiro em Ceprano, onde a resistência baqueou ante a traição dos moradores, depois, em Tagliacozzo, onde Alardo de Valéry, usando de um estratagema, conseguiu fácil vitória etc.

16 deixou, à atroz cilada caminhando,
em Ceprano, primeiro, e em Tagliacozzo,
que Alardo foi sem armas conquistando

19 — tudo que se reunisse de espantoso,
chagas, mutilações e cutiladas,
não copiaria o vale doloroso.

22 Uma pipa, de aduelas arrancadas,
certo fenda maior não mostraria
qual vi de alguém nas vísceras golpeadas.

25 Às pernas o intestino lhe escorria;
à mostra estavam, nele, o coração
e a bolsa que o alimento recebia.

28 Mudo, fiquei a contemplá-lo então.
As mãos levou à chaga, abrindo-a, em pé,
e disse: "Observa esta mutilação!

31 Vê como retalhado está Maomé!
A minha frente vai Ali, chorando,
a face aberta ao meio pela fé!

34 Todos que aqui se encontram dessangrando,
de discórdias e intrigas fabricantes
foram em vida, e, pois, estão pagando.

37 Um demônio, co' a força dos gigantes,
brande furioso sua larga espada
sobre cada um de nós, quando, ululantes,

40 completamos a volta desta estrada;
por mor castigo fecha-se a ferida
ao marcharmos à nova cutilada.

19. Tudo que se reunisse de espantoso: ainda que se reunissem todos os feridos e mutilados em tais batalhas, o espetáculo ficaria, em horror, aquém do que se observava na nona vala.
27. E a bolsa que o alimento recebia: o estômago. O ferido apresentava a parte dianteira do tronco aberta por um golpe de espada, deixando ver, através da chaga, o coração e o estômago.
31. Vê como retalhado está Maomé: o fundador do Islamismo (560-633) estava mutilado de maneira bárbara, posto que, segundo Dante, fora responsável por cismas religiosos.
32. À minha frente vai Ali, chorando: adiante de Maomé caminhava Ali, seu genro, também profeta e cismático.
40. Completamos a volta desta estrada: toda a vez que cada infeliz mutilado completava a volta da estrada, chegava a um ponto em que um demônio, armado de enorme espada, lhe desferia outro golpe. Enquanto cumpria o percurso a ferida se lhe cicatrizava, para ser pouco depois reaberta por nova cutilada, numa incessante mutilação.

"(...) e disse: 'Observa esta mutilação!
Vê como retalhado está Maomé!'"

(*Inf.*, XXVIII, 30/1)

43 Mas tu, quem és, que sobre a rocha erguida
    pensas talvez recalcitrar à pena
    a teus erros mundanos atribuída?"

46 "Não está morto, e nem à triste cena
    traz uma falta grave a atormentá-lo",
    disse Virgílio; "e só por dar-lhe plena

49 ciência do inferno, eu, sombra, vim guiá-lo,
    por ordem do alto, neste precipício:
    tanto isto é vero quanto aqui te falo!"

52 Mais de cem almas próximas, no exício,
    ao ouvi-lo pararam, de improviso,
    fitando-me, esquecidas do suplício.

55 "Rogo-te dar a frei Dolcino aviso
    — ó tu que reverás o sol em breve! —
    que a não querer pisar já onde eu piso,

58 de víveres se muna, pois que a neve
    pode caminho abrir aos de Novara,
    que de outro modo o não teriam leve."

61 Como alguém que, a partir, o pé prepara,
    transmitiu-me Maomé este recado,
    e ei-lo que para longe se dispara.

64 Mas outro, co' o pescoço perfurado,
    o nariz decepado totalmente,
    e a orelha conservando só de um lado,

67 que se quedara a olhar-me fixamente,
    como os demais, a boca abriu, insana,
    de sangue lambuzada externamente,

---

43. Mas tu, quem és, que sobre a rocha erguida: Maomé se dirige a Dante, postado, juntamente com Virgílio, sobre a ponte de pedra ao alto da nona vala. Pensa que se trata de um condenado, que, dali, procura esquivar-se ao justo castigo que lhe fora imposto.
52. Mais de cem almas próximas, no exício: as almas que estavam ali por perto (e eram mais de cem), ouvindo Virgílio anunciar que Dante não estava morto, mas era um visitante privilegiado ao Inferno, ficaram a olhar para ele maravilhadas, esquecendo-se até de seu martírio.
55. Rogo-te dar a frei Dolcino aviso: Maomé pediu a Dante para levar um recado a frei Dolcino. Era este um cismático, chefe da seita denominada Apóstolos, e foi duramente hostilizado por seus concidadãos de Novara. Perseguido, refugiou-se no monte Zebelo, onde afinal, ao chegar o inverno, e premido pela fome, rendeu-se, tendo sido feito prisioneiro e levado à fogueira.
59. Pode caminho abrir aos de Novara: Frei Dolcino deveria (segundo Maomé) munir-se de víveres. Do contrário, a neve, impedindo-o de se reabastecer, iria abrir caminho aos Novareses que o sitiavam na montanha, dando-lhes fácil vitória.

"Recorda-te de Pier de Medicina,
se de Vercelli ou Marcabó à frente
vires de novo a plácida campina."

(Inf., XXVIII, 73/5)

70   e disse: "Ó tu, que o mal aqui não dana,
na terra penso que te vi latina,
se grande semelhança não me engana!

73   Recorda-te de Pier de Medicina,
se de Vercelli ou Marcabó à frente
vires de novo a plácida campina.

---

70. Ó tu, que o mal aqui não dana: o espírito que falava, como se verá a seguir (verso 73), era Pier de Medicina, que parece ter reconhecido Dante (salvo erro devido a extrema semelhança), dizendo tê-lo visto em terra italiana.
73. Recorda-te de Pier de Medicina: um notório intrigante político, semeador de discórdias e cizânias, que residira em Bolonha. Na opinião de Dante, os réprobos no Inferno tinham em alta conta o fato de poderem ser lembrados na terra. Daí o pedido de Pier de Medicina.
75. Vires de novo a plácida campina: os ondulados campos da Lombardia, desde a localidade de Vercelli até o castelo de Marcabó, perto de Veneza.

76   A Fano vai e avisa prestamente
     ao honrado Angiolelo e ao nobre Guido
     que, se a visão havida aqui não mente,

79   no mar está seu fim apercebido,
     e serão em Católica afogados
     por um triste traidor enfurecido.

82   Desde Chipre a Maiorca, a ambos os lados,
     jamais verá Netuno igual cilada,
     entre corsários mesmo, desvairados.

85   O tirano, que a vista tem vazada,
     e aquela terra aflige que um por perto
     gostaria não fosse mais lembrada,

88   mandou chamá-los a conselho aberto;
     mas cuidou de que próximo a Focara
     achem no mar o seu sepulcro certo."

91   Eu lhe disse: "Eia, pois, então declara,
     se queres que na terra eu narre tudo,
     quem é o tal, com tal lembrança amara."

94   A alguém, por perto, o queixo, em gesto agudo,
     pegou, e a boca fê-lo escancarar,
     gritando: "É este aqui, mas está mudo.

97   Banido, pôs-se a César a instigar
     a seguir de uma vez, que a dilação
     poderia fazê-lo fracassar."

---

82. Desde Chipre a Maiorca: desde a ilha de Chipre, bem no oriente, até a de Maiorca, bem no ocidente (quer dizer, em toda a extensão do Mediterrâneo), Netuno jamais veria desenrolar-se uma cilada tão vil quanto aquela, sem excluir as que costumavam ser praticadas pelos corsários.
85. O tirano, que a vista tem vazada: Malatestino Malatesta, cego de um olho, governava cruelmente Rímini. De uma feita convidara dois ilustres cidadãos de Fano, Angiolelo e Guido, para uma conferência amigável. Mas era uma cilada; planejava lançá-los ao mar, como fez, perto de Católica.
86. E aquela terra aflige: a terra é Rímini, que se encontrava sob o jugo de Malatestino. A pessoa que não queria que aquela terra fosse lembrada era Cúrio (verso 100), um tribuno romano. Banido a Rímini, Cúrio ali estimulou César a rebelar-se contra o Senado e marchar sobre Roma. Por haver provocado dissensão e guerra civil, padecia no Inferno.
93. Quem é o tal, com tal lembrança amara: Dante ficou naturalmente curioso quanto à pessoa, ali, que conservava tal ressentimento de Rímini, a ponto de não querer que a cidade fosse lembrada. Pier de Medicina explicou-lhe, então, que se tratava de Cúrio.
98. A seguir de uma vez, que a dilação: o mudo, nominalmente referido no verso 100, era, pois, o tribuno Cúrio, que, por ter sido exilado a Rímini, nutria da cidade recordação amarga (versos 86 a 93). Diz-se que Cúrio, procurando César em seu acampamento, induziu-o a marchar contra Roma e o Senado, sob o argumento de que a demora poderia ser funesta às suas ambições.

"A fronte decepada levantando
à mão, pelos cabelos, qual lanterna,
parou, a olhar-nos, sua dor clamando."

(*Inf.*, XXVIII, 121/3)

100   Assim vi Cúrio, em grande prostração,
         co a língua desde a base decepada,
         a mesma que semeara a divisão.

103   E vi alguém, a quem fora amputada
         a mão a ambos os braços, e que erguia
         os cotos, com a face ensanguentada,

106   bradando: "Ah, lembra Mosca, que dizia:
         — Não está por fazer o que está feito —,
         de onde aos Toscanos grande mal viria!"

109   Tornei-lhe: "E morte aos teus, de qualquer jeito!"
         Pelo que, pondo numa outra ferida,
         dali se foi, em lágrimas desfeito.

112   Mas ao fitar ainda a turba infida
         notei tão estranhíssima figura,
         que a pena hesitaria, constrangida,

115   em pintá-la, não fora eu ter segura
         a consciência, que sempre nos sustenta,
         quando inspirada na verdade pura.

118   Era, e a meus olhos inda se apresenta,
         um corpo sem cabeça, caminhando
         por entre a turba, que se abria lenta.

121   A fronte decepada levantando
         à mão, pelos cabelos, qual lanterna,
         parou, a olhar-nos, sua dor clamando.

---

102. A mesma que semeara a divisão: com seus pérfidos conselhos a César, Cúrio tornou-se culpado da divisão entre os Romanos. Dante mostra-o no Inferno, tendo decepada a língua que usou para espalhar a cizânia em sua pátria.

106. Ah, lembra Mosca: Mosca dei Lamberti, florentino (Canto VI, verso 80), suscitou ódio mortal entre duas famílias da cidade, os Amideis e os Buondelmontes, estremecidas por questões de honra. Com a frase: *capo ha cosa fatta* (Não está por fazer o que está feito), aconselhou o assassinato de um jovem Buondelmonte. Ao atentado, seguiram-se em Florença numerosas cenas de horror e vingança, em que muitos localizam a origem das duas facções – guelfos e gibelinos.

109. E morte aos teus, de qualquer jeito: tais acontecimentos, acarretando males sem conta à Toscana, levaram também à ruína os Lambertis. Este foi o pensamento de Dante, ao falar ao condenado, que provocara tantas desgraças; e, de fato, a família de Mosca dei Lamberti viu-se duramente perseguida e expulsa de Florença.

110. Pelo que, pondo numa outra ferida: e assim, acrescentando à horrível ferida de sua punição (as mãos decepadas) a ferida moral causada pela lembrança da ruína e desaparecimento de sua família, Mosca dei Lamberti, *accumulando duol con duolo*, se foi dali.

121. A fronte decepada levantando: o condenado tinha a cabeça separada do corpo, e trazia-a à mão, segura pelos cabelos.

124   De si e a si fazia ali luzerna:
            era um em dois, e dois em um somente.
            O poder assim quis, que nos governa!

127   E chegando da velha ponte à frente,
            sacudiu a cabeça ao braço alçado,
            para a voz nos mandar mais claramente:

130   "Vê", disse, "o meu tormento não sonhado,
            tu que adentras, em vida, o mal sem fim:
            com coisa igual não foste confrontado!

133   Volvendo à terra, lembra-te de mim;
            eu sou Bertram de Bórnio, e seduzi
            o jovem rei com um conselho ruim.

136   Pelo ódio pai e filho eu desuni,
            tal como Aquitofel quando a Absalão
            duramente incitou contra Davi.

139   Pois que desfiz esta profunda união,
            a mente levo agora separada
            de seu princípio, que é o coração.

142   E em mim se vê a ofensa compensada!"

---

124. De si e a si fazia ali luzerna: o réprobo usava-se a si mesmo (isto é, usava a própria cabeça, suspensa à mão, à guisa de lanterna) para iluminar seu próprio caminho (isto é, para iluminar o caminho a seu corpo sem cabeça, que deambulava).
134. Eu sou Bertram de Bórnio, e seduzi: Bertram de Born, famoso aventureiro e trovador da Provença, o qual, encontrando-se na Inglaterra, instigou o jovem Henrique a rebelar-se contra seu pai, Henrique II.
137. Tal como Aquitofel quando a Absalão: lê-se no Antigo Testamento que Aquitofel aconselhou Absalão a insurgir-se contra Davi, seu pai, e matá-lo.
140. A mente levo agora separada: posto que desfiz a união entre pai e filho, fui castigado de tal sorte que a minha cabeça (a mente) ficou separada do tronco (o coração).
142. E em mim se vê a ofensa compensada: como uma espécie de pena de Talião.

CANTO XXIX

Alcançam os poetas a última dentre as dez valas do Círculo oitavo, onde se encontram os falsários. O primeiro grupo é dos que, dedicando-se à alquimia, falsificaram metais preciosos; veem-se os réus estendidos no solo, exânimes, recobertos de lepra da cabeça aos pés.

1   Aquela exangue e numerosa gente,
      as feridas sem conta, as estocadas,
      fizeram-me chorar copiosamente.

4   Perguntou-me Virgílio: "Não te enfadas?
      Por que ficas a olhar, cheio de horror,
      e tão absorto, as sombras mutiladas?

7   Antes eu não te vi em tal torpor:
      Mas não tentes contá-las, que o vão triste
      tem vinte e duas milhas ao redor.

10   Na terra, a lua a nossos pés assiste:
      só dispomos de tempo limitado,
      e muito inda há por ver que tu não viste."

13   "Se houvesses", respondi-lhe, "adivinhado
      o que na vala, ansioso, eu procurava,
      ter-me-ias a delonga relevado."

16   E, pois, seguia o mestre, e eu o escoltava,
      enquanto tais palavras proferia;
      e acrescentei: "Supus que nesta cava

---

1. Aquela exangue e numerosa gente: toda aquela gente mutilada, a esvair-se em sangue, que acabavam de ver na vala nona: os semeadores de luta e discórdia e os promotores de cismas religiosos, referidos no Canto precedente.
7. Antes eu não te vi em tal torpor: em nenhuma das valas anteriores, em nenhum dos sítios visitados, eu te vi demonstrar comoção tão intensa como agora.
8. Mas não tentes contá-las: vendo tão absorto o seu companheiro, Virgílio imaginou que ele estivesse a contar as almas que passavam embaixo. E advertiu-o para que não o fizesse, pois a vala era enorme (o seu perímetro media vinte e duas milhas) e estava completamente cheia.
10. Na terra, a lua a nossos pés assiste: a lua coloca-se agora a nossos pés (lá em cima, na terra, naturalmente). Virgílio chamava assim a atenção de Dante para a hora (era mais ou menos o meio-dia terreno) e o prazo exíguo de que ainda dispunham para o trajeto.
13. Se houvesses, respondi-lhe, adivinhado: Dante parece não ter ficado satisfeito com o reinício da marcha. E diz que se Virgílio conhecesse a razão porque permanecera a observar os mutilados, ter-lhe-ia permitido continuar ainda ali algum tempo. A razão do interesse de Dante vai exposta logo a seguir.

"Perguntou-me Virgílio: 'Não te enfadas?
Por que ficas a olhar, cheio de horror,
e tão absorto, as sombras mutiladas?'"

(*Inf.*, XXIX, 4/6)

19   — e era por isto que eu a perquiria —
     estivesse a penar um meu parente,
     que o crime cometeu que aqui se expia."

22   "Não sigas a afligir a tua mente
     com tão abjeto e triste condenado",
     me disse: "pensa em algo diferente.

25   Bem ao pé do penhasco alcantilado,
     vi-o a apontar-te o dedo, enfurecido,
     pelos demais, aos gritos, nomeado

28   Geri del Belo. Mas tão absorvido
     estavas ante o dono de Altaforte,
     que não o divisaste, ali, ferido."

31   "Mestre", tornei-lhe, "sua cruenta morte
     não foi desagravada até agora
     por qualquer um que lhe chorasse a sorte.

34   Esta a razão porque se foi embora,
     magoado e silencioso, como creio:
     a voz do sangue a pena lhe deplora."

37   Assim falando, o pontalão a meio
     galgamos que a outra vala dominava;
     mas não logramos ver-lhe, à sombra, o seio.

40   Chegados quase à derradeira cava
     de Malebolge, quando a multidão
     dos réus por pouco ali não se mostrava,

43   gritos foram-nos vindo, em profusão,
     como dardos metálicos, letais,
     a ferir, sem cessar, nossa audição.

21. Que o crime cometeu que aqui se expia: Dante pensava em um parente seu que, semeador de discórdias e dissensões, haveria de estar entre aqueles mutilados. No verso 28 se faz menção expressa a esse parente: Geri del Belo, primo do pai do poeta.
28. Geri del Belo: era este o parente que Dante se empenhava em localizar entre os condenados. Virgílio tinha-o visto, sob a ponte, indicando, com o dedo, Dante a seus companheiros. O poeta, porém, não o observara naquele instante, pois estava atento ao dono de Altaforte, Bertram de Born, o réprobo que, à sua frente, suspendia na mão a cabeça decepada, à guisa de lanterna (Canto XXVIII, versos 118 a 142).
38. Que a outra vala dominava: a outra vala, quer dizer, a décima vala, a última das valas de Malebolge (o Círculo oitavo). Os dois poetas já se encontravam sobre a ponte, podendo olhar para o interior da cava; mas a escuridão reinante não lhes permitia distinguir nada lá embaixo.

"Mais triste não se via o cemitério
de Egina, com seu povo contagiado
pelo vapor (...)"

(*Inf.*, XXIX, 58/60)

46 Não se ouviriam semelhantes ais
    em Marema, Sardenha e Valdiquiana,
    pelo verão, nos tristes hospitais,

49 inda que a dor se lhes reunisse, insana.
    A tudo se estendia odor nauseante,
    qual da gangrena pútrida dimana.

52 Descemos a amurada um pouco adiante,
    a derradeira, à esquerda prosseguindo.
    Minha vista tornou-se mais prestante

55 a devassar o fundo, em que cumprindo,
    infalível, seu alto ministério,
    a Justiça aos falsários vai punindo.

58 Mais triste não se vira o cemitério
    de Egina, com seu povo contagiado
    pelo vapor, tão rude e deletério,

61 que a toda vida, mesmo a do ignorado
    verme, extinguiu, sendo que a raça antiga
    (segundo pelos poetas foi narrado)

64 se restaurou por ovos da formiga
    — como eu fitava a escura vala à frente,
    juncada de almas a que a dor fustiga.

67 Abatida, aos montões, aquela gente
    jazia, num difícil tumultuar,
    procurando arrastar-se, inutilmente.

70 Íamos, passo a passo, sem falar,
    a ouvir gemer os tristes empestados,
    incapazes de erguer-se e caminhar.

49. Inda que a dor se lhes reunisse, insana: a ideia é que tais gemidos eram mais tristes e numerosos que os que se ouviriam nos hospitais de Marema, Sardenha e Valdiquiana, se estivessem reunidos em um só local, durante o verão, quando aumentava naquelas regiões a incidência das febres palustres. O quadro de dor que, pelos gemidos, se desenhava na décima vala era ainda agravado pelo odor nauseabundo que se espalhava por toda a parte, semelhante ao que se expande dos corpos apodrecidos pela gangrena.
53. A derradeira, à esquerda prosseguindo: esta era a última das amuradas que dividiam as seções do Círculo oitavo. Descendo por ela, Dante e Virgílio se encontraram, então, em plena vala décima, que começaram a percorrer, tomando como de costume, pela esquerda.
58. Mais triste não se vira o cemitério de Egina: Egina, ilha grega, de que registra Ovídio que na Antiguidade foi assolada por uma epidemia de peste que dizimou a população inteira. Mas Júpiter, para repovoar a ilha, fez com que as pessoas se fossem levantando, como a renascer, por encanto, dos ninhos das formigas.
60. Pelo vapor, tão rude e deletério: o vapor, os miasmas da peste.

INFERNO

"(...) como aqueles ali, que a unha fera
e dura se cravavam, esfregando,
sob a sarna mortal, que desespera."
(Inf., XXIX, 79/81)

73 Dois notei, ombro a ombro entreamparados,
    como panelas juntas na lareira,
    de chagas mil os corpos maculados.

76 Nunca vi mais depressa a raspadeira
    o moço manejar, ante o amo à espera,
    apressurado, à porta da cocheira,

79 como aqueles ali, que a unha fera
    e dura se cravavam, esfregando,
    sob a sarna mortal, que desespera,

77. O moço manejar, ante o amo à espera: o moço da estrebaria, raspadeira à mão, a aprontar o cavalo para o amo que, impaciente, o aguarda.

82   e largas crostas iam arrancando,
        tal o peixe se vê sob o facão
        do pescador, que o raspa, descamando.

85   "Ó tu que da ferida a comichão"
        — falou Virgílio a um deles, de repente —
        "tirar pareces com a inquieta mão,

88   não viste aqui por perto, casualmente,
        algum latino? E possas ter afiadas
        as unhas, para o alívio, eternamente!"

91   "Almas somos latinas, desgraçadas"
        — o triste redarguiu, do pranto em meio:
        "Mas tu quem és, de espádua e fronte alçadas?"

94   E, pois, meu guia: "Alguém que, morto, veio
        um ser vivo trazer a este tormento,
        para que o veja, e torne, como creio."

97   Como quem perde súbito o sustento,
        volveram-nos seu rosto, estremecendo;
        e outros assim, que ouviram tal portento.

100   Acenou-me o meu mestre, então, dizendo:
        "Interroga-os, segundo o teu agrado."
        Saudei-os, ao alvitre obedecendo:

103   "De ambos o nome seja mencionado
        no mundo dos humanos transiente,
        e por um longo tempo relembrado!

106   Mas dizei-nos quem sois, e de que gente
        não vos iniba a vergonhosa pena
        de nos falardes clara e francamente!"

---

89. E possas ter afiadas as unhas: ao perguntar ao lázaro se não havia visto algum latino (italiano), Virgílio, para lisonjeá-lo, manifestou o voto de que ele conservasse sempre afiadas as unhas para aliviar-se, coçando-se, naquele sofrimento.

93. Mas tu quem és, de espádua e fronte alçadas: todas as almas ali, tomadas pela peste ou pela lepra, estavam estendidas no solo, podendo apenas mover-se, com extrema dificuldade. É natural, pois, que a sombra, interrogada, se espante ao ver alguém lhe dirigir a palavra, mantendo-se de pé (versos 68 e 72).

97. Como quem perde súbito o sustento: os dois réus (veja-se o verso 73) estavam amparados um no outro, sustendo-se reciprocamente pelas espáduas. A afirmação de Virgílio, de que estava ali conduzindo um homem vivo, fê-los perder o mútuo apoio, pela natural comoção, soltando-se; e viraram-se para melhor observar os dois intrusos, especialmente o vivo. A mesma reação tiveram os que, por perto, escutaram as palavras de Virgílio.

INFERNO

109   "Eu sou de Arezzo, e o moço Alberto em Siena
me impeliu", um gemeu, "para a fogueira;
mas outra é a culpa aqui que me condena.

112   Um dia eu lhe falei, por brincadeira,
que era capaz de alçar-me às nuvens, voando;
e ele, vaidoso, na mental cegueira,

115   quis tal arte aprender: e não logrando
dar-lhe eu de Dédalo a asa ambicionada,
fez com que o pai me fosse a pira armando.

118   E se Minós à última amurada
sentenciou minha alma impenitente
pela alquimia foi, por mim usada."

121   Eu disse ao poeta: "Acaso alguma gente
mais frívola haverá que esta de Siena?
Nem a francesa é mais inconsequente!"

124   O segundo leproso, entrando em cena,
de pronto respondeu: "Menos Stricca,
exemplo ali de parcimônia plena;

127   e Nicolau, que a primazia rica
do uso do cravo presto conquistou,
lá onde o condimento mais se aplica;

130   menos a malta, em que desbaratou
Cáccia de Ascian vinhedo e propriedade,
e onde o Abbagliato o tino demonstrou.

109. Eu sou de Arezzo: Grifolino de Arezzo, um alquimista, que fora queimado vivo sob a falsa acusação de feitiçaria. Grifolino atribui sua condenação a um fidalgo de Siena, Alberto, de quem se tornou inimigo, e que desfrutava de grande influência junto ao Bispo local.
111. Mas outra é a culpa aqui que me condena: embora levado à fogueira por feitiçaria, verifica-se que Grifolino não está, no Inferno, na vala dos feiticeiros, mas na dos falsários. Com a observação acima, parece ele querer demonstrar a injustiça de sua condenação à morte na fogueira.
115. Quis tal arte aprender: Alberto de Siena, pouco inteligente, não percebeu a brincadeira. Levando Grifolino a sério, insistiu em aprender com ele a arte de voar. Claro que não o conseguiu; mas, irritado com seu pretenso mestre, alcançou do Bispo de Siena que o condenasse à morte. Na verdade Alberto era tido por filho do Bispo, como afirma Dante neste passo.
118. E se Minós, à última amurada: a última amurada, a última dentre as dez valas do Círculo oitavo. Minós, o demônio que julga os pecados (Canto V, versos 4 a 15), e nunca se enganava, sentenciara Grifolino à vala dos alquimistas e não à dos feiticeiros (verso 111).
125. Menos Stricca: quando Dante falava a Virgílio sobre a frivolidade dos Seneses foi interrompido pelo outro leproso, que, ironicamente, lembrou-lhe que devia excluir de tal condenação genérica a Stricca, Cáccia d'Ascian, Nicolau e o Abbagliato. Ora, eram estes, justamente, jovens conhecidíssimos em Siena como perdulários, frívolos e inconsequentes.
129. Lá onde o condimento mais se aplica: em Siena, naturalmente, cujos habitantes gozavam, por esse tempo, de grande reputação como gastrônomos.

133   Mas porque saibas quem tua verdade
sobre Siena secunda, firmemente,
olha, e verás a minha identidade:

136   recordarás Capócchio, diligente
em produzir metais pela alquimia;
e sabes, se vejo erradamente,

139   que a cópia realizei com maestria".

---

136. Recordarás Capócchio, diligente: alquimista, natural de Siena, queimado vivo no ano de 1293. Alguns comentadores afirmam ter sido Capócchio, durante certa fase, amigo e companheiro de Dante.
138. E sabes, se não veio erradamente: e tu sabes, se és realmente quem estou pensando, reconhecendo-me, que realizei com grande habilidade e eficiência a falsificação de metais preciosos.

CANTO XXX

Ainda na décima vala (a última do Círculo oitavo), onde haviam falado aos alquimistas, Dante e Virgílio encontram outros tipos de falsários: de pessoa, tomados de loucura agressiva; de dinheiro, atacados pela hidropisia; e de palavra, consumidos pela febre ardente.

1   No tempo em que, de Sêmele enciumada,
    Juno se ergueu contra o poder tebano,
    como o mostrou por forma renovada

4   — presto Atamante se tornou insano;
    e ao ver a esposa que seus dois filhinhos
    levava ao colo, alegre, alheia ao dano,

7   "Eis", bradou, "a leoa e os leõezinhos!
    Atirem-lhes a rede, que ela é brava!"
    E os braços estendendo aos menininhos

10 pegou do que Learco se chamava,
    arremessando-o contra a penedia;
    jogou-se a mãe ao mar co' o que restava.

13 E quando a má fortuna a altaneria
    abateu dos Troianos celebrada,
    e com seu rei o reino destruía

16 — Hécuba triste, só, aprisionada,
    vendo morrer a meiga Polissena,
    mais Polidoro, junto à vaga alçada,

19 não resistindo à dolorosa cena,
    pôs-se na praia a uivar pungentemente,
    como fazem os cães à lua plena.

---

1. No tempo em que, de Sêmele enciumada: no tempo em que Juno, enciumada com o amor de seu esposo Jove por Sêmele, princesa de Tebas tomou-se de ira contra a família real e contra a própria cidade, como o demonstrou claramente em duas ocasiões.
4. Presto Atamante se tornou insano: Atamante, rei de Tebas, enlouqueceu subitamente; e, ao ver chegar sua esposa Ino, com os dois filhinhos, Learco e Melicerta, ao colo, imaginou em sua demência que era uma leoa com seus leõezinhos. Pegando de Learco, arremessou-o contra a penedia; Ino atirou-se, então, ao mar com Melicerta, que lhe ficara ao colo. E esta foi a primeira demonstração da ira de Juno contra Tebas.
13. E quando a má fortuna a altaneria: quando Troia tombou, vencida pelos gregos, Hécuba, esposa do rei Príamo, foi aprisionada, e viu morrer seus dois filhos, Polissena e Polidoro. Encontrando Polidoro morto na praia, diz-se que Hécuba, enlouquecendo, ladrou ao mar, como fazem os cães, desesperadamente.

"Gianni Schicchi é este aloucado,
que em fúria ataca os mais, como o assassino."

(Inf.,XXX, 32/3)

22 De Tebas o tristíssimo demente
    e de Troia o ladrido miserando
    não se mostraram mais doridamente

25 que aquelas duas sombras ululando
    que eu vi ali, aos mais, à disparada,
    como porcos bravios se atirando.

22. De Tebas o tristíssimo demente: o enlouquecido rei Atamante, de que se trata nos versos 4 a 12.
23. E de Troia o ladrido miserando: Hécuba, ladrando ao mar, em desespero, como narrado nos versos anteriores (16 a 21).
25. Que aquelas duas sombras ululando: as duas almas ferozes, a agredirem ali os demais réus, eram Gianni Schicchi (referido nominalmente no verso 32) e Mirra (referida nominalmente no verso 38). Dois pecadores por falsa identidade, falsificadores de pessoa, na terminologia dantesca.

"'Trata-se', respondeu, 'da sombra antiga
de Mirra pervertida que do pai,
em incestuoso amor, tornou-se amiga.'"

(Inf., XXX, 37/9)

28   Uma alcançou Capócchio e uma dentada
      lhe deu à nuca, em salto repentino,
      arrastando-o de bruços sobre a estrada.

31   Um pouco ao lado, trêmulo, o Aretino
      me disse: "Gianni Schicchi é este aloucado,
      que em fúria ataca os mais, como o assassino."

34   "Que não sejas pelo outro aniquilado!",
      tornei-lhe. "E antes que rápido prossiga,
      dize quem é, assim, desesperado!"

37   "Trata-se", respondeu, "da sombra antiga
      de Mirra pervertida que do pai,
      em incestuoso amor, tornou-se amiga.

40   Para a ele se juntar, solerte, o trai,
      falseando de outra em si a forma e o jeito,
      tal como Schicchi, que ao seu lado vai,

43   que para haver a potra em seu proveito,
      como Buoso Donati se inculcando,
      nomeou-se herdeiro em testamento feito."

46   Foram-se, enfim, dali, os dois, raivando
      e eu que ficara a olhá-los longamente,
      pude nos outros réus ir reparando.

49   Alguém notei que a forma, exatamente,
      teria de uma viola; se cortadas
      levasse as pernas, à virilha rente.

---

28. *Uma alcançou Capócchio*: uma daquelas duas sombras enfurecidas (versos 25 a 27), Gianni Schicchi, agrediu Capócchio, falsificador de metais, referido no Canto precedente, versos 136 a 139.
31. *Um pouco ao lado, trêmulo, o Aretino*: Grifolino d'Arezzo, alquimista, referido no Canto anterior (versos 109 e seguintes). Grifolino e Capócchio, como se viu, estavam juntos em meio dos leprosos (Canto precedente, verso 73).
32. *Gianni Schicchi é este aloucado*: Gianni Schicchi, florentino, da família Cavalcanti. Foi um impostor, fazendo-se passar por Buoso Donati, pai de seu amigo Simone Donati. Nessa falsa qualidade fez lavrar um testamento, tido como válido e legal, em favor de Simone, mas participando, ele também, Schicchi, do legado.
34. *Que não sejas pelo outro aniquilado*: ouvindo a Grifolino que Schicchi era o agressor de Capócchio (verso 28), Dante apressou-se a manifestar o voto de que a outra sombra, companheira de Schicchi (verso 25), não fizesse o mesmo com ele, Grifolino. Ao mesmo tempo, o poeta indagou-lhe quem era a segunda sombra desesperada.
37. *Trata-se, respondeu, da sombra antiga de Mirra*: diz-se antiga Mirram porque personalidade ainda dos tempos mitológicos. A história de sua união com o pai foi narrada por Ovídio nas Metamorfoses.
43. *Que para haver a potra em seu proveito*: Gianni Schicchi, que se inculcara como Buoso Donati, para ditar o testamento, nele figurou como herdeiro de uma belíssima potra, segundo referem os comentadores (veja-se a nota ao verso 32).
46. *Foram-se, enfim, dali, os dois, raivando*: as duas almas furiosas, que assaltavam as outras a dentadas: as almas de Schicchi e Mirra, ambos impostores, isto é, na terminologia dantesca, falsificadores de pessoa.
48. *Pude nos outros réus ir reparando*: na outra gente que estava entre os falsários da décima vala (Círculo oitavo). O primeiro grupo visto foi dos alquimistas, ou falsificadores de metais; o segundo, dos impostores, ou falsificadores de pessoa; agora, entrarão em cena os falsificadores de dinheiro, e, em seguida, os falsificadores da palavra.

INFERNO

52 A grave hidropisia que afetadas
a face deixa à vítima, e a barriga,
que não se veem mais proporcionadas,

55 a conservar a boca aberta o obriga,
como o ético, que um lábio acima estende
e o outro rebaixa, quando a sede o instiga.

58 "Ó vós, a que nenhuma pena ofende",
falou-nos, "e desceis ao mundo antigo,
por forma que decerto não se entende,

61 de Mestre Adamo vede que castigo:
o que na terra eu quis, tive-o bastante,
e agora um gole d'água não consigo!

64 Os rios que da serra verdejante
do Casentino rumo ao Arno vão,
tornando o vale ameno e refrescante,

67 sempre diante dos olhos me estarão;
e sua vista a sede mais me enxuga
que me descarna a face esta afecção.

70 A severa justiça, que me suga,
usa destarte o sítio em que pequei
para multiplicar meus ais em fuga.

73 Vejo Romena, onde eu falsifiquei
a liga chancelada do Batista,
e, pois, ao fogo o corpo meu votei.

58. Ó vós, a que nenhuma pena ofende: a alma que estava ali (verso 49), e que logo se verá ser a de Mestre Adamo (verso 61), dirigiu-se aos dois poetas, nestes termos: "Ó vós, que chegais sem pecado ao fundo do Inferno, porque razão não sei (...)"
61. De Mestre Adamo vede que castigo: Mestre Adamo, de Bréscia, de que constava haver cunhado florins de ouro (a moeda de Florença), no castelo do Casentino, a serviço do conde Guido de Romena. Foi queimado vivo no ano de 1280.
62. O que na terra eu quis, tive-o bastante: o ouro, que todos desejam, e que, por ele falsificado, abundava em seu bolso, com certeza.
67. Sempre diante dos olhos me estarão: era parte do castigo de Mestre Adamo recordar-se da fresca e úmida paisagem do Casentino, com suas águas ridentes, cenário de seus graves pecados. E é claro que a perene lembrança dos riachos cristalinos lhe aumentava a sede; e mais talvez que a doença lhe tornava ali afilado e descarnado o rosto.
70. A severa justiça, que me suga: a justiça divina, inflexível, que o condenara ao Inferno; suga-o, no sentido de que o castiga com rigor e lhe chupa as carnes do rosto.
72. Para multiplicar meus ais em fuga: para multiplicar esta dor, em razão da qual me escapam aqui tantos gemidos.
73. Vejo Romena, onde eu falsifiquei: e, na paisagem do Casentino, vejo Romena, o castelo do conde Guido, onde falsifiquei os florins de Florença, isto é, a moeda que tinha gravada a efígie de São João Batista, patrono da cidade; e por este crime fui queimado vivo.

76   Se acaso a sombra eu visse aqui malquista
de Guido, de Alexandre, ou de seu mano,
por Fonte-Branda não trocara a vista.

79   À vala um já chegou, diz-me o que insano
anda com a outra a nos atassalhar;
mas não posso mover-me, em tanto dano.

82   E se me fosse concedido andar
num século uma jarda tão somente,
já me teria posto a caminhar,

85   procurando-o por entre a triste gente,
na vala que onze milhas de extensão
tem ao redor, e ao largo meia, à frente.

88   Por sua culpa vim a este bolsão,
o florim lhe cunhando, desejado,
mas com quilates três de redução."

91   Perguntei-lhe: "O casal quem é, deitado,
a fumegar, como se vê no inverno
o corpo na água tépida molhado?"

94   "Estava aí quando ingressei no inferno",
disse, "e não se moveu um só instante;
suporta assim o seu castigo eterno.

97   De José foi a dama a intrigante,
o outro é Sinone, o grego caviloso;
vêm-lhes da febre o fumo repugnante."

100   O grego, sobreerguendo-se, furioso,
ante o insulto de Aclamo recebido,
vibrou-lhe um soco ao ventre monstruoso,

---

77. De Guido, de Alexandre, ou de seu mano: Guido era o conde de Romena: tinha dois irmãos, Alexandre e Aguinolfo. Adamo diz que ficaria feliz vendo na vala qualquer um deles, e que, apesar da sede em que a hidropisia o deixava, não trocaria esta grata visão nem pela da Fonte-Branda, a famosa e abundante fonte pública da cidade de Siena.
80. Anda com a outra a nos atassalhar: o insano que corria por ali, a atacar as almas enfermas, imobilizadas. Quer dizer: Gianni Schicchi, o companheiro de Mirra. Segredara ele a Mestre Adamo que um dos três irmãos já havia chegado à vala dos falsários. Adamo lamenta não poder mover-se para ir procurá-lo e rejubilar-se assim com o tormento de um dos que o haviam impelido a falsificar os florins.
90. Mas com quilates três de redução: Mestre Adamo relembra que se encontra no Inferno por culpa do conde Guido de Romena, para quem havia cunhado os florins falsos, reduzidos em três quilates, aproximadamente.
97. De José foi a dama a intrigante: a mulher, do casal que Dante apontava a Mestre Adamo, era a esposa de Putifar, que acusou falsamente a José do Egito de tê-la assediado com violência. Usou a falsidade da palavra, tal como Sinone, que estava a seu lado: falsificadores da palavra, portanto, na terminologia dantesca.
98. O outro é Sinone, o grego caviloso: Sinone, grego de lábia notável; convenceu os Troianos a abrir as portas da cidade para a entrada do famoso cavalo-de-pau.
102. Vibrou-lhe um soco ao ventre monstruoso: monstruoso era, naturalmente, o ventre de Mestre Adamo, atacado de hidropisia.

INFERNO

103   o qual ressoou como o tambor ferido;
          a vítima, a seu turno, a pleno braço,
          golpeou-lhe a face em ímpeto incontido,

106   exclamando: "Olha bem que o embaraço
          que tenho é só nas pernas emperradas,
          mas posso dar-te ainda um bom trompaço"

109   Eis a resposta: "As mãos, no entanto, atadas
          levavas ao marchar para a fogueira;
          elas que eram, na prensa, tão largadas!"

112   E Adamo: "Coisa dizes verdadeira;
          mas não foste, por certo, tão exato
          quando impeliste Troia à ratoeira."

115   "Pois seja: A voz falseei, tu o retrato",
          Sinone anuiu; "eu, uma vez somente,
          mas tu milhares, como o foi, de fato!"

118   "Fique o cavalo sempre em tua mente",
          replicou-lhe o hidrópico, irritado:
          "Suporta a maldição de tanta gente!"

121   "E tu, sigas da sede torturado",
          tornou-lhe o grego, "e que: este humor malino
          erga o teu baço até ao queixo, inflado!"

124   E o primeiro: "Se a boca abres, ferino,
          é como sempre para injuriar;
          em sede e angústia tanta me confino,

---

111. *Elas que eram, na prensa, tão largadas*: na azeda discussão, com injúrias de parte a parte, Sinone lembrou a Mestre Adamo que suas mãos não eram assim desenvoltas (ele acabava de desferir uma bofetada), quando marchava para a fogueira em que foi queimado vivo (os condenados iam com as mãos atadas). Mas para manejar a prensa, em que falsificava as moedas, suas mãos agiam com grande desembaraço e destreza.

114. *Quando impeliste Troia à ratoeira*: Mestre Adamo admitiu a verdade da afirmação de Sinone, mas replicou-lhe que ele não fora tão veraz ao impelir os Troianos à ratoeira; isto é, quando os convenceu a recolher ao interior de seus muros o cavalo-de-pau.

115. *A voz falseei, tu o retrato*: se de fato falsifiquei a palavra (diz Sinone), tu falsificaste a moeda. O retrato, quer dizer, a efigie de São João Batista, padroeiro de Florença, que estava gravada no florim. E insistiu em que praticara a falsidade uma só vez, enquanto Adamo a praticara milhares de vezes (numa alusão à quantidade dos florins falsificados).

120. *Suporta a maldição de tanta gente*: a fraude do cavalo-de-pau resultou na destruição de Troia, fato histórico de que o mundo inteiro tomou conhecimento e reprovou.

124. *E o primeiro*: Mestre Adamo.

127 mas tu, que ardes em febre, e a variar,
corrrendo irias sem vacilação
na fonte de Narciso mergulhar."

130 Eu prestava ao diálogo atenção,
quando a Virgílio ouvi: "Mas isto é incrível!
Ao auge me conduz da irritação!"

133 Era-lhe à voz a ira perceptível;
para ele me voltei, incontinenti,
tomado de vergonha indescritível.

136 Como quem sonha o mal, confusamente,
e no sonho deseja estar sonhando,
de sorte que o que é não o é na mente,

139 mudo fiquei, um jeito procurando
de me escusar, sem ter como o fazer,
mas pela própria mágoa me escusando.

142 "O rubor no teu rosto a se estender
desculpar-te-ia de erro mais pesado",
disse meu mestre: "Vamo-lo esquecer.

145 Mas se acaso te vires arrastado
a querelas assim, de igual baixeza,
faze de conta que eu te falo, ao lado:

148 — Só querer escutá-las já é torpeza".

---

128. *Correndo irias sem vacilação*: ante as alusões de Sinone, Adamo retrucou-lhe que a doença dele (a febre) também engendrava a sede. E, assim, ao mais ligeiro aceno, ele se lançaria decerto à fonte de Narciso (alegoria em que a ideia de matar a sede se associa a uma velada censura a respeito da imensa presunção de Sinone de que seu pecado, ali, era mais leve).
135. *Tomado de vergonha indescritível*: avaliando, então, a razão da ira de Virgílio, Dante se viu dominado pela vergonha e o desaponto, e o rubor, naturalmente, subiu-lhe ao rosto.
136. *Como quem sonha o mal, confusamente*: como alguém que, estando a sonhar coisas dolorosas ou desagradáveis, deseja no sonho estar sonhando (e, pois, estando sonhando não tem consciência de que o está), para assim fugir ao mal que, no sonho, o incomoda ou aflige.
139. *Mudo fiquei, um jeito procurando*: no desaponto ante a censura de Virgílio, Dante procurava escusar-se, mas não achava as palavras com que fazê-lo. No entanto, o pesar que demonstrava por ter dado aquela prova de fraqueza (o rubor na face) já era de fato sua melhor escusa, como o próprio Virgílio reconheceu, tranquilizando-o (versos 142 e 143).
147. *Faze de conta que eu te falo, ao lado*: mas se, porventura, de novo te encontrares em situação semelhante, faze um esforço de imaginação e me figura ao teu lado, a advertir-te, como agora, de que o fato de escutar estas vãs querelas já é, por si só, indício de péssima formação moral.

CANTO XXXI

Voltando as costas a Malebolge (o Círculo oitavo, com as suas dez valas), Dante e Virgílio alcançam o Poço dos Gigantes, que percorrem, em parte. A pedido de Virgílio, o gigante Anteu toma-os na imensa mão e, curvando-se, coloca-os suavemente no fundo do poço; isto é, no nono e último Círculo.

1   A mesma língua que me verberava,
    enquanto minha face se tingia,
    deu-me o remédio de que eu precisava.

4   Assim da lança ouvi que pertencia
    a Aquiles e seu pai e, temperada,
    curava as chagas que ela mesma abria.

7   À vala as costas demos empestada;
    ultrapassando o último anteparo,
    em silêncio descemos-lhe a amurada.

10 Não era noite ali, nem dia claro,
    e meu olhar mal devassava adiante;
    mas eis rebenta, subitâneo e amaro,

13 o som de uma trombeta retumbante,
    mais alto que o trovão, e mais potente.
    Para ele me voltei no mesmo instante.

---

1. A mesma língua que me verberava: remissão à situação descrita ao final do Canto precedente (versos 131 a 148). A língua (de Virgílio) que censurou o interesse de Dante pela sórdida querela entre os dois condenados, e, pois, fez subir, de vergonha, o rubor à sua face, foi a mesma que, imediatamente, o consolou e lhe restituiu a confiança própria.
4. Assim da lança ouvi que pertencia: segundo a lenda, a lança de Aquiles (havida, por herança, de seu pai, Peleu) possuía a virtude de fechar as feridas, quando de novo as tocava. Abrindo as chagas, também podia curá-las, tal como aconteceu com as palavras de Virgílio que a princípio ofenderam seu companheiro e depois o consolaram.
7. À vala as costas demos empestada: volvemos as costas à décima vala e a todo o Círculo oitavo, isto é, deixamo-los para seguir avante. Empestada, porque os réprobos, ali, eram atacados de lepra, de hidropisia, de febre (Cantos XXIX e XXX).
8. Ultrapassando o último anteparo: as dez valas do Círculo oitavo eram separadas por bordas de pedra, em toda a sua extensão. A décima era a derradeira vala; logo sua borda externa era a última de todas. Galgando tal anteparo para sair da vala, os poetas desceram a respectiva amurada, deixando assim o Círculo oitavo, em demanda do Poço dos Gigantes.
15. Para ele me voltei no mesmo instante: voltei-me imediatamente para o lugar de onde provinha aquele som terrível, estridente e subitâneo.

16   Ao pintar-se a derrota deprimente
     de Carlos Magno na peleja cruenta,
     Orlando a não soprou tão fortemente.

19   Mal pus naquele ponto a vista atenta,
     julguei ver torres várias se alteando,
     e disse: "Mestre, o que é que se apresenta?"

22   "É natural que de tão longe olhando",
     tornou-me, "a imagem, no horizonte baço,
     se vá de modo estranho demonstrando.

25   Melhor verás, vencendo o teu cansaço,
     quanto a distância o senso nos altera.
     É este o nosso rumo: apressa o passo."

28   Tomou-me, suave, a mão, e em voz sincera,
     "Antes de andar", falou-me, "ainda à frente,
     para que a vista não afronte a espera,

31   sabe que não são torres, certamente,
     mas gigantes, no poço mergulhando,
     do umbigo para baixo apenasmente."

34   E tal como no vale, levantando
     a névoa, ao nosso olhar se configura,
     pouco a pouco, o que o véu ia ocultando

37   — assim, seguindo pela senda obscura,
     e mais chegado à cava, ali, profunda,
     vi meu erro fugir, vir a tortura.

40   Quais à borda aflorando alta e rotunda
     de Monterrégio as torres sobre alçadas —
     as áreas de que o poço se circunda

---

16. Ao pintar-se a derrota deprimente: na batalha de Roncesvalles (ano de 778), na guerra santa que Carlos Magno movia aos mouros para expulsá-los da Espanha, Orlando, quando se sentiu perdido, soprou tão forte em sua trombeta que o respectivo som foi ouvido pelo Imperador a oito milhas do local.
30. Para que a vista não afronte a espera: para que a realidade, que vais ver, não te choque demais na expectativa em que estás, gerada por uma ilusão de ótica. Recorde-se que Dante imaginava ver torres aparecendo, ao longe (verso 20).
31. Sabe que não são torres, certamente: para preparar o espírito de Dante, que incorria em perigosa ilusão, resolveu Virgílio, antes que se adiantassem mais, desfazer-lhe o equívoco, explicando-lhe que o que surgia à distância não eram torres, mas gigantes que, colocados no fundo de um poço até o umbigo, mostravam à superfície os bustos erguidos.
39. Vi meu erro fugir, vir a tortura: aproximando-se do poço, o poeta viu o seu erro (a ilusão em que estava) desfazer-se, e, em seu lugar, vir a tortura (isto é, o temor ante a presença dos Gigantes).

INFERNO

43 estavam pelos bustos torreadas
dos gigantes, que Jove inda ameaça,
acordando nos céus as trovoadas.

46 Eu divisava de um já a caraça,
e o peito, e o ombro, e o ventre em grande parte,
as mãos às costas, como quem as traça.

49 Fez bem Natura em esquecer a arte
de gerar estes monstros a mancheias,
tais ajudantes sonegando a Marte.

52 De que elefantes cria inda e baleias
— se tu podes, leitor, ver claramente,
é razoável que mais sábia a creias.

55 Porque quando o poder próprio da mente
à maldade se junta e à força bruta,
que resistência lhe há de opor a gente?

58 Vi-lhe oscilar a face enorme e hirsuta,
tal como em Roma de São Pedro a pinha;
e as partes mais na proporção desfruta.

61 Na cava até à cinta se mantinha,
mas tanto acima o busto se lhe alçava,
que para lhe chegar da fronte à linha

64 de três Frisões a altura não bastava:
calculei que medisse uns trinta palmos
dos flancos ao pescoço, que inclinava.

43. Estavam pelos bustos torreadas: assim como em Monterrégio os torreões afloravam à amurada circular, as áreas à borda do poço estavam torreadas pelos bustos dos Gigantes, que emergiam à superfície.
45. Acordando nos céus as trovoadas: a ideia é de que Jove mantém seu ódio aos gigantes que assaltaram o Olimpo. E se usou, então, contra eles os seus raios, agora ainda os ameaça com as trovoadas.
46. Eu divisava de um já a caraça: Dante já divisava a máscara de um dos gigantes (Ninrode, nominalmente referido no verso 77), parte do busto, e as mãos, que ele levava cruzadas às costas, provavelmente acorrentadas.
51. Tais ajudantes sonegando a Marte: privando o deus da guerra, Marte, do concurso de tão poderosos soldados.
54. É razoável que mais sábia a creias: pois que a Natureza deixou de produzir estes monstros (os gigantes, racionais), continuando, porém, a criar elefantes e baleias (irracionais) – percebe o leitor inteligente que ela se demonstra, assim, ainda mais sábia. A razão porque a Natureza foi sábia com este procedimento se encontra no terceto seguinte (versos 55 a 57).
59. Tal como em Roma de São Pedro a pinha: o rosto de Ninrode era grande e áspero como a pinha de bronze da Praça de São Pedro, em Roma. Diz-se que, no tempo de Dante, a pinha do Vaticano possuía o dobro do tamanho da que foi vista ali posteriormente, em substituição à primitiva. O poeta usa a imagem da pinha como um dado concreto para dar noção exata do tamanho do gigante.
60. E as partes mais na proporção desfruta: sendo a cabeça do tamanho da pinha do Vaticano, as demais partes do corpo de Ninrode eram grandes na mesma proporção.
64. De três Frisões a altura não bastava: frisões eram os naturais da Frísia, na Germania, que se destacavam por sua imponente estatura (eram considerados os homens mais robustos da terra). Se se superpusessem três Frisões à boca do poço, ainda assim sua altura não alcançaria os cabelos de Ninrode (e este só mantinha metade do corpo fora da cava).

67   Rafel *maí amech zábi almos*
       — grasnou, então, abrindo a boca aflita,
       sem poder modular mais doces salmos.

70   Virgílio lhe bradou: "Fera maldita!
       Tens a trompa, e por ela, tão somente,
       te deves exprimir, se algo te excita!

73   Olha, e acharás no peito, bem à frente,
       a segura correia que a afivela,
       traspassada a teu busto, firmemente!"

76   E a mim: "Este por si já se revela:
       é Ninrode, que em louco empreendimento
       a humana língua em mais de mil parcela.

79   Mas não fiquemos a falar ao vento:
       jamais compreenderá nossa linguagem,
       nem outrem tem da dele entendimento."

82   Tornando à esquerda, prosseguimos viagem;
       quase a um tiro de besta sibilante,
       outro maior topamos, mais selvagem.

85   Não sei que mestre forte e extravagante
       logrou acorrentá-lo em tal maneira,
       distenso um braço atrás, o outro adiante,

88   à cadeia, que do alto da coleira
       lhe constringia o busto desnudado,
       em cinco voltas, bem chumbada à beira.

---

67. Rafel *maí amech zábi almos*: palavras sem significado preciso, atribuídas a uma língua que ninguém entendia, a não ser o gigante Ninrode, que as proferia.
71. Tens a trompa e, por ela, tão somente: Ninrode, não sendo entendido por ninguém, devia abster-se de palavras e manifestar-se somente através da trombeta que trazia pendurada ao peito. O som que Dante havia escutado (verso 12) era, pois, da trombeta de Ninrode.
77. É Ninrode, que em louco empreendimento: Ninrode, rei da Babilônia, que, segundo o Velho Testamento, tentou construir a torre de Babel. Dessa malograda empresa nasceu a confusão das línguas. Admite-se que, até à construção de Babel, existia na terra uma só língua.
80. Jamais compreenderá nossa linguagem: Ninrode não estava em condição de entender os poetas, e nem sua própria língua poderia ser por outrem entendida.
84. Outro maior topamos, mais selvagem: deixando, então, Ninrode, logo à frente encontramos outro gigante, maior, e de aparência mais bravia.
90. Em cinco voltas, bem chumbada à beira: a corrente, a que estava encadeado o novo gigante, lhe distendia os dois braços, e, a partir da coleira, dava-lhe cinco voltas pelo busto nu, indo chumbar-se firmemente à boca do poço.

"Virgílio lhe bradou: 'Fera maldita!
Tens a trompa, e por ela, tão somente,
te deves exprimir, se algo te excita!'"

(*Inf.*, XXXI, 70/2)

> "'Medir-se pretendeu, desabusado,
> co' o sumo Jove', disse então meu guia,
> 'e foi por esta forma castigado."
>
> (Inf., XXXI, 91/3)

91   "Medir-se pretendeu, desabusado,
       co' o sumo Jove", disse então meu guia,
       "e foi por esta forma castigado.

94   É, pois, Efialto que sua ousadia
       demonstrou contra o Olimpo na escalada:
       imóveis tem as mãos que em fúria erguia."

---

94. É, pois, Efialto, que sua ousadia: Efialto, filho de Netuno, a que a lenda atribuiu papel destacado na tentativa dos Gigantes de escalar o Olimpo.

97 "Espero", eu lhe implorei, "que apresentada
seja aqui aos meus olhos de Briareu
a figura sem par, desmesurada."

100 "Vais ver", tornou-me, "e bem de perto, Anteu,
que fala, e estando livre, num instante
nos porá onde Lúcifer desceu.

103 O que mencionas fica muito adiante,
em ferros, e é como este conformado,
apenas mais feroz em seu semblante."

106 Jamais tremor de terra inopinado
balançou uma torre de tal sorte,
como agitar-se eu vi Efialto, irado.

109 Receei então mais do que nunca a morte;
mais não fora mister que o grande medo
se não tivesse visto a algema forte.

112 Prosseguimos a marcha no rochedo
em direção a Anteu, que sobrealçado
estava, umas dez braças, no degredo.

115 "Ó tu, que pelo vale afortunado
em que Cipião cumpriu a grã proeza,
deixando nele Aníbal derrotado,

118 de milhares de leões fizeste a presa,
se entrado houveras na famosa guerra
contra os deuses, não creio que surpresa

98. De Briareu a figura sem par, desmesurada: na mitologia, o mais famoso e o maior dentre os Gigantes. Constava ser dotado de cem mãos e cinquenta cabeças, provavelmente em sentido figurado. Dante, por exemplo, parece repudiar tal versão, como se vê do verso 104.
102. Nos porá onde Lúcifer desceu: no Círculo nono, que é o último dos Círculos do Inferno, o das culpas mais graves e das penas mais pesadas, e em cujo centro se encontra Lúcifer, ou Dite.
103. O que mencionas fica muito adiante: Briareu, de quem indagas, está muito longe daqui. Permanece, como Efialto, acorrentado; sua conformação física é semelhante à dele, só que tem aparência inda mais feroz.
108. Como agitar-se eu vi Efialto, irado: às palavras de Virgílio sobre a maior ferocidade de Briareu (verso 105), Efialto entrou em grande agitação, quase a romper as algemas que o prendiam. Ficou, naturalmente, desgostoso com a comparação que o inferiorizava.
113. Em direção a Anteu: outro nome famoso, dentre os gigantes mitológicos. Diz-se que Anteu habitava o vale de Zama, na África, local em que Cipião derrotou Aníbal. O gigante caçava os leões, de que se nutria; foi morto por Hércules. A altura do busto de Anteu era estimada em dez braças, pouco mais que a de Ninrode (verso 65).
115. Ó tu, que pelo vale afortunado: o vale de Zama, na África, onde Cipião derrotara os exércitos de Aníbal. Observe-se, desde logo, que quem fala a Anteu, neste passo, é um Romano; Virgílio, obviamente.

121	a vitória causasse dos da Terra: Não te recuses a nos pôr, Anteu, no fundo, onde o Cócito o gelo encerra,
124	sem que a Tício o roguemos, ou Tifeu! Dar-te-emos o que aqui mais se reclama! À obra, pois! Não falte o auxílio teu!
127	Eis alguém por servir à tua fama: é vivo, e longa estrada tem à frente se antes não lhe extinguir a Graça a chama."
130	Assim Virgílio: E o monstro, diligente, pegou-o ali, a imensa mão baixando, de que Hércules provara a força ingente.
133	A meu mestre escutei, então, bradando: "Chega-te a mim, que ele daqui nos tira!" E puxou-me, ao seu flanco me estreitando.
136	Tal quem, embaixo, para, e no alto mira, sob as nuvens em marcha, a Garisenda, e vê-la desabar crê, e suspira
139	— assim me pareceu, na ânsia tremenda, que o gigante tombava, e foi nessa hora que mais eu quis andar por outra senda!
142	Mas, levemente, ao fundo que devora Lúcifer e mais Judas, nos levou; e estando só curvado, sem demora,
145	como na nave o mastro se alteou.

121. *A vitória causasse dos da Terra*: Virgílio diz, com evidente exagero, que se Anteu houvesse participado (ele não tinha ainda nascido) da guerra dos Gigantes contra os Deuses, não seria de admirar que a vitória coubesse aos filhos da Terra, isto é, aos Gigantes. O discurso tinha por fito mover Anteu a auxiliá-los, como se verá a seguir.
124. *Sem que a Tício o roguemos, ou Tifeu*: Tício e Tifeu, mais dois gigantes. Virgílio significa que poderia também recorrer a um dos dois para que os trasladassem ao fundo, isto é, ao Círculo nono.
125. *Dar-te-emos o que aqui mais se reclama*: temos visto que o que as almas, no Inferno, mais desejam é que seus nomes continuem a ser lembrados na terra, se possível com admiração e saudade, se não com piedade.
127. *Eis alguém por servir à tua fama*: meu companheiro (Dante) poderá fazer com que o teu nome e a tua fama ressoem no mundo, pois que está vivo e ainda é moço.
132. *De que Hércules provara a força ingente*: segundo a lenda, Anteu foi abatido por Hércules. E, na luta que travaram, o fabuloso herói pôde certamente provar a imensa força do gigante.
137. *Sob as nuvens em marcha, a Garisenda*: a Garisenda, torre inclinada de Bolonha, construída em 1110, um pouco mais baixa (e menos famosa) que a de Pisa. Quem observa, embaixo, o alto da torre, sob as nuvens tangidas pelo vento, tem a impressão, por uma ilusão de ótica (o movimento das nuvens parecendo trasladar-se à superfície da torre), que a Garisenda se move para baixo, como a desabar. O poeta usa o símile para descrever a sensação que teve quando, à mão, juntamente com Virgílio, do gigante Anteu, este curvou-se para depô-los no fundo (isto é, no nono e último Círculo).
141. *Que mais eu quis andar por outra senda*: e foi então, quando Anteu se curvou para levar-nos ao fundo, parecendo que ia desabar, que eu mais desejei estar trilhando um caminho menos perigoso.

"Mas, levemente, ao fundo que devora
Lúcifer e mais Judas, nos levou."

(*Inf.*, XXXI, 142/3)

CANTO XXXII

Os poetas chegam à planície do nono e último Círculo, formada pelas águas geladas do Cócito. Quedavam-se ali os traidores em quatro giros concêntricos: a Caína, para os que atraiçoaram o próprio sangue; a Antenora, para os que atraiçoaram a pátria; a Tolomeia, para os que atraiçoaram os amigos; e, finalmente, a Judeca, para os que atraiçoaram seus chefes e benfeitores. Dante e Virgílio percorrem, inicialmente, a Caína e a Antenora.

1   Se fosse a minha rima crua e dura,
mais adaptada ao fundo ali dolente
em que se assenta a lúgubre estrutura,

4   melhor se empregaria, certamente;
mas como essa aptidão não se lhe enseja,
é cheio de temor que vou à frente.

7   Na verdade é enganosa e vã peleja
tentar mostrar a base do universo
na língua que Mamã, Papá, gagueja.

10   Mas socorram as Musas o meu verso,
como a Anfione em Tebas no cercado,
para que o fato à voz não vá diverso.

13   Ó bando sobre todos malfadado,
ao âmago tangido mais impuro,
quão melhor fora se nascêsseis gado!

---

1. Se fosse a minha rima crua e dura: se eu possuísse o estro, o canto e o estilo ásperos e duros, poderia exprimir melhor e mais adequadamente o horror que eu via (no nono Círculo).
3. Em que se assenta a lúgubre estrutura: a caverna que forma o nono e último Círculo, o mais profundo de todos, e já no centro da terra, é como a base, o alicerce, sobre que assentam os demais Círculos de cima, isto é, em que se firma toda a estrutura do Inferno.
8. Tentar mostrar a base do universo: Dante imaginou o Inferno como um cone invertido, com a base voltada para a superfície da terra e o ápice (o nono Círculo) bem no centro. Ora, pelo sistema de Ptolomeu, então seguido, o centro da terra era também o centro do Universo. Por isto, o poeta declara, a propósito do Círculo nono, que ele era a base do universo.
9. Na língua que Mamã, Papá, gagueja: o verso dantesco – Nè da lingua che chiami mamma e babbo – tem, como tantos outros, sido objeto de interpretações desencontradas. Acham alguns que é referência à língua humana, de modo geral; outros que o poeta aludia ao seu próprio idioma, o Italiano, que mal deixara a condição de favella, e era uma língua ainda não certamente amadurecida.
11. Como a Anfione em Tebas no cercado: diz a lenda que Anfione, filho de Júpiter, tocava a citara com arte tão extraordinária, que, estando a trabalhar na construção dos muros de Tebas, descobriu que ao som de sua música as pedras se desprendiam ou se reuniam. Dante invoca as Musas que inspiraram a Anfione para que seu canto reproduza fielmente os fatos portentosos a que assistira.

INFERNO

"Ouvi, enquanto olhava o erguido muro,
alguém gritar: 'Observa o passo teu'!"

(*Inf.*, XXXII, 18/9)

16   Tendo no poço enveredado escuro,
e debaixo das plantas já de Anteu,
ouvi, enquanto olhava o erguido muro,

19   alguém gritar: "Observa o passo teu!
Não prossigas calcando em tal rompante
a cabeça de quem aqui desceu!"

---

17. E debaixo das plantas já de Anteu: o gigante Anteu foi quem (Canto XXXI, versos 130 e seguintes) tomou os poetas na imensa mão e os colocou na rocha em que tinha firmados os pés. Pondo-se a caminho, seguindo a inclinação da rocha, Dante e Virgílio alcançaram finalmente o Círculo nono.

DANTE ALIGHIERI

22 Voltei-me, então, e vi embaixo e adiante
    um lago projetar-se, liso, imenso,
    tal se de vidro fosse, à aura cambiante.

25 Por certo manto não cobriu mais denso
    na Áustria o Danúbio, no auge da invernia,
    e nem mais longe o Don, ao frio intenso.

28 Se desabasse o Tambernique um dia
    ali embaixo, e a Pietrapana inteira,
    aquela crosta não se trincaria.

31 Como as rãs, a coaxar, de um lago à beira,
    que vêm à tona, quando a aldeã já sonha
    co' as lidas da colheita costumeira

34 — estavam, baças, salvo onde a vergonha
    se manifesta, as sombras, mergulhadas,
    batendo os dentes, tais como a cegonha.

37 As cabeças mantinham rebaixadas:
    à boca a frialdade e ao triste olhar
    a mágoa que rói dentro eram mostradas.

40 Depois de um pouco à roda examinar,
    vi perto duas sombras confundidas,
    opondo fronte a fronte, a pelejar.

43 "Dizei-me quem sois vós, almas sofridas,
    nessa batalha", eu lhes pedi. E alçando
    ambos a mim as faces incendidas,

23. Um lago projetar-se, liso, imenso: Virgílio havia-se referido à próxima etapa, ao Círculo nono, como o fundo onde o Cócito o gelo encerra (Canto XXXI, verso 123). Pois os poetas palmilhavam agora a superfície gelada, lisa, imensa do Cócito, que, no fundo do Inferno, com a crosta enrijecida pelo frio, parecia de vidro.
28. Se desabasse o Tambernique um dia: se o Tambernique e a Pietrapana, dois grandes montes, provavelmente, cuja identificação sob as denominações atuais careceria de interesse, desabassem sobre o lago gelado sua superfície certamente não se trincaria, tão espessa era ela.
32. Quando a aldeã já sonha co' as lidas: no verão, provavelmente, quando a aldeã sonha com a lida das colheitas, e é a época em que as rãs abundam nos lagos e ficam a coaxar, abicadas às margens, com as ventas de fora.
34. Estavam, baças, salvo onde a vergonha: assim como as rãs a coaxar, abicadas às margens, viam-se mergulhadas no gelo aquelas sombras, pálidas e frias, salvo no rosto, onde aflorava o rubor da vergonha; e elas, pelo frio e o medo, batiam os dentes, num rumor semelhante ao produzido pelas cegonhas, quando, adentradas na água, batem os bicos.
38. À boca a frialdade e ao triste olhar: a boca dos réprobos, com os dentes batendo sem parar, demonstrava a frialdade insuportável do sítio; e seu olhar triste revelava a mágoa que por dentro os consumia.
45. Ambos a mim as faces incendidas: segundo se lê nos versos 34 e 35, as almas infusas no gelo eram pálidas, salvo nas faces pendidas que afloravam à superfície, e nas quais se via, claramente, o rubor da vergonha.

46   vi-lhes no olhar o pranto rebrotando,
        que até aos lábios tristes lhes fluía,
        e sobre os mesmos, presto, congelando,

49   tal uma trava às vigas, os cingia;
        como dois bodes a que a fúria excita,
        um se atirava ao outro, que reagia.

52   Mas alguém, a que o frio à face aflita
        as orelhas levara, disse, irado:
        "Por que nos vens mirar, nesta desdita?

55   Se te interessas pelos dois ao lado,
        sabe que o vale onde o Bisenzo inclina
        por Alberto, seu pai, lhes foi legado.

58   Foram irmãos; e aqui, pela Caína,
        não acharás, buscando, outro infeliz
        mais digno que eles da gelada sina.

61   Nem o que o rei Artur, ao que se diz,
        feriu, o peito e a sombra a um tempo abrindo;
        nem Focáccia; nem este, a que maldiz

64   a minha vista, tanto a recobrindo
        que daqui nada vejo, e é Sassol
        Mascheroni, que da Toscana é vindo.

67   Para as perguntas evitar em rol,
        Camición de Pazzi eu sou, e creio
        ver inda aqui Carlino, de mor prol."

70   Andando fomos pela estepe, em meio
        de faces mil transidas pelo frio;
        e é por isto talvez que o gelo odeio.

55. Se te interessas pelos dois ao lado: os irmãos Alexandre e Napoleão, filhos de Alberto, conde de Mangona, que lhes deixara por herança vasta propriedade às margens do Bisenzo. A disputa da herança os tornou inimigos; e, fingindo fazer as pazes, traíram-se reciprocamente.
58. E aqui, pela Caína: o primeiro giro que os poetas adentravam, no Círculo nono, era, pois, a Caína (termo cognato de Caim, o fratricida), destinada aos que traíram seus parentes (traidores do próprio sangue).
61. Nem o que o rei Artur: o rei Artur teria, segundo a crônica, assassinado seu próprio filho, Mordrec, que se rebelara contra ele. O golpe assassino não só abriu o peito de Mordrec, como também a sua sombra, pois um dos cavaleiros presentes afirmou que, pelo corpo de Mordrec, através da ferida, se filtrava um raio de sol.
63. Nem este, a que maldiz a minha vista: Sassol Mascheroni, cuja cabeça, plantada no gelo, bem à frente do réprobo que fala, lhe impedia completamente a visão. Mascheroni, que era toscano, havia assassinado um tio.
68. Camición de Pazzi eu sou: Alberto Camicione de Pazzi, que também assassinara um parente. Parece rejubilar-se com a próxima vinda, por ele esperada, ao Inferno, de outro da família, Carlino de Pazzi, autor de falta ainda mais grave, e que era, pois, de mor prol. Para evitar as perguntas que provavelmente lhe seriam feitas, Camicione apressa-se em declarar como se chamava e a que família pertencia.

73 Rumávamos ao centro aonde o fio
    a tudo que tem peso tende a pino;
    e eu tiritava, no âmago sombrio.

76 Por obra da fortuna, ou do destino,
    entre tantas cabeças caminhando,
    num rosto tropecei mais purpurino.

79 "Por que me feres?", disse o réu, chorando:
    "Se não vens agravar meu sofrimento
    por Montaperti, não me vás pisando."

82 "Mestre", ao guia eu pedi, "dá-me um momento
    para melhor ouvir o condenado;
    seguiremos, depois, com mais alento."

85 Ambos paramos, e eu, semi-curvado,
    a face lhe fitei que ao gelo aflora:
    "Quem és tu, contra os outros irritado?"

88 "E tu, quem és, que assim pela Antenora
    vais," respondeu-me, "os rostos percutindo:
    como um vivente, por aí afora?"

91 "Sou vivo", eu disse, "e, pois, daqui saindo,
    poderei, se desejas ainda a fama,
    o teu nome na terra ir difundindo."

94 E ele a mim: "Não aumentes o meu drama;
    vai-te, de volta, e vai-te a toda pressa!
    Soa mal a lisonja nesta lama!"

73. Rumávamos ao centro aonde o fio: dirigíamo-nos ao centro do Círculo nono e, simultaneamente, ao centro da terra e de todo o universo, para onde tendem todos os corpos que têm peso, pela gravidade.
78. Num rosto tropecei mais purpurino: porque pertencia a um traidor, e traidores eram todos os que se encontravam no Círculo nono e último do Inferno.
80. Se não vens agravar meu sofrimento: o condenado revela que sua traição estava ligada a Montaperti, a batalha em que os Florentinos foram derrotados por Farinata, dizia-se que por uma traição. Os poetas já se haviam trasladado da Caína (a área dos traidores dos familiares), para a Antenora (a área dos traidores da pátria). O nome Antenora é cognato de Antenor, um chefe troiano que se afirma ter traído a sua pátria, entregando-a aos Gregos.
83. Para melhor ouvir o condenado: a referência feita pelo infeliz a Montaperti (verso 81) despertou naturalmente a curiosidade de Dante, florentino.
88. Que assim pela Antenora: o próprio réu se declara localizado na Antenora. É, pois, um traidor da pátria.
96. Soa mal a lisonja nesta lama: nesta lama, nesta degradação. É tão infame o delito da traição que este traidor nem sequer deseja ser relembrado na terra, ao contrário do que sempre acontece, no Inferno, com as almas condenadas.

INFERNO

"Então peguei-o pela coma espessa:
'Dize quem és', gritei, 'rapidamente,
ou não te restará fio à cabeça!'"
(Inf. XXXII, 97/9)

97   Então peguei-o pela coma espessa:
     "Dize quem és", gritei, "rapidamente,
     ou não te restará fio à cabeça!"

100 "Mesmo que me despeles totalmente",
     seguiu, "nada direi nesta tortura,
     nem alçarei a face à tua frente!"

102. Nem alçarei a face à tua frente: com as frontes inclinadas ao chão, não era fácil, naquela aura sombria, identificar os réprobos. E este não queria, de modo algum, revelar-se a Dante. Ao contrário, baixava mais o rosto, para não ser reconhecido.

103   Tendo-lhe a cabeleira bem segura,
      mechas eu lhe arranquei, certo, à matroca,
      enquanto uivava, em sua vil postura.

106   Perto, uma voz se ergueu: "Que tens, ó Bocca?
      Não te basta bater os maxilares?
      Necessitas ganir? Que mal te toca?"

109   "Vê que é inútil", bradei, "te disfarçares,
      traidor maldito! E para tua afronta
      o teu castigo hei de espalhar nos ares."

112   "Pois volta", disse, "e o que te apraza conta;
      deixando atrás o pélago dorido
      lembra o que a língua aqui mostrou tão pronta,

115   e o ouro lamenta do Francês havido.
      E poderás dizer: — Eu vi Duera
      em meio ao gelo eterno introduzido! —

118   Para dos mais narrar a pena austera,
      sabe que tens ao lado Beccheria,
      que em Florença perdeu a fronte fera.

121   Vês Gianni Soldanier, que ali expia,
      e Ganelone e Tebaldelo, à frente,
      o que Faenza abriu quando dormia!"

124   Deixando-o, prosseguimos lentamente,
      até que divisei dois condenados,
      um tendo a fronte sobre a do outro, rente.

---

106. Que tens, ó Bocca?: ao ouvir o outro nomeá-lo, o poeta percebeu imediatamente que se tratava de Bocca degli Abati, florentino. Entre as versões sobre a derrota florentina em Montaperti, dizia-se que, no aceso da luta, alguém dentre os de Florença decepou, num súbito golpe de espada, a mão de seu próprio porta-bandeira. A falta do estandarte gerou pasmo e confusão entre os soldados, e daí a derrota. Este traidor fora, então, Bocca degli Abati, ali presente (vejam-se o verso 80 e respectiva nota).
107. Não te basta bater os maxilares?: confira-se com os versos 34 e 36; ali se declara que as almas condenadas, metidas no gelo, estavam batendo os dentes de frio, à guisa das cegonhas, que chocalham os bicos quando adentradas na água.
114. Lembra o que a língua aqui mostrou tão pronta: no intuito de vingar-se do indiscreto que lhe revelara o nome, Bocca degli Abati pede a Dante para mencionar na terra a vil traição daquele linguarudo. Trata-se de Buoso de Duera, referido nominalmente no verso 116, acusado de receber dinheiro para deixar livre, em Cremona, a passagem ao exército de Carlos d'Anjou.
119. Sabe que tens ao lado Beccheria: Tesauro de Beccheria, legado do Papa em Florença, e que foi ali decapitado sob a acusação de favorecer a resistência dos Gibelinos banidos.
121. Gianni Soldanier: Gibelino, que atraiçoou seus correligionários políticos, unindo-se aos Guelfos.
122. E Ganelone e Tebaldelo: mas dois traidores: Ganelone, a que se atribui a grande traição que ocasionou a derrota de Carlos Magno em Roncesvalles; Tebaldelo, que abriu, à noite, às escondidas, as portas de Faenza, para que por elas penetrassem os soldados bolonheses.
124. Deixando-o, prosseguimos lentamente: os dois poetas deixaram, então, Bocca degli Abati, e continuaram sua marcha pela Antenora (área dos traidores da pátria, de sua gente, ou seu partido).

INFERNO

"Como Tideu outrora devorando
de Menalipo a fronte, à ira letal,
este ia a carne e os ossos mastigando."

(Inf., XXXII, 130/2)

127   E notei que grãos dentes afiados
      no de baixo o de cima ia cravando,
      à nuca, no furor dos esfomeados.

130   Como Tideu outrora devorando
      de Menalipo a fronte, à ira letal,
      este ia a carne e os ossos mastigando.

130. Como Tideu outrora devorando: segundo a lenda, Tideu, príncipe de Tebas, tendo sido ferido por Menalipo, conseguiu ainda matar o seu agressor; e, tomando à mão sua cabeça, levou-a aos dentes, furiosamente.

133   "Ó tu, que por um jeito tão bestial",
       gritei, "mostras teu ódio ao desgraçado,
       revela-me o porquê de fúria tal;

136   caso ele seja de teu mal culpador,
       sabendo, então, quem és, não deixarei
       de o fazer, entre os vivos, explicado,

139   se antes não me secar a língua, eu sei".

---

137. Sabendo, então, quem és, não deixarei: Dante interroga o réu que devorava a cabeça do companheiro; e diz que, depois de saber quem era e conhecer-lhe a história, procuraria – se militassem boas razões em seu favor – limpar e enaltecer o seu nome na terra.
139. Se antes não me secar a língua, eu sei: se antes disso eu não tiver morrido, é claro.

CANTO XXXIII

Ainda na Antenora (segundo giro do nono e último Círculo) os dois poetas ouvem a narrativa do martírio de Ugolino e seus filhos, e, passando à Tolomeia, o terceiro giro, onde jazem os traidores dos amigos e comensais, falam com frei Alberigo, da Romanha, e avistam Branca d'Ória, genovês.

1   E do repasto a boca levantando,
    limpou-a o pecador à cabeleira
    do crânio mesmo que ia devorando.

4   "Pretendes que eu renove", disse, "inteira,
    a dor que inda me punge o peito e a mente,
    e da loucura me impeliu à beira.

7   Mas já que pode ser isto a semente
    de indelével labéu para o perjuro,
    direi, inda que sofra, juntamente.

10 Não sei quem és, nem a que vens, eu juro,
    mas me pareces ser um florentino,
    se à tua voz o ouvido bem apuro.

13 Sabe que um conde eu sou, sou Ugolino,
    e Rogério, o arcebispo, é este que chora:
    Explicarei porque meu desatino.

---

1. E do repasto a boca levantando: ao ouvir as palavras de Dante (versos 133 a 139 do Canto precedente), o réu que mantinha a cabeça sobre a do outro, a que cravava, esfomeado, os dentes, levantou do macabro repasto a boca, limpando-a antes nos cabelos da vítima.
4. Pretendes que eu renove, disse, inteira: recorde-se que Dante perguntara ao réu o porque da fúria com que se atirava ao crânio do companheiro subjugado. Agora, a resposta: o interrogado diz que a pergunta fazia reviver toda a sua dor, todo o seu drama.
7. Mas já que pode ser isto a semente: ao fazer-lhe a pergunta, Dante observara que, se houvesse razão plausível para tamanha fúria, ele procuraria justificá-la na terra, quando voltasse (versos 136 a 138 do Canto anterior). O condenado considerou que aí poderia estar o ponto de partida para a degradação do companheiro, também traidor e perjuro. Por isto, aquiesce em narrar sua história, não obstante a mágoa que tal lembrança lhe provoca.
12. Se à tua voz o ouvido bem apuro: aplicando o ouvido ao acento peculiar da fala de Dante, o réu havia percebido ser ele um florentino.
13. Sabe que um conde eu sou, sou Ugolino: Conde Ugolino della Gherardesca, de Pisa. Aliou-se ao arcebispo Rogério na oposição a Nino Visconti. Após a vitória, Rogério, querendo conservar para si todo o poder, acusou Ugolino de traição. Fê-lo prender com dois filhos e dois netos na torre de Gualandi, e aí os deixou morrer de fome (ano de 1289). A acusação era de que Ugolino havia cedido a Florentinos e Luquenses alguns castelos no território pisano.

DANTE ALIGHIERI

16   Que ele me houvesse, por maldade, embora
nele eu confiasse, preso e assassinado
— seria inútil repeti-lo agora.

19   Mas vou narrar-te o modo inda ignorado
de meu suplício cruel, dia após dia,
e verás como fui martirizado.

22   Por uma fresta, no alto da enxovia,
que da Fome por isto se apelida,
e a muitos velará inda a agonia,

25   várias vezes eu vira a lua erguida,
quando num sonho entrei, extravagante,
que o termo revelou de minha vida.

28   Vi à caça Rogério, o lobo arfante
e os lobinhos no monte levantando,
que de Lucca aos Pisanos sai diante.

31   A matilha feroz ia açulando,
com Gualandi e Sismondi, seus aliados,
e mais Lanfranchi, juntos num só bando.

34   De súbito estacaram, extenuados,
o pai e os filhos, e, chegando, um cão
já lhes metia os dentes acerados.

37   E quando despertei, da alva ao clarão,
ouvi meus filhos, que julguei dormindo,
entre soluços, implorando pão.

---

18. Seria inútil repeti-lo agora: e tal é fato público e notório, e deve ser de teu conhecimento, dizia Ugolino a Dante.
19. Mas vou narrar-te o modo inda ignorado: Ugolino pretende que nada podia ter transpirado de seu drama no cárcere, e diz, então, que vai narrar a forma cruel porque se deu sua morte e de seus filhos. Esta parte nem Dante, nem ninguém, conhecia, pois todas as testemunhas, que eram ao mesmo tempo as vítimas, haviam morrido.
23. Que da Fome por isto se apelida: a Torre de Gualandi, após a morte de Ugolino e seus filhos, ficou conhecida como a Torre da Fome. O fato é lembrado pelo próprio Ugolino, falando, no Inferno, ao poeta.
28. Vi à caça Rogério: no simbolismo do sonho, o lobo e os lobinhos representavam o próprio Ugolino e seus filhos, vítimas da espantosa perseguição.
30. Que de Lucca aos Pisanos sai diante: o monte, o São Juliano, que, estando a meio caminho entre Pisa e Lucca, impedia os Pisanos de divisar, de longe, aquela cidade vizinha.
32. Com Gualandi e Sismondi: Gualandi, Sismondi e Lanfranchi, chefes de importantes famílias de Pisa, e adeptos do arcebispo Rogério.
34. De súbito estacaram, extenuados: vencidos pelo cansaço, o lobo e os lobinhos (que, no sonho, representavam Ugolino e seus filhos) foram finalmente alcançados pelos caçadores.
38. Ouvi meus filhos, que julguei dormindo: na verdade, o conde Ugolino fora preso com dois filhos, Gaddo e Uguiccione, e dois netos, Brigata e Anselmúccio. Dante os engloba na denominação genérica de filhos, isto é, descendentes.

40   Mui cruel hás de ser, se ora sentindo
     não vais o que meu peito me anunciava;
     e se não vais, por nada irás carpindo.

43   Ao fim da ansiosa espera, a hora passava
     em que nos vinha de hábito o alimento;
     mas cada um, agora, duvidava.

46   Ouvi, à porta, embaixo, o batimento
     de pregos, e fitei o olhar magoado
     no rosto dos rapazes, firme, atento.

49   Eu não chorei, como petrificado;
     mas eles, sim. Disse Anselmúccio, ali
     — Por que nos olhas, pai, tão desolado? —

52   Não disse nada, e nem lhes respondi,
     por todo o dia, e pela noite inteira,
     até que o sol volver eu percebi.

55   Quando um raio de sua luz fagueira
     por ali se filtrou, vi retratada
     minha angústia em seus olhos verdadeira.

58   As mãos mordi, em dor desatinada;
     achando que por fome eu o fazia,
     disseram-me com voz grave e pausada:

61   — Ó pai, menos penoso nos seria
     que desta carne, de que nos vestiste,
     comesses, que ela à origem voltaria! —

64   Por não tornar a cena ali mais triste,
     aquietei-me, e ficamos, pois, calados.
     Por que a meus pés, ó terra, não te abriste?

---

40. Se ora sentindo não vais: dirigindo-se ao poeta, Ugolino observa que o seu interlocutor há de possuir natureza duríssima se não se emocionou com os tristes presságios anunciados pelo seu coração (o velho conde refere-se ao sonho profético do lobo e dos lobinhos). Se tão doloroso prenúncio não houvesse comovido a Dante é porque nada mais no mundo o poderia comover.
43. Ao fim da ansiosa espera, a hora passava: os rapazes haviam despertado e já passava da hora em que nos traziam habitualmente a ração. Mas algo, dentro de nós, fazia duvidar de que o alimento, desta vez, viesse.
46. Ouvi, à porta, embaixo, o batimento: a porta da Torre fora vedada a prego, sinal de que não mais se iria abrir, e que os prisioneiros estavam condenados a morrer de fome.
50. Disse Anselmúccio: Anselmúccio, neto de Ugolino, e o mais jovem do grupo.
56. Vi retratada minha angústia em seus olhos: embora se tivesse dominado, nada dizendo aos jovens sobre o pregamento da porta, à claridade da manhã seguinte viu Ugolino estampados, no rosto e nos olhos de seus filhos, a mesma angústia, o mesmo tormento que ele próprio sentia (a fome, o terror da morte iminente).
61. Ó pai, menos penoso nos seria: preferimos, ó pai, que te alimentes com nosso corpo, pois que o recebemos de ti, e assim te mantenhas vivo.

DANTE ALIGHIERI

"Por não tornar a cena ali mais triste,
aquietei-me, e ficamos, pois, calados.
Por que a meus pés, ó terra, não te abriste?"

(*Inf.*, XXXIII, 64/6)

67   Ao quarto dia, em pranto, então chegados,
Gaddo estirou-se pelo chão, clamando:
— Não nos deixes, meu pai, abandonados! —

70   Morreu. E assim como me estás olhando,
assisti os demais, a um por um,
do quinto ao sexto dia irem tombando.

---

68. Gaddo estirou-se pelo chão, clamando: Gaddo, o filho mais velho de Ugolino.

INFERNO

"Não nos deixes, meu pai, abandonados!"
(*Inf.*, XXXIII, 68/9)

73   Por fim, já cego, não vi mais nenhum;
     fiquei chamando-os, mortos, todo o dia:
     depois, mais do que a dor, pôde o jejum."

76   E terminou, enquanto o olhar torcia,
     cravando à nuca do parceiro os dentes,
     até aos ossos, como um cão faria.

---

75. Depois, mais do que a dor, pôde o jejum: quer dizer: foi maior o poder do jejum do que o poder da dor, no sentido de que Ugolino morreu de fome, e não ante o sofrimento moral ocasionado pela espantosa tragédia. Todavia, alguns opinam ter chegado o momento em que Ugolino não mais resistiu à fome, seguindo-se uma cena de antropofagia.

"Fiquei chamando-os, mortos, todo o dia..."
(Inf., XXXIII, 74)

79   Ah! Pisa, Pisa! Mácula das gentes
da bela terra aonde o si ressoa!
Se elas não correm contra ti, furentes,

82   que Górgona e Capraia, em que o Arno escoa,
movam-se e façam refluir o rio,
e não reste, onde estás, qualquer pessoa!

77. Cravando à nuca do parceiro os dentes: a nuca de seu antigo algoz, o arcebispo Rogério, que Ugolino subjugava na cova de gelo que a ambos continha. Prosseguindo na infernal vingança, o conde cravou na vítima os dentes agudos e fortes, percutindo-lhe os ossos, a jeito de um cão.
80. Da bela terra aonde o si ressoa: a bela terra, a Itália, onde está Pisa, e onde o si ressoa na fala dos habitantes; e, de fato, dizia-se que o italiano era a língua do si.
81. Se elas não correm contra ti, furentes: se não avançam contra ti, Pisa, para castigar-te, justamente indignadas por teus crimes e perversidades, as outras gentes da Itália. Isto é, os habitantes das demais cidades italianas, os vizinhos, especialmente, Florentinos e Luquenses.
82. Que Górgona e Capraia, em que o Arno escoa: Górgona e Capraia são duas ilhas na embocadura do Arno. Na sua indignação contra Pisa, o poeta pede que elas se movam de sorte a fechar, como um tampão, o rio, para que as águas, represadas, refluindo, inundassem Pisa, afogando todos ali.

85   Pois se o conde Ugolino te traiu,
      os teus castelos a outrem entregando,
      crime nenhum nos filhos se puniu.

88   És Tebas rediviva, castigando
      jovens que a pouca idade inocentava,
      Uguiccione, Brigata, e os mais do bando!

91   Fomos além, no gelo que ondeava
      como um lençol por sobre os réus cruentos;
      e cada qual, ali, para o alto olhava.

94   Do pranto o próprio pranto os tinha isentos;
      e aos olhos, que o impediam, pois, subindo,
      congelava, agravando os seus tormentos;

97   que as lágrimas, a pouco e pouco afluindo,
      iam formando blocos de cristal,
      às órbitas os vasos entupindo.

100   Ainda que o clima gélido, glacial,
      houvesse imunizado à sensação
      a minha face, que se fez neutral,

103   algo senti, como uma viração:
      "Mestre", indaguei, "não é um movimento?
      Acaso existe aqui vaporação?"

106   "Estarás", explicou-me, "num momento
      onde teus olhos te darão resposta,
      e o motivo verás que engendra o vento."

---

85. Pois se o conde Ugolino te traiu: constava que Ugolino havia cedido, por dinheiro, aos Florentinos e aos Luquenses, alguns castelos à orla de Pisa.
88. És Tebas rediviva: na Antiguidade, Tebas celebrizou-se como teatro de espantosos crimes políticos. Pisa é comparada a Tebas pelo cruel castigo infligido a jovens inocentes.
90. Uguiccione, Brigata, e os mais do bando: os quatro jovens, que acompanharam Ugolino ao suplício, seus filhos e netos, são referidos nominalmente neste Canto. Os dois filhos, Gaddo, no verso 68, e Uguiccione, aqui; e os dois netos Anselmúccio, no verso 50, e Brigata, aqui.
91. Fomos além, no gelo que ondeava: Os dois poetas, deixando a Antenora (área dos traidores da pátria), trasladaram-se à Tolomeia, o terceiro dentre os quatro giros do nono e último Círculo. Na Tolomeia (termo cognato do traidor Tolomeu) vão castigados os que atraiçoaram os amigos, hóspedes e comensais.
97. Que as lágrimas, a pouco e pouco afluindo: vimos, no Canto anterior, versos 46 a 49, que os espíritos, no Círculo nono, choram, e, ao frio intenso, as lágrimas se lhes vão congelando. As lágrimas congeladas enchiam, pois, os vasos formados pelos ossos orbitais; eram os blocos de cristal.
103. Algo senti, como uma viração: Dante, apesar de haver, ao frio, perdido a sensibilidade da pele, percebeu de súbito como o perpassar de um vento (mais tarde, Canto XXXIV, versos 6 a 9, ver-se-á que era o vento produzido pelo agitar das asas de Lúcifer, para manter gelado o Cócito). O poeta espantou-se, naturalmente, perguntando a Virgílio: "Mestre, não é um movimento? Acaso existem nuvens e ventos aqui neste fundo, que é o próprio centro da terra?"

109 A alguém ouvimos, sob a fria crosta:
     "Almas cruéis, que ides certamente
     à caverna final, que mais desgosta,

112 livrai meus olhos do velame à frente;
     e possa eu libertar do peito a dor
     antes que o pranto gele, novamente."

115 "Se desejas", pedi-lhe, "o meu favor,
     dize quem és, e em troca ora me obrigo,
     se falhar, a descer a mor horror."

118 Tornou-me, presto: "Eu sou frei Alberigo.
     Famoso pelas frutas do meu horto,
     aqui recebo tâmara por figo."

121 "És tu, então?" bradei: "Mas estás morto?"
     "Não sei", falou, "se o corpo meu largado
     está lá, e a alma aqui, no desconforto.

124 Pois é da Tolomeia predicado
     a alma perjura receber dolente,
     sem que Átropos o fio haja cortado.

127 E para que me ajudes lestamente,
     as pedras dos meus olhos retirando,
     sabe que quando um trai, incontinenti

---

109. A alguém ouvimos: Frei Alberigo, de Faenza, nominalmente referido no verso 118. Convidou dois amigos para jantar em sua casa, e matou-os.
110. Almas cruéis, que ides certamente: vendo os poetas ali, entendeu o condenado que eram duas almas em trânsito para o quarto e último giro, isto é, a Judeca.
112. Livrai meus olhos do velame à frente: o velame à frente, os blocos de cristal produzidos pelas lágrimas congeladas (verso 98). Frei Alberigo roga aos recém-vindos que retirem de seus olhos a viseira das lágrimas geladas; assim, poderia chorar, desafogando sua dor.
117. Se falhar, a descer a mor horror: Dante promete a frei Alberigo livrar-lhe os olhos dos blocos de cristal – dando-lhe a garantia de que aceitava descer ainda mais fundo, no Inferno, se não fosse bem-sucedido nessa tarefa. Mas parece que o poeta não tinha intenção de ajudar o condenado, como se verá adiante (versos 149 e 150).
121. És tu, então, bradei: "Mas estás morto?": Dante espantou-se ao ouvir que seu interlocutor era frei Alberigo. Supunha-o ainda vivo, pelo que escutara na terra, e recentemente. Entretanto, nem o próprio Alberigo estava certo de estar vivo ou morto, situação, aliás, comum na Tolomeia, como se explica a seguir.
124. Pois é da Tolomeia predicado: a Tolomeia (o terceiro giro) distinguia-se pela propriedade de receber as almas traidoras, eventualmente, antes da morte, permanecendo vivo na terra o respectivo corpo, acionado por um demônio, até escoar-se o seu prazo de vida.
126. Sem que Átropos o fio haja cortado: Átropos, uma das três Parcas, exatamente a que presidia à duração da vida humana.
127. E para que me ajudes lestamente: Frei Alberigo pedira ao poeta (verso 112) que lhe livrasse os olhos do pranto congelado. Para atrair a boa-vontade de Dante narra-lhe algo interessante sobre a Tolomeia. Mas não seria atendido.

130   pode um demônio por ali se achando
        no corpo entrar-lhe, que, pois, o tolera,
        e até à morte irá movimentando.

133   A alma recai nesta cisterna fera;
        talvez esteja lá o corpo a andar
        deste que ao lado vês, e desespera.

136   Deves sabê-lo: acabas de chegar.
        É Branca d'Ória, o qual, há mais de um ano,
        junto de nós se estende, a congelar."

139   "Creio", tornei-lhe, "que ora ocorre engano:
        Branca d'Oria está vivo, eu te asseguro;
        vi-o comer, beber, a todo o pano."

142   "Não tinha Miguel Zanche ao poço escuro
        dos Malebranches, onde ferve o pez,
        inda chegado", disse, "e eis que o perjuro

145   viu um demônio, por fazer-lhe a vez:
        no corpo penetrar-lhe e do parente
        que o secundou na traição que fez.

148   Agora, estende a mão e o gelo à frente
        dos olhos me remove!" Fiquei quieto,
        fazendo-me cortês, grosseiramente.

151   Ah! Genoveses! Povo mau e inquieto,
        a que mais que ninguém o vício assanha,
        até quando fareis o mundo abjeto?

---

133. A alma recai nesta cisterna fera: e, enquanto o corpo ainda persiste vivo, na terra, a alma traidora recai neste poço gelado.

137. É Branca d'Ória: um genovês, genro do trapaceiro Miguel Zanche, governador de Logodoro. Pretendendo apoderar-se do governo, Branca assassinou o sogro durante um banquete que lhe ofereceu. Dante já tivera notícia de Miguel Zanche na vala quinta do Círculo oitavo, a laguna de pez fervente (Canto XXII, versos 88 e seguintes).

140. Branca d'Ória está vivo: parece que Dante não deu a devida atenção à explicação de Frei Alberigo, sobre a propriedade da Tolomeia de acolher as almas antes da morte. Do contrário, não se teria oposto com tanta veêmencia à assertiva de que o espírito indicado era o de Branca d'Ória. Estava seguro de que Branca se encontrava vivo na terra. Ele mesmo o havia visto recentemente, vestindo, comendo, bebendo e dormindo – vivo, em suma.

142. Não tinha Miguel Zanche ao poço escuro: Alberigo explica: Antes da chegada de Zanche ao tanque de pez do Círculo oitavo (Canto XXII, verso 88), já a alma perjura de Branca d'Ória havia descido até ali, ficando um demônio a acionar-lhe na terra o corpo vivente.

146. No corpo penetrar-lhe e do parente: Branca d'Ória fora ajudado no assassinato de Miguel Zanche por um jovem, seu parente. Ao mesmo tempo em que um demônio se infundia no corpo sem alma de Branca, outro assumia naturalmente o de seu cúmplice.

148. Agora estende a mão e o gelo à frente: Frei Alberigo volta a insistir com o poeta para que lhe remova dos olhos os blocos de cristal. Mas Dante faltou, tranquilamente, à sua palavra (versos 115 e seguintes). O respeito pela justiça divina levou-o a praticar essa aparente vilania. Virgílio lhe ensinara, de uma feita, que ser piedoso, no Inferno, era não ter piedade (Canto XX, verso 28); e ser cortês equivalia a tratar com rudeza e até com deslealdade os condenados.

151. Ah Genoveses! povo mau e inquieto: a catilinária, agora, contra os Genoveses é fruto da indignação que produziu no poeta a torpe traição de Branca d'Ória, genovês.

154 Ao lado da alma negra da Romanha
um de vós encontrei, que à vil traição,
enquanto no Cócito a sombra banha,

157 na terra mostra o corpo vivo e são.

---

154. Ao lado da alma negra da Romanha: ao lado do traidor frei Alberigo, de Faenza (Romanha).
156. Enquanto no Cócito a sombra banha: Branca d'Ória, genovês, de que a alma estava no Inferno e o corpo ainda vivo na terra.

CANTO XXXIV

Finalmente, no quarto giro do nono Círculo (a Judeca), estavam os que traíram seus chefes e benfeitores, embutidos no gelo, e imobilizados. Excetuam-se Judas, Bruto e Cássio, torturados por Lúcifer pessoalmente. Os dois poetas, descendo pelos cabelos do corpo hirsuto e desmesurado do Anjo rebelde, passam o centro da terra; e saem, no outro hemisfério, por uma galeria longa e escura, outra vez sob o céu polvilhado de estrelas.

1   "Vexilla regis prodeunt inferni
    contra nós", disse o mestre: "À frente mira,
    que o seu voltear daqui já se discerne."

4   E como ao turbilhão que no alto expira,
    ou pelo anoitecer, na escuridão,
    um moinho se vê que em fúria gira

7   — foi, de repente, a minha sensação;
    por detrás do meu guia, ante a violência
    do vento, procurei mais proteção.

10 O que, abalado, vi ponho em cadência:
    Os réus estavam totalmente imersos
    no gelo, tal do vidro à transparência,

13 alguns deitados por ali dispersos,
    outros a prumo, aqueles indo adiante,
    curvados estes, quais co' os pés reversos.

16 E fomos, em silêncio, os dois, avante;
    mostrar-me quis Virgílio em tal momento
    o que possuiu belíssimo semblante.

---

1. *Vexilla regis prodeunt inferni*: avançam os estandartes do rei do Inferno.
3. Que o seu voltear já se discerne: E daqui já se veem drapejar os estandartes de Lúcifer.
8. Ante a violência do vento: a falta de melhor abrigo. Dante procurou proteger-se, atrás de Virgílio, contra o vento forte que soprava. O vento era o mesmo que havia surpreendido o poeta (Canto anterior, verso 103); e era produzido pelas asas de Lúcifer.
14. Outros a prumo, aqueles indo adiante: vi os réprobos, ali, totalmente metidos no gelo: uns deitados, outros de pé, alguns parecendo que iam dar um passo à frente, estes curvados em arco, e aqueles de cabeça para baixo.
18. O que possuiu belíssimo semblante: o próprio Lúcifer, ou Dite, que segundo a tradição havia sido, entre os Anjos, o que possuía o mais belo semblante.

> "Eis Dite à tua frente, eis o lugar
> que exigirá de ti mais força e alento!"
> (Inf., XXXIV, 20/1)

19   Voltou-se para mim, dizendo, atento:
"Eis Dite à tua frente, eis o lugar
que exigirá de ti mais força e alento!"

22   Não vou aqui minha reação narrar,
leitor, que eu mesmo exata a não recordo,
nem tintas tenho para a debuxar.

---

21. Que exigirá de ti mais força e alento: eis o âmago do Inferno, a morada de Lúcifer, o sítio em que precisarás mobilizar todo o teu valor, coragem e força de ânimo.

INFERNO

25   Sem morto estar, de mim não dava acordo:
     bem podes ver, se engenho tens prestante,
     como me achei no trágico rebordo.

28   O imperador do reino causticante
     tinha, do gelo, sobrealçado o peito;
     mais posso comparar-me co' um gigante

31   do que um gigante com seu braço, a jeito;
     percebes bem como era atroz e bruto
     por este membro, em tal escala feito.

34   Se foi tão belo quanto agora é hirsuto,
     e se contra o Criador se ergueu, furente,
     é natural que engendre a dor, o luto.

37   Com que inaudito espanto, de repente,
     divisei-lhe à cabeça desdobrada
     três faces: uma rubra, mais à frente,

40   e as outras duas, cada uma plantada
     no mesmo tronco, e juntas aflorando
     ao ápice da fronte alcandorada.

43   A da direita era ocre, ao branco orçando,
     mas a da esquerda aquela cor possuía
     que no alto Nilo os rostos vão mostrando.

46   De cada qual abaixo asas havia,
     de módulo e tamanho apropriados;
     no mar vela maior não se abriria.

49   E tais as dos vampiros enojados,
     não tinham pelos; Dite as agitava,
     produzindo três ventos variados.

27. Como me achei no trágico rebordo: Lúcifer ocupava o centro do Inferno, mergulhado da cintura para baixo na cavidade existente no fundo do báratro. Avançando da orla para o interior, em direção a Lúcifer, os poetas se encontraram num rebordo, isto é, na fímbria do poço de que emergia o busto descomunal do Anjo rebelde.
28. O imperador do reino causticante: Dite, ou Lúcifer, considerado o senhor do Inferno. A comparação feita a seguir (versos 30 a 33) dá uma ideia do estupendo tamanho de Lúcifer.
39. Uma rubra, mais à frente: atribui-se um significado alegórico às faces da cabeça tripartida de Lúcifer: a rubra, representaria o Ódio; a baça, a Impotência; e a negra, o Erro ou o Pecado.
44. Mas a da esquerda aquela cor possuía: a face do lado esquerdo era de cor negra.
48. No mar vela maior não se abriria: nem as grandes naus poderiam ostentar vela maior, ou mesmo igual, a cada uma das asas que, aos pares, saíam do busto de Lúcifer.
51. Produzindo três ventos variados: o agitar das asas de Lúcifer produzia ventos em três direções. Originando-se, todos, do centro (onde se achava o rei do Inferno), esses ventos irradiavam sobre a planura do nono Círculo, tornando-a glacial.

52   Dali todo o Cócito enregelava;
        dos seis olhos um pranto permanente
        nascia e aos três queixos lhe tombava.

55   Em cada boca triturava a dente,
        como a espadela ao linho, um condenado;
        as três eu via simultaneamente.

58   E mais que em tal castigo torturado
        era o do centro, à garra empedernida,
        que o dorso lhe deixava estraçalhado.

61   "O que vês, sob a pena mais dorida,
        é Judas Iscariotes", disse o guia,
        "as pernas fora, a face lá metida.

64   Dos mais, que o rosto mostram na agonia,
        um é Bruto, seguro à boca escura,
        que se contorce à dor, mas silencia.

67   E Cássio é o outro, de mor estatura.
        Mas eis a noite: Vamo-nos daqui,
        que já foi vista a última tortura."

70   A um sinal, o pescoço lhe cingi;
        ele aguardou que as asas Dite à frente
        de todo em todo abrisse, como eu vi.

73   Ao ventre hirsuto o mestre, lestamente,
        prendeu-se, e pelos fios foi descendo
        entre o grão corpo e a cava aberta rente.

76   À altura já da coxa nos sustendo,
        onde esta no quadril faz inserção,
        Virgílio, exausto, e como que tremendo,

---

53. Dos seis olhos um pranto permanente: com três faces (versos 38 e 39), Lúcifer possuía, naturalmente, seis olhos e três queixos.
63. As pernas fora, a face já metida: dos três o que parecia submetido a castigo mais rigoroso era Judas, o traidor de Cristo. Tinha a cabeça metida na boca de Lúcifer, e as pernas de fora.
65. Um é Bruto, seguro à boca escura: à boca negra, a face esquerda de Lúcifer. Era Bruto que, juntamente com Cássio, traiu César, matando-o.
69. Que já foi vista a última tortura: já vimos todo o Inferno, e nada mais resta a fazer aqui. A última tortura, isto é, o castigo de Judas, Bruto e Cássio.
74. Prendeu-se, e pelos fios foi descendo: Lúcifer, o mais belo dos Anjos, era agora um gigante monstruoso, com três faces, e completamente hirsuto, a não ser nas asas, que não tinham pelos. Agarrando-se, pois, aos cabelos do corpo de Lúcifer, Virgílio desceu-lhe ventre e pernas abaixo, para sair do Inferno.

| 79 | mudou, num giro inteiro, a posição,
| | pondo onde estava o pé a face alçada,
| | como a subir, do inferno à direção.

| 82 | "Cuidado, que é tão-só por tal escada",
| | disse, ofegante, presa do cansaço,
| | "que se deixa esta fossa amaldiçoada!"

| 85 | Dali saltou comigo a estreito passo
| | no rochedo, e depôs-me, suavemente;
| | revi, então, de nossa marcha o traço.

| 88 | Estendi para trás o olhar tremente,
| | Lúcifer crendo ver como deixado,
| | mas enxerguei-o posto inversamente.

| 91 | Quanto me foi o espírito turbado,
| | pense-o a gente vã, que não alcança
| | nada do ponto então ultrapassado.

| 94 | "Vamos", bradou-me o mestre: "e sem tardança!
| | Longo é o caminho, a marcha é crucial,
| | e de uma oitava já o sol avança!"

| 97 | Não era aquela uma alameda real,
| | mas viela estreita, em meio à obscuridade,
| | como uma galeria natural.

| 100 | "Antes que eu deixe, mestre, a cavidade",
| | disse-lhe, enquanto fui o corpo erguendo,
| | "do que ora vi revela-me a verdade.

79. Mudou, num giro inteiro, a posição: Lúcifer mantinha, sobre a superfície gelada, apenas o busto (versos 28 e 29). Logo abaixo do quadril, onde se prendia a coxa, era o centro da terra; e Virgílio (que para sair do Inferno tinha que passar a outro hemisfério) voltou, então, o corpo, num giro completo, ficando em posição inversa à em que estava antes. Assim, subiram até à superfície da terra, mas pelo lado oposto. E Virgílio, que até ali estivera descendo, parecia a Dante estar agora subindo em direção ao Inferno.
90. Mas enxerguei-o posto inversamente: já então, no outro hemisfério, embora ainda no interior da terra, Dante, olhando, viu, naturalmente, Lúcifer de cabeça para baixo, no poço infernal.
96. E de uma oitava já o sol avança: deviam ser, mais ou menos, sete e meia da manhã. Ante a duração do dia (doze horas, de seis da manhã às seis da tarde), dizer que o sol ascendeu uma oitava em sua marcha importa em referir que está no horizonte por uma hora e meia.
97. Não era aquela uma alameda real: o estreito passo do verso 85, a que Virgílio e Dante se guindaram ao sair da fossa em que estava metido Lúcifer. Era um caminho escuro, perfurado na rocha, como um túnel, uma galeria natural.
100. Antes que eu deixe, mestre, a cavidade: a cavidade, o abismo, o Inferno. Antes de deixar o báratro, Dante pretendia ver aclaradas certas questões que o deixavam perplexo.

103   Aonde o gelo? E Dite se invertendo,
       por que razão? Por que, tão brevemente,
      vai o sol da manhã aparecendo?"

106   "Imaginas", tornou-me, "certamente,
      na parte estar na qual eu deslizei
      pelo grão verme lá no centro assente;

109   de fato estavas, quando escorreguei,
      mas passaste comigo o ponto dado
      para onde os pesos vão, mal eu girei.

112   Ao hemisfério foste trasladado
      oposto ao que da seca se recobre,
      sob o ápice em que foi sacrificado

115   o justo que viveu sem mancha, e pobre:
      mantemo-nos, assim, sobre uma esfera,
      que é reversa à Judeca, e inteira a cobre.

118   Aqui é dia, lá a noite espera:
      Dite, que há pouco a escada nos cedeu,
      mostra-se aí embaixo tal qual era.

121   Quando, punido, desabou do céu,
      a terra que secava ali, outrora,
      adentrou, de pavor, do mar o véu,

---

103. E Dite se invertendo, por que razão: olhando para trás, Dante observara Lúcifer de pernas para o alto, como invertido (versos 89 e 90); surpreendeu-se, pois até ali o tinha visto em posição normal.
104. Por que, tão brevemente, vai o sol: Virgílio anunciara ao seu companheiro serem sete e meia da manhã (verso 96), e Dante também se admira, pois não havia muito que começara a anoitecer.
107. Na parte estar na qual eu deslizei: Virgílio esclarece que a dificuldade residia no fato de ele (Dante) pensar que ainda estava do lado de lá do centro da terra. O grão verme, Lúcifer, ou Dite.
110. Mas passaste comigo o ponto dado: quando fiz o giro, invertendo minha posição (verso 79), eu passei, e tu comigo, o centro da terra. E agora estamos do lado oposto, no outro hemisfério.
113. Oposto ao que da seca se recobre: oposto à parte seca, à massa dos Continentes. Passamos, pois, do hemisfério boreal, que é o nosso (onde estão os Continentes), a este hemisfério aqui, onde há quase só água, o hemisfério austral.
115. O justo que viveu sem mancha, e pobre: Jesus Cristo.
117. Que é reversa à Judeca, e inteira a cobre: para ilustrar sua explicação com um símile concreto, Virgílio lembra que era como se estivessem ali (ainda no interior da terra) sobre um círculo, em cujo ápice se situava Jerusalém, círculo a que correspondia, perpendicularmente, a área gelada da Judeca, no centro do mundo.
118. Aqui é dia, lá a noite espera: às perguntas de Dante (versos 103 a 105), Virgílio respondeu Que tudo se explicava pelo fato de que do lado de lá (no outro hemisfério) era noite, e no de cá era dia. Ao fazer a transição de um para outro hemisfério, os poetas viram, no mesmo instante, o dia e a noite. A mesma razão explica a mudança de perspectiva que fez Dante ver Lúcifer de pernas para o ar.
121. Quando, punido, desabou do céu: em tal sítio caíra Lúcifer quando arremessado fora do céu. Imagina-se que a terra ali existente, ante o impacto, se aprofundou mar adentro. Assim se teria constituído o vão onde se localiza o Inferno; e a terra que se abriu para formá-lo, refluindo até ali, teria dado origem à ilha com o imenso monte (o monte do Purgatório), situada naquele ponto.

"Seguimos pelo trilho penumbroso,
à terra a regressar, clara e radiante,
sem de uma pausa usufruir o gozo."

(*Inf.*, XXXIV, 133/5)

124   e foi sair no outro hemisfério fora;
        fez lá o poço, e aqui, então, formado,
        o monte alçou, que vamos ver agora."

127   Um sítio existe alhures, distanciado
        quanto de Belzebu o vão se estende,
        e pode pelo som ser alcançado

130   de um ribeirão que sobre a pedra pende,
        e em meio à rocha abrindo, tortuoso,
        o seu caminho, por ali descende.

133   Seguimos pelo trilho penumbroso,
        à terra a regressar, clara e radiante,
        sem de uma pausa usufruir o gozo.

136   Íamos, eu atrás, ele adiante,
        quando, por uma fresta, as coisas belas
        nos sorriram, do espaço deslumbrante:

139   E ao brilho caminhamos das estrelas.

---

128. Quanto de Belzebu o vão se estende: ali, afastado do ponto em que se achava Lúcifer (ou Dite, ou Belzebu), uma distância equivalente à profundidade de sua cava, existia um sítio a que se poderia chegar orientando-se pelo som de uma ribeira a cair na pedra. Seguindo, então, o caminho ou túnel que ali se abria, Dante e Virgílio alcançaram finalmente a abertura superior.
137. Quando, por uma fresta, as coisas belas: quando, pela abertura superior do túnel, que chegava ao seu fim, vimos, de súbito, esplenderem as maravilhas da criação, o céu e as estrelas. Os dois poetas haviam, pois, emergido de novo à superfície da terra.

"E ao brilho caminhamos das estrelas."
(*Inf.*, XXIV, 139)

**CONFIRA NOSSOS
LANÇAMENTOS AQUI!**

GARNIER
DESDE 1844